東雅夫×下楠昌哉
〈責任編集〉

幻想と怪奇の英文学 IV

変幻自在編

春風社

幻想と怪奇の英文学Ⅳ——変幻自在編

Contents
目次

第3部 ヴィクトリアン・ゴースト・ストーリーを越えて

第4部 罪・妄執・狂気

前口上

東雅夫

本シリーズの一冊目『幻想と怪奇の英文学』が刊行されたのは、二〇一四年四月だから、早いもので、あれから六年が経ったことになる。

その間に、『幻想と怪奇の英文学Ⅱ——増殖進化編』（二〇一六年七月）、『幻想と怪奇の英文学Ⅲ——転覆の文学編』（二〇一八年一二月）と、ほぼ二年おきに巻を重ねて、このほど四冊目となる本書が上梓されるはこびとなった。

これ、ひとえに、首謀者にして共編者である下楠昌哉氏の人脈と人望、そして何よりも、英文学者としての視座から、怪奇幻想文学というジャンルの研究・啓蒙を力強く推進しようとする、ひたむきな情熱の賜物である。

さるにても、こうして完成した第四巻、その名も「変幻自在編」（下楠氏による命名）を通覧すると、「継続は力なり」という常套句を、あらためて実感とともに噛みしめざるをえない。

私自身は本シリーズの——いや、そもそも当初は単発で終わるのか、シリーズとして継続されるのかすら、まったく五里霧中の状態で始まったわけだが——企画起ちあげの段階から、あくまでも英文学研究の門外漢として、いわば読者代表のようなポジションで参画してきた。かれこれ四十年近く、雑誌『幻想文学』および『幽』の企画・編集に携わってきた経験を活かして、アカデミックな英文学の世界と、マニアックな幻想文学読者との、いわば橋渡し役として、些《いささ》かなりとお手伝いができれば……と考えたのである。

全執筆者へのメール・インタビューであるとか、対談やブックガイドであるとかいった、いわば「雑誌」的な趣向を導入したのも、その一環にほかならない。

現役の英文学者諸賢が、どのような趣味嗜好をお持ちで、どのような経緯を経て英文学研究を志すことになったのか……通常の論文集などでは視えにくい側面に光を当てることで、論考そのものに対する一般読者の関心を、よりいっそう刺戟することができるのではないかと考えたわけだ（ちなみに今回のメール・インタビューでは、新型コロナ・ウイルス流行についての設問を行なったが、予期した以上に興味深い回答の数々が寄せられたと思う）。

果たせるかな、第一巻は望外の反響を呼び（成功の主因が、下楠氏の呼びかけに応えた寄稿者諸氏の論考の充実ぶりにあることは申すまでもない）、首尾良くシリーズ化を実現することができた。執筆者が拡充され堂々たる布陣となった第二巻、そこから一転、幻想文学批評の足もとを固めるべく、ローズマリー・ジャクスンの名著『幻想文学《ファンタジー》』を、共編者みずからが本邦初訳して一巻に充てるという、仰天の奇策（⁉）を実現させた第三巻……巻を重ねるにつれて、本シリーズは「ただの論文集ではないぞ！」という、ただならぬ気配《オーラ》を発するようになったとおぼしい。

かくして、シリーズ四冊目となる本書は、冒頭第1部からして「怪獣大進撃」ときた（ちなみに命名者は断じてワタクシではなく下楠氏であることを、ここに銘記しておく次第）。植物怪獣と地底恐龍と人喰い幻獣の華麗なる競演である。

どこの世界に、こんなタイトルとコンセプトの部立てで始まる学術論文集があろうか⁉……………私が諸手を挙げて、感涙にむせびつつ快哉を叫んだことは、申すまでもあるまい。

わけても感激したのは、南谷奉良氏が「洞窟のなかの幻想の怪物——初期恐竜・古生物文学の形式と諸特徴」において、我が『幻想文学』第八号（一九八四）の「ロストワールド文学館」特集とアンソロジー『恐竜文学大全』（一九九八）に言及してくださったことだ。

遺憾ながら刊行当時、ろくすっぽ反響らしい反響も得られなかった試みが、二十余年、三十余年の歳月を経て、こうして見事な論考へと繋がったことが、何にも増して嬉しかったのである。

まさしく、継続こそ力なり、ではないか。

下楠昌哉と幻想と怪奇の英文学者たちによる、さらなる驚異の展開に、今後とも期待せずにはいられない。

二〇二〇年八月

1

怪獣大進撃

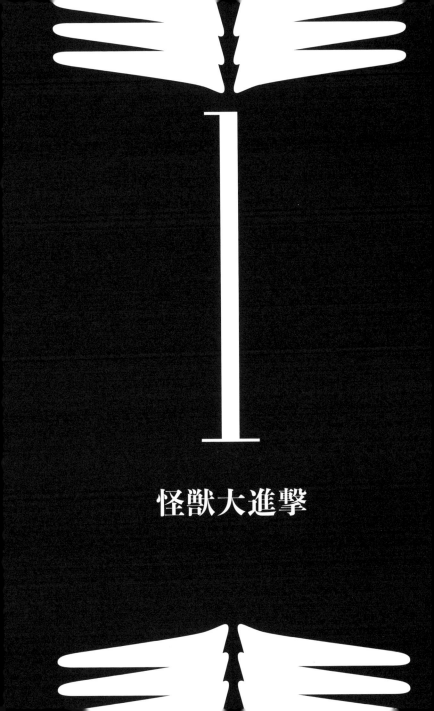

「植物する」(plant doing)ということ
——ジョン・ウィンダム『トリフィドの日』、その可能性の中心へ

遠藤徹

サバルタンとしての植物——究極の労働者階級

驚異的な速度で成長する巨大植物が、コンクリートやアスファルトを押し上げ、建造物を押し倒す。緑の蔦《つた》がのたくり、かつて都市だった場所は完膚なきまでに緑に塗り替えられ、地球は巨

大植物の惑星となる。生き残った人間は、そこでは単なる害虫の位相にまで貶められてしまう。そんな世界を描いたのは植物ものＳＦの古典のひとつ、トマス・ディッシュの『人類皆殺し』（一九六五）だった。

これはいってみれば、植物による地球の植民地化である。けれどもそれは、実は現状をわかりやすく裏返して見せたにすぎない。すなわち、実際には植物の方が完全に虐げられた位相にあるということ。植物は体系的、道具的に抑圧されているということを思い出させてくれるということである。

むき出しの地面を嫌う都市においては、公園や道路の中央分離帯など限られた区画にのみ装飾品として植えられ、農地と設定された場所では、機械化・化学化された手段で徹底管理される。ロブ・ラザムは、機械化農業を「惑星へのレイプ」と呼んでいる（Latham 一一二頁）。農業においては、人間や家畜の食用となる種目のみが生産され、それ以外は雑草として処分される。マニュアル化されて栽培され、さらには遺伝子工学によって人間に都合がよいように改変される植物。たとえば、殺虫遺伝子を組み込まれたBtトウモロコシや、悪名高い除草剤ラウンドアップのみに耐性のある作物などとして商品化される。

その背後にある思想は、植物は人間のためにあるというものだ。言い換えれば人間中心主義。それがいかに無意識に、そして当然のこととされているかは、たとえば、有名なアル・ゴアによるドキュメンタリー映画『不都合な真実』を想起すれば足りるだろう。

気温の上昇、大型ハリケーンや台風の増加、万年雪や氷河の溶解といった温暖化の危険性を訴え、それをもたらす二酸化炭素の発生源である化石燃料の使用削減を訴えるこの映画の基本的な主張は、人間のための環境保護である。すなわち、カーボン・フットプリントを減らせということの主張は、どこまでも人間中心主義なのである(Morgart 一一七頁)。

ゴア流の、あるいは世間一般の環境保護観はあくまで人間中心であり、植物はそれ自体が保護に値する生命だからではなく、人間の文明に貢献する従属的資源だから守るべきだという考え方に至るということだ(Matthews 一二三頁)。

グレアム・J・マシューズはこうした人間中心主義のもとでの植物の不可視性、想定された沈黙を、「もっとも世俗的で人目につかない差別性のあり方」というマイケル・マーダーの言葉を引いて説明し、植物はサバルタン状態にあると述べている。また、同じことをマシュー・ホールは「光合成をする植物は究極の労働者階級である」というゲーリー・シュナイダーの言葉で説明している(Matthews 一二一頁、Hall 二四八頁)。

こうした植物への道具的アプローチは、一方では森林破壊の合理的根拠となり、他方では、森林は「地球の肺」だから護るべきだという擁護論の根拠にもなっている。擁護派も「肺」という語を使っているところに注意したい。つまり、それはあくまでも人間の呼吸のための森林であって、植物は生命であり、生命そのものとして保護すべきだという主張ではないわけである。

ジェリコ・ウィリアムズによれば、こうした植物への道具的アプローチの起源は産業革命にあるという。この時代の哲学者たちが自然を制御する対象として再定義し、主体や生物ではなく、功利主義的な資本主義経済に奉仕するものとしたからである。そこから、植物を劣った存在とみなす発想まではほんの一歩である。植物は動かないし、食品・医薬品・装飾・衣服に当たり前に利用されることから、劣った存在とみなされるに至ったわけである。まさにサバルタンであり、労働者階級であるといえるだろう（Williams 一三二頁）。

ここにあらわなのは、盲目性ではないだろうか？　なぜなら、人間中心主義を自明化することで、われわれには自分たちの人間中心主義そのものが見えなくなったのだから。

本稿では、英国のＳＦ作家ジョン・ウィンダム（John Wyndham 一九〇三〜六九）の『トリフィドの日（*The Day of the Triffids*）』（一九五一）を中心に扱う。植物ものＳＦの古典でもあるこの作品のあらすじは、人口に膾炙している。美しい流星群を見たせいで世界中のほとんどの人々が盲目になった世界で、三本足で歩く怪奇植物トリフィドが、その毒鞭で人間を狩って食べるという物語、というのが大方の理解ではあるまいか？　けれども、ここではこの作品を、むしろ上記のような人間中心主義を脱構築する作品として読むことを試みたい。人間中心主義を脱して、いかに人間は植物とかかわることができるのか？　それを探ってみよう。

人災としてのトリフィド

英国文学は人間を慰撫するものとして自然を描いてきた。ジョン・ミルトンからウィリアム・ワーズワスまで、絶えず英国の詩人や文学者たちは自然をロマン化してきた。そして、ジョン・ウィンダムの『トリフィドの日』も、美しい自然を描く。

丘を下っていくとスティープル・ハニーの全景が見えた。小さな、さざめく小川にかかった石橋の向こうまで続いていた。それは眠たげな教会を中心とした静かな場所で、その端には白い小屋が点在していた。かやぶき屋根の下では一世紀あるいはそれ以上もの間なにごとも起こっていないように見えた。けれども、ほかの村同様、いまそこには喧噪も煙もない。そして、丘を途中まで下ったところで、ある動きが視界に入った。[1]

遠くから見た印象では、小さな街はいまでも、おおむねは引退した中産階級の人たちが心地よく暮らしている小さな赤屋根の家や山小屋の寄せ集めのように見えた。だがそんな印象は二、三分も持たなかった。タイルはいまでも見えたが、壁はほとんど見えなかった。

小綺麗な庭は、無秩序に成長した緑の下に消え失せており、そこかしこに注意深く育てられた花の子孫たちがちらちら顔を見せていた。このような遠方から見れば道さえも緑の絨毯のように見えた。そこにたどり着いてみると、わたしたちは柔らかな緑の効果は幻覚であると気づかねばならなかった。荒々しく、たくましい草がもつれからまっていたからだ。（一三五頁）

ジョン・ウィンダム『トリフィドの日』

最初の引用では、伝統的な英国の田園風景が、そして二つ目では遠目には同じくなじみのある風景と見えたものが、近づいてみると無秩序な緑に浸食されている様が描かれている。ここでいう英国式庭園とは、自然の楽園を人工的に創り出そうとしたものである。そして、そのほころんだ人工物の緑に紛れて、トリフィドの毒鞭が襲ってくるわけだ(Heathcote 八二～八三頁)。

このことが想起させるのは、英国風の自然

が人工的なものであったように、トリフィドもまた人工物だということである。

トリフィドでは主要な三つの事件が描かれる。一つ目は、緑の流星群を目撃した人々がみな盲目になるという事件だが、これは実際には地球の周りを回っていた新しい衛星兵器が爆発したのではないかと主人公は語っている。二つ目は、人々がお腹をこわして次々と死んでいく疫病の流行だが、これもまた生物兵器による疫病である可能性が本文内で指摘されている。そして三つ目はトリフィドの存在であるが、これはプロテインに富み、貴重な燃料が採れる植物としてロシアで人工的に創り出された植物として描かれている(Heathcote 八二頁)。

たとえば、主人公であるビル・メイスンはトリフィドの起源を以下のように推測している。


わたしの考えでは、そんなものにどれだけの価値があるのかわからないけれど、やつらは一連の独創的な生物学的な操作の成果であり、高い確率で突然変異的なものだと思われる。

(十二頁)


しかも、そのトリフィドから有用なオイルが採れるという理由で、世界中でこれを栽培したのも人間なのである。そもそも、トリフィドを増殖させたのは人間だったということを忘れてはいけないだろう。

つまり、この小説で描かれる災害は、すべてに人為が介在していたということ。人間は自分たちが創り出したものによって、自らの破滅を招いたという構図である。人々が盲目になり、疫病で数を減らした世界に、新種の食人植物がはびこるという悲劇は、自然の反乱などではなかったということになる。小説内のすべての悲劇は、天災ではなく人災であったという皮肉がここにはある。人間中心主義が産み出したものが、人間を脅かすという構図なのである。

トリフィドを人間化する

トリフィドとはなにか？

主人公のメイスンは、幼少期に偶然自分の庭に生えたトリフィドの幼生について以下のように描写する。

> 父はかがみこんで、その縁の尖った葉っぱを見つめ、その葉柄を指でつまんだ。（中略）父はまっすぐな茎と、その茎が伸び出す木質の幹を調べた。鋭いとまではいえないが好奇心に満ちて、茎の横にまっすぐに伸び出した三本のむき出しになった小さな棒状のものを観察した。（中略）それから茎のてっぺんについている奇妙な羊歯《しだ》のようなかたちをしたもの

をのぞき込む。(中略)父がわたしを持ち上げて、その円錐状のカップのなかにあるきつく巻かれたらせん状のものを覗かせてくれたときのことを思い出す。(中略)最初のトリフィドが根っこを持ち上げて歩いたのはそれからしばらくしてからのことだ。 (十五～十六頁)

ここから想像されるトリフィドの特徴は、普通の植物の茎の他に、何もついていない三本の棒状のものを体側にもっていること、てっぺんに食虫植物のそれのような壺状のものをもち、そのなかにらせん状に巻かれたものを収納していること、そして根っこを持ち上げて歩くことだろう。少し後のところでは、茎の下の三本の根っこ、すなわち足を使って歩く様が描写されている。[2]

歩くとき、それは杖をついた人間のように見えた。愛嬌のない二本の「足」が前に滑っていき、それから後ろの一本がそれらに引き寄せられる際に、全身が傾《かし》ぐ。そして、また前の二本が前に滑っていく。「一歩」ごとに、長い茎が前後に激しく揺れた。 (十七頁)

ここで、「杖をついた人間のように(like a man on crutches)」さらには、「「一歩」ごとに(At each “step”)」と描写されていることにまずは注意を促しておきたい。

やがて歩く植物トリフィドは、光合成もするが、毒鞭で獲物を倒してその体液をすするという食虫植物の要素を兼ね備えた存在であることが明らかになる。そして、なによりも人間を不愉快にあるいは不安にさせるのが、彼らが立てる音である。トリフィドは、先に見た茎から伸び出している棒状のもので、時おり茎をたたいて低い響きを立てる。メイスンの同僚でトリフィドをよく研究しているウォルター・ラクナーは、それをトリフィドの会話だと主張する。つまり、彼らには知能があるというのである。

彼はやつらが「話す」ことを確信するに至った。

「それは」と彼は言った。「やつらがなんらかの知性を持っていることを意味する。解剖してみても脳のようなものはないから、知性の座は脳ではない。でも、脳がないからといって、脳の代わりをするものがないという証明にはならない」

（二一～二二頁）

ウォルターはさらに、トリフィドはその毒鞭でいつも人間の保護されていない部分を狙うという。ほとんどは頭部で、ときには手だったりもする。そして、被害者の多くは両目を横から刺されて失明しているという。それが人間から行動力を奪う一番確実な方法だとやつらは知っているからだというのだ。そして、棒状のもので幹を叩く行動を、彼らのコミュニケーションの手段だとウォルターはいうのである。

会話をする植物？　そんなものがあってよいのだろうか？

こうした特性から、人々はトリフィドを人間との類比によって捉えようとすることになる。ここまでの記述だけでも、「杖をついた人間のように」「歩き」、棒状のもので幹を「叩いて」「コミュニケーションを取り」、「脳」の代わりになるものをどこかに宿している、といった具合に人間との類比での描写がなされていることがわかるだろう。

さらにいえば、このトリフィドという名前そのものが、人間中心主義的な発想からつけられている。植物学者たちが、amblulans（歩く、横切る）やpseudopodia（動こうとする意志）といったラテン語やギリシャ語、さらには三本足を意味するTrichotsからTrippetsまでさまざまな命名を考える（十八頁）。この行為は、この植物を既存の分類体系に適合させるために人間中心的な視点から命名がなされているということを意味している。植物の側に独自の知性がある可能性を含めて、名前が考えられているわけではないのである（Matthews 一一九頁）。

またメイスンはトリフィドとの戦いでも、「わたしはやつらが止まるのを待って、そいつらの頭を両方とも吹き飛ばした」（二〇五頁）とほぼ無意識に語っている。頭のない植物の「頭を」吹き飛ばしたと、敵を人間化してしまっているのである。ここには人間中心的な言語を用いずに、人間ではないものの存在や能力を表現することとの困難さが露呈しているとグレアム・J・マシューズは指摘している（Matthews 一一七頁）。

メイスンの恋人であるプレイトンも、人間の暴動を見て「あれが、あれがなんだったか見た？やつらが人々を駆り立ててたのよ」（四一頁）と言う。人間たちが動物的衝動に還元された現象を見て、その動機を植物のせいにしているわけである。「駆り立ててた」という言葉は人間の人工物であり、人間的尺度で支配と従属、能動と受動、存在と不在といった組み合わせのシステムとしての世界を了解可能にするためのものである。つまり、それ自体は意図など持たない植物を人間化して、人間の行動の責任を植物に課していることになる（Matthews 一一六頁）。

そして、「トリフィドの日」というタイトルそのものも、あたかもトリフィドの「侵略」によって人間社会が危機に瀕したかのような印象を与えるものではなかろうか。けれども、すでに見たように、この小説で描かれる人々を盲目にした緑の光は衛星兵器、人々を弱体化させた疫病は生物兵器、人間を襲う植物トリフィドは人工的に創り出された有用植物だった。つまり、すべては人間が創り出したものであり人災だったのである。自分たちが引き起こした災害をトリフィドの「本能的」行動に投影して責任転嫁を図っているということになるわけだ（Matthews 一一五頁）。

不可知のトリフィド

けれども、実際にトリフィドに知性があるのかどうか、あるいは会話をしているのかどうかは不可知のままである。

おそらくは、彼らが「歩く」ということ、そして人間の肉を「食べる」ということが、植物に関して共有しているわれわれの概念を揺るがせる。つまり「歩き」、植物を「食べる」というわれわれ人間の優越性が不安定化する。そのことが引き起こす不安が、彼らを適切に概念化することに失敗させ、その結果過度に人間化するという行為に及ばせているのだと思われる。

たとえば、トリフィドは人間の頭にその毒鞭を向けるわけだが、背が低い子供やヘルメットをかぶっている人間は無傷で助かる。このことは、トリフィドの攻撃が「人間の弱点を知った」知的な攻撃であるという解釈への疑義を喚起するものとなるだろう。

彼らの体のどこかに「脳」にあたる部分があり、彼らは互いに棒で幹を叩いて会話しているというウォルターの解釈も、だからそうした過度な人間化のもたらしたものだとみなすこともできる。

グレアム・J・マシューズは、この小説は「植物の思考を示すというより、われわれがトリフィドのことを考えるとき何を考えるかを語っている」のであり、「我々の、非‐人間である他者を構築する言葉がいかに一貫性を欠くか」を示しているという。トリフィドという現象をめぐる新しい形而上学的概念を構築するのではなく、単に人間をトリフィドに置き換えて、人間の思考を反映した存在として概念化してしまったというのである（Matthews 一一七頁、一二五～八頁）。

植物とは何か?

サルトルの有名な小説『嘔吐』で、主人公ロカンタンは、公園のマロニエの根に恐怖を感じ、吐き気を催す。

実存はふいにヴェールを剝がれた。それは、抽象的範疇に属する無害な様態を失った。実存とは、事物の捏粉そのものであって、この樹の根は実存の中で捏ねられていた。というか、あるいはむしろ、根も、公園の柵も、ベンチも、芝生の貧弱な芝草も、すべてが消え失せた。事物の多様性、その個性は単なる仮象、単なる漆にすぎなかった。その漆が怪物染みた、軟らかくて無秩序の塊が——怖ろしい淫猥な裸形の塊だけが残った。

(二〇八〜〇九頁)

植物は存在しようと望んでいない。ただ存在せざるを得ないだけである。樹液が構造のなかを上ってゆき、根がゆっくりと大地に下っていく。それは、人間的な意図も人間的な意志ももたない生命であり、人間の視点で見れば無目的な生と映る。サルトルは、実存モデルを即時的存在

(being-in-itself) と対自的存在 (being-for-itself) に分けた。即時的存在とは、自分が自分自身と一体化した、物質的素材のあり方であり、対自的存在とは、自分が自分に相対している、つまり自分を意識している存在である。つまり、意識を持つせいで、人間は自分が有ると判断し、同時にそうではない状態である無も感じることになる。そして、植物は、この両者の中間的存在であると考えられる。つまり、サルトルの考えたいずれの範疇にもおさまらない不安定な存在なのであり、即時的存在＝モノではないのに、無目的に存在しているという事実が、ロカンタンに自分も究極的には「意味のない」存在に過ぎないという事実を突きつけるわけである (Laist 一六七〜六八頁)。

また、中世の写本から現代のSFやホラー映画まで、植物が人間に与えてきた恐怖について幅広く扱った『植物ホラー――小説と映画における怪物的植物へのアプローチ (*Plant Horror: Approaches to the Monstrous Vegetal in Fiction and Film*)』の編者の一人であるドーン・キートリーは、人間の目は動物に照準を合わせているという。なぜなら植物はわれわれを襲う心配がないからであり、それゆえ植物は環境における脅威のない要素であり、動物の「背景」に過ぎないという思考がそこから生まれるのだという。ロカンタンのようにあえて注視しない限り、植物はあまりに他者でありすぎるがゆえに目に見えないのである。だから、植物は不明瞭さの領域のなかにあり、われわれの形而上学の地図の上になく、われわれの生とのわずかな類似すら探知できないものだということになる。植物はまったく当たり前の存在でありながら、同時に見知らぬ存在でもあるのである。中心がなく、機能が全体に分散された植物の構造は、われわれとは遠く、そのせいでわれわれはときにはそれが生きているということすら忘れがちになるわけだ（Keetley 十頁）。

『植物の思考――植物的生の哲学（*Plant-Thinking: A Philosophy of Vegetal Life*）』の著者であるマイケル・マーダーは、植物のまったき他者性は、フロイトの無意識の記述と類似していると指摘している（Marder 三六頁）。同じことをグレアム・J・マシューズは、太陽に向かって芽を伸ばし、同時に地球に向かって根を下ろすという植物の二律背反的理性は、無意識の欲望の媒体として機能しており、「思考しない（non-thoughtな）」見知らぬ要素として位置づけられ、無意識として構造化できると述べている（Matthews 一一八頁）。それゆえ、逆にいえば、ロカンタンのように植物を注視し、それについて思考することは、われわれの形而上学を脱構築する可能性を披《ひら》くことになる。安易な擬人化、人間化を回避して植物と向き合うとき、われわれの人間中心主義の限界が示され、われわれの形而上学、弁証法、伝統的思考法を超克することが可能になる。あるいはそういう可能性が示唆されることになるわけである（Keetley 八頁）。

トリフィドする、あるいはトリフィドになる（Becoming Triffids, or Doing Triffids）

しかし、そんなことがほんとうに可能なのだろうか？　植物の存在様態、トリフィドが持ちうる思考を人間が感知し、そこに近づくことは果たして可能なのだろうか。すでに見たように、それは言語を通しては不可能である。なぜなら言語はどこまでも人間中心的な構造を持っているからだ。

けれども、精読してみれば、ウィンダムの小説には、実はその逃走の線が密かに引かれていることが明らかになる。

実のところ、主人公メイスンはある意味でトリフィドに選ばれた存在だからである。通常の人間は、トリフィドの毒鞭に打たれると死んでしまい、トリフィドの餌食となる。ところが、メイスンは二度もトリフィドの毒を受けながら、あるいはそれゆえにこそ生きながらえることが出来た希有な存在なのである。

まず、彼が幼少の頃、庭に自生していたトリフィドの幼木のまわりの土を掘っていて「どっからともなくやってきた何者かにひどく打たれて、気を失った」（十七頁）という体験をしている。目を覚ましたとき、「頭が割れたような感じがし、全身が痛んだ。そして後になって顔の横側に盛り上がった赤いミミズ腫れができているのに気づいた」（十七頁）とある。子供だったメイスンは自分が英国中で「トリフィドに刺され、なんとか助かった最初のひとびとのひとり」（十七頁）であったことを後になって知ることになる。この時メイスンが助かったのは、おそらく彼を刺したトリフィドがまだ幼木だったからだとメイスンは推測している。

その後、トリフィドを養殖してその油を販売する北洋＝欧州会社に就職したメイスンは、珍しい変種の標本を調べていたときに、顔にかぶった金網のマスクをトリフィドの毒鞭で打たれる。衝撃のせいで「小さな毒袋のいくつかが破裂し、数滴の毒が目に入った」（二三頁）が、ウォルターが解毒剤で応急処置をしてくれたために、入院して失明を逃れることができた。しかも、世界中の人を盲目にした流星群が空を覆ったのは、まさにメイスンが目の周りを包帯でぐるぐる巻きにされて入院していたその最中だったのである。つまり、メイスンはトリフィドのおかげで、失明を免れたのだともいえるわけだ。

さらにいえば、ゲーリー・ファーネルが指摘するように、メイスンは会社の技術職員であり、後に恋人になるジョセラは売れっ子の作家であった。つまり、トリフィドによる社会の変動がなければ、二人が出会うことも、恋に落ちることもなかったわけである。その意味では、トリフィドが引き起こした社会変動が、彼を生涯の伴侶と巡り合わせてくれたともとれることになる（Farnell 一八八頁）。

このように見てみると、主人公ビル・メイスンは偶然にこの小説の語り手となったというよりは、目をもたないトリフィドの代わりに、人間的な視覚を通して世界の変貌を「見届ける」ためにトリフィドによって選ばれた存在だったのではないかとも考えられる。なぜなら、メイスンの体内には、二度にわたってトリフィドの毒が注ぎ込まれたのであり、おそらく一度目の毒の体験で得た抵抗力のおかげで、二度目の毒でも死や失明を免れることができたと考えられるからである。とすれば、トリフィドの毒を体内に取り込んだメイスンは、トリフィドと人間のハイブリッドだともいえるのではないだろうか。

この主題をさらに推し進めるかたちで流用《アプロプリエート》したのが、二〇〇九年にＢＢＣが作成した「トリフィドの日」のドラマシリーズだった。なぜならこのドラマのクライマックスでメイスンとその仲間たちはトリフィドの毒を目に入れるからだ。その結果、彼らの目は黒ずみ、彼らの歩みはトリフィドのそれのようにゆっくりしたものなる。かくして初めてトリフィドは、彼らを仲間とみなし、攻撃しなくなる。つまり、人間とトリフィドの共存はこれによって可能となるわけである。

この結末について、ジェイムズ・モーガートは、これは「植物になる」という脱領土化であると述べる。アル・ゴアが「二酸化炭素排出量を減らせ」と訴える『不都合な真実』は、あくまで人間中心主義という既知の領域から出ることのない「支配や制御」の考え方である。それに対し「植物になる」というのは、既知の領域から、人間がそれ以前は知らなかった領域へと踏み込んでいき、自ら他者となり、他者を理解することだというのである(Morgart 二二六頁)。『嘔吐』の主人公ロカンタンも、小説の最後で、実存的恐怖を逃れるため、自らも植物になりたいと願望することを思い出しておこう(Laist 一七一頁)。

人間にはまだ気づかれていない植物性がある。つまり、人間の身体と主体性には無機世界、植物の生長、動物性の痕跡が刻まれている。植物は人間を含んでいないが、人間は植物的秩序のなにがしかを含んでいる。それゆえ、人間にはそもそも植物が遍在しているのだとマーダーはいう（Marder 十頁）。そうした自分のなかの植物的要素を掘り起こし、植物と一体化した新しい存在、すなわち人間と植物の境目を越境したポストヒューマンとなることは、これからの環境問題と向き合うなかで要請される姿勢でもあるように思われる。

最後に思い出しておこうではないか。地球のバイオマス、すなわち動植物の総量の九十九パーセントは植物だということを。地球とは、そもそも植物によって支配されたエコシステムなのであるということを（Keetley 一頁）。

◆注

1　Wyndham 一〇四頁。『トリフィドの日』本文からの引用は、参考文献にあるJohn Wyndham, *The Day of the Triffids* より。訳文は筆者による。

2　一九五一年マイケル・ジョセフから出版された初版のカバーでは、トリフィドは引用図版のように描かれている。

◆参考文献

Farnell, Gary “What Do Plant Want?” Keetley and Tenga, pp. 179–96.

Hall, Matthew “The Sense of the Monster Plant.” Keetley and Tenga, pp. 243–55.

Heathcote, Christopher “Triffids, Daleks and the Fragility of Civilization.” *Quadrant*, vol.58, 2014, pp. 80–88.

Keetly, Dawn “Introduction: Six Theses on Plant Horror: or, Why Are Plant Horrifying.” Keetley and Tenga, pp. 1–30.

——— **and Angela Tenga, editors.** *Plant Horror: Approaches to the Monstrous Vegetal in Fiction and Film*, Palgrave Macmillan, 2016,

Laist, Randy “Sartre and the Roots of Plant Horror.” Keetley and Tenga, pp. 163–78.

Latham, Rob “Biotic Invasions: Ecological Imperialism in New Wave Science Fiction.” *The Yearbook of English Studies*, vol.37, no.2, 2007, pp. 103–19.

Marder, Michael *Plant-Thinking: A Philosophy of Vegetal Life*. Columbia UP, 2013.

Matthews, Graham J. “What We Think About When We Think About Triffids: Monstrous Vegetal in Post-War British Science Fiction.” Keetley and Tenga, pp. 111–27.

Morgart, James “Deleuzions of Echo Horror: Weighing Al Gore’s Eco Strategy against ‘The Day of Triffids’.” *Horror Studies*, vol.8, no.1, 2017, pp. 115–30.

Williams, Jericho “An Inscrutable Malice: The Silencing of Humanities in *The Ruins* and *The Happening*.” Keetley and Tenga, pp. 227–41.

Wyndham, John *The Day of the Triffids*. Gateway, 2016, www.google.com/search?q=the+day+of+the+triffids+pdf&oq=the+day+of+th&aqs=chrome.1.69i57j35i39l2j0j69i60l2.7906j0j8&sourceid=chrome&ie=UTF-8

サルトル 『嘔吐』白井浩司訳、人文書院、一九九四年。

洞窟のなかの幻想の怪物
――初期恐竜・古生物文学の形式と諸特徴

南谷奉良

恐竜や古生物表象に関する複数の著作を刊行し、その領域に関してはほとんど単独的と言える批評家アレン・A・ディーバス（Allen A. Debus）は著書『幻想文学のなかの恐竜』（二〇〇六）で、「恐竜文学」（dino-fiction）という呼称を用いながら、そのジャンルに見られる偏りに言及している。あるウェブサイトのリストによれば、恐竜文学に数えられる長篇小説や中短篇はおよそ三百を数えるが、その内の約六〇％がマイクル・クライトンの小説『ジュラシック・パーク』（一九九〇）以降に出版された作品だというのだ（Debus 十四頁）。ディーバスは出典を明記していないが、そのリストとは『恐竜大全』（一九九七）に収録された付録ブレット・サーマンの作品リスト「ＳＦ文学における恐竜」を指していると考えられる（Brett-Surman 六九八〜七〇〇頁）。現在は二〇〇九年三月に更新された、三百を超える作品を記載したリストがスミソニアン博物館のオンライン・ライブラリーで公開されている。[1]

しかしこのリストがより興味深いのは、アーサー・コナン・ドイルの『失われた世界』（一九一二、以下引用に際しては*LW*と省略する）以前に出版された恐竜文学の数がたった十五篇という絶対的な乏しさを同時に明らかにしていることである。ディーバスもジュール・ヴェルヌの『地底旅行』（一八六四）から『失われた世界』刊行までのおよそ五十年間には、恐竜を含め、先史時代の動物に関連するフィクションは「ほんのひと握りしか存在しない」（Debus 三四頁）と指摘しているが、この乏しさは学術的に注目すべき特徴であろう。近年、十九世紀に生み出された恐竜・古生物の視覚的な表象に関する研究に比肩する形で、同世紀に登場した新興ディシプリンである地質学や古生学のテクストの内部に侵入し、あるいはその周囲を彩っていたロマン派的な想像力と詩的言語、すなわち「科学のなかの文学」に関する研究が刊行されているが、[2]本稿の射程は十九世紀中盤から（SFパルプ雑誌や特撮映画が目立って登場する以前の）二〇世紀初頭の時代まで、すなわちヴェルヌ－ドイル間（一八六四－一九一二）のおよそ半世紀の間に存在した、言葉で《ヴァーバルな》書かれた恐竜・古生物の物語にある。以下、先の乏しい作品リストを増補しながら、その限定された期間に特徴的な物語の形式と諸特徴を明らかにしてみたい。

「初期恐竜・古生物文学史」の探求

まずはヴェルヌ－ドイル間に書かれた作品で、恐竜・古生物をめぐる物語と特徴づけられている作品のリスト化から着手してみたい（以下、表1「初期恐竜・古生物文学史のための作品リスト」で付した通し番号①〜㉗を使用する）[3]。ディーバスの前掲書は本文中で①⑦⑧⑨⑩㉔㉖㉗の作品に触れているほか、巻末の補遺「恐竜物語とその他の注目すべき古生物文学（paleo-fiction）」のリストで、代表的な物語と考えられる七十四作品のタイトルと概略を記載している。一九一二年以前のタイトルには表1中の⑨⑪㉓㉕㉖が含まれているが、これら十三篇の各作品で恐竜・古生物の扱いが大きく異なっている点には注意をしなければならない。例えば⑩⑪㉓㉕㉖の作品では、恐竜・古生物が確かに言及されるものの、その多くはプロットの中核を成す不可欠の存在として登場するわけではなく（単なる化石への言及も含まれる）、記述量にも著しい差があるからだ。

ディーバスの研究が浮かび上がらせるのは、「恐竜文学」や「古生物文学」という名のもとの探求が、その選定基準や定義が揺らいだままなされ、個々の研究者による研究範囲と趣味的選別に依存している実態である。例えば生物科学者ランディ・A・ムーアの労作『時代ごとの恐竜――科学とポピュラーカルチャーにおける恐竜年表』（二〇一四）は、古生物・地質学の古典的主要文献、化石の発掘や命名の歴史、恐竜・古生物の初期の視覚的表象や関連する文化史を通時的に知

表1　初期恐竜・古生物文学史のための作品リスト：1864年から1912年にかけて発表・刊行された恐竜、古生物、先史時代の動物が登場する／言及される詩や中短篇、長篇作品を記載

① Jules Verne (1828–1905), *Voyage au centre de la Terre* (1864); *Journey to the Center of the Earth* (1867)

② Robert Duncan Milne (1844–1899), "The Iguanodon's Egg," "The Hatching of the Iguanodon" (in *The Argonout*, vol. 10, no.7, Feb 18, 1882)

③ James De Mille (1833–1880), *A Strange Manuscript Found in a Copper Cylinder* (in *The Harpers Weekly*, Jan–May, 1888)

④ Samuel Page Widnall (1825–94), *A Mystery of Sixty Centuries or A Modern St. George and the Dragon* (published by the author, 1889)

⑤ Phil Robinson (1847–1902), "The Last of Vampires" (in *Warragul Guardian and Buln Buln and Narracan Shire Advocate*, May, 1893)

⑥ E. Douglas Fawcett (1866–1960), *Swallowed by an Earthquake* (Edward Arnold, 1894)

⑦ John Jacob Astor IV (1864–1912), *A Journey in Other Worlds: A Romance of the Future* (D. Appleton, 1894)

⑧ Charles John Cutcliffe Hyne (1865–1944), "The Lizard" (in *The Strand Magazine*, Feb 1898)

⑨ Wardon Allan Curtis (1867–1940), "The Monster of Lake LaMetrie" (in *The Pearson's Magazine*, Sep, 1899)

⑩ Frank Mackenzie Saville (1865–1950), *Beyond the Great South Wall: The Secret of the Antarctic* (Grosset & Dunlap, 1899)

⑪ Henry Hering (1864–1945), "Silas P. Cornu's Dividing Rod" (in *Cassel's Magazine*, June, 1899)

⑫ Bernard Capes (1854–1918), "Dinah's Mammoth" (in *At a Winter's Fire*, Doubleday & McClure, 1899)

⑬ Eden Phillpotts (1862–1960), "The Archdeacon and the Deinosaurs" (in *Fancy Tree*, Methuen, 1901)

⑭ Eden Phillpotts (1862–1960), "A Story without End" (in *Fancy Tree*, Methuen, 1901)

⑮ Edwin J. Webster (1863–1933), "The Slaying of Plesiosaurus" (in *The National Magazine*, vol. XVII, no. 3, 1903)

⑯ Bert Leston Taylor (1866–1921), "Dinosaur" (in *The Tribute*, Jan, 1903)

⑰ Samuel Hopkins Adams (1871–1958), *The Flying Death* (in *McClure's Magazine*, 1903, 1905)

⑱ Charles Derennes (1882–1930), *Le Peuple du pole / The People of the Pole* (Société du Mercure de France, 1907)

⑲ Thomas Charles Sloane (dates unknown), "The Pterodactyl" (in *The Strand Magazine*, Sep, 1907)

⑳ Georges Dupuy (dates unknown), "Le monstre de Partridge Creek"/ "The Monster of Partridge Creek" (*Je sais tout / The Strand Magazine*, 1908)

㉑ Porter Emerson Brown (1879–1934), "The Diplodocus" (in *The New Broadway Magazine*, Aug, 1908)

㉒ Henry Francis (dates unknown), "The Last Haunt of the Dinosaur" (in *The English Illustrated Magazine*, vol. 39, 1908)

㉓ Ambrose Bierce (1842–1914?) "For the Akhoond" (in *The Collected Works of Ambrose Bierce*, vol.1, 1909)

㉔ Arthir Conan Doyle (1859–1930), "The Terror of Blue John Gap" (in *The Strand Magazine*, Aug, 1910)

㉕ Jules Verne (1828–1905) and Michell Verne (1861–1925), "Le Humbug" ("Humbug: The American Way of Life") (in *Hier et demain*, 1910)

㉖ Charles Roberts (1860–1943), *In the Morning of Time* (chapters 1–6 published in *The London Magazine*, May–Oct, 1912)

㉗ Arthur Conan Doyle (1859–1930), *The Lost World* (in *The Strand Magazine*, Apr–Nov, 1912)

るために重宝する年表資料だが、言葉で描かれたフィクションへの関心が薄いがゆえに、同主題に関しては貧弱な歴史しか提示していない。十九世紀中盤から一九一二年までの期間で記載があるのは、(大型海棲爬虫類をモデルにした「竜」のヴィジョンを含む)アルフレッド・テニスンの詩『イン・メモリアム』(一八五〇)、(小説冒頭で霧と泥のなかから現れるメガロサウルスのヴィジョンを描く)チャールズ・ディケンズの『荒涼館』(一八五三)のほかでは、リスト中の①⑦⑨⑯㉖㉗の作品のみであり(Moore 三九~一五〇頁)[4]、ディーバスやブレット・サーマンの成果はまるで反映されていないのだ。

恐竜・古生物文学研究につきまとう本質的な困難は、まさしくその領域を隈取るための「恐竜」および「古生物」という名称の曖昧な用法に関連している。この領域には、厳密な意味での(二足で陸生歩行をする)非鳥類型恐竜だけではなく、古生代の巨大な植物、翼竜や海棲爬虫類およびその化石群、マンモスやマストドンのような新生代に生息していた陸生生物、さらには、(一部恐竜から着想されているだろう)怪物までがいつのまにか忍びこむ。ウンベルト・エーコがその著書『異世界の書――幻想領国地誌集成』のなかで、ヴェルヌの描くイクチオサウルスとプレシオサウルス(ともに海棲爬虫類≠恐竜)を念頭に「地底恐竜(subterranean dinosaurs)」の呼称を用いているように(Eco 三五頁)、とくに俗称としての「恐竜」はギリシャ語の語源(deinos+sauros: “fearfully-great lizard”)を反映しながら、爬虫類を思わせる長い首や尾、光沢のある鱗状の皮膚、神話・伝説上の竜のように鋭利な爪や牙を生やし、人間に畏怖や崇高の念、恐怖や慄きを抱かせるほど巨大な身体をもつ、悠久の過去《ディープタイム》に生息していた絶滅動物を曖昧に包含するブランケットタームとして機能する。この慣用用法のもとでは登場人物や読者が抱くであろう恐怖の情動に応じて恐竜であるかどうかが決定される傾向がある。それゆえ恐竜・古生物を描いた文学作品はヴェルヌ－ドイル間に「ほんのひと握りしか存在しない」というよりは、未だそのようなものとして発見と共有と分析がなされておらず、「恐竜文学」や「古生物文学」とラベルを貼られた分類箱が学術的に整理されることなく、いくつも散らかっているのが現状と考えられる。

例えば未確認動物学（cryptozoology）に関心をもつチャド・アーメント（Chad Arment）編纂のアンソロジー『トカゲ目の怪物たち《サウリア・モンストラ》——古典空想科学小説における恐竜、翼竜、その他の化石爬虫類』（二〇〇九）は一八九三年から一九五五年までに発表された十五の物語を収録しており、ヴェルヌ－ドイル間の作品では⑤⑧⑨⑮⑲⑳㉑㉒の世紀転換期にかけて刊行された貴重な作品を発見している。しかし未確認動物学の分野に頻繁に見られる好事家の趣味性があることは否めず、序文や作品の出典情報、注釈も付されておらず、作品の収録基準が不明な点で本書は学術的に瑕疵がある。アンソロジーという点では、電子書籍の媒体で古生物や謎の怪物に関連するフィクションを刊行しているパレオゾイック・プレスの二つの作品も貴重であり、『先史と原始の物語——恐竜、マンモス、その他の絶滅した動物をめぐる短篇選集』（二〇一四）には⑧⑨⑫⑬⑭⑲㉓のタイトルが、『恐怖のプテロダクティルス——空飛ぶ爬虫類物語選集』（二〇一八）には④⑰⑲が収められている。ただし後者にはアーメント所収の翼竜物語⑤は含まれておらず、最初期の翼竜物語を網羅する選集というわけではない。

作品タイトルがかくも未整理に散らばっているのは、端的に恐竜・古生物という横断的な知を要請する領域研究が未だ萌芽期にあるからだろう。表1中のほとんどのタイトルは、雑誌や新聞、書籍のデジタルアーカイヴ化が進んだからこそ発見された作品であるだろうし、その点では化石と同じく、発掘とクリーニング、分類と記載、展示と解釈を待っている作品がまだ数多く存在しているはずである。初期の恐竜・古生物文学史だけに限っても、リストの修正と更新、個々の作品の文化的背景をともなった精読とそれに対する批判、そして地質学や古生物学の専門研究者との連携が不可欠である。

今回の本稿の分析では個々の作品の精読に踏みこむことはできないが、表1のリストから幾つかの短篇作品に共通する形式と諸特徴を指摘することで、この広大な領域研究への入口の一つをつくってみたい。対象時期についてはディーバスに倣い、一八六四年から一九一二年に設定する。この期間は伝統的に、その間に何もないかのようにジャンプされてきた期間でありつづけてきたからだ。ドナルド・F・グルートがポピュラーカルチャーにおける恐竜を論じるときにも、ヴェルヌからドイルへは一足飛びであるし(Glut 二六二頁)、日本で一九八四年に特集された『幻想文学――古生物幻想』中で編まれたブックガイド「恐龍文学必携」でも、リストを『地底旅行』と『失われた世界』の二作品から始めることで、その空白の半世紀を強く目立たせている。この時期の作品は翻訳の分野においても未開拓であり、ヴェルヌ①とドイル㉔㉗を除けば、表1のリスト中で邦訳されている作品は『ヴィクトリア朝空想科学小説』所収の⑧と、『恐竜文学大全』所収の⑨のみである。一九一二年以降には、初の恐竜アニメーション『恐竜ガーティ』（一九一四）、ドイルの作品をのちに映画化する際に技術監督を務めたウィリス・オブライエンのストップモーションを用いた映画『恐竜とミッシングリンク』（一九一五）や『眠れる山の幽霊』（一九一八）が制作され、恐竜と古生物の映像文化への移住がはじまる。その意味でも、『失われた世界』は一つの時代を区切るための有効な指標だと言えるだろう。

発見された手稿の形式

表1で挙げた作品を読むうちに判明するのは、その内の多くが「発見された手稿」（found manuscript）ないしはそれに準じる断片的な手記や原稿、報告文を利用していることである（①③⑤⑧⑨⑩⑬㉔㉗）。キャサリン・スプーナーが説明するように（五六－六二頁）、『オトラント城』（一七六四）以降、「発見された手稿」の形式はゴシック文学の常套手段となり、『ブレア・ウィッチ・プロジェクト』（一九九九）などの疑似ドキュメンタリー映画で「発見された映像」（found

図1『銅筒から発見された奇妙な手稿』(Harper & Brother, 1888) の巻頭に置かれた口絵

footage）として継承されるほどの伝統的なトロープになっている。この手法は信憑性の断片化や、現前する語り手や登場人物から遊離した言葉そのものの浮遊を通じて、作品内に幻想と怪奇、謎とサスペンスを導き入れるわけだが、その効果は、とりわけ未知の怪物を登場させるプロットにとって有用性が高いのだろう。最初期の恐竜物語に位置づけられるカナダの作家ジェイムズ・デ・ミルによる長篇③『銅筒から発見された奇妙な手稿』(一八八八)は、死後出版されている点でそれ自体が発見されたマニュスクリプトであるという興味深い歴史をもつ(Burgoyne 十三頁)。風刺的ユートピア小説、「失われた世界」もの、冒険物語や南極探検記といった複数のサブジャンルを横断する物語で、漂流してきた手記を登場人物たちが交代で読み進めていくうちに、絶滅したはずの巨大動物についての記述が発見される。同小説の冒頭に付された海水に浮く銅筒の口絵(図1)は「発見された手稿」の形式がもたらす揺動する信頼性を象徴するかのようである。

デ・ミルの作品は、そのタイトルのみならず、南極や地球内部の空間といった設定を含め、エドガー・アラン・ポーの短篇「瓶のなかで発見された手稿」（一八三三）や長篇『ナンタケット島出身のアーサー・ゴードン・ピムの物語』（一八三八）から影響を受けている（Burgoyne 二二、三二八－二九頁）。前者のテクストでは語り手が冒頭で自身の「想像力の欠如」を示した上で、「これから語る信じがたい話」が想像力の所産ではないことを強調するのだが（Poe 九九頁、強調は引用者）、この語り出しは初期の物語を読み解く上で重要である。目撃者や証言者から想像力を奪う導入は、ドイルの短篇㉔「ブルージョン洞穴の恐怖」でも用いられている。この短篇は亡くなった博士が遺書として残した日記の前後を、それを公開する匿名の語り手の言葉が挟む、古典的な枠物語（frame narrative）の形式を採用している。語り手は古代の洞穴熊と遭遇したという博士の証言に信頼性を付加しようと、「思慮深く科学的な性向をもち、想像力などは全くなく、異様な出来事の話をでっちあげることなどしそうにない人物」（Doyle, "The Terror" 一九八頁、強調は引用者）と述べて日記の引用を開始し、最後に――博士が自身の体験談は事実であると強調して筆を擱いたあとに――再び登場し、「このようにして博士の奇妙な手稿は終わっている」（二一二頁）と控えめな言葉を付加して手稿の断片性を補完する。「これから語る信じがたい話」という導入も、C・J・カットクリフ・ハインの短篇⑧「トカゲ」の冒頭で利用されている。「これから記すことを一般の人々に信じてもらおうとは少しも期待していない」（Hyne 十五頁）とはじまるこの物語は、洞窟内で失踪した人物の縁者が読むかもしれないという期待のもとで書かれた、いわば投瓶的手記である。ポー由来の「意図的に読者に物語の信頼性を疑問視するように仕向ける」(Burgoyne 三二八頁) 導入によって、あえて語り手が身を引くことで、読者が信じがたい物語にのめりこむための隙間をつくろうとしている。

フィクションの手稿がしばしば破損した状態で発見されるのも、こうした隙間や破れ目、余白をつくるためである。注目すべきことには、怪物を登場させる物語が手稿の断片化や復元という形式をもつ場合、その形式が物語の登場人物自身の身体の最終的な形態を予告することがある。フィル・ロビンソンの短篇⑤「ヴァンパイア族の生き残り」は、翼竜を生け捕りにしたドイツの大学教授が残した日記の断片が語り手によって復元される構成をもつ。教授は翼竜をカヌーに縛り付けて乗せ、意気揚々とアマゾン川を下って母国に持ち帰ろうとするが、残念ながら、ある日岸辺で発見されたのは、その日記に加え、二体の生物個体の骨格であった。歳月の経過もあってそれぞれ半分ずつが洗い流されていたため、回収された骨は単一の生物のものと考えられ、その二体の骨は「ヒト爬虫類 (man-reptile)」という一体のものとして復元されてしまう。

このように手稿の形式それ自体が物語の内容に食いこみ、キメラ的怪物を登場させる最もわかりやすい例が、W・A・カーティスの⑨「ラ・メトリ湖の怪物」である。この短篇では、(世紀転換期の退化論言説下にある) 身体虚弱だが高い知性をもつ人間の脳を、「バラバラにでもしないかぎり殺すには相当手間取るだろう」と形容される (三一頁) 強大な生命力をもつ海棲爬虫類エラスモサウルスの頭蓋に移植する合体実験が行われる。物語は第一の語り手マクレナガンが湖での体験を綴った日記を、さる大学教授に宛てて送る文面からはじまるが、その手紙自体が最終的にマクレナガンの身体とともにエラスモサウルスに八つ裂きにされてしまうため、ちょうど山中に通りがかった——居留地を抜け出した先住民族を追ってきた——陸軍兵団の大尉が第二の語り手として物語を引き継ぎ、バラバラになった手紙をできるかぎり復元して、同教授に再送するという構造をもつ。つまりこの物語は、手稿と登場人物を断片にするだけでなく、伝統的な枠物語の片側をも破損させることで、到底ありえない出来事に事実の可能性を招き入れる幻想性を確保しようとするのである。

「発見された手稿」や枠物語の形式は隙間や破れ目、余白を利用することで幻想を呼び入れ、絶滅したはずの動物が生息している空間をもっともらしく用意するが、次節で論じるように、ここに加えるべきもう一つの幻想の領域として、洞窟のなかの暗黒がある。

洞窟のなかのキメラと弱い光の詩学

エーコは前掲書で、エドモンド・ハレーやＪ・クリーブス・シムズの地球空洞説から影響・着想を受けた文学作品の数は二千二百以上にものぼるという試算に触れているが（Eco 三五八〜六〇頁）、「恐竜・古生物が生息している地下空間」という条件を付加すれば、残るタイトルの数はかなり絞られるだろう。ヴェルヌ－ドイル間に存在する物語の幾つかの作品は洞窟や地下といった舞台設定に依拠しているというディーバスの指摘は的確で（Debus 三四頁）、実に表1のリスト中の約半数の作品（①③⑤⑥⑧⑨⑩⑮⑰⑱⑲㉔㉖）が地下空間に恐竜や古生物を棲まわせている。「地面から下に降りることによって何かを発見するという隠喩的な旅」のモチーフは古来から物語に編み込まれてきたが（ウィリアムズ 十九頁）、十九世紀から二十世紀初頭にかけての諸科学の発展および都市・鉱山開発の結果、「地下内部にかくされていた世界を発見するというアイディアはますます信じられないものになっていった」（同書 二三頁）変化と並行して、恐竜・古生物文学史の文脈では「地下に降りる」という隠喩は固有の意味を帯びるに至った。ディーバスは十九世紀に化石の発掘や絶滅動物の分類に尽力した地質学者や古生物学者たちが洞窟の奥で発見したロマンの意味に着目しながら、その地下空間が近代以降に獲得した比喩的な意味について述べている。

やがて洞窟は、深淵な時間に通じている地下に空いた空間として、重要な隠喩となるに至った。地球の内奥へのアクセスは――詩的な隠喩として頻繁に用いられたように――洞窟の「口」を通じて成された。当時の科学者やロマン派の詩人がそう理解していたように、地球は特殊な感受性を持つ者たちに対しその口で語り、過去や未来の秘密を吐露するので

（Debus 十九頁）

である。

表1の物語の地下空間を地図上で重ねてみると、至るところに秘密の「口」が開き、いわば穴だらけになった地球のヴィジョンが浮かんでくるが、その穴の空き方には特徴があり、極地の穴には長篇（③⑩⑱）が、洞窟や湖の穴には短篇が選ばれている（⑤⑧⑨⑮⑲㉔）。当然のことながら登場する怪物が水棲の場合、湖の底に穴が空く。例えばシムズの地球空洞説に直接言及する⑨の短篇に登場するエラスモサウルスは、米国ワイオミング州山中奥深くの湖の、「地球の内部と繋がっている」底から現れ、エドウィン・J・ウェブスターの短篇⑮に登場するプレシオサウルスも、中央アフリカの山岳地帯奥地にある「地獄とつながっている」（Webster 四〇頁）湖を生息地とする。後者はケープ－カイロ間の鉄道敷設調査に派遣された部隊が、「地球の中心から這い上がってきた悪魔」（四三頁）である怪物を文明の利器であるダイナマイトで爆殺する結末を通じて、竜殺しの神話を帝国主義の地政学のなかで再演する物語である。⑤の短篇はペルーのマラニョン川付近にある洞窟を舞台としている。底なしになった「地獄への入口」として恐れられており（Robinson 十頁）、先住民から生き血を好むと信じられている吸血性の翼竜が棲みついている。同じく翼竜と遭遇するトーマス・チャールズ・スローンの短篇⑲でも、米国ヴァージニア州ブラウン・ヒルで狩りをしようとしていた退役軍人と彼の仲間が踏み入れる洞窟は、「化石のような巨

大な構造物の喉」(Sloane 六〇頁)、「すべてを飲みこむ暗黒の口(maw of darkness)」(六二頁)などと喩えられる。⑧の短篇「トカゲ」は洞窟探検を趣味とする主人公の恐怖譚で、英国ヨークシャー州のケトルウェルの小さな村付近に広がる蜂の巣状に穴が空いた石灰岩地帯の地下が舞台である。洞窟のなかでは奇怪な怪物の裂けた口が「洞窟のように大きく開」いて、主人公を飲みこもうとする(Hynes 二二頁)。口のなかにもう一つの口が開く、といったフラクタルな比喩表現は㉓の物語にも見られ、英国ダービー州の山腹(mountainside)にあるブルージョンという鉱物を採掘できる洞穴は、「地球の腸」(Doyle, "The Terror" 一九九頁)に喩えられている。

洞窟や空洞の舞台設定は、一九三〇年代初期まで使われつづけるというが(Debus 三四頁)、一九三九年に発表された久生十蘭の名作「地底獣国」は、やはり手紙や手稿、報告文の形式を利用しながら、まさしく同年代のソヴィエト・ロシアのカムチャッカ北方の山の火口から南樺太までを抜ける地底空間で展開する。「地球の抜け穴《ポテルラス・グロビユス》」へと落ちていき、恐竜を含めた中生代の動植物が繁茂する「有史以前の壮大な叙情《リリスム》」(四一〜四二頁)を描き出す本作で、「一時間で、一千万年の落下《シュート》! なんという幻想《ファンテエジイ》!」(七〇頁)という驚嘆の声が叫ばれるとき、そこには地球空洞説や地下に関する表象、初期恐竜・古生物文学の伝統が見事に凝縮されているようである。

洞窟の「口」のなかは「さまざまな生物、季節、植物、太陽、星」等の自然を排除された漆黒の暗闇が支配する空間であるために(ウィリアムズ 三五頁)、その物語空間を照らす仕掛けが必要となる。しかし多くの物語では、伝統的な照明道具である蝋燭や松明《たいまつ》、マッチなどの火は揺動して頼りなく、洞窟のなかを流れる冷たい川のなかで濡れて消えてしまう。[5]（十九世紀末に誕生した洞窟学［speleology］上の調査で重宝された）マグネシウム線やアセチレン・ランプのような強い光でも、物語によってはその空間から排除されてしまう。例えばドイルの短篇㉔では、古代熊が月のない夜にしか洞窟の外に現れないのは、洞内の暗闇の環境に適合した結果、光が眼球に苦痛を与えるためだと説明される（Doyle, "The Terror" 二〇一、二〇七、二一二頁）。物語の最後でその獣は主人公の携えるアセチレン・ランプを破壊して、光を断片《こなごな》にして逃走するが、このことは初期の物語に内在する特質が二〇世紀初頭に台頭しつつある強い光の映像文化に示した抵抗の所作とも解釈できる。実にこの短篇から二年後に刊行された㉗『失われた世界』のなかでも、ドイルは強い光を物語から退場させている。いま思い起こせば、生き残り説を唱えるチャレンジー教授が所有する「破れた写真（damaged photographs）」（*LW* 二二二頁）は明らかに"found manuscript"の亜種であり、その強い光で描かれた「絶対的証拠」が水に濡れてぼやけてしまった事故は（*LW* 二四二頁）、初期の恐竜・古生物文学史の最後尾に位置するその長篇を言葉で展開するために必要な事故であったのだろう。

　弱い光の詩学は、語り手や登場人物が遭遇する驚異の怪物の身体をいかに言葉でもって現前させるかという問題と関わっている。そもそも当時はその名（例えば「プレシオサウルス」）を呼ぶだけで特定の恐竜や古生物の視覚的な表象を安定的に召喚・供給できた時代ではない。初期の地質学者や古物学者たちは絶滅動物の身体を類推する際、既存の動物の身体部位を剥製師のようにして縫い合わせる筆致で科学的記述を行うことがあったが（O'Connor 三二八頁）、この方法はそのまま文学作品でも踏襲された。例えばデ・ミルは③の物語でプレシオサウルスを描く際に「トカゲの頭、ワニの歯、白鳥の首、四足獣の胴体と尾、鯨の胸鰭をもったものを想像してみるといい」（De Mille 一四六～四七頁）とキメラ的身体を言葉で縫いあげ、その目立つ縫い目に関しては読者の想像力のなかで覆い隠されることを期待している。

しかしこのような描写方法は、とくに洞窟という空間で実践される場合、（語り手や登場人物が見ている）弱い光に照らされた身体と、（読者が読む）直喩や隠喩を通じて描出された身体の間に著しい乖離を引き起こす。表1から幾つか例をとってみよう。松明を燃やした舟の上の火が不思議と消されてしまう⑤の洞窟には、先住民族から「アリンキ」と恐れられる翼竜が棲みついており、その身体は「大きな灰色の犬のような頭」と「牛の目と同じくらい大きい目」（Robinson 十頁）、「蝙蝠のような翼」（十一頁）、「ニシキヘビのような首をもった翼の生えたカンガルー」（十二頁）と表現される。短篇⑲では「鰐のような口」と「蛇のような首」（Sloane 六七頁）をもつ翼竜が物語の最後で、「地獄の禿鷲」（六八頁）という恐怖の形象を与えられている。絶対的な暗闇が支配する洞窟に棲む㉔の古代熊は、「馬のいななきに似た、震える高い泣き声」を出し、「海綿状の足」（Doyle, "The Terror" 二〇四頁）でその巨体を運び、「野卑で、有害なまでに忌まわしい悪臭」（二〇五頁）を放ち、

「色が褪せた槙肌《まいはだ》のような毛」で覆われ、さながら「毛刈りをする前の巨大な羊のよう」でもあり、「最も大きい象をもはるかに凌」ぐ、「熊のように後ろ脚で立ち上が」り、「地上にいるどんな熊よりも大きく、その十倍以上もある体躯」(二〇九～一〇頁)をもつと描かれている。いずれの記述も外光が当たっているように想像することは不適当であるし、継ぎ接ぎの比喩が実際にはそうではないだろう形象を呼び寄せすぎてしまい、怪物の全容は「～のような」の後ろに霞み、断片的に繋ぎあわされたクリーチャーが暗闇のなかに浮かび上がっている。

このような乖離は異彩を放つ身体描写をもつ⑧「トカゲ」で際立つ。おそらくメガロサウルス(の初期表象)をモデルにしているのだろうが、そこで描かれる怪物は“fearfully great lizard”にまつわる幻想を極端に肥大させた、およそ恐竜とは程遠いキメラである。「怪我をした子供のような」鳴き声をあげて眠りから目覚めた怪物の体は、「鮮やかな草緑色」をしており、「馬二頭ほどの大きさ」がある。目があるかわからない顔の鼻先からは六フィートもある二本の「手の指のような触覚」が伸び、その触覚は「ロブスターのような甲殻で覆われ」、尻尾の先端には「鋸の歯のように並んだぎざぎざの鱗」がついている(Hyne 二一一頁)。巨大な顎を「洞窟のように大きく開」いて近づいてくる様は、「突如生命を得た、樽のような腹をもったソファ」という奇怪な比喩で表現される(二一二頁)。

この言葉の継ぎ接ぎによる復元には語り手自身、戸惑いを見せている。洞窟内で彼が発見した

「セシル・コーディ…」という名前が断片的に爪で刻まれたペンナイフが予告していたように（十九頁）、鋭い刃の打撃をも弾き返す強靭な皮膚をもつ怪物の前にあって（二三頁）、ペンは剣と同じく弱く、その身体に弾き返されてしまう。

しかしそれを描き出すには単なる言葉では役不足だった。その怪物は現代の語彙の外に存在していた（outside the vocabulary of today）。どう言えばよいのか、その恐ろしい異形の感覚によって、見ているだけでこちらの肉体がやられるような気分になるのだ。

（Hyne 二二頁、強調は引用者）

言葉では表現できないという認識は㉗『失われた世界』でも吐露されている。語り手マローンが第十章で、自身に訪れるかもしれない死や失踪を念頭にその驚異の体験と感銘を書き留めるなか（*LW*三一二頁）、彼はその「手記の束（the bundle of this manuscript）」が探検家の誰かによって発見され、それが「真の冒険の古典として不滅の作品」になる可能性をも見込んでいる（*LW*三一二頁）。「発見された手稿」の伝統を見事に継承した信念だが、イグアノドンの驚異的な身体の描出にあたってはすぐにも、もう一つの伝統に、彼の「針先万年筆《スタイログラフィックペン》」の限界に突き当たる――「その外見をずばり表現しようとしても、体長二十フィートの、クロカイマンのような皮膚をもった怪物的なカンガルーに似ているとしか言えないのである」（*LW*三二七頁）。

言葉で書かれた物語に言葉の限界が書き込まれていること、それが強い光の映像文化が台頭してきた時代に書かれていることはどこか痛ましい事実だが、しかしだからといって、単に言葉の無力をのみ語っているわけではないだろう。破れ目や縫い目、余白や暗黒を内在させる初期の物語が「現代の語彙の外に存在」している対象を描こうとして、言葉の向こう側に（beyond description）何かをあらしめるとき、そこには強い光には決して描けない幻想の領域が、蝋燭のような弱い光にしか呼びだせない未知の怪物が存在しているからだ。

◆注

1　*Smithsonian Libraries*内でダウンロードできるファイル"paleo_SciFi.pdf"を参照。https://repository.si.edu/handle/10088/9649.

2　視覚的な表象についてはRudwickおよびLescaze、科学のなかの文学についてはO'ConnorおよびAdeleneを参照のこと。

3　ムーアは同書でテイラーの詩⑯を一九一二年と記載しているが（Moore 一四七頁）、実際は『トリビュート』紙で一九〇三年二月二六日に発表されている。Williamsを参照のこと。

4　表1のリスト作成にあたってはArment、Bleiler、Debus、Moore、Stableford、Chandler, *Terrible Pterodactyls*、同著者*Prehistorics & Primevals*を参照した他、複数の作品を追加した。生没年情報や作品の初出情報を同定する上では*The Internet Speculative Fiction Database*（www.isfdb.org）およびオンライン版John Clute et.al., editors, *The Encyclopedia of Science Fiction*（www.sf-encyclopedia.com）も参照した。

5　Robinson 一〇一、一一一頁、Hyne 二二頁、Sloane 六一頁、Doyle, "The Terror" 二〇二頁のそれぞれで、弱々しい／消えてしまう火や光が描かれている。

◆参考文献

Adelene, Buckland　*Novel Science Fiction and the Invention of Nineteenth-Century Geology*. U of Chicago P, 2013.

Arment, Chad, editor　*Sauria Monstra: Dinosaurs, Pterosaurs, and Other Fossil Saurians in Classic Science Fiction and Fantasy*. Coachwhip Publications, 2009.

Bleiler, Everett Franklin, editor　*Science-fiction, the Early Years: A Full Description of More Than 3,000*. Kent State UP, 1990.

Brett-Surman, Michael K.　"Dinosaurs in Science Fiction and Fantasy: A Starter Guide to Novels, Anthologies, and Pulp." *The Complete Dinosaur*, edited by J. O. Farlow et al., Indiana UP, 1997, pp. 698–700.

Burgoyne, Daniel　Introduction. *A Strange Manuscript Found in a Copper Cylinder*, by James De Mill, Broadview Press, 2011, pp. 11–36.

Chandler, Benjamin, editor　*Terrible Pterodactyls: A Collection of Flying Reptile Fiction*. Paleozoic Press, 2014, Kindle.

———, editor　*Prehistorics & Primevals: Short Stories of Dinosaurs, Mammoths, and Other Extinct Creatures*. Paleozoic Press, 2014, Kindle.

Curtis, Allan Wardon　"The Monster of the Lake LaMetrie." Arment, pp. 25–38.（W・A・カーティス「湖上の怪物」佐川春水訳、『恐竜文学大全』所収、一九六–二二五頁）

Debus, Allen A　*Dinosaurs in Fantastic Fiction: A Thematic Survey*. McFarland & Company, 2006.

De Mille, James　*A Strange Manuscript Found in a Copper Cylinder*, McClelland and Steward, 1969.

Doyle, Arthur Conan "The Terror of Blue John Gap." *The Horror of the Heights & Other Tales of Suspense*, Chronicle Books, 1992, pp. 198–212.

——— *The Lost World*. Arment, pp. 211–413.

Eco, Umberto *The Book of Legendary Lands*. Translated by Alastair McEwen, Rizzolo exlibris, 2013.（ウンベルト・エーコ『異世界の書——幻想領国地誌集成』三谷武司訳、東洋書林、二〇一五年）

Glut, Donald. F. *Jurassic Classics: A Collection of Saurian Essays and Mesozoic Musings*. McFarland & Company, 2001.

Hyne, C. J. Cutcliffe "The Lizard." Arment, pp. 15–24.（カットクリフ・ハイン「トカゲ」田中誠訳、『ヴィクトリア朝空想科学小説』所収、二六三—八二頁）

Lescaze, Zoë *Paleoart: Visions of the Prehistoric Past*. Taschen America, 2017.

Moore, Randy. A *Chronology of the Dinosaur in Science and Popular Culture*. Greenwood, 2014.

O'Connor, Ralph *The Earth on Show: Fossils and the Poetics of Popular Science, 1802–1856*. U of Chicago P, 2007.

Poe, Edgar Allan "Manuscript Found in a Bottle."*Selected Writings of Edgar Allan Poe*, edited by David Galloway, Penguin Books, 1967, pp. 99–109.

Robinson, Phil "The Last of the Vampires." Arment, pp. 7–14.

Rudwick, Martin J. *Scenes from Deep Time: Early Pictorial Representations of the Prehistoric World*. U of Chicago P, 1992.

Sloane, Thomas Charles "The Pterodactyl."Arment, pp. 49–69.

Stableford, Brian *Science Fact and Science Fiction: An Encyclopedia*. Routledge, 2006, pp. 128–29.

Webster, Edwin J. "The Slaying of the Plesiosaurus." Arment, pp. 39–48.

Williams, David B. "Dino Brains and Poetry."*GeologyWriter.com*, Jan. 23, 2013, geologywriter.com/blog/stories-in-stone-blog/dino-brains-and-poetry.

ウィリアムズ、ロザリンド 『地下世界——イメージの変容・表象・寓意』市場泰男訳、平凡社、一九九二年。

風間賢二編 『ヴィクトリア朝空想科学小説』ちくま文庫、一九九四年。

スプーナー、キャサリン
『コンテンポラリー・ゴシック』風間賢二訳、水声社、二〇一八年。
東雅夫編
『幻想文学――特集［ロストワールド文学館］古生物幻想の世界』第八号、一九八四年。
――編
『恐竜文学大全』河出文庫、一九九八年。
久生十蘭
『地底獣国』現代教養文庫、一九七六年。

マンティコア変奏曲――実在と幻想の狭間

大沼由布

導入部

マンティコア（Manticore）は、人食いの人面獣として知られ、ペガサスやユニコーンほどではないものの、ギリシア由来の空想上の怪物として、英語の辞書からでも簡単な説明は得られる程度の「知名度」を有し、現代でも非現実世界を扱う媒体には少なからず登場する。その姿は、インドに関する紀元前のギリシア語文献に記録されて以来、人のような顔、ライオンのような体、サソリのような尾という、異なる種の特性を混合したものが基本で、それをベースに、各作品がそれぞれに記述を付け足している。その名前が、人食いを意味する古代ペルシア語が由来ではないかと推定されていることもあり、東洋に棲息する凶暴な人食いの獣とされる。[1]

幻想生物はしばしば何がモデルあるいは着想の源になったのか、という点が論じられるが、マンティコアについては、早くも二世紀の旅行家にして地理学者のパウサニアス（Παυσανίας 一一〇頃〜一八〇頃）が、著書『ギリシア記（*Ἑλλάδος Περιήγησις*）』の中で、これは虎のことではないかと述べているし（第九巻第二一章第四節）、古典ギリシア語の辞書でもマンティコアにあたるμαρτιχόραςという単語を調べると、人食いという意味で要するに虎のことである、という説明がある（Liddell and Scott 一〇八一頁）。[2] 完全に特定することは勿論不可能としても、東洋に棲息する、人をも襲う獰猛な虎あるいはそれに似た動物から発展し、想像上の人食いの怪物に変化していった可能性は高い。記述自体はギリシアからローマ、中世ヨーロッパと、西洋において発展していくが、起源はこのようにペルシアやインドなどにあり、西洋でイメージが作り上げられた東洋の怪物であると言える。

ある程度知られた怪物であるため、例えば動物象徴事典や、空想動物を論じる書物などでは、たびたび言及されているし、どういった記述がどの作品にある、ということも様々に判明してはいる。しかし、そういったものの多くは、マンティコアだけを論じるのではなく、多くの想像上の動物を扱う一環であり、その流れの中で、マンティコアがどういった生物かを説明するためのものである。つまり、論考全てをマンティコアに割き、実際の文章での記述を詳しく調べて文学的なモチーフとしての発展を分析する、という視点には必ずしも立っていない。[3] さらに、具体的に文章例を取り上げていても、特にギリシア語の作品は、原語ではなく、翻訳によっている。そして当然ながら、それらの論考がマンティコアの記述全てを網羅しているわけではない。

また、マンティコアは当然のように想像上の動物として扱われる傾向にあるが、前述したように、もとは実在の動物から発展したのではないかと考えられており、単なる想像上の動物ではなく、現実とのつながりも持っている。その部分は言及されはしても、注目されることは少なかったが、記述を詳しく見ると、マンティコアが実在の動物か幻想の怪物かは必ずしもはっきりしない。そこで本稿は、その点に注目しつつ、取り上げる作品は全て原語により（ただし引用する場合は筆者が日本語に訳した）、マンティコアに特化した先行研究で手薄だった部分を中心に考察する。その上で、この動物に関する描写の相違点に着目しつつ、具体的な記述の分析を交えて、現実と想像の狭間にある怪物としてのマンティコアを、文学モチーフの発展という視座に立って論じたい。[4]

主題から第一変奏——古代ギリシア・ローマ文学

マンティコアの記述は、紀元前五〜四世紀の医学者であり著述家であるクテシアス（Κτησίας）が記した『インド誌（Ἰνδικά）』にさかのぼる。この作品は、実は、全て散逸し、現存しない。しかし、九世紀にコンスタンティノポリス総主教フォティオス（Φώτιος 八二〇～九七）により書かれた詳しい要約をはじめとし、作品内容の予測を可能にする引用や要約などが残されている。そしてそこから、多くの東洋の驚異について記述し、西洋古代・中世の東洋に対するイメージ形成に大きな影響を及ぼした作品であることがわかっている。マンティコアも、そういった東洋の驚異の一例である。フォティオスの要約によると、クテシアスは、マンティコアの外見について以下のように述べている。

顔は人間のよう、大きさはライオンと同じくらいで、色が辰砂のように赤い。三列の歯と、人間のような耳と、人間に似た青みがかった目を持つ。（Ctésias de Cnide 一七四頁）

ここではまだ、人間の顔を持つ、と断言しているわけではなく、あくまで「人間のような」顔というだけである。つまりは、例えば猿のように、人間と造形の似た顔、という程度の意味ととらえられるし、耳も目も「人間」との比較で記述されるが、結局は、人間そのものというわけではない。マンティコアが幻想動物たる一番の所以が曖昧になっていると言える。それでも、三重の歯列というマンティコアの相貌のもう一つの特徴はすでに存在しており、この獣の外見的な恐ろしさは窺うことができる。

そしてクテシアスは、この後に、マンティコアはサソリのような尾を持ち、そこに生えた毒針で刺したりそれを飛ばしたりして、敵を死に至らしめると説明する。しかも、飛ばした後に毒針は再生するのである。さらには、「人食い」という意味のその名の通り、人を殺して食べる習性があるとするが、人間だけでなく動物も食べる、と記述している（Ctésias de Cnide 一七四頁）。これは、全ての哺乳類を襲うという凶暴性の強調とも、人を食べるが、ほかの動物も食べる、と人食いを単なる捕食の一種と位置づけて、恐怖を和らげようという意図ともとれる。いずれにしても、凶暴な肉食獣、という位置づけが、クテシアスによるマンティコアである。

こうして見てみると、多くの驚異を記したことで知られているクテシアスだが、そのマンティコアの記述は、要約から判断する限り、実在の獣を描写したものとしても通用することがわかる。見た目は人間と似ている部分はあるものの、あくまで近似性があるというだけで、その習性も、肉食動物で、きわめて獰猛である、という記述として理解され得る。つまりは、後世の記述で必要とされる基礎はほぼ全てここにあるが、ここではまだ幻想ではなく実在の動物と考えても、存在することが全く不可能というわけではない。

クテシアスの記述を情報源として、古代世界でのマンティコアの記述は展開していく。動物についての権威の一人であるアリストテレス（Ἀριστοτέλης 前三八四～前三二二）も、『動物誌（*Περὶ τὰ ζῷα ἱστορίαι* または *Historia animalium*）』第二巻第一章において、動物の歯について説明する中でマンティコアに触れる。[5]「クテシアスを信じるのならば」（Aristotle 四三頁）と懐疑的にではあるが、クテシアスによる記述同様の外見的特徴を挙げ、人食いの習性についても、同じく記している。また、顔と耳については“ἀνθρωποειδέςˮ（Aristotle 四三頁）と表現しているが、この単語は、「人間のような」あるいは「人間と同じ形をした」と定義づけられ（Liddell and Scott 一四一頁）、ここでも、人間そのものであると述べているわけではない。

　このように、アリストテレスによる記述の主要な点は、先ほど紹介したクテシアスの要約の記述と共通しているが、その一方で、異なる点として、体の大きさだけでなく毛深さもライオンに通じるとするほか、マンティコアの鳴き声について言及し、「笛やラッパが同時に鳴ったような声で鳴く」（Aristotle 四三頁）としている。そして、アリストテレスは、マンティコアについての記述を、「獰猛で人食いである」（Aristotle 四三頁）として終えており、人だけでなく動物をも食べると説明していたクテシアスから変化が生じている。

　アリストテレスのマンティコアについての記述は、自身の言葉にもあるように、情報源はクテシアスの『インド誌』と考えられる。『インド誌』そのものは現存しないため、断言はできないものの、少なくとも現存するフォティオスによる要約と比べれば、アリストテレスの記述は、情報が増えている部分と減っている部分とがある。声という情報が足されることにより、聴覚からの理解を促して多角的理解を可能にしつつ、肉食動物であるライオンとのつながりをより強め、最終的には、他の動物を食べるかどうかについては触れず、人間を食べる習性があることだけに言及している。このように、残酷性と人間を食らうという習慣とを併せて記述し、まとめとすることで、人間の敵としての、その凶暴性や危険性をより印象づけるようになっていると言える。また同時に、その外見については、依然人間に似た顔や耳、というだけで、人間の顔がついている、と言い切ってはいないことに注意しておくべきである。

さらに時が経ち、ギリシア語で執筆した古代ローマの著述家アイリアノス（Αἰλιανός 一七五～二三五頃）が、『動物の特性について（*Περὶ ζῴων ἰδιότητος* または *De Natura Animalium*）』第四巻の中で、マンティコアについて特に詳しい記述を残している。これもアリストテレス同様、クテシアスに基づいた記述であるが、やはり「クテシアスがこれらについて適切に証拠を挙げているとするならば」（Aelian 八九頁）と、懐疑的な発言もしている。アイリアノスの記述は、基本的に外見や習性など、クテシアスやアリストテレスと同じ情報を提供しているが、一つ一つが詳しく説明されることで、記述としてより長いものになっている。例えば、外見については、先ほど挙げたクテシアスの記述に対応する部分をひくと、以下のようになる。

> 凶暴な力、巨大なライオンのような大きさ、辰砂のような赤い色、犬のような毛深さを持ったインドの獣がいて、インド人たちの言葉でマルティコラスと呼ばれている。獣ので

はなく人間のもののように見える顔を持つ。三列の歯がその上側にあり、また三列が下側にあり、先端が鋭く、犬のそれよりも大きい。耳は人間に似ているが、より大きく毛深い。目は青みがかった色でこれもまた人間のものに似ている。（Aelian 八七〜八八頁）

人間の顔と言い切るのではなく、人間に似た顔、耳、目を持つ、という部分も含め、基本的に挙げている情報はクテシアスと同じである。しかし、例えば、アリストテレスも言及していたような、毛深さ（ただし比較対象がライオンか犬かという違いがある）や、三列の歯が、上あごと下あご双方にあると説明するなど、より詳細に記述している。

また、引用部分より後には、マンティコアが足も速く、複数の人間に同時に襲いかかり倒すことができる上、「人間を食べることを最も好む」、「その獣は人肉を腹一杯食べることを計り知れない喜びとする」などとして、クテシアス（厳密に言うならその要約）にはなかった、いかに人肉を好むのかを強調する部分がある（Aelian 八八頁）。つまり、アイリアノスは、マンティコアの捕食者としての能力と恐ろしさとを高めるような情報を提供し、凶暴な恐ろしい人食い獣、というイメージを強化していると考えられる。

しかしその一方で、アリストテレスもアイリアノスも、クテシアスに対して懐疑的な発言を差し挟んでいることは注目に値する。この二人に加え、前述のパウサニアスも、『ギリシア記』第九巻第二一章第四節で、マンティコアに関する話は「真実ではなく」その獣への恐れゆえに語り継がれる「うわさ話」だと述べているし（Pausanias 三巻三九頁）、二世紀のギリシアの著述家のフィロストラトスは、著作『テュアナのアポロニオス伝』の中で、インドの賢者に、そもそもマンティコアは存在しないという趣旨の発言をさせている（第三巻第四五節）。クテシアスの『インド誌』は現存せず、現代に残るのは断片資料のみという全容を正確には把握しがたい状況や、いわゆる荒唐無稽な内容が多く、古代より様々な疑義があったという事情はある。[6] しかし、そういったことを差し引いても、上記のような例から、ギリシア語で執筆した作家たちは、凶暴な獣としてのマンティコアのイメージは伝えつつも、それに対する懐疑なども交え、比較的客観的な姿勢をもってこの生物を紹介している、と言うことができよう。

さらに、古代ローマでこういった動物や怪物の記述を残している著述家と言えば、時代はさかのぼるが、プリニウス（Plinius maior 紀元後二三／二四〜七九）の名が当然挙げられる。マンティコアは、プリニウスによる『博物誌（*Naturalis historia*）』の第八巻で二度言及される。ここでもやはりクテシアスに基づくとして、外見上の特徴や、声について述べられるが、その際プリニウスは、ラテン語の“hominis”（人間の）という表現を用いて、マンティコアは「人間の顔と耳」を持つとしている（Pliny 八巻第三四章）。[7] つまり、ギリシア語で執筆した作家たちのように、単に人間に似ている顔とするのではなく、人間そのものの顔である、と説明しており、驚異性を一歩進めた記述となっている。さらにプリニウスは、マンティコアは「非常に素早く、人間の肉を実に格別に好む」（Pliny八巻第三四章）と述べる。ほかの動物も食べるが人間が特に好物である、ということかもしれないが、何を食べるかに関する記述はこの部分だけであり、効果としては、のちの時代のアイリアノス同様、人食いの獣というイメージを強化している。さらに、プリニウスはクテシアスに対して特に疑いを示していないため、マンティコアの荒唐無稽な面についても、中立的な記述となっている。

このように、プリニウスは、ギリシア語作家たちに比べ、マンティコアの非現実性を高め、より不可思議で恐ろしい怪物として記述したと言える。そして、このプリニウスの記述が、中世ヨーロッパへ受け継がれ、この後の発展に大きな影響を与えることとなる。

第二変奏——中世から近代ヨーロッパ文学

プリニウスの記述が与えた影響の一つとして、それが中世の百科事典に受け継がれたということがある。様々な例があるが、例えば、中世で最も人気のあった百科事典とも目されるバルトロマエウス・アングリクス（Bartholomaeus Anglicus 一二〇三以前〜一二七二）の『事物の属性について（*De proprietatibus rerum*）』は、動物について紹介している第十八巻の中で、個別の章を充ててはいないものの、マンティコアについて言及している。ここではこれまで挙げてきた記述と細部が異なる場合があり、例えば、そもそも名前が「バリクス（baricus）」となっているほか、「体と毛においては熊に似ており、顔においては人間に似ている」と、従来通りのライオンとの類似性も後で述べるものの、はじめに熊を持ち出してきている（Bartholomaeus 十八巻序文）。特徴的な三重の歯は勿論紹介されるが、それも「非常に大きく恐ろしい口」を持つと述べてからであり、身体的な特徴を記し終わると、「地上の全ての獣の中でより残酷でより奇妙なものを見つけることはない」としている（Bartholomaeus 十八巻序文）。バルトロマエウスは、ここでの直接の情報源がアウィケンナ、すなわち十～十一世紀にかけてのイスラムの医学者・哲学者であるイブン・スィーナーであると述べているため、こういった違いの一因はそこに求められるかもしれない。いずれにしても、顔の部分こそ、人間そのものではなく似ているというにとどめて非現実性を抑えているものの、ライオンに加え熊との類似性を述べたり、口や性質について扇情的な文言が登場したりすることとなり、結果として、マンティコアの恐ろしさを強調する方向にさらに進めていったと言える。

また、中世ヨーロッパの動物譚として知られ、十二～十三世紀に特にイングランドで人気を博した『動物譜（*Bestiary*）』にもマンティコアは登場する。これは、神の被造物である世界に存在する全てには、神の意図が隠されており、それを理解することが聖書の教えをより深く理解するために必要である、という考えのもと発展した作品で、動物の外見や習性などについて説明したのち、それをキリスト教的な寓意として読み解く形が典型的である（Page 三三頁、Leemans and Klemm 一六〇頁）。しかし、全ての動物に対して寓意的解釈を施しているわけではなく、発展を続けていく中で付け足された項目については、動物についての説明だけの場合もある。マンティコアもその一例で、写本により記述にバリエーションはあるものの、例えば以下のように紹介されている。

> インドにはマンティコアと呼ばれる獣が生まれる。互い違いにかみ合う三列の歯と、人間の顔と、青みがかった目と、血のような色と、ライオンの体と、サソリの針のようなとがった尾と、ちょうど口笛のような笛の音に似た声を持っている。非常に貪欲に人肉を求める。（Clark 一四一頁）

このように、どういった生物かという説明のみで、ここでは、明確な道徳的解釈は付与されていない。[8] そのことは、動物そのものの記述へ注意の集中を促す。さらに、顔については、類似性の指摘ではなく、人間そのものと述べている。『動物譜』は、多くの挿絵を伴うことでも知られているが、そういった挿絵では、獣の胴体に取って付けたように人間の顔が組み合わされ、完全に人と獣との混合体として描かれることが多い（George and Yapp 五二頁）。その上で、人間の顔をしたその口に、人間の体の一部をくわえさせるという、カニバリズム的な描き方をするものもあり

図1 『動物譜』のマンティコア（The Bodleian Library, University of Oxford, MS Bodley 764, 25rより）

（図1）、文章と図像との双方で、人間と動物とが混ざり合う怪物としての恐怖や不気味さを印象づけるような描き方をしている。[9]

このように中世のマンティコアの記述は、古代に比べ、より非現実性が増し、恐ろしさを強調したり、明らかに人の顔と獣の体とを持った怪物として描かれたりするようになる。そしてそれにより、『動物譜』の挿絵でも強調されていたように、人間の要素を持つにもかかわらず、人間を食べる、という恐るべき存在であることに焦点が当てられるようになる。ギリシア語での中立的な部分もあった記述と比較すると、その記述姿勢の差は際立っており、文学モチーフとしてのマンティコアの発展が、実在から幻想の世界への道であることを指し示している。

そして、『動物譜』や百科事典の系譜から、中世以降になると、近代のコンラート・フォン・ゲスナーやエドワード・トプセルによる動物を絵入りで紹介する博物学的な著作へとつながって

図２　トプセルのマンティコア（Topsell 441 頁より）

いく。マンティコアはそこでも存在感を示しており、ゲスナーはマンティコアについてどういった作家が何を言ってきたかを細かく述べているし、今日マンティコアとしておそらく最もよく知られている画像はトプセルの著作に付けられたものである（図２）。また、ゲスナーは、マンティコアは虎ではなく、耳まで裂ける口を持ち、人に似せた声を出すレウクロコタという動物の可能性が高いのではないかと述べ、その同定はトプセルにも受け継がれている（Gessner 五六二～六三頁、Topsell 四四二頁）。[10] ただ、パウサニアスが虎と説明づけた場合と違い、レウクロコタも結局空想動物である。そのため、この記述は、結果的には、マンティコアをより空想世界に近づけることとなっている。こうして、近代博物学の流れでも、マンティコアは相変わらず危険な人面獣という存在であった。

第三変奏——近代分類学

最後に、これまで挙げた文学的著作とは少し異なり、マンティコアの記述がもともと持っていた「生物についての情報」という側面が、博物学的記述を経て、より科学的に発展を遂げた例を挙げておきたい。生物の学名を属名と種名とで表す二名法を体系づけ、分類学の父として知られるスウェーデンのカール・フォン・リンネ（Carl von Linné または Carolus Linnaeus 一七〇七～一七七八）も、実はマンティコアに言及している。二名法による分類録とも言える書物である『自然の体系（*Systema Naturae*）』の中で、リンネは、自然物を分類した際、分類不能、または、存在が疑わしい生物として、パラドクサ（animalia paradoxa）という区分を設け、マンティコアをその中に含めている。古代のプリニウスや中世のバルトロマエウス・アングリクスはマンティコアを動物として紹介していたが、リンネの基準では、動物とも人ともつかない曖昧な存在となっているのである。

リンネはマンティコアについて、「弱った老人の顔、ライオンの体、先端に針がちりばめられた尾を持つ」（Linnaeus 六六頁）とだけ記述し、古代以来の文学伝統に連なる姿ではあるものの極めて簡潔にまとめている。これまで述べてきた、怪物性を強調していく流れとは異なり、近代科学の視点に立つリンネの簡素な記述は、同じマンティコアを扱っていても、よってたつ基盤と視点とが明確に異なることを示している。さらに、分類を求めた書物の中で、分類不可能とされているため、主役とはなり得ず、むしろ邪魔者であると言える。しかし同時に、結局分類不可能となったとはいえ、現実の動物と並び分類が試みられたということは興味深い。分類できずとも、記述しているという事実からは、十八世紀当時はまだ、マンティコアが自然体系の中で無視できない存在として、人々の頭の中に存在していたと考えることができる。[11]

　しかし、リンネによるマンティコアの扱いは揺れ動いている。まず、初版（一七三五年出版）のパラドクサのリストには、マンティコアは存在しない。パラドクサのリストには、第二版（一七四〇年出版）で四項目が付け足されており、マンティコアの記述もその際に登場する。さらに、『自然の体系』は出版以来、十回以上改訂を重ねており、最も重要とされるのは第十版（一七五八〜五九年出版）だが、パラドクサという項目があるのは一七四七年出版の第五版までで、翌年出版の第六版以降はなくなっている。さらには、リンネの弟子ヨハン・ファブリチウスが一七九二年に大きな肉食の甲虫を、人食いを意味するマンティコアに因《ちな》み「マンティコラ（manticora）」という属名で分類するという別方向への展開も起きている（Choate 三八一五頁）。[12]こうしてマンティコアは、生物学的に分類不可能というだけでなく、存在するのかしないのか自体の分類も不明瞭で、果ては名称だけとはいえ、異なる生き物へ転化されるという数奇な経路を辿ることとなった。

　このように、実在の生物として見ようとした時には、それまでの記述で徐々に強調されてきたその不可思議さが妨げとなり、結局現実世界とのつながりは薄れていくことになる。リンネに見られるように、記述されるそのままの姿のマンティコアでは、結局存在し得ないことが決定的となり、ファブリチウスによる名称の転用は、図らずも、存在ではなく「人食い」というその名称だけが、言葉として現実世界に残されたことを示していると言えよう。そして、記述される姿のままのマンティコアの方は、現代のファンタジー文学などに登場する想像上の生き物として、現実とのつながりは忘れ去られて発展していくことになる。

終結部

紀元前五~四世紀に記述されて以来、古代・中世、さらには近代までのマンティコアの記述の発展と変奏とを追ってきたが、それはマンティコアが実在よりも幻想へと寄っていく道筋だったと言える。もともとエキゾチックで危険な生き物として登場したが、現実離れした部分が強調されていき、幻想性が徐々に高まった末に、完全に幻想生物としてのイメージが確立した。想像上の生き物として分類される大きな要素は、人の顔を持つ、という点だろうが、古代では必ずしも、人の顔ではなく、あくまでも人に似た顔、という記述が多かったのに対し、中世以降、文字だけでなく視覚的にも「人面」であることが強調されていき、それと同時に凶暴な「人食い」である面が強調され、実在性よりも幻想性を強めていった。それゆえに、実在するのか、という点に注目すれば揺れ動きもあるものの、そういった揺れ動きを経て、空想動物、凶暴な人面獣のイメージが成立していくこととなった。現代で知られている「マンティコア」は、空想上の生き物という「分類」のもと、再び怪物性の強調という流れに乗り、実在性など気にせず、その姿を新たに変奏され続けていると言えるだろう。

◆注

1　マンティコアの着想源や名前の由来については、Ctesias 一〇四～〇五頁にNicholsによる簡潔なまとめがある。また、マンティコアの名前の表記については、マルティコラ、マンティコラなどバリエーションがあるが、本稿では原文からの邦訳引用を除き、最も一般的と思われる現代英語由来のマンティコアという呼び方を用いた。

2　このように虎とする考えが多いが、チーターではないかという主張もある（George and Yapp 五一頁）。

3　様々な時代のマンティコアの記述例を取り上げた包括的研究としては、CheneyやKühneによるものが挙げられる。

4　本稿の邦訳引用文は、上述のように、全て筆者による翻訳で、なるべく原文に忠実になるように努めた。既存の訳がある場合は参照し、参考文献に含めている。

5　ただし、このマンティコアについての記述部分は後世の挿入ではないかと言われている（Aristotle 四三頁、アリストテレース　上巻三六九頁（訳注五十））。

6　クテシアスの信憑性を疑う記述の一部はCtésias de Cnide, 七～十三頁に集められている。

7　Mayhoffのラテン語版では第三四章となっているが、英語版に基づく邦訳では第三十章となっている。

8　のちに付加されていった記述のうち、実在する動物と違い、想像上の動物の場合は、概して殺人などの非道徳的な行いを示すために用いられており、それをもって記述が道徳的役割を持つとする主張もある（Resl 十五頁）。

また、Williamsによれば、人間の顔と動物の体とを持ち、さらに人間を食べるマンティコアは、悪魔の象徴である（二三八頁）。

9　この人体の一部をくわえるマンティコアの挿絵にカニバリズムをはじめとする様々な禁忌を読み取る説や（Syme 一六五～六六頁）、ユダヤ人と重ね、その行いを非難しているとする解釈もある（Strickland 一三六頁）。

10　レウクロコタとマンティコアとのつながりは他作品にも見られ、さらに虎とも関係がある（Kühne 一八〇～八五頁参照）。またレウクロコタとよく似たコロコッタという動物について、マンティコア同様、クテシアスが記述していたり（Ctésias de Cnide 二二二～二二三頁）、プリニウスが、マンティコア、レウクロコタ、コロコッタ全てについて、人の声を真似ると述べていたりすることから（Pliny 八巻三四章、四七章）、レウクロコタとマンティコアが結びついた可能性も考えられる。

11　ただしCheneyは十八世紀、十九世紀にはマンティコアについての考察は減ったとしている（一二六頁）。

12　リンネの場合は、パラドクサに現実的な説明を施すための強引な転換も見られる。パラドクサの中に含めたフェニックスについて、世界に一羽しかいない鳥で、香料の薪を燃やし、その火の中に身を投じて若返る、と古代中世の文学伝統に則った記述を、作り話だが（"fabulose"）、と紹介した上で、実は同じフェニックス（Phoenix dactylifera）という名をもつナツメヤシだと、話をすり替えている（Linnaeus 六六頁）。ただし、フェニックスという鳥の名は、その鳥がとまる樹であるナツメヤシとの混同から来ている可能性は指摘されている（Barber and Riches 一一七頁）。

◆参考文献

〈一次資料〉

[Aelian] *Claudii Aeliani* De natura animalium *libri XVII, varia historia epistolae fragmenta*, 2 vols, vol. 1: *Claudii Aeliani* De natura animalium *libri XVII*. Edited by Rudolph Hercher, Teubner, 1864.

Aristotle *De animalibus historia*. Edited by Leonard Dittmeyer, Teubner, 1907. Bibliotheca scriptorum Graecorum et Romanorum Teubneriana.

Bartholomaeus Anglicus *De proprietatibus rerum*. [Anthonius Koburger, 1492], *Corning Museum of Glass*, www.cmog.org/library/de-proprietatibus-rerum-bartholomeusanglicus.

Clark, Willene B. *A Medieval Book of Beasts: The Second-Family Bestiary; Commentary Art Text and Translation*. Boydell, 2006.

Ctesias *On India: And Fragments of his Minor Works*. Introduction, translation, and commentary by Andrew Nichols, Bristol Classical Press, 2011.

Ctésias de Cnide *La Perse, L'Inde: Autres fragments*. Edited by Dominique Lenfant, Belles lettres, 2004. Collection des universités de France, sér. grecque 435.

Gessner, Conrad *Historiae animalium liber primus de quadrupedibus viuiparis*, Bibliopolio Cambieriano, 1602, *Biodiversity Heritage Library*, www.biodiversitylibrary.org/item/136746.

Linnaeus, Carolus *Systema naturæ in quo naturæ regna tria, secundum classes, ordines, genera, species, systematice proponuntur.* 2nd ed., Kiesewetter, 1740, *Google Books*, books.google.co.jp/books?id=oXsZAAAAYAAJ.

Pausanias *Graeciae descriptio*. Edited by Maria Helena Rocha-Pereira, 3 vols, Teubner, 1973–81. Bibliotheca scriptorum Graecorum et Romanorum Teubneriana.

[Philostratus] *Flavii Philostrati opera*. Edited by Carl Ludwig Kayser, vol. 1, Teubner, 1870.

Pliny the Elder *Naturalis historia*. Edited by Karl Friedrich Theodor Mayhoff, Teubner, 1905, *Perseus Digital Library*, www.perseus.tufts.edu/hopper/text?doc=Perseus:text:1999.02.0138.

Topsell, Edward *The Historie of Foure-Footed Beastes*. William Jaggard, 1607, *Internet Archive*, archive.org/details/b3033469x/page/n7/mode/2up.

アイリアノス　『動物奇譚集』中務哲郎訳、全二巻、京都大学学術出版会、二〇一七年、西洋古典叢書。

アリストテレース　『動物誌』島崎三郎訳、上下巻、岩波文庫、一九九八年。

クテシアス　『ペルシア史／インド誌』阿部拓児訳、京都大学学術出版会、二〇一九年、西洋古典叢書。
パウサニアス　『ギリシア記』飯尾都人訳、全二巻、龍渓書舎、一九九一年。
『プリニウスの博物誌』中野定夫・中野里美・中野美代訳、第五版、全三巻、雄山閣、一九八六年。

〈二次資料〉

Barber, Richard, and Anne Riches
A Dictionary of Fabulous Beasts. Boydell Press, 1971.

Cheney, David R. "The Manticora." *Mythical and Fabulous Creatures: A Source Book and Research Guide*. Edited by Malcolm South, Greenwood Press, 1987, pp. 125–31.

Choate, Paul M. "Tiger Beetles (Coleoptera: Carabidae: Collyrinae and Cicindelinae)." *Encyclopedia of Entomology*. Edited by John L. Capinera, 2nd ed., vol. 4, Springer, 2008, pp. 3804–18.

George, Wilma, and Brunsdon Yapp
The Naming of the Beasts: Natural History in the Medieval Bestiary. Duckworth, 1991.

Gravestock, Pamela "Did Imaginary Animals Exist?." Hassig, pp. 119–39.

Hassig, Debra, editor *The Mark of the Beast: The Medieval Bestiary in Art, Life and Literature*. Garland, 1999. Garland Medieval Casebooks 22; Garland Reference Library of the Humanities 2076.

Kühne, Urs "Die Manticora." *Spinnenfuß & Krötenbauch: Genese und Symbolik von Kompositwesen*. Edited by Paul Michel, PANO Verlag, 2013, pp. 175–200. Schriften zur Symbolforschung 16.

Leemans, Pieter de, and Matthew Klemm
"Animals and Anthropology in Medieval Philosophy." Resl, pp. 153–77.

Liddell, Henry George, and Robert Scott
A Greek-English Lexicon. Revised by Henry Stuart Jones with the assistance of Roderick McKenzie. Clarendon Press, 1940.

Page, Sophia "Good Creation and Demonic Illusions: The Medieval Universe of Creatures." Resl, pp. 27–57.

Resl, Brigitte "Introduction: Animals in Culture, ca. 1000–ca. 1400." Resl, pp. 1–26.

———, editor *A Cultural History of Animals in the Medieval Age.* Berg, 2011. A Cultural History of Animals 2.

Salisbury, Joyce E. *The Beast Within: Animals in the Middle Ages.* Routledge, 1994.

Strickland, Debra Higgs
Saracens, Demons, and Jews: Making Monsters in Medieval Arts. Princeton UP, 2003.

Syme, Alison "Taboos and the Holy in Bodley 764." Hassig, pp. 163–84.

Williams, David *Deformed Discourse: The Function of the Monster in Mediaeval Thought and Literature.* U of Exeter P, 1996.

2

英国ゴシックの矜持

アナ・リティティア・バーボールド「恐怖の諸対象を起源とする快楽について。断片作品『サー・バートランド』を付して」

下楠昌哉訳

＊本文中の［　］は訳注。

人の苦痛を目にすると、私たちの心には慈しみの感情が呼び起こされるが、その感情の働きは快楽の源にもなりうる。人間に関わる道徳と自然の仕組みとの間の関係について、それがある程度の充足感を、幸福一般を生み出すあらゆる行動あるいは感情と結びつけてきたのだと考える者にとっては、そのことは、驚くべきものには見えない。徳にかなった共感を伴う、自己肯定という反省的な分別のおかげで、悲惨な場面によってすぐさま惹起される痛々しい感情は、充分に緩《ゆる》めて和らげられる。そのおかげで私たちは、そのような場面を嫌悪し、恐怖し、そこから逃げ出したいと思うどころか、全体としてみれば非常に美しく洗練された快楽が残っているのに気づき、それをまた目にしたいと思うのである。そのように与えられるものが、私たちが互いに助け合い、支え合うという目的に対して、大きく貢献するのは間違いない。しかし、道徳的な感情が一切関わらないうえに、恐怖という陰鬱な感情以外のいかなる感情も掻きたてられはしないような場合に、純粋な恐怖の諸対象に対して思いをめぐらすにあたって私たちが明らかに抱く歓びは、精神のパラドックスに他ならず、解明するのはより難しいのだ。

快楽がこのような起源を持つという現実は、日々観察すれば明らかである。幽霊と悪鬼の物語、殺人、地震、火事、難破、人の命にかかわる最悪の惨事の物語となると、誰もがどんな話でも聞き漏らさんと躍起になる様子は、遍《あまね》く論じられてきたに違いない。虚構である作品においては、悲劇は最も支持されている形式である。悲劇に類する作品群は、どれもこれもそのような場面を共有してきた。「そいつは恐怖でいっぱいだった」［『マクベス』第五幕第五場のセリフより］のであり、おそらく悲劇が公衆から賞賛される際には、情愛のこもった哀れをそそる場面よりも、恐怖に多くを負ってきたのである。ハムレットの幽霊、魔女たちの洞窟に降りてゆくマクベス、『リチャード三世』のテントの場面［第五幕第三場。亡霊が次々と登場する］は、ジャフィアとベルヴィデラの別れ［Thomas Otway, *Venice Preserved, or A Plot Discovered*（1682）］、ウルジーの失脚［シェイクスピア『ヘンリー八世』。史実の通りでもある〕、あるいはショアの死〔Nicholas Rowe, *The Tragedy of Jane Shore*（1714）〕と同じくらい、私たちの中にある卑しい何かの注意を強引にひきつけるのだ。いにしえの批評家たちは、恐怖から受ける霊感に対し、悲劇における特別な領域を割り当てた。ギリシアとローマの悲劇作家たちは、この目的のために、とてつもないキャラクターたちを導入して見せた。死者の影、復讐の女神の三姉妹、他の想像上の冥界の住人たち。コリンズ〔William Collins（1721–59）ロマン派の頌歌の先駆けをなした〕は、恐怖に対する、彼の最も詩的な感性満ち溢れる頌歌で、こうした考えを見事に述べたてた〔"Ode to Fear"（1746）より。恐怖が女性に擬人化されている〕。

やさしい同情は彼女の渾一なるところを示してはいよう。
けれども、その場に轟く全ての雷鳴はあなたのものだ。

古きゴシック・ロマンスと、ジンや巨人、魔法や変身を扱った東洋の物語は、学のある批評家たちがそういうものは馬鹿げていて大げさなのだとどんなに痛罵しても、人々の精神にとてつもなく強力な影響をずっと保持し続けるだろうし、人の目は気にしない、非常に特異な好みを持つ読者の関心を引くことだろう。想像力のこうした荒々しさに強く肩入れしていた偉大なるミルトンは、「森と憂鬱な魔法」というお気に入りの主題の物語を、見事なまでの効果で彼のペンセローソと共につくりあげて見せた〔牧歌『沈思の人《イル・ペンセローソ》』のこと（c.1631）〕。だしぬけに以下のように記して見せた時、彼の心には疑いなく、そのような物語が覚醒するイメージが強くあったはずである。

　さもなければ、カンバスカン〔チョーサーの従者の物語に登場するタタールの王〕の物語をずうずうしくも途中で放り出した者を呼び出すのだ、云々

それでは私たちは、そのような諸対象から生じる快楽を、どのように説明すべきなのだろうか？私はしばしば、こうした事例にはペテンがあるのではないかと想像するように思わされてきた。私たちが何かを注視する際の貪欲さは、真の快楽を受け取っている証拠にはならないのではないかと。サスペンスから感じる心痛、好奇心を満たしたいという欲望は、それが一度惹起されるや、ぞくぞくするような出来事を最後まで読み切ろうとする私たちの熱意を説明するだろう。たとえその出来事全体をたどりながら、実際に苦痛を味わうはめになったとしてもである。私たちは、満たされない欲望をそわそわと恋いこがれるよりも、激しい感情のひりひりするような痛撃を甘受することを選ぶものなのだ。この原則のせいで、嫌悪しているものであっても、自らすすんではないにしろ、多くの例においてそれを味わい切ってしまうことを、私は経験から確信している。極めて貧弱で退屈な物語に対しても、一度すっかり入り込めば、私たちは興味を持てる

ようになるものだが、そうさせてくれるのが、この衝動なのである。そして近年出版された小説に対して、私はそのような衝動を頻繁に感じるのだ。そうした小説がテーブルの上に置かれており、ものうい小一時間ほどのあいだにそれを手に取ってしまえば、ニラを食べるピストル［シェイクスピア『ヘンリー五世』より］のごとく、それを呑み込んで排泄してしまうかのように、最高に退屈でおぞましいその頁を、私は最後までめくりきってしまう。そしてこの衝動は、退屈な部分を無理やり我慢させてくれるだけではなく、現実における拷問――ダミアン何某の処刑の物語、あるいは異端審問官による火刑を読むのを耐え抜くことを可能にしてくれるのである。子どもたちが顔を真っ青にして黙り込み、恐ろしい幽霊話に集中して耳を澄ましているとき、子どもたちが楽しんでいる状態であるとは、私たちはまず考えない。彼らは、哀れな小鳥がガラガラヘビの口に落ちかかっているも同然の状態だ。子どもたちは耳に縛りつけられており、好奇心に魅せられてしまっている。しかしながらこれだけでは、崇高で活力ある想像力によって形作られた人為的な恐怖の、よく練り上げられた場面に対しての説明としては、私は満足できない。そうしたよくできた場面に対して私たちは、何が出てくるのかすでに見当がついているにもかかわらず、経験済みの快楽を求めて、自らすすんでそのような場面に没入するからである。そうした快楽は、新奇で瞠目するような対象から得られる驚きによる興奮に、常に付着している。奇妙で予想もしない出来事は精神を覚醒させ、それを拡張させ続ける。そして目に見えぬ存在の力、「目に見えぬ、そして私たちよりもはるかに強大な形態」の力の働きが導かれるところでは「アレグザンダー・ポープ「人間論」書簡三第六連の詩行 "To power unseen, and mightier far than they" からか」、私たちの想像力は勢いよく飛び出して、視界に入っている新世界を有頂天になって探求し、その力の拡張を悦ぶのである。情熱と空想は共に働き、醜いものを最高の高みにまで浮揚させる。すると、恐怖の痛みは驚きのなかで消滅するのだ。

よって、恐怖の場面が展開する諸状況が、より荒々しく、空想的で、常軌を逸するようになればなるほど、私たちはそのような場面から、より多くの快楽を享受できる。そして、その状況がごく自然な状態に非常に近い場合には、そこで起こるぞくぞくするような経験に対して、好奇心のおかげで奮いたって耐えられたとしても、平衡が崩れた痛みなしには、その快楽を繰り返し得ることも、それについて省察することもできない。『アラビアン・ナイト』には恐ろしいもの——驚異のものに伴われた——についての顕著な例が多くある。アラジンの物語とシンドバッドの旅は、特に素晴らしい。『オトラント城』は、入り混じった状態の恐

アナ・バーボールドの肖像

怖を同様に意図し、ゴシック・ロマンスのモデルを適用した、非常に活力あふれた試みのこの時代にふさわしい小説である。私が思い起こせるうちで、最も考え抜かれ、強力に興奮させられる、混じり気のない自然で恐怖する場面は、スモレット［Tobias George Smollett（1721–71）英国の小説家］の『ファゾム伯爵ファーディナンド』にある。森の一軒家でもてなされた主人公は、寝室としてあてがわれた部屋で、殺されたばかりの死体に出くわす。そしてその部屋の扉には鍵がかけられて、彼は閉じ込められてしまう。読者諸氏におかれては、登場人物たちがこうした諸状況に対して催す諸感情を比べてみて、そこから私の理論の正しさについての見解をまとめていただくのも一興かもしれない。続いての断片を模した物語では、これらの手法をある程度結合させて活用しようと試みている。この物語を、孤独な冬の夕べに楽しんでもらえますように。

……この冒険ののち、サー・バートランドは、馬首を北へと巡らせました。晩鐘の前に、この陰鬱な荒地を抜けてしまいたいと願ったからです。ところが旅路の半分も行かないうちに、枝分かれした道のおかげで道に迷ってしまいました。目が届く限り、あたり一面の茶色いヒース以外には何も見えるものはなく、どちらに行ったらよいのやら、とうとうわからなくなってしまったのです。そうこうしているうちに、夜はかまわずやって来ました。黒い雲が低く厚く垂れこめて、雲の合間からは月がちらちらと光を投げかけているような、あの夜が。月がときおり突然面紗《ヴェール》をはずしてみせ、まばゆいばかりに地面を照らすかと思えば、すぐにまた顔を隠してしまいます。それでも、哀れなサー・バートランドが寂しい荒地を遠くまで見渡す役には立ちました。先行きへの希望と生まれながらの勇気が、しばらくの間は卿を先へ先へと急がせましたが、濃さを増す闇と心身の疲労から、卿はとうとう挫けてしまいました。どこにあるとも知れぬ穴やぬかるみが怖くなり、今いる場所から動けなくなってしまったのです。絶望して馬から降りると、地面に身を投げ出しました。卿がそうしてから間もなく、遠くで鳴り響く、重々しい鐘の音が耳朶《じだ》を打ちました。飛び起きて音がした方向に目をやると、かすかにちらつく光を認めることができました。彼はすぐに愛馬の手綱をつかみ、慎重にそちらに歩みを進めました。苦労して進んだ末に、建物を囲む濠に行く手を阻まれました。濠の向こう側にある建物から、光は漏れています。一瞬、月光が射し、古い邸宅がその全貌を見せました。建物の角ごとに小塔が建ち、大きな玄関が真ん中にありました。その建物には、時の流れが至るところに容赦なく傷跡を残していました。屋根はあちらこちらが落ち、胸壁は半分崩れています。窓がいくつも壊れ、はずれていました。吊り上げ橋の通り口はどちらも壊れていましたが、建物の前の庭に通じていました。卿が入ってゆくと、塔のひとつから射していた光が、滑るように動いて消えてしまいました。同時に月が黒雲の後ろに隠れ、夜の闇は前にも増して濃くなりました。全くの静寂――サー・バートランドは小屋に馬をつなぐと家に近づき、軽やかですがゆっくりとした足取りで、その正面を端から端まで歩いてみました。全ては死のように静まりかえったままです。一階の窓を覗き込んでゆきましたが、まったく先が見えない闇の中では、何ひとつはっきりとは見えませんでした。少し思案したあと、玄関の前の吹き抜けのところに入ると、扉についているずっしりとした鉄の叩き金《ノッカー》をつかみました。それを持ち上げ、少し迷ってから、とうとう一度、大きく打ち鳴らしました。虚ろなこだまを残しながら、邸宅全体に音が響き渡り、再び完全な静寂が戻って来ました。今度はもっと大胆に、さらに大きく打ち鳴らしてみました。またしても静寂が訪れ――三度鳴らしてみましたが、やはり静まり返ったままです。卿は少し後ろに下がって、灯りが見えないものかと建物の前面全体を見渡してみました。光が同じ場所に現れていましたが、前と同じく滑るように消えてしまいました。同時に深く重々しい鐘の音が、塔から響き渡りました。サー・バートランドの心臓は、恐怖で止まらんばかりでした。しばらく身動きできずにおり、恐怖にその身を貫かれ、愛馬のところに足早に向かおうとしました。けれども恥辱の念が、卿に逃げることを許しませんでした。自らの名誉をかけ、この冒険を完遂したいという抗いがたい欲望に促され、卿は玄関の吹き抜けのところに戻りました。徐々にではありますが、腹も据わってまいりました。矢手で剣を抜き放ち、弓手で扉の閂《かんぬき》を上げました。重い扉が蝶つがいをきしませながら、じりじりと開いてゆきます。卿は肩をあてると、さらに力を加えました。押すのを止めて中へと足を踏み出すと――ドーンという大きな音とともに、扉はすぐに閉まってしまいました。サー・バートランドは、血も凍らんばかりでした。扉のところに戻ろうとしましたが、震える手で扉を探し当てるまで長い時間がかかり、全力を込めてみても、二度と開いてはくれません。何度か無駄な試みをしたあと、背後を振り返ってみると、見えたのです。広間の向こう、大階段の上で、青白い炎があたりに不気味な光を投げかけておりました。卿はもう一度、勇気を奮い起し、そちらに向かって進みました。すると、炎は引き下がってしまいました。階段の下のところにたどり着き、少しの間、思いを巡らせてから、卿は階段を昇り始めました。ゆっくりと昇ってゆくと、炎は卿の前を後退してゆきます。やがて、広い廊下にたどり着きました。炎は廊下を奥へと進んで行き、卿は言葉にできない恐怖を抱えたまま、そっと歩いて行きました。というのも、足音が響き渡って、びっくりさせられたからです。炎は卿をもうひとつ別の階段の下まで導いて、それから消えてしまいました。同時に、もう一度鐘の音が塔から鳴り響き、サー・バートランドは心の臓を打たれたかのように感じて、ぎくりとしました。今、卿は完全な闇の中にいました。両の手をのばして、二番目の階段を昇り始めます。突然、死人のように冷たい手が卿の弓手に触れると、ぎゅっとばかりにつかんで、無理やり前に引っ張りました。卿は振り払おうとしましたが、かないません。矢手の剣で凄まじい一撃を加えるや、金切り声が耳をつんざきました。命を失った手が、ぐったりとして卿の手に残りました。卿はそれを捨て、勇気を振り絞って前へと殺到しました。階段は細くくねっていて、ひんぱんに割れ目があり、石がゆるんでいるところもありました。階段はどんどん細くなってゆき、とうとう背の低い鉄格子で行き止まりになりました。サー・バートランドがそれを押し開けると、入り組んで、くねった通路に続いていました。大人ひとりが四つん這いでやっと通れるくらいの広さです。かすかに光が射してきているおかげで、通路の様子がかろうじてわかりました。サー・バートランドは、そこに入ってゆきました。深く虚ろな呻《うめ》き声が遠くから、通路を通じて響き渡ります。卿は前進し、最初の曲がり角を越えたところで、先ほど自分を導いてくれたのと同じ青い炎を認めました。それについてゆくと、狭い通路はようやく天井の高い柱廊へと開けました。その真ん中に、人影が現れました。甲冑で完全武装しており、血だらけの切断された片腕を突き出し、恐ろしい形相で威嚇するような身ぶりをして、片手で剣を振り回しています。サー・バートランドはひるむことなく前方に飛び出すと、その人物に渾身の一撃をくらわしました。と、曲者は消えてしまい、大きな鉄の鍵を落としてゆきました。炎はそのとき、廊下の端にある観音開きの大扉のところに留まっておりました。サー・バートランドはそちらに向かって行くと、真鍮の錠前に鍵を差し込みました。鍵を回すのには一苦労しましたが、扉はすぐに開け放たれました。そこは大きな部屋で、隅にある台の上に棺桶が置かれておりました。その両側には、蝋燭が灯されています。部屋の両側の壁には、黒大理石の巨大な彫像が並んでいました。ムーア人の服を着て、右手には細身の長剣を持っています。卿が部屋に入ると、その一人一人が武器を掲げ、一歩前へと踏み出しました。と同時に棺桶の蓋が跳ね上がり、鐘が鳴りました。炎はまだ前を滑るように進んでおり、卿も意を決してそのあとを追ってゆきました。棺桶まであと五、六歩となったところで、突然、死衣に身を包み、黒い面紗《ヴェール》をした女性が棺桶の中で起き上がり、卿に向かって両手をのばしました。同時に、彫像たちが長剣をガチャガチャと鳴らしながら、前進してきました。サー・バートランドは女性のところに飛んでゆくと、抱き締めました。彼女は面紗を跳ね上げると、卿の唇に接吻をしました。すぐさま建物全体が、地震に揺られたかのように震えると、恐ろしい轟音とともに崩れ落ちました。サー・バートランドは、あっと言う間に意識を失ってしまいました。気がつくと、天鵞絨《ビロード》の長椅子に腰掛けていました。見たこともないくらい、豪華な部屋の中でした。無数の蠟燭が、混じり気のない透明な水晶の燭台の中で灯されています。部屋の中央には、豪華な料理が準備されていました。心地よい音楽に合わせて扉が開き、並び立つ者がないほど美しいご婦人が、驚くばかりの素晴らしい衣装を着て入って来ました。美の女神カリスたちよりも美しい、陽気な妖精《ニンフ》の一団に囲まれています。彼女は騎士のところに進んで行くと跪き、自分を解放してくれた者に感謝の意を表わしました。妖精たちは、月桂樹の冠を卿の頭に載せました。婦人は卿の手を取って食卓へと導き、卿の隣に腰を下ろしました。妖精たちがそれぞれ席に着くと、ものすごい数の召使たちが列を成して入って来て、給仕を始めました。心地よい音楽が、この間、ずっと奏でられていました。サー・バートランドは驚きの余り口をきくことができず、供せられる歓待に、礼儀正しい振舞いと作法で応えるだけでした。食事が終り、ご婦人を除いて他の者たちが全てさがったあと、彼女は卿をもう一度長椅子に導いて、こう言ったのです。「――

解説

John Aikin and Anna Lætitia Barbauld, *Miscellaneous Pieces, in Prose*、第三版、一七九二年収録の、アナ・リティティア・バーボールド（一七四三－一八二五）による"On the Pleasure derived from Objects of Terror; with Sir Bertrand, a Fragment"の翻訳である。原典はデータベース"Early English Books Online (EEBO)収録のテクストによった。

アナ・バーボールドの結婚前の姓はエイキン。原著の共作者であるジョン・エイキンは実の弟である。長老派の牧師で教師の父親の下に生まれ、当時の女性としては教育環境に恵まれた。一七七三年に詩集を発表。第二の著作となる、今回翻訳した論考と物語を収録したジョンとの共著『散文拾遺集』の初版出版は一七七四年で、どちらも好意をもって当時の文壇に迎えられた。結婚後は夫のロシェモント・バーボールドと共に学校を開設して大きな成功を収め、フランス革命を擁護するなど政治的な発信も積極的に行った。詩人、書評家、批評家、編集者として息長く活躍し、サミュエル・リチャードソンの最初の全集を編纂し、伝記を著した。サミュエル・テイラー・コールリッジの酷評のおかげで死後しばらくは高い評価を得られなかったが、現在では初期ロマン主義の重要な女性文筆家とみなされている（以上、『オックスフォード英国伝記事典』より）。

バーボールド夫人の詩はその教育臭をコールリッジに批判されたが、この論考で示されている、伝えるべきことを理路整然と考え抜いたうえで実作に落とし込むその手並みは、まさしく天才的である。ここで翻訳した評論では、崇高さ（sublime）と深く関係する、恐怖が快楽を生み出す複雑な心性をきめ細やかに論じて見せ、続いて、たいした作品じゃなくてごめんあそばせと言った調子で、中世の時代の写本の断片に模した、自作の騎士物語へとつなげる。その物語は、神話や民話、クエストの文法に忠実に則り、およそ百年後にフロイトが懸命に説明して見せる人間の精神に巣食う原型的なイメージを、軽々と先取りして示して見せる。最後にスパーンと足払いを決めるようなラストも見事である。（羊皮紙に書かれた写本の断片なので、いいところでちぎれている、という設定なのだ。）

バーボールド夫人のこの論考は、二十一世紀になっても「崇高」を扱う読本の類では、定番中の定番になっている（例えば、Robert R. Clewis, editor, *The Sublime Reader*, Bloomsbury, 2018）。幻想と怪奇の文脈では、H・P・ラヴクラフトの権威であるS・T・ヨシが、自身が編纂した恐怖小説短篇集（*Great Tales of Terror*, Dover Publications, 2002）の序論の冒頭でその一部を引用して、恐怖を扱う作品とは、想像力の解放を促すものでもあると力説している。物語部分の方は「サー・バートランド――断片」として拙訳が『クリス・ボルディック選　ゴシック短編小説集』（春風社）にすでに出ているが、今回バーボールド夫人の卓抜な崇高恐怖論を合わせた「完全版」として世に問う機会を得られたのは、ありがたい。批評と実作を高い次元で融合させ、批評が持つエンターテインメント性を余すところなく示して見せるバーボールド夫人のこの仕事は、まさしく『幻想と怪奇の英文学』の理想の一つを体現しているからである。

この時代の文章については門外漢ゆえ、訳稿の作成に関しては金津和美同志社大学文学部教授から数々の教えをいただいた。いきなり"THAT"で始まる夫人のエッセイは、序盤がなかなかに難物だった。もちろん、翻訳における誤りに関しては、訳者に全面的にその責がある。

（下楠昌哉）

怪奇小説『メルモス』における結婚の隠喩《メタファー》と医科学言説

小川公代

チャールズ・ロバート・マチューリンの代表作『放浪者メルモス（*Melmoth the Wanderer*）』（一八二〇、以下『メルモス』）は、きわめて複雑なプロットであるだけでなく、複数の断片的な語りが組み込まれたゴシック小説である。これらの異なる物語を主人公メルモスのサタン的な存在が束ねている。国境を越えるだけでなく、建物の壁も軽々と通り抜けて移動する身体をもつメルモスの怪奇現象こそ、国民国家が形成、拡大されていったロマン主義の政治背景と重ね合わせることができる。一八〇一年のイングランドとアイルランドの併合からおよそ二十年後にアングロ・アイリッシュ作家のマチューリンによって書かれた『メルモス』から、どのようなまなざしを読み取ることができるだろうか。

　アイルランドのダブリンに住むジョン・メルモスという学生が危篤の叔父を訪ねるところから物語は始まる。その家には「メルモス」と書かれた先祖の肖像画がかかっていた。不可解なことに、そのメルモスという先祖は長い年月を経ても生き続け、今でも壁や国境に阻まれることなく自由に移動し、他者の人生に介入し続けている。見方によっては、国を越境し領地を拡大しつつあった大英帝国の「政体（body politic）」の寓話として解釈することもできるかもしれない。しかし、作者マチューリンが当時すでに弱体化しつつあったアングロ・アイリッシュの共同体に属するプロテスタントの牧師であったことを踏まえるなら、大英帝国側から視点を考えるよりも、イングランドとアイルランドとの間に生じた複雑な政治状況やアイデンティティの両義性と結びつけて解釈するのが妥当であろう。

　本稿では、マチューリンの『メルモス』と、結婚に込められた政治的比喩について議論がなされてきたシドニー・オーウェンソンの『野生のアイルランド娘（*The Wilde Irish Girl*）』（一八〇六）とを比較しつつ、この怪奇小説が後者の「異郷への旅」の枠組みを踏襲している可能性を検証したい。たとえば、メルモスが異郷で出会うイマリーは、『野生のアイルランド娘』において、ホレイシオがアイルランドで出会うグローヴィーナの他者化された女性像とかなり多くの点で重なり合う。イングランドの植民地支配下において他者化されるイマリーの生がいかに抑圧的な文明と対比されているかについても考察しつつ、そこに浮き彫りになるこの〈生〉の修辞学《レトリック》とは何かを当時の医科学言説を参照しながら考察したい。

『野生のアイルランド娘』のグローヴィーナと『メルモス』のイマリー

一八〇一年にアイルランドがイングランドに併合され、その議会が廃止されたあと、大衆誌などは挙《こぞ》って「併合(union)」を家父長的イングランドとその妻のようなアイルランドとの「結婚」であると評した(Hansen 三五四頁)。ジェイン・エリザベス・ダハティーによれば、「結婚としての併合」の比喩は「疑いの予知なく異性愛」のそれであった。人々の想像力において、この家父長的な結婚は、アイルランドに「保護と正統性」を保障したが、実際のブルジョワ階級の結婚において妻がそうであるように、自立する権利(主権)は与えられなかった(Dougherty 二〇三頁)。

マチューリンが当時注目度の高かった『野生のアイルランド娘』のタイトルを意識して刊行した『野生のアイルランド男(*The Wild Irish Boy*)』(一八〇八)については、彼が成功を手に入れようとして「模倣した」と揶揄する批評家がいるくらい、この二作品は並列に置かれてきた(Pearson 六四二~四九頁)。たしかに、『野生のアイルランド男』はアイルランド問題に言及はしており、じっさい主人公がアイルランド併合を批判している箇所もあるのだが、この小説を精読してみると「アイルランド小説」に分類されるほどアイルランド問題、あるいは植民地主義的な他者を主題化しているわけでもない。

『野生のアイルランド娘』に登場するイングランド人ホレイシオとアイルランド人グローヴィーナの結婚という表象をより忠実に擬《なぞら》えた、あるいは、より翻案的な作品はむしろ怪奇小説の『メルモス』の方であり、メルモスとイマリーの結婚にこそ政治的な寓意がより色濃く表れている。『野生のアイルランド娘』のグローヴィーナと『メルモス』のイマリーのパラレルも注目に値する。「自然の子」(Owenson 一六〇頁)と呼ばれるグローヴィーナは、彼女が「エデン」と呼ぶイニスモアの美しい自然をよく散歩する(一四〇頁)。ホレイシオは彼女を「雰囲気や外見にもどこか野生の美しさがある」という印象を持っている(六五頁)。また、グローヴィーナがゲール族のケルトを代表するアイルランドの最終的な住民でもあるミレー族の末裔である点において、イングランド人のホレイシオとの恋愛を経た結婚は、調和をなす二国間の併合というイデオロギー的な役割を帯びる。

グローヴィーナのように、『メルモス』のヒロイン、イマリー(のちにイソドーラ)もまた「自然」と結びつけられた生命力溢れる女性である。インドで難破した船に乗っていたために島で野生児として育ったスペイン女性である。ただし、インドの島が与えた自然環境で動植物とともに無垢なまま大人に成長したイマリーにとって、男女の愛の結晶としての結婚は決して「自然」な状態ではない。彼女は水面に映し出される自分の姿を唯一の「友人」と思い込んでおり、そこには「男」「女」という異性の概念、あるいは家父長的な制度への認識は存在しない。つまり、メルモスに「水のなかにいる」と彼女が説明する友人は水面に映る自分の姿なのである。メルモスがその友人は「男性か、女性か」と尋ねると、「それは何?」と聞き返す(Maturin 三一六頁)。このナルキッソスのパロディともいえる対話場面は、メアリ・シェリーの『フランケンシュタイン』とも比較できる。被造物であるクリーチャーが水面に映し出される自分の姿の醜さに驚愕する場面は、創世記でイブが食べてしまう知恵の実を想起させる、そういう〈知〉、あるいは〈無垢〉の反対語としてのブレイク的な〈経験〉を意味するのだが、マチューリンはインドの島で発見されるイマリーをあえて無垢の状態にある中性的な存在として描き、ナルキッソス神話の書き換えを行っている(Berman 七〇頁)。

矛盾するようだが、じつはイマリーとグローヴィーナの近接性がとりわけ目立つのは、感受性と結びつけられる知性である。十八世紀以降の経験主義独特の知性についての考え方は、人間は自らの経験によって外界からの刺激から受ける感覚印象(sense impression)によって観念(idea)を蓄積していくというものだ。つまり、感受性の強い登場人物は五感を通してさまざまな刺激を受けながら、知を獲得していく。グローヴィーナは読書家で、とりわけ言語能力や詩への感性は突出している。インドの島で育ったイマリーも、洗練された文化を学びたい、さまざまな経験を通して

「苦しみ（suffering）」を感じたいとメルモスに懇願し、故郷であるスペインに帰還することになる（Maturin 三一九頁）。

オーウェンソンのグローヴィーナも、マチューリンが描いたかつては野生児だったイマリーも、あきらかに帝国主義的な視点からは「他者」として映る。しかし、この二人の表象のされ方には決定的な違いがある。イングランドの文化と同化する意欲のあるグローヴィーナとは異なり、イマリーは、スペインの文化と調和することを拒絶する。言語や礼儀作法、宗教（カトリック教）といった新しい文化環境をいったん受容はするものの、最終的にそれらとの完全な同化を拒否するのだ。さらに言うと、マチューリンは「結婚＝併合」をオーウェンソンほど肯定的に表象していない。より具体的には、ホレイシオの父親は「関心と感情において達成される国家融合が、派閥の対立の厳しい二者の関係というより、元から自然に結びついている二者の関係であり、予言的なほどの典型例なのである」と言い（Owenson 二五〇頁）、ホレイシオとグローヴィーナの結婚がその「自然」な結びつきの象徴であることを強調している。

イマリーはというと、スペインで受けた教育のおかげで「繊細で女性的な趣味を備え」るようになったにもかかわらず、インドの「音楽と太陽の島」で彼女が足を踏み入れた「花畑の一角」は、「知を誇るヨーロッパ大陸と等価値であ」り、島を離れたことに深い後悔の念を抱いている（Maturin 三八一〜七頁）。

〔文明の恩恵を〕自ら望んで手に入れたですって！　いいえ。彼らは私を捕まえて、ここまで引き摺って私をキリスト教徒にしました。彼らは私の魂の救済、将来の私の幸せのためだと言いました。そうでしょうとも。だって、私はそれ以来あまりに惨めで、きっと私が幸せになれる場所が別にあるに違いないと思っているくらいですから。（三八一頁）

先行研究においてイマリーのこの無垢状態への退行願望は多様に解釈されてきた。たとえば、ピアソンは、近代文明、知性の蓄積の恩恵に預かっているにもかかわらず、それを拒絶する彼女を、「変革する力の欠如」の象徴として解釈し、相対的に、オーウィンソンが描くグローヴィーナの「結婚＝併合」への「個の欲望（individual desire）」を「積極性」として評価している。[1]

イマリーは知性を手に入れはするが、マライア・エッジワスの女性登場人物の類型でいうと、『アンニュイ（*Ennui*）』（一八〇九）に登場する、教育もしつけも歯が立たないある種の「野性」を備えたエリノアに似ている。ただし、エッジワスに怠惰という否定的なレッテルを貼られてしまうエリノアと根本的に違うのは、イマリーの野生的な側面、あるいは情熱《パッション》がマチューリンによって頌されていることだ。

孤高のメルモスが、イマリーとの接触により人間性を回復してゆくことをみれば、彼女の情熱はむしろ好ましい影響を及ぼしている。ただし、秘密裡に行われる二人の「結婚式」は正統性(legitimacy)を欠いており、物語には両義性が生まれている。父親を殺害し、牢獄で妹が死にゆくのを放置する冷酷な人物としても描かれるメルモスは「サタンの弟子」であり、彼の運命を引き受けてくれる者はいない。罪の意識を背負ったメルモスと結婚することは、イマリーにとって家族を裏切ることを意味していた。また、彼女の極端に自己犠牲的な愛は不穏ささえ感じられる。

楽園喪失——イマリーとモンカーダの「無常」

メルモスとイマリーの結婚がゴシックの不穏さを帯びて描かれている点は、おそらくその結婚の非正統性、あるいは罪の意識と無関係ではない。洗練された教養を手に入れたにもかかわらず、イマリーは正統とみなされるような結婚を選ばない。彼女は社会的地位やそれが与える正統性とは異なる価値観で生きている。それを象徴するのは、「過去の私には戻れない」という彼女の言葉である。

今の私という存在の内に湧き上がるすべての感情、過去のすべての記憶を消滅させてほしい。なぜ過去の思考が心に去来するのか。(過去の記憶は)かつては私に幸福感をもたらしたのに、今となっては私の心を傷つける棘と化してしまった。私自身は変わってしまうのに、過去の記憶がもつ力はなぜ失われないのでしょう。もはや私はかつての私に戻れないのです。

（Maturin 三七八頁）

インドの島での楽園は失われたが記憶に刻まれている。そして、それはスペインに移ってからの自分自身の変化と乖離すればするほど苦しめられるというのだ。これこそが、医科学言説と深い関わりがあり、ロマン主義思想の根幹にある人間の「無常（mutability）」である。

生というものは細胞の末端まで恒常的に変化し続けるものであるため、死すべき者すべてが逆らえない宿命なのである。人間も当然死にゆく運命にある肉体をもつ。このような生物学的な変化や生命の神秘の解明に囚われたのは医学者――エラズマス・ダーウィン、ウィリアム・ローレンス、ジョン・ブラウンら――で、彼らの医科学言説に通底するものであった。フランスでも同様の関心が高まっており、医学者マリー・フランソワ・クサヴィエ・ビシャや、歴史家コンスタンタン・フランソワ・ヴォルネーなどがその代表格であろう。この生命探求の主題はメアリ・シェリーの『フランケンシュタイン』に見事に昇華されている。元々この「無常（mutability）」は「変化する（mutable）」という意味であり、主人公のヴィクター・フランケンシュタインが科学の力で抗おうとしたのは、まさにその変化であった。病や老いによって人間の肉体は弱体化するため、死は必至である。ヴィクターの実験が成功したことにより、その「無常」すなわち「変化のしやすさ」という影響を受けない強靭な肉体をもつ被造物《クリーチャー》が誕生した。しかし、皮肉なことに、その願いとは裏腹に起きてしまう悲劇的な顛末とは、ヴィクターがもっとも守りたかった家族の死であった。

最先端の医学の知識を吸収していたのは、メアリの夫でロマン派詩人のパーシー・ビッシュ・シェリーも同じである。彼は「無常（Mutability）」と題した詩を書いた。『フランケンシュタイン』で、被造物は自分を無責任にも放置して逃げてしまったヴィクターに復讐するため弟ウィリアムを殺害され、ヴィクターがその大切な家族を失った後、死にゆく運命にある人間の儚さに絶望する場面がある。ちょうどその時に、パーシー・シェリーの詩「無常」の詩句が引用される。「人の昨日は人の明日とは決して似ることはなく／変化による無常以外に人が知るものはない！」医科学的な見地から人間の身体への関心をもっていたシェリー夫妻にとって、「無常」は人間が死に向かって身体が変化し続けることを意味していた。[2]

十八世紀の医科学言説は、デカルト的理性では制御できない人間の生理学的変化を強調した神経学が支配的であった。医学史研究者のルドミラ・ジョーダノーヴァによれば、ヴォルネーの『自然の法則』は厳密にいうと医科学文献の範疇には入らないが、その当時の西欧の医学的な主題を理解するには最適なテクストである（Jordanova 一二頁）。人間の内なる「自然」というものは、元来「理性」とは関係なく進行するもので、たとえば「他者の感覚作用が自己にも影響を及ぼし、それによって快楽や痛みという共感を引き起こすような刺激が与えられる」（Volney, *The Law* 四一頁）。『フランケンシュタイン』で被造物が読んだ『滅亡、あるいは諸帝国の興亡概論』（一八一一）がヴォルネーの著作であったこととも大いに関係するだろう。『滅亡』では、当時流行していたヨーロッパ／キリスト教徒を序列の頂点においた人種の分類法をことごとく否定している。[3]ヴォルネーによれば、上エジプトの前身であるエチオピアの人々（黒人）は、アルファベットとヒエログリフの両方を使用するほどの文明社会を育んでいた（Volney, *The Ruins* 一八八～八九頁）。文明は白人のキリスト教社会から発生したわけではないという主張は、いわば西洋中心主義への批判の表明ともなっている。

ロマン主義時代の文脈で重要なのは、奴隷制廃止運動のアンチ帝国主義思想が盛り上がりを見せていたことである。このような急進思想に対抗したのが保守思想である。一七八九年と一八〇三年の間にフランス革命とアイルランドにおける反乱が立て続けに勃発したことによって、人間の「理性」に対する信用も著しく損なわれたというレトリックがしきりに用いられた。たとえば、イングランドやアイルランドで急進派の運動が過熱すればするほど、保守派の新聞や雑誌などは暴徒たちの野蛮性を風刺することで辛辣に批判した。[4]ロマン主義研究者メアリ・フェアクラフは、十八世紀末から十九世紀初頭にかけて、理性によって制御できない身体内部の感情を比喩的に表す「火（fire）」や「炎（flame）」という言葉が広く拡散したことと、このような社会の動乱期に突入したことが矛盾していなかったことを膨大な史料によって裏付けている。[5]

火は、十九世紀初頭にスコットランドの医師ジョン・ブラウンらによって体内のエネルギーや熱、あるいは「刺激されやすさ（excitability）」を表す比喩としてよく用いられたが、[6] このような医科学言説に照らしていうと、生命の火は二律背反であるともいえる。フェアクラフが表象するロマン主義的な身体に見出されるような火は、その生命に活力をあたえる一方で、熱狂の危険もはらんでいる。国家の政体に見出されるような火は、急進思想家や運動家の視点からすれば群衆に動員する運動の重要な活力であるが、保守的な体制側からすれば群衆による行き過ぎた暴力へと発展することもある。

マチューリンはアングリカンの国教会の牧師としてイングランドのプロテスタントの支配層に属し、またその教養を信仰していた。ただし、彼がイングランドの支配体制を擁護する保守であったかというと、『メルモス』に関して言えば、かなり露骨な反権力主義、あるいは急進的な態度が読み取れる。メルモスが、ホレイシオのように明確に「イングランド人」「プロテスタント教徒」を象徴する登場人物ではなく、「放浪者」であることはまさしくアングロ・アイリッシュのアイデンティティの両義性を浮き彫りにしている。

キリスト教的な魂の救済よりむしろ人間の生存が優先されるべきという〈生〉の修辞学がマ

チューリンの小説にも見られることに留意すべきである。なかでも、急進派を悪魔化する保守と対置されるのがヴォルネーの「自己保存（self-preservation）」の思想である。

ヴォルネーの『自然の法則』がロンドンでも一七九六年に英語訳が出版されていたことを踏まえると、マチューリンが読んでいた可能性もあるだろう。『メルモス』において、両親に見捨てられ、修道院に閉じ込められてしまったアロンゾ・モンカーダという男の物語はその典型例である。修道院の修道誓願に抵抗し、それによって罰として監禁されてしまう彼が脱出を実行に移すとき、ヴォルネーの「勇気と強靭な人間が圧制に抵抗し、自分の生命と自由と財産を守ろうとする」（Volney, *The Law* 九八〜九九頁）という「自己保存」の考えを体現しているのである。この小説では、個の理性とはかかわりなく、まるで身体や神経器官が独立した意思をもっているかのような表現もある。モンカーダが「秘密のエージェント」（メルモス）に導かれながら、修道院を脱出するも、地下通路がどんどん狭くなっていく場面がある。彼は先に進んでいく謎の人物に追いつけなくなり、とうとう狭い通路で身動きできなくなってしまう。そのとき、この導き手が悪魔なのではないかという疑惑が生じ、「突然喉のあたりに恐怖がこみ上げてくる」（Maturin 二一三頁）。

モンカーダは、そのときにふとエジプトのピラミッドの狭い地下通路で身動きができなくなった男の物語を思い出す。その男は崇高な「恐怖の感情（terror）」によって身体が「膨れてしまい（swell）」、通路を前進することも、後退することもできなくなってしまう。その男のガイドが困り果てて「手足を切断しようか」と半ば脅す。すると、その男は別の種類の「恐怖心（horror）」によって身体がみるみるうちに収縮（contract）して、通路から抜け出すことができたという話である。興味深いことに、モンカーダの身体もそのピラミッドの通路で身動きできなくなった男の「恐怖心」を想像できたことによって同じように身体が縮み、脱出に成功するのである（Maturin 二一三〜一四頁）。このような症例は、パーシー・シェリーの主治医でもあったウィリアム・ローレンスの医学書にも詳しく書かれている「理性では制御できない、感覚と収縮の力」である（Lawrence 七一頁）。ローレンスは、ヴォルネーと同じように「自然の法則」を強調しながら、理性と乖離して働く神経器官とその感情が及ぼす身体への影響について述べている。

マチューリンは、群衆の静かな行進から「制御できなくなる（ungovernable）」暴動に発展していく様を、当時の医学書でしばしば用いられていた言葉、「運動（motion）」、「粒子・小片（particle）」、「霊（spirit）」などによって表している――「一つの霊がすべての群衆に生命を吹き込んでいるかのようだった」。さらには、ある男がその暴徒たちの餌食になる悲惨な暴力場面を刻銘に描いている。モンカーダは、ある男が暴徒らにその身体を引き摺られた挙句、その「ぐちゃぐちゃになった死体が（モンカーダが身を隠していた）家のドアに強く打ちつけられる」のを目にする（Maturin 二八二〜八三頁）。

ここで興味深いのは、マチューリンがわざわざこの場面に注釈を付していることである。彼に

ダブリン蜂起の指導者ロバート・エメットの公開処刑（1803年9月20日）

よると、この暴動の場面は一八〇三年にダブリンで起きたロバート・エメットの蜂起のある事件の描写である。その注には、当時アイルランド高等法院主席判事だったキルウォーデン伯が馬車から引き摺りだされて、極めて残酷な仕方で殺されたという説明がある（二八五頁）。この場面はエメットの蜂起だけでなく、ユナイテッド・アイリッシュマンが起こした一七九〇年代の反乱にも重ねられているだろうというのが、アイルランドの反乱に詳しい批評家ルーク・ギボンズの見立てである（Gibbons 五四頁）。

ギボンズは、「火の付きやすい（inflammable）」あるいは「炎（flame）」を、アイルランドの反乱を描写するのによく用いられた言葉として紹介している（Gibbons 五二頁）。先述したが、ジョン・ブラウンなどの医学書では「火」は人間の過剰な感情とほぼ同義語としても考えられた。医学者ではないマシュー・バリングトンという法務官でさえ、マチューリンが小説を書いた一八二〇年代のアイルランド人たちを「火の付きやすい」人種と形容したうえで、「二十人ほどの悪い人間がいたとしたら、彼らを制御しなければ州全体が火で燃やされてしまうだろう」と書いている（Lewis 七〇頁）。

ここで重要なことは、マチューリンが用いた医科学的な用語が、「アイルランドにおけるカトリック教徒に対する根深い恐怖心」を表す政治的なレトリックであったということだ（Morin 一四八頁）。フィオナ・ロバートソンによれば、『メルモス』で描かれるスペイン（カトリック教）の異端審問は、十九世紀イングランド、つまりプロテスタント・アセンデンシーの家系がアイルランドの人々にたいして行使した権威を象徴している（Robertson 一〇五〜〇六頁）。マチューリンの「群衆」あるいは「暴徒」の描写は、アイルランド人の抑えきれない感情の迸りと重なり合うだろう。

マチューリンの急進思想――婚姻の正統性とは？

ロマン主義時代において、火は情熱、感情、熱狂などを連想させ、エドマンド・バークらの保守的な立場からすれば危険極まりない感受性言説のメタファーであった。しかしながら、急進派の著述家らにとっては、生命の躍動、あるいは個の自由を表現するための要のメタファーである。イマリーの豊かな、ときに過剰ともいえる感受性の描かれ方は、またしても両義性を孕むのだ。

十八世紀において教会（とりわけ国教会であるイングランド教会）が結婚に与える正統性は、それ以外で結ばれる関係を非正統的なものとして排除することにもつながったことを考えると、ロマン主義時代の結婚をめぐる言説はすでに政治性を帯びていた。たとえば、法的に結ばれている夫婦関係がすべて幸福であったわけではない。その正統性を盾に夫が暴虐（tyranny）を行うこともあった。そのような被害に苦しむ女性たちにとって婚姻関係は愛の成就というよりむしろ差別によって生じる事件の目隠しになった可能性があることに留意する必要がある。[7]

『女性の権利の擁護』の作者メアリ・ウルストンクラフトの未完小説『女性の虐待、あるいはマライア』（一七九八）のヒロインは、夫ヴェナブルズ氏と結婚するも、この自己中心的な夫の暴虐に耐えなければならない。夫は堕落の末、放蕩生活をやめることができず、五百ポンドのお金と引き換えに妻マライアの体を友人に差し出す「女房売り」を平気で行おうとする。彼女はヴェナブルズの子供を生んだ後、その惨めな生活から脱出するために家出をするが、最終的に夫に追跡され、精神病院に幽閉されてしまう。これは、正統な結婚によって、妻の財産や身体をめぐる権利が夫に譲渡されてしまうケーススタディーでもある。

さらに『女性の虐待』では、マライアが、精神病院に収容されていたダーンフォードと親密度を深めていく過程を描くことで非正統的な男女間の結びつきでも、女性には幸せになりうることも提示されている。ただし、不義の罪に問われるマライアが追い込まれる展開が用意されており、男女関係がユートピア的に描かれることはない。ウルストンクラフトのこのような価値観は、彼女の生き方からもみてとれる。彼女はスイスの画家ヘンリー・フュッセリに恋い焦がれたが、失恋ののち、アメリカの商人ギルバート・イムレイと恋に落ちるが法的な結婚の手続きは行っていない。その後、非摘出子のファニー・イムレイを生んだ後、イムレイとの破局を迎えている。

のちに彼女の伴侶となるウィリアム・ゴドウィンが書いた『回想録』が刊行され（この二人の間にメアリ・シェリーが生まれる）、彼女の男性遍歴が世に知れ渡ると、「ウルストンクラフト」という名前がラディカル性、不道徳性と結びつけられるようになった。公に認知される婚姻関係から逸脱するような女性たちを、保守派のリチャード・ポルウィールは詩「男のような女たち（The Unsex'd Females）」で、ウルストンクラフトを、解放を叫ぶ恥知らずな雌狐集団の指導者であると書いている。結婚という制度に反対していたゴドウィンは、ウルストンクラフトと男女関係を結びながらも夫婦になろうとしなかった。ようやく妊娠が判明した時点で、互いに結婚という形式をとることに同意した。

『メルモス』の面白さのひとつは、結婚というメタファーを多様に解釈しうることだ。イングランドとアイルランドの併合は、法的には「正統」な結婚だといえるだろう。メルモスとイマリーの関係はそのような形式からは逸脱している点で、明らかに「併合」の寓意ではない。マチューリンが描くメルモスとイマリーのロマンスは、ゴドウィンの『回想録』を読んでいるようなところもある。ただし、この秘密の結婚こそ、『メルモス』という小説のなかで、もっとも真正なものとして描かれている。

ヴォルネーの『自然の法則』にように、偏見ではなく、生き物としての人間存在が公平に評価されるとき、「正統性／合法」と「非正統性／非合法」という区分ではなされない。それが顕著に表れているのが、イマリーの身体が細密画のようにクロースアップされる場面である。メルモスに、愛を証明してみせるよう促された彼女は、彼がこれから辿るであろう「追放と孤独」の運命を共にすることを誓う。この「結婚」に特徴的なのは、教会の司祭が執り行う儀式が正統ではない点である。イマリーはメルモスと結ばれたあと娘を産んでいるが、異端審問にかけられ、監禁されてしまう。そこで異端審問官に「名前を聞いただけで身の毛もよだつ、あの存在の妻であるということか」「お前の結婚の証人、つまり、その不浄で不自然な結合を可能にしたのは誰だ」と詰問された彼女は、次のように述懐している。「証人はいませんでした。真っ暗闇のなかで結婚式を挙げたのです。誰の姿も見えませんでしたが、言葉は聞こえたように思います。誰かが私の手をメルモスの手においたのはわかりました」(Maturin 五八八頁)。

異端審問でイマリーが糾弾されるのは、スペインのカトリック教会が認定しない婚姻を結んだからである。この描写は、オーウェンソンの『野生のアイルランド娘』と最終的に袂を分かつところでもある。ホレイシオはグローヴィーナの父親に、自分の身元を保証してくれる伯爵M――

からの手紙を渡しながら、「貴殿の娘の庇護者になるための法的な資格を与えてほしい」と申し出る（Owenson 二四八頁）。先祖代々継承してきた土地を、彼女の夫となるホレイシオに譲渡するところで、二人の婚姻は正統なものと認識されるのである。

メルモスとイマリーの愛は、法的、宗教的な組織が与える正統性とは別の次元で捉えかえされている。メルモスが妻となる女性に愛の証明を問うとき、彼女の身体の様々な部分にその内的活動を読み取ろうとする観相学的な視点がある。

彼女〔イマリー／イシドーラ〕が話すとき目に光が宿っていた――額も輝いていた――彼女の姿は神々しさを放っていた。そして、それは情熱と純粋さが融合したものが人の形をとったような稀有で壮麗なヴィジョンとして現れた。（Maturin 四〇六頁）

メルモスはイマリーの目の輝きの中に、彼女の情熱と純粋さを見出している。ロマン主義時代に保守派に揶揄され続けた「情熱」を称賛するこの場面は、ここでは愛の結晶として肯定的に描かれている。法的な正統性を付与するイングランドとアイルランドの併合とはまったく異なる種類の結びつきである。

むすび

このように、マチューリンはイマリーの身体に表される愛の徴に圧倒されるメルモスを描いた。小説を読んでいても、自然発生的に生じる感情の交換、つまり共感が、法的な結合を凌駕する強烈さで迫ってくる。十八世紀では、イングランド国教会の《結婚》の正統性は、それ以外で結ばれる関係の非正統性を意味していたことを考えると、マチューリンによるイマリーとメルモスの結婚の表象は体制に批判的である。教権主義に向ける彼の厳しい目も、権力行使によるモンカーダやイマリーの監禁という主題からもうかがえるだろう。反教権主義に連なるものとして台頭していたのが自然主義的な医科学言説で、これらは啓示宗教と袂を分かっている。細胞の末端まで恒常的に変化し続ける生物学的な性質を「無常」であると捉えなおし、その無常の影響下におかれない被造物を誕生させた科学者ヴィクター・フランケンシュタインはその医科学的探求の体現者といえよう。マチューリンもまた《権威》よりも《身体》を優位に置く言説を物語に取り込み、生物としての人間存在が権力に左右されることなく公平に評価され、かつ「正統性／非正統性」という区分を問い直すような虚構世界を描いた。

マチューリンの『メルモス』執筆時期は、ちょうどカトリック教徒の解放を求める過激な運動が勃発していた頃である。そして、この暴動は当時のアイルランドの国家身体の波乱、不調を反映すると捉えることもできる。たしかに、アイルランドの暴徒に対しては牽制する視点がマチューリンにもある。しかしその反面、イングランド人やアングロ・アイリッシュらの権威主義や暴虐も容認しない。プロテスタント・アセンデンシーによるクロムウェル侵略の記憶を辿れば、暴力というものは必ずしも一方通行なものでない。マチューリンの想像力は、十九世紀初頭のアングロ・アイリッシュの支配層らの不安の原因だったカトリック教徒による暴力だけでなく、アイルランドのもっとも根深い記憶を想起させるものである。

◆注

1　Pearson 六四三頁。しかし、ジェイン・エリザベス・ダハティーが指摘しているように、グローヴィーナに結婚への意欲があるかというと、彼女の主体性を過大評価できるものではない。ちょうどイングランドとアイルランドの併合において前者が併合への意志を示したことが重要であるように、『野生のアイランド娘』でも、ホレイシオが意志することが主題となっており、グローヴィーナは「沈黙していた」(Dougherty 二四九頁)。

2　Shelley 七三頁。「無常」という詩はシェリーの詩集『アラスター、或いは孤独の魂』(*Alastor; or, the Spirit of Solitude*, 一八一六)に掲載されたもので、いずれの詩にもこの「変化」という主題が人間の命の儚さとともに描かれている。興味深いことに前の年の一八一五年にかかりつけの医師であったウィリアム・ローレンスによって(実際そうであったかどうかは定かではないが)結核で余命僅かであると宣告をうけたばかりであり、ローレンス医師とは最先端の医学について、とりわけ生命科学についての知見を得ていた。

3　ヨハン・フリードリヒ・ブルーメンバッハによる『ヒトの自然的変種』という著書では、コーカシア(白人種）、モンゴリカ（黄色人種）、エチオピカ（黒人種）、アメリカナ（赤色人種）、マライカ（茶色人種）の五種に人種を分類された。ヴォルネーは白人種を序列の上位におくブルメンバッハの分類法を批判するものである（片山一一八頁）。

4 保守主義派の雑誌の代表的なものとして、『反ジャコバン評論』があった。

5 Faircloughを見よ。

6 例えば、Beddoes cxxxiを参照のこと。

7 「女房売り」はあくまで民衆によるパフォーマンスであって、「離婚と再婚を一度にやってしまう儀礼」であった。女房売りは男尊女卑の蛮習ではなく、むしろ両性の合意にもとづく婚姻関係移動の儀礼であった。近藤を見よ。

◆参考文献

Beddoes, Thomas "A Biographical Preface by Thomas Beddoes." *The Elements of Medicine*, by John Brown, Two volumes, J.Johnson, 1795, pp.xlii–clxii.

Berman, Jeffrey *Narcissism and the Novel*. New York UP, 1990.

Dougherty, Jane Elizabeth "Mr and Mrs England: The Act of Union as National Marriage." *Acts of Union: The Causes, Contexts, and Consequences of the Act of Union*, edited by Daire Keogh and Kevin Whelan, Four Couts Press, 2001, pp. 202–15.

Edgeworth, Maria "Ennui." *Tales of Fashionable Life*, R.Hunter, vol.1, 1815, pp. 1–416.

Fairclough, Mary *The Romantic Crowd: Sympathy, Controversy and Print Culture*. Cambridge UP, 2013.

Gibbons, Luke *Gaelic Gothic: Race, Colonization, and Irish Culture*. Arlen House, 2004.

Hansen, Jim "The Wrong Marriage: Maturin and the Double-Logic of Masculinity in the Unionist Gothic." *Studies in Romanticism*, vol. 47, no. 3, 2008, pp. 315–69.

Jordanova, Ludmilla "Guarding the Body Politic: Volney's Catechism of 1793." *1789 Reading Writing Revolution,* edited by F. Barker et al., University of Essex, 1982, pp. 12–21.

Lawrence, William *Lectures on Physiology, Zoology, and the Natural History of Man*. Callow, 1819.

Maturin, Charles Robert
Melmoth the Wanderer. Edited by Victor Sage, Penguin, 2000.

Owenson, Sydney, Lady Morgan
The Wild Irish Girl: A National Tale. Edited by Kathryn Kirkpatrick, Oxford UP, 1999.

Pearson, Jacqueline "Mascinlinizing the Novel: Women Writers and Intertextuality in Charles Robert Maturin's 'The Wild Irish Boy.'" *Studies in Romanticism*, vol. 36, no. 4, 1997, pp. 635–650.

Shelley, Mary *Frankenstein, or the Modern Prometheus. The Novels and Selected Works of Mary Shelley*, vol.1, edited by Nora Crook, Routledge, 1996.

Volney, Constantin Francois
The Law of Nature, or Principles of Morality, Deduced from the Physical Constitution of Mankind and the Universe. 1792, Printed for T. Stephens, 1796.

——————. *The Ruins: Or a Survey of the Revolutions of Empires*. Translated by James Marshall. 1811, Tegg, Woodstock, 2000.

Wollstonecraft, Mary *The Wrongs of Woman: or, Maria. The Works of Mary Wollstonecraft*, vol.1, William Pickering, 1989.

片山一道 『身体が語る人間の歴史　人類学の冒険』、筑摩書房、二〇一六年。

近藤和彦 『民のモラル――近代イギリスの文化と社会』、山川出版社、一九九六年。

『マンク』における二つのプロットと世界史的背景

市川純

八つ折り版で三百から四百ページのロマンスを十週間で書き上げたけど、どう思う？　その半分はもう清書した。タイトルは『マンク』。自分でもこれが気に入っているから、たとえ書籍商が買ってくれなくても、自分で出版するつもりだ。[1]

（一七九四年九月二十三日付マシュー・グレゴリー・ルイスから母への手紙）

一七九六年、ゴシック・ロマンスの中でもとりわけ残酷さや宗教的冒涜、性的に過激な描写を含んでいるために物議を醸した『マンク（*The Monk*）』が出版される。作者マシュー・グレゴリー・ルイス（Matthew Gregory Lewis　一七七五〜一八一八）自身の言葉によれば、この小説は十九歳の時に十週間で書き上げたという。

『マンク』に限らずグロテスクな描写や扇情的な表現の多い文学作品、とりわけそのような表現無くしては成立しえないゴシック・ロマンスは、十八、十九世紀において、当時の道徳的規範に照らし合わせて批判されるのが当たり前であった。一般読者にはそれがゴシック・ロマンスの醍醐味の一つであり、それゆえに売れる作品であったとしても、書評子の冷静な批評とはそのようなものであった。

だが、批判一辺倒であったわけでもない。『マンスリー・ミラー（*The Monthly Mirror*）』一七九六年六月号の書評は「これほど面白い作品を読んだ記憶は全くない」と述べて絶賛し（九八頁）、『クリティカル・レビュー（*The Critical Review*）』一七九七年二月号は『マンク』の欠点や俗悪さを指摘してはいるが、一般的なロマンスに比べて「非才ならざるものの産物」（一九四頁）と評す。また、悪魔の使いとして主人公の修道僧アンブロシオ（Ambrosio）を誘惑し、どん底まで堕落させた妖女マチルダ（Matilda）の性格造形は「傑作」（一九四頁）であり、作品全体も様々な印象的事件によって際立っている点を賞賛している。[2]
対して『アナリティカル・レビュー（*The Analytical Review*）』一七九六年十月号の書評はプロットの問題を厳しく指摘する。『マンク』はアンブロシオが堕落して悪魔に魂を売り、空中から放り出されるまでの話と、青年レイモンド（Raymond）とその友人ロレンソ（Lorenzo）が繰り広げる冒険と恋物語、これら二つが組み合わされているが、評者によれば両者の繋がりは悪く、『マンク』の物語はまさにプロットの歪みであり、異なる生地であるもう一つのプロットが折り合わされ、注意を逸らしてしまうのは残念だ」（四〇三頁）と述べる。さらには作者の若書きを指摘して、ゴシック作品としても不十分だと主張する。[3]
『マンク』の良し悪しを道徳的な判断基準に求めれば、それは時代によって変化する。ただ、『マンク』の二つのプロットは、現代に至るまで議論を誘い続けている問題の一つである。本稿はこの両プロットについて議論する。ただし、考察は『マンク』のテクスト論に留まらない。プロットの舞台背景に視界を広げ、スペインやドイツ、それらに対するルイス自身の関わり、当時のイギリスにおける状況を重ね合わせて論じる。昨今徐々に注目されつつある『マンク』以外のルイス作品や、時代背景の研究成果を参照して、二つのプロットの考察に適用し、これを新たに世界史的ダイナミズムの中で読み解く。

1 『マンク』出版時におけるスペインのイメージ

ホレス・ウォルポール（Horace Walpole 一七一七〜一七九七）の『オトラント城（*The Castle of Otranto: A Story*）』（一七六四）以来のゴシック・ロマンスの特徴の一つとして、しばしば指摘されるのがアンチ・カトリシズムである。[4] それはたとえば『マンク』において、「聖者」[5]（一五頁）として誉れ高いカプチン修道院院長としての評判を世間から勝ち得つつ、僧院に侵入したマチルダの誘惑に負け、魔術を利用するほど肉体的快楽に耽溺し、それと知らずとはいえ実母エルビラ（Elvira）を殺害、実妹アントニア（Antonia）も犯して殺害、果ては悪魔に魂を売って破滅するまでのアンブロシオの行動に示されている。また、この修道院の近くの聖クラレ尼僧院で、尼僧となったアグネス（Agnes）がレイモンド侯爵と密会して妊娠したことから、アグネスを地下の墓地に閉じ込めて虐待した尼僧院長の残酷で強権的な姿は、カトリック世界におけるゴシック的悪漢（Gothic villain）の女性版としての趣さえ示している。その他、カトリック世界内で繰り広げられる不敬な場面は『マンク』において数多く、この作品には典型的なアンチ・カトリシズムが見られる。

ただ、アンチ・カトリシズムという表現は『マンク』の舞台がスペインであることの意味を分析する上では大雑把すぎる。イギリスで流行したゴシック・ロマンス、たとえばアン・ラドクリフ（Ann Radcliffe 一七六四〜一八二三）の『ユードルフォの謎（*The Mysteries of Udolpho*）』（一七九四）や『イタリア人（*The Italian*）』（一七九七）がそれぞれフランスとイタリアを舞台にしているが、これをルイスの『マンク』と併せ、カトリックの旧態依然とした制度、権威主義的な聖職者、さらには異端審問など、共通の舞台装置として備わっているものをまとめ上げれば、アンチ・カトリシズムという表現に縮約することもできよう。だが、『マンク』がフランスでもイタリアでもなく、なぜスペインの修道院を舞台にしているのか。これは、アンチ・カトリシズムという表現に囚われたままでは考察できない。そこで本節は、まずアンチ・カトリシズムという扁平な表現をさらに深く掘り下げ、スペインを主な舞台に据えたゴシック・ロマンスがイギリスにとってどのような意味を持つのか、『マンク』を例に考察する。

そもそも、スペインを舞台にした『マンク』が他の国を舞台にした作品と一緒くたにアンチ・カトリシズムの例として分類されてしまうのは、故無きことではない。『マンク』に見られるような、スペインに対する残酷で恐ろしいイメージは、他のカトリック国、特に十八世紀末のフランスにも投影されていた。つまり、フランス革命である。

『マンク』終盤で、聖クラレ尼僧院の聖ウルスラ教母（Mother St. Ursula）により、尼僧院長らがアグネスを殺害してそれを隠蔽し、アグネスは急死したものとして伝えていたことが告発されると、民衆は激しい怒りに燃え、ロレンソらの制止を振り切って尼僧院を襲撃、放火、尼僧院長は「見

る も無残な吐き気を催す肉塊にすぎぬもの」（二七五頁）になるまで暴行を受ける。マークマン・エリス（Markman Ellis）はこのような描写がフランス革命時の暴徒のアナロジーとして解釈されてきたことを紹介し、さらに、十八世紀後半までには好色な聖職者を風刺する文学作品が一般に広まったこと、革命期にマリー＝アントワネットを標的にした反王室的ポルノグラフィーが登場したように、教権反対主義運動の高まりによって聖職者を扱ったポルノグラフィーが影響力を持ったことなどが『マンク』の背景にあるとする（八二〜一〇六頁）。

ただ、ルイスのフランス革命に対する政治的見解は読み取りづらい。革命的な気風は感じられるが、『マンク』の物語がこの革命に賛同して成り立っているのか、その逆なのかは小説内容から判断しがたい。ルイスは一七九一年にフランス語修得のためにフランスに行っているが、D・L・マクドナルド（D. L. Macdonald）によれば、現存する書簡に革命への言及はなく、政治よりも芝居を見に行くことに興味があったようだという（一〇〇〜〇一頁）。先に挙げたエリスも、ルイスの政治観はかなり曖昧であったとし、陸軍の副長官であったルイスの父が息子を政治の世界で仕事ができるように取り計らっていたことから、時の首相ウィリアム・ピット（William Pit）寄りの政治観であることが期待されていたが、それに反する様相を呈していたとの同時代人による表現を紹介している（一〇七頁）。

反革命派の政治家であるピットへの賛否が明確であれば、『マンク』におけるフランス革命への立場を読み取ることも可能かもしれないが、それも難しい。むしろ、革命期の暴徒と化した民衆の姿や教権反対主義文学の特徴を小説の随所に散りばめるのみで、フランス革命に対する自身の政治的立場を明確に表明したものとは言えない。ならば、より明確な表現からこの作品の意義を考察すべきであろう。この時代の対外関係としてはフランスが注目されがちであるが、スペインに目を向ける意義は充分にある。

ルイス自身の境遇に照らして、スペインを舞台に選ぶ理由はあったのか。実はルイスの生まれた環境は、既にスペインとの対立関係を内包している。ルイスは後年ジャマイカの農場を経営し、奴隷の待遇改善に努めるが、そもそも父マシュー・ルイス（Matthew Lewis）はジャマイカの生まれで、この地に広大な地所を持ち、一七七三年に結婚した相手のフランセス・マライア・シューエル（Frances Maria Sewell）もジャマイカと関連のある家の人間であり、両者の地所は合併した（Peck 一〜三頁、Macdonald 三頁）。

ジャマイカは当時イギリス領であったが、コロンブスの時代以降、中南米にはスペイン人が続々と入植し、ジャマイカはマニオック、トウモロコシ、綿などを生産し、エスパニョラ、キューバ、ティエラ・フィルメ地方へ供給していた。そして住民の分割と使役が行われたために、この地のアラワク族は消滅したという[6]（増田 六二頁）。ただ、この地はコロンブスの子孫の所有地であったため、王室の直轄地ではなく、スペイン王室からも見離され、一六三四年以降はスペイン本国との接触が途絶え、その後一六五五年にクロムウェルの派遣したイギリス艦隊が占領してイギリス領ジャマイカとなる（増田 一三四〜三五頁）。マシュー・グレゴリーが誕生したのは一七七五年、北アメリカの独立戦争が始まった年であるが、その四年後にスペインがイギリスと交戦状態に入り、スペインはフランスと共にジャマイカを狙うが、イギリスの艦隊はフランス艦隊を撃破降伏させ、カリブ海の制海権を回復する（増田 一五一頁）。このように作者の両親が出会い、またルイス家の経済において重要な地所であったジャマイカを巡って、既にスペインとの対立要件が含まれていたのである。

では、『マンク』が出版された当時のイギリスの一般市民の意識において、スペインはどのような意味を持っていたのか。ディエゴ・サリャ（Diego Saglia）とイアン・ヘイウッド（Ian Haywood）によれば、英文学においてスペインが注目されるのはロマン主義時代、特にスペイン独立戦争（一八〇八〜一四）の頃であるが、これを機に再評価が起こる以前のスペインは、反近代的で政治的にも文化的にも後進国としてのイメージが強かったという（一〜三頁）。『マンク』が出版されたのは、この再評価前である。そして、サリャとヘイウッドが再評価前の反近代的な悪評を引きずったイメージを持つ英文学作品として挙げているのが、ヘレン・マライア・ウィリアムズ（Helen Maria Williams 一七六一〜一八二七）の詩『ペルー（*Peru*）』（一七八四）とリチャード・ブリンズリー・シェリダン（Richard Brinsley Sheridan 一七五一〜一八一六）の劇『ピサロ（*Pizarro*）』（一七九九）そして『マンク』なのである（四〜五頁）。

上記のうち、特にウィリアムズとシェリダンの作品は内容的に近い。前者は反奴隷制運動で活躍した詩人による叙事詩風の長詩で、南米ペルーのインカ帝国を舞台にし、十六世紀のスペイン人征服者がこの地を征し、暴虐を尽くして純朴なペルー人を苦しめる悲劇を感傷的に歌い上げたものである。この『ペルー』にも登場するスペイン人征服者フランシスコ・ピサロ（Francisco Pizarro）を中心に据え、ドイツの劇作家アウグスト・フォン・コツェブー（August von Kotzebue 一七六一〜一八一九）の悲劇『ペルーのスペイン人、またはロラの死（*Die Spanier in Peru, oder Rollas Tod*）』（一七九六）を翻案した劇が後者である。どちらもスペイン軍がペルー人に惨《むご》たらしい虐待を働く。前者は書評で高く評価され、後者は大衆的人気が非常に高かった。[7]

『マンク』の舞台は十七世紀のスペインと考えられ（Ellis 八四頁）、上記二作品の内容と直接重複しないが、スペインの反近代的で残酷な側面をこの時代に表象した作品として関連付けられる。ルイスの経歴を見るとさらに強い繋がりが存在する。ルイスは語学が堪能であった。特にドイツ語に秀でており、小説家としてのみならず、ドイツ文学を英訳、翻案、紹介した人物として知られている。役人であった父が、息子の将来のキャリアを慮ってヴァイマルへの旅をさせ、ドイツ語を身に着けさせようとしたのだが、ルイスはこれをきっかけにゲーテ（Johann Wolfgang von Goethe 一七四九〜一八三二）やヴィーラント（Christoph Martin Wieland 一七三三〜一八一三）といった、当時の代表的なドイツ人作家と出会い、さらにドイツの演劇や詩などを翻訳・翻案することになる。『マンク』にも随所にドイツ文学から取り込んだ箇所があり、ルイス自身その「剽窃」(六頁)を認めている。

そのようなルイスが翻訳家として手掛けた作品の一つで重要なのが、先述のコツェブー作品の英訳『ロラ、またはペルーの英雄(*Rolla; or, the Peruvian Hero*)』(一七九九)である。シェリダンの翻案劇の上演に対してルイスの翻訳は上演されず、注目度という点では劣っていたが、ルイスの評伝の著者であるルイス・F・ペックは、その訳文の質を評価している(七八頁)。

反スペイン的な文学作品のテーマという点で、ウィリアムズの『ペルー』やシェリダンの『ピサロ』、あるいはその原作でありルイス自ら翻訳したコツェブーの『ペルーのスペイン人』は『マンク』と繋がる。そして、これらのテーマはスペイン独立戦争前の前近代的なイメージを残したものである。

また、奴隷制反対運動がイギリス国内で高まっていた十八世紀後半において、スペインが南米の先住民に行った残虐な所業は、奴隷に対する非道な処遇と重なるところもあったと考えられる。実際に奴隷貿易の廃止が決まったのは一八〇七年、奴隷制廃止法案の可決は一八三三年まで待たなければならないが、十八世紀後半から奴隷貿易反対運動は高まり、一七八七年には奴隷貿易廃止促進協会(The Society for Effecting the Abolition of the Slave Trade)が設立されている。このような奴隷制反対運動の高まりと、スペインの征服戦争を批判的に描く作品群が書かれて人気を博していた時期とは重なる。『マンク』における反スペイン的イメージの描写には、このような時代背景があった。それらが一般読者の反スペイン的感情とも結びついたことで、より大きな反響を引き起こしたと考えられるのではないだろうか。

2　両プロットの地域性

『マンク』のスペイン表象の背景の考察を踏まえ、ここから『マンク』の二つのプロットを分析する。両プロットの繋がりの悪さは、『マンク』出版時の書評において既に指摘されていることを序論で確認した。冒頭から第一巻第二章にかけてアンブロシオがマチルダの誘惑に堕ちるまでを描いた後、それ以上の頁数を割いてレイモンドとロレンソの物語が挟まれるが、この中断は長い。また、その後におよそ両者を合わせた分量で再び修道院中心の物語へと戻り、アンブロシオが悪魔に魂を売って死ぬまでが描かれるが、レイモンドやロレンソがアンブロシオと直接接触する箇所は少ない。

登場人物相互の直接的接触という点から見れば、両プロットの繋がりは緊密とは言い難い。だが、例えば富山太佳夫は、両者で描かれる愛の諸相に注目し、各登場人物がいかに相手と関係を結び、その際に社会とどう関わっているかという点から「鮮やかな対比構造」（三八九頁）を読み取り、「見事な技巧的完成」（三八九頁）を認めて評価する。では、さらに両プロットの舞台に目を向け、そこにある背景的問題を考慮すれば、何が見えてくるだろうか。

2－1 ロレンソ、レイモンドのプロットとドイツ

アンブロシオの物語はマチルダと肉体関係を持つところで停止し、間にロレンソやレイモンドの長い挿話を挟む。これに関して富山は、アンブロシオがジプシーの予言通りに欲望にとり憑かれて近親相姦まで犯してしまうという「単純な物語を中核とする作品が読者をひきつけておく」（三七六頁）ため、ルイスは「冒頭の予言の実現を可能な限りの技巧によって先に引きのばす」（三七六頁）方策を取ったと考える。だが、それだけではない。『マンク』の舞台にあえてスペインを選ぶことに出版当時の背景的問題があるように、ロレンソとレイモンドのプロットの舞台にもより大きな意味を見出せるのである。それは、非カトリック圏のドイツ周辺が舞台であることの意味である。

ロレンソの妹アグネスに恋情を抱き、関係を持ったレイモンドだが、その経緯として語られる舞台は、彼が旅したドイツ、またその近くのフランスの一部地域である。ストラスブールへ向かう途上で盗賊の隠れ家に泊まり、そこからリンデンベルク男爵夫人（Baroness Lindenberg）を救出、リ

ンデンベルク城で男爵夫人の姪にあたるアグネスと出会う。尼僧にされるアグネスと駆け落ちしようと計画するが、血まみれの尼僧（The Bleeding Nun）の亡霊が出現することで失敗する。舞台のみならず、物語の一部もドイツの民間伝承を取り入れたものである。ルイス自身、冒頭で「『血まみれの尼僧』は今もなおドイツのあちこちで信じられている伝説であり、その幽霊が出るとされているローエンシュタイン城の廃墟は、チューリンゲンの州境に今でも見られると聞いている」（六頁）と述べる。

ドイツ周辺を舞台の中心にしたこの挿話は、作者自身と関係した要素が強い。レイモンドは「ドイツ語はまあまあ話せた」（一二二頁）と語り、ドイツに渡ってこの地の言語を習得したルイスの姿を垣間見せる。レイモンドの生きざま自体はあまりルイス本人を反映しているとは言えないが、作家としてのルイスの意識はさらにレイモンドによって代弁されていると見られる箇所がある。小姓のテオドーレが書いた詩を批評する場面である。

作者というものは、上手かろうと下手であろうと、あるいはその間でも、一種の動物で、それに対して誰もが攻撃する特権を持っているのだ。というのは、皆本が書けるわけじゃないのに、本の良し悪しなら判断できると思っているのだから。下手な作品は、自ずと罰せられ、軽蔑され、嘲笑される。上手い作品は嫉妬を招き、それと共に、作者に千もの屈辱を与える。……つまり、文学の世界に名を残そうとすることは、自ら進んで無視や嘲笑、嫉妬、失望の矢にさらされようとすることだ。（一五三～五四頁）

アグネスを口説き落とす際に発揮した饒舌に劣らず、作者の立場を巧みに表現している。あたかも『マンク』出版直後に招いた賛否両論を予想するかのような言葉が、レイモンドの口から発せられるのだ。

また、レイモンドがアグネスと駆け落ちしようとする事件は、ルイスの母がサミュエル・ハリソン（Samuel Harrison）と駆け落ちしたことを想起させるとの指摘もある（Macdonald 二九頁）。ルイスの両親の不和は一七八一年に始まり、母はその年の六月二十三日に夫のもとを離れ、その愛人が音楽教師の上記ハリソンである（Peck 六頁）。

ルイスの境遇に近い要素は、レイモンドの知人ロレンソにも見られる。彼はメディナ公爵（Duke de Medina）の甥であるが、たとえ公爵の反対に遭ってその公爵領を捨てることになっても、「西インド諸島が安全な隠れ家になります。あまり価値はないものの、イスパニョラに領地がありますす。アントニアがすっかり私のものになるなら、そこへ逃げて、そこを自分の故郷と考えましょう」（一六四～六五頁）と言う。西インドに領地を備え、そこへの移住を考えているという点は、ジャマイカで農場経営をしていたルイス家と共通する。

『マンク』において、特にレイモンドやロレンソの挿話にはルイスの境遇や立場に近い要素が散りばめられ、さらにはドイツ的要素も加わる。これらがアンブロシオ中心のプロットへと繋がり、修道士らの不正を大々的に批判することになる。

2―2　プロットの接合

ドイツ的要素、及びルイス自身にまつわる要素が強いレイモンドとロレンソのエピソードの後に、アンブロシオの物語が再帰することの意味はなんであろうか。ここではロレンソたちのプロットがアンブロシオ中心のプロットに接続して以降の流れを取り上げ、これまでに見た背景的問題がどう取り扱われるのかを議論する。

聖ウルスラを通じ、妹アグネスが尼僧院で殺されたと教えられたロレンソは、宗教裁判所に承認を得て、正義の鉄槌を下そうと考える。

彼は同国の人々がこれほど馬鹿げたものに騙されて間抜けになっているのを見て顔を赤らめた。そして彼らを修道士の足かせから解き放つ機会を願うばかりであった。その機会は望んでも中々訪れなかったが、ついに目の前にやってきた。この機会を逃すまいと決め、人々の目の前に鮮やかに提示し、僧院における悪習がどれほど酷く、頻繁に行われ、法衣をまとってさえいればいかに大衆が見境なく誤った敬意を捧げているかを示してやろうと決めた。
（二六六頁）

このような描写からはアンチ・カトリシズムの側面を読み取ることができるが、ロレンソは宗教裁判所に申し出て、その力を借りて尼僧院の不正を糺《ただ》そうとしており、カトリック世界全体への批判を行っているとまでは言えない。もちろん、スペインのカトリック世界内に不正が起こっていることは問題視されている。

また、アグネスは実際には仮死状態で地下墓地に閉じ込められていたのだが、彼女の以下の言葉は、尼僧院長らの暴虐を激しく糾弾するものである。

あの人たちが神の僕ですって、こんなに私を苦しめておいて！　自分たちのことは敬虔だと思っていながら、悪魔のように私を拷問にかけて！　残酷で冷酷。それに、私に悔い改めろと命じたのはあの人たち。永遠の滅びで私を脅したのもあの人たち！　救世主様、救世主様！　あなたはそうお思いになりませんか！
（二八五頁）

宗教の名のもとに虐待を受けたアグネスであるが、彼女が訴えるのは「誤って宗教の名を付けられた場所がいかに恐ろしいか」（二八七頁）であり、キリスト教そのものでも、カトリックの体制でもない。ただ問題は、スペインのマドリードにあるカトリックの修道院で起こっている点である。

ここに切り込むのがロレンソたちである。スペインを舞台にしてその外に出ることのないアンブロシオら聖職者のプロットに、ドイツまでを行動の範囲に持つプロットが接続する。尼僧院長は暴徒のリンチを受けて殺害され、アグネスはロレンソに助け出される。ロレンソが愛するアントニアはアンブロシオに胸を刺されて助からない。最後に宗教裁判によって火刑を宣告されたアンブロシオは、刑の執行直前に悪魔に魂を売り、中空から岩山へと落とされて死ぬ。

この結末は、ロレンソたちのプロットよって導かれている。ロレンソの愛するアントニアが修道士によって犯され、殺害までされていること、ロレンソの妹にしてレイモンドの恋人であるアグネスがその子供と共に尼僧院の地下で虐待されていたこと、これら一連の聖職者による残酷な所業が一挙に明るみになり、民衆の暴動による大惨事の後、虐待者、殺害者の死をもって収められる。

聖職者の悪行や残酷さを際立たせたプロットは、ロレンソたちのプロットとの接触によって最終的な解決を見ている。後者には随所にルイスと関係の強い要素が備わり、またドイツ的な部分が多いことを先に確認した。これが、前者に結論を付けているのであり、ここにはルイスの視

コツェブーの肖像、『コツェブーの生涯における最も驚くべき年』（*The Most Remarkable Year in the Life of Augustus von Kotzebue,* 1802）より、筆者蔵

点が宿っているのではないだろうか。ルイス自身の経歴が絡んでいるのはもちろんであるが、スペインの中の問題をドイツ経由で批判するというのが実にルイスらしい。

先に、ルイスがコツェブーの悲劇を『ロラ、またはペルーの英雄』として翻訳していることを指摘した。このこともドイツの劇作家の作品を経由したスペインのペルー征服戦争の批判である。ここでコツェブー自身について考察を広げると、これまでに見た『マンク』の内容やルイス自身の立場を思わせるような点が見つかる。

チュンジエ・チャン（Chunjie Zhang）は、コツェブー作品の特徴として、右の劇に限らず、非ヨーロッパ文化は植民地化されたものとして単に受動的に描かれているだけでなく、むしろ能動的であり、ヨーロッパの社会的、文化的価値観に挑戦している点を指摘している（八九頁）。『ペルーのスペイン人』に当てはめればインカ帝国の社会、文化それ自体に（オリエンタリズムのような偏見や理想化があるとしても）価値を認め、これを踏みにじるスペインの征服者による侵略戦争を徹底的に批判していることは明らかである。

　このようなスペインの、特に巨大な権力を持って弱き者を虐待する人間への批判は、『マンク』と通ずるところがある。権威主義的な人物の横暴に対する批判や、その犠牲者に対する同情は、『マンク』の中で明確である。また、スペインのカトリック世界の一面に対しては、否定的見解を持っていたといえよう。このように考察を進めると、『マンク』において言われてきたアンチ・カトリシズムは、アンチ・スペインの感情に負っているところが大きいように思われる。アンブロシオら、カトリック聖職者の悪辣、不正を徹底的に描写してはいるが、スペインに対する反発的な感情は、ルイス自身と当時のイギリス国内の風潮、どちらの中でも強く醸成されていた。このような反スペイン的感情の土壌のもとにスペインの修道院を舞台とした小説が書かれたのであり、『マンク』におけるアンチ・カトリシズムは、スペインへの反発的感情と不可分なのである。

結

『マンク』の二つのプロットが含む問題は、構造的なものに留まらない。それぞれがスペインとドイツに関係し、同時代のイギリス人、またルイス個人にとっての歴史的意味を持つ。この両プロットが拮抗し、ロレンソやレイモンドらドイツと関わりのあるプロットを通じてアンブロシオ中心のプロットが批判され、死の鉄槌が下される。ドイツのエピソードを長々と組み込むことでバランスと繋がりは悪くなったかもしれないが、ドイツ的な要素が存在感を増し、それが後にアンブロシオを中心とする聖職者批判への大きな力となっている。

アンチ・カトリシズムとして読み取られる側面はあるが、それほど単純な問題ではない。『マンク』においては、修道士の背徳や尼僧院長の冷酷さがスペインの修道院において提起されていることが時代的にもルイス自身の経歴においても意味がある。これを無視してアンチ・カトリシズムという表現を使うのは浅薄に過ぎる。むしろ、この時代のゴシック・ロマンスに見られるカトリシズム表象は、舞台となる国ごとの特色に沿って、より繊細な分析を施す必要があるだろう。

◆注

本稿はJSPS科研費JP17K13413の助成を受けたものである。

1　Louis F. Peck 二一三頁。

2　評者はサミュエル・テイラー・コールリッジ（Samuel Taylor Coleridge 一七七二～一八三四）（Peck 二一四頁）。

3　その他『マンク』に対する同時代の反応についてはMacdonald 一一九～三六頁、Peck 二三～三七頁、Ellis 一〇六～一一五頁などを参照。

4　ゴシック・ロマンスにおけるアンチ・カトリシズムの重要性についてはBaldick and Mighallの特に二七四～七九頁を参照。

5 『マンク』の引用はOxford World's Classics版に基づく筆者による拙訳。『マンク』は物議を醸した問題個所の多くを一七九八年の第四版で削除しているが、引用した底本は初版の自筆原稿に基づく。

6 以下、増田からの引用は増田義郎・山田睦男編『ラテン・アメリカ史』Iから。

7 『ペルー』について詳細は拙論「ペルーヴィアー――ヘレン・マライア・ウィリアムズの『ペルー』における女性化されたペルー」『イギリス・ロマン派研究』第四十三号、一～一五頁、『ペルーのスペイン人』については同「ゴシックの悪漢としての「ピサロ」――『ペルーのスペイン人』の歴史的背景」『日本体育大学紀要』、第四十八巻第一号、二〇一八年、二二五～二三七頁等を参照。

◆参考文献

Baldick, Chris, and Robert Mighall "Gothic Criticism." *A New Companion to the Gothic*, edited by David Punter, Blackwell, 2012, pp. 267–87.

Ellis, Markman *The History of Gothic Fiction*. Edinburgh UP, 2000.

Kotzebue, Augustus von *The Most Remarkable Year in the Life of Augustus von Kotzebue*. Translated by Benjamin Beresford, London, 1802.

Lewis, Matthew *The Monk*. Edited by Howard Anderson, Oxford UP, 2016.

Macdonald, D. L. *Monk Lewis: A Critical Biography*. U of Toronto P, 2000.

Peck, Louis F. *A Life of Matthew G. Lewis*. Harvard UP, 1961.

Review of *The Monk: a Romance*, by M. G. Lewis *The Analytical Review*, Oct. 1796, pp. 403–04.

Review of *The Monk: a Romance*, by M. G. Lewis

Review of *The Monk: a Romance*

The Critical Review, Feb. 1797, pp. 194–200.

The Monthly Mirror, Jun. 1796, pp. 65–128.

Saglia, Diego, and Ian Haywood

"Introduction: Spain and British Romanticism." *Spain in British Romanticism 1800–1840*, edited by Saglia and Haywood, Palgrave, 2017, pp. 1–16.

Zhang, Chunjie

Transculturality and German Discourse in the Age of European Colonialism. Northwestern UP, 2017.

富山太佳夫

「『修道士』の対比構造」『城と眩暈　ゴシックを読む』ゴシック叢書二十、小池滋、志村正雄、富山太佳夫編、国書刊行会、一九八二年。三七四～八九頁。

増田義郎・山田睦男編

『ラテン・アメリカ史』I、新版　世界各国史　二十五、山川出版社、一九九九年。

モノ語るゴシック――『オトラント城』と『ドリアン・グレイの肖像』に見る物質性

日臺晴子

はじめに

ゴシック小説は、巨大な兜が空から降ってきて人間を圧し潰し、死に至らしめるという常軌を逸した事件からその歩みを始めた。作者のホレス・ウォルポール（Horace Walpole 一七一七〜九七）は、『オトラント城（*The Castle of Otranto: A Gothic Story*）』（一七六四）の冒頭で、「オトラント城とその領主権は、真正なる所有者が巨大になり過ぎてそこに住まうことができなくなった際には、現在の一族から明け渡されることになるだろう[1]」というその城に纏《まつ》わる予言の直後にこの奇怪な事件を描いた。あたかもこの予言を実行する意志を持っているが如く、巨大な兜はオトラント城の当主マンフレッドの跡継ぎであるコンラッドを圧殺する。人間が人間を守るために人間自身が創ったモノが人間を襲ってくるのである。ゴシック小説においては古城や廃墟、鬱蒼とした森などお馴染みの設定とともに、肖像画や蝋人形といった特徴的な小道具が登場し、怪奇現象と結びつけて描かれることが多い。それらの小道具たちは登場人物を震え上がらせ、時には『オトラント城』のように人を死に至らしめる。恐怖の効果を狙って配置されたモノもあれば、動くはずがないにもかかわらず動くことによって人間を恐怖に陥れるモノもある。『オトラント城』の兜は後者に当たる。

本稿では、十八世紀に書かれた『オトラント城』と十九世紀に書かれたオスカー・ワイルド(Oscar Wilde 一八五四〜一九〇〇)の『ドリアン・グレイの肖像(*The Picture of Dorian Gray*)』(一八九一)に象徴的に描かれる、対照的な物質性について考えたい。そこには、人間と物質の類同や生命をめぐる問題に関する哲学、生理学、神経学などによるさまざまな解釈の反響が見出せるだろう。その反響は、存在の鎖の上位にある人間と最下部にある無機物を結び付ける想像力/創造力として二作品に表れる。『オトラント城』の装具の巨大化、『ドリアン・グレイの肖像』の肖像画の微細な変化は、各々の作品における恐怖の源泉であるとともに、各主人公の運命に決定的な影響を与える。人間とモノたちの間に起こる奇怪な現象の表象の背後に、人間とモノの間にはどのような関係性があるのか、といったモノとヒトをめぐる茫漠とした問題があるのではないだろうか。本稿においては、各々の作品が書かれた時代の生命と物質に関する自然哲学・科学思想を手掛かりに、それぞれの作品がモノたちに付与する特異な物質性の意味を考えたい。

なお、本稿では基本的に生命と物質に関する科学・哲学思想については、トマス・S・ホールによる以下の三つの区分を参照する。ホールによれば、「ギリシア以来、生命は、（a）物質に付与されたもの、（b）物質の内在的な特性、（c）適切に組織構造化された物質の特別な振る舞い」のどれかとして解釈されてきた（下巻、一一〇頁）。[2]「物質に付与されたもの」としての生命とは、何らかの外因的なもの――例えばプラトンの場合は、「霊魂としての生命」――を意味し、それが物質に付与されることによって、物質は「作用としての生命」すなわち生命活動を示す。いわゆる生気論（vitalism）である。「物質の内在的な特性」は、物質そのもの、例えば粒子などに生命がそもそも内在していることを表す。物活論（hylozoism）とも言う。[3]「適切に組織構造化された物質の特別な振る舞い」が示す生命とは「ある種の物体（生物体）がその物質構成のゆえに創発する個別の活動の総体」である（ホール　上巻、二五頁）。

十八世紀全般にわたり、物質が何らかの意志、理性や感覚、または霊魂を持って運動することができるとする物活論や生気論の主張が錬金術的にではなく、化学的体系を伴って行われていた。十八世紀の生命、物質に関する研究において、物活論や生気論が主流であったわけではないが、その物質観はモノが自ずと動くという現象を考察する上で示唆的である。まずは、作品中のモノの動きとそれに対するマンフレッドの反応を整理し、物活論、生気論の論点を概観した上で、マンフレッドのモノたちに対する不可解な反応について考察する。

『オトラント城』のマクロなモノたち

『オトラント城』の主人公マンフレッドは、本稿冒頭に引用した予言にあるように、オトラント城の正当な領主ではない。過去に彼の祖父が領主アルフォンソを殺害して領主権を奪い、彼が領主となっている。領主権を息子のコンラッド、さらにはその子へと継承してゆくことを悲願としたマンフレッドは、コンラッドの結婚を成立させるべく性急に決めた婚礼の日に、空から突如降って来た巨大な兜に愛息の命を奪われてしまう。しかし、その凄惨な現場に駆け付けたマンフレッドは、息子よりも息子を殺した兜に目を奪われる。

幻であってくれとむなしく願ったものを彼は凝視した。ところが、自らが失ったものに意識を向けているというより、この状況を引き起こした途方もない物体を熟思しているように見えた。彼はこの惨事をもたらした兜に触れ、吟味した。叩き潰された王子の血まみれの遺体さえも、目の前にある破滅の前触れからマンフレッドの眼をそらさせることはできないようであった。（十九頁）

ベルリンで1794年に出版された『オトラント城』の挿画

マンフレッドの息子への偏愛は、周囲の知るところであった。それだけに、悲惨な死を迎えた自分の息子に対する薄情ともとれるような態度と、それに相対する兜への執着の奇妙さが際立つ。

さらに奇妙なことには、マンフレッドは兜に執着しつつも、事件の謎を曖昧にしたままにする。事件現場ではコンラッドの死ではなく、兜が人々の話の中心となる。というのも、マンフレッドの意識が兜に集中し、どこから飛来してきたのかということが「彼の好奇心の唯一の対象（the sole object of his curiosity）」（二〇頁）であることを見物人たちは理解して、皆で兜の正体究明に乗り出したからである。その時、一人の若い農夫（後に殺害されたアルフォンソの孫、セオドアであることがわかる）が、「聖ニコラス教会にあるかつての君主の一人、アルフォンソ善公の黒い大理石の彫像の兜に似ている」（二〇頁）と言う声を聞き及んで、マンフレッドが逆上し、農夫がその兜で自分の息子を殺したと叫んでしまう。しかし群衆も彼と同様に、農夫が犯人だと決めつけて騒ぎ出すのを見て、マンフレッドは我に返り、的外れな推測を封じたい思いから農夫を妖術師とし、コンラッド殺しの罪を着せようとする。マンフレッド自身、農夫の無実を認めつつ、この問題に対する決着を急いでいる様子がわかる。

コンラッドの許嫁イザベラの死んだはずの父フレデリックが巨大な剣を携え、娘の奪還とオトラント城の領主権を要求しにやって来た時にも、マンフレッドの意識はその物体へと向けられる。

マンフレッドの眼は、巨大な剣の上に釘付けになり、果たし状にはほとんど関心を向けていないようであった。しかし、まもなく背後で起こった嵐のような一陣の風によって気が逸らされた。後ろを振ると、彼の眼には例の魔法をかけられたような兜の羽根飾りが以前と同じように異様な様子で揺れているのが映った。（六五頁）

また巨大な剣が「捧げ持つ者たちからはじけるように飛び出し、例の兜の反対側の地面に落ち、そこで動かなくなった」時に、「マンフレッドは超自然現象に慣れてしまって、この新たな不可解なことの衝撃を乗り越えた」（六六頁）。マンフレッドが「超自然現象に慣れ」ることで、巨大なモノたちはその存在意義を失ってしまう。フレデリックが巨大な剣の由来を説明する際も、マンフレッドは不在で、妻のヒポリタと娘のマティルダが聞くのみである。アルフォンソの像の鼻から血が滴り落ちるのを目撃する時も、ヒポリタは神意を読み取ろうとするが、マンフレッドは何も言及しないのである。

これまで挙げた例から、マンフレッドは、自分の運命に大きく関わるであろうこれら正体不明のモノたちの決定的な解釈を避け続けているのがわかる。解釈を放棄することが意味することについては後に述べるが、モノ自体が自ずと動くという表現が、単に恐怖を生み出す仕掛けとしてのみ使われているのではないことは、マンフレッドの反応から明らかである。

次に、十八世紀の物質と生命に関する理論をホールの説明により確認する。彼は十八世紀における物質および生命に関する知見や分析にある特徴を見出して次のように述べている。

これまでの世紀と同様に十八世紀においても、生物学は物理学や宇宙論と相互作用しあい、またそれまでにもまして、政治や宗教と関連しあっていた。その外部とのかかわりは、啓蒙時代に一種独特の様相を帯びることになるが、それというのも、一部の啓蒙哲学者がすべての知識を結合させて、理論的に首尾一貫した単一の総合体にまとめあげようとしたからである。それは例えば、自然科学、人間科学、神学という三つの学問を哲学の名のもとに統合した『百科全書』の著者＝編集者たちが、はっきり掲げた目標であった。

（下巻、四八頁）

また、領域横断的な「すべての知識を結合させ」る傾向は、研究対象の「分類学的な取り扱いを許すような秩序」を重んじたため、「しばしば生命と非生命を一列の図式上に整列させ」（ホール下巻、一六頁）、その結果、生命と非生命の間の境界線が曖昧になるという特徴があった。先に見たホールによる三つの分類では、（a）の生気論と（b）の物活論がこの特徴を有している。十八世紀におけるこのような流れの源にいると考えられるのが、ゲオルグ・エルンスト・シュタールであり、彼は「生命を感覚と自発運動という二つの相補的な現象を通して現れるもの」とみなした(ホール 上巻、三三八頁)。以下、シュタールからビュフォン、モーペルテュイ[4]、ディドロと続く生気論、物活論の流れに沿って、簡単に四者の生命原理を見ていく。

まず、四者の中で唯一、生気論者に分類されるシュタールは、生物体は化学的に解体へと向かう傾向(「個々の最小粒子へと崩壊、破壊されようとする傾向」)があるので、この傾向を阻むことが生命の条件であり、崩壊に抗い、感覚と運動という生命現象を保たせる働きをするのが霊魂であると考えた(ホール 上巻、三三九頁)。ビュフォンは、「内在的かつ『原初的』に生きている有機分子」という考えを基に、鉱物から人間まであらゆる存在は環境への応答・制御能力の強弱によって存在の鎖の中での位置づけが決まるとしている。モーペルテュイは「すべてのものは最初、液体状態から始ま」り、「そのなかで、活性の高い粒子は最終的に人間と動物をつくり、活性の低い粒子は鉱物(金属と岩石)になる」とみなし、ディドロは、粒子が内在的に持つ感受性の強弱が、自ら活動する能力、すなわち我々が言うところの生命現象に結び付いていると考えた(ホール 下巻、一六、二一、三〇、六一頁)。ビュフォン、モーペルテュイ、ディドロの考えは物活論に分類される。生気論、物活論ともに、人間が何らかの力を加えることなく、物質が動く可能性を否定していない。そのため、生物と非生物、延いては人間と物質も連続性の中にとらえられている。ディドロの物活論として有名な「ダランベールとディドロとの対談(Entretien entre d'Alembert et Diderot)」(一七六九）は、『オトラント城』よりも後に書かれたが、物活論の最も過激な声明でもある。数学者ダランベールとの架空の対談形式ですすめられる会話の中で、ディドロは「石が感じてなぜいけない？」と問い、「肉から大理石をつくることもできるし、大理石から肉をつくることだってできるさ」と言う（一〇頁）。[5] このように、文学的想像力を喚起するような生気論、物活論が――それらは後世の科学への貢献は少なかったかもしれないが――『オトラント城』が書かれた十八世紀に存在していたことは、頭の片隅に入れておいてもよいだろう。

『オトラント城』のモノたちは、その大きさによる存在感もさることながら、実は物語を展開する契機としての役割も果たしている。羽根飾りが付いた兜はコンラッドを殺害し、巨大な剣はマンフレッドに君主権を要求するフレデリックの登場とともに現れ、最終的に、巨人の身体の部分部分が集結し、「途方もない大きさに膨れ上がったアルフォンソの姿」（一一二頁）が城を突き崩して出現し、アルフォンソの血を継ぐセオドアが正当な領主であることを知らしめる。これらは単なる小道具ではなく、物語を動かす発端であり、終点そのものである。

このように物語の重要な契機に関わる巨大なモノたちは、作品に内在する新旧の秩序、つまりアルフォンソに象徴される古い秩序とマンフレッドの新しい秩序との相克にも大きく関わっている。アルフォンソに象徴される古い秩序は、人を圧倒する巨大な装具に含意されており、封建主義的な威厳を漂わせている。それに対し、マンフレッドが表す秩序は成り上がり者の、あるいは中流階級的軽さによって維持されるものである。家臣とビアンカのコミック・リリーフ的なやり取りからもうかがえるように、彼らにはマンフレッドに対して取るに足らない話をだらだらと続けることができる自由が与えられている。この場面のみ見ると、マンフレッドは城に仕える者たちの話を忍耐強く聞くことができる民主的な君主にも見える。さらに、結婚を迫るマンフレッドから逃れたイザベラの捜索では、従僕を引き連れて自ら地下の通廊を走り回る。貴族的な威厳よりも、むしろ中流階級的な勤労さや配慮が見られるのである。

ホグルはゴシック小説の特色の一つとして、ジュリア・クリステヴァが『恐怖の権力――「アブジェクシォン」試論』で示した、悍《おぞ》ましく思い、嫌悪しつつも魅かれるという「アブジェクション(abjection)」の作用を挙げ、次のように説明している。我々は人間存在の中にある中間的で、曖昧で、混合しているもの、例えば、我々が生を受けた時の生きているがまだ生まれていない、したがってその意味では死んでいるという混合状態を棄却するが、そういったカオスの状態を棄却しつつも魅了される。しかし一方で、それは個人として定義できる人間になるためには離れなければならないと感じる沼地のようなものである、と(Hogle 七頁、Kristeva 四頁、十頁)。巨大な装身具はアルフォンソ本人を示すものなのかそうでないのか、またそもそも物体なのか生き物なのか、意志を持っているのかそうでないのかが不明な中間的存在である。したがって、中流階級的なマンフレッドが新しい秩序を維持し、自らを安定的に定義できるようにするためには、装具の巨大さが暗示するアルフォンソの古い秩序に魅了されず、棄却しなければならない。マンフレッドが巨大なモノたちの解釈を放棄するのは、棄却することにつながる。しかし、結局マンフレッドは巨大なアルフォンソの前に屈し、アルフォンソの血を受け継ぐセオドアによって古い秩序が回復される。動くモノたちとその解釈を提供する生気論または物活論的物質観は、作品の核となる新旧秩序の相克のサブテクストとして読まれることが可能であると同時に、クリステヴァの謂う曖昧な混合状態を想起させ、作品のゴシック性を高める効果ももたらしているといえよう。

十八世紀において生気論、物活論が暗に示した人間と物質との距離は、十九世紀におけるさらなる生理学、生物学、細胞学、神経学の進歩によって、より一層縮まることになる。ちなみに、ウォルポールは、彼の健康を心配していたオソリー伯爵夫人に対する一七八六年一月十六日付の手紙の中で、「現在では、自分はどうやって人生を終えるのか正確に知っていると自信を持っております。私は白亜の彫像なので、粉々になって、体内のものはうちのテラスから吹き飛ばされるでしょう」と書いている（Walpole, *Yale Edition of Horace Walpole's Correspondence* 第三三巻、五〇七頁）。

『ドリアン・グレイの肖像』のミクロなモノたち

人間や環境条件が介在することなくモノが自ずと動くという意味においては、オスカー・ワイルドの『ドリアン・グレイの肖像』の肖像画の変化も、単なる比喩的表現を越えた意味を考えるべき対象となる。画家バジル・ホールウォードが描いた見目麗しい青年ドリアン・グレイの肖像画は、ドリアン本人に代わって、老いの影響やドリアンが手を染めるさまざまな悪を引き受け、醜悪になってゆく。作中には、作品の要となる肖像画の変化という現象をめぐり、肉体と魂、精神と物質の関係性を問う議論が展開される箇所が複数ある。十九世紀後半にイギリスの一般大衆に対し、いかに人間が物質的存在であるかを教化するにあたって最も功があったのは、トマス・ヘンリー・ハクスリーであることは言を俟たない。ワイルドもまた、ハクスリーから多くの当時最先端の科学知識を学んだ一人である。我々はワイルドがオックスフォード大学時代に残したノートを転記した『オスカー・ワイルドのオックスフォード・ノートブックス――形成過程の知性の描写（*Oscar Wilde's Oxford Notebooks: A Portrait of Mind in the Making*）』から、ワイルドの知的興味の源泉をうかがい知ることができ、また実際、ノートにはハクスリーに関する複数のメモが含まれている。その中には、後述する原形質に関するメモもある。[6] ワイルドは「歴史批評の勃興（The Rise of Historical Criticism）」（一八七九）の執筆のために、ハクスリーの「生命の物質的基礎について（On the Physical Basis of Life）」（一八七〇）を読んでおり（Smith and Helfand 三二頁）、ハクスリーに代表される十九世紀後半の科学唯物主義に興味を持っていたことがわかる。

ハクスリーは「生命の物質的基礎について」において、物質に関する理解が進んでゆく方向性を示している。「科学の歴史に明るい人であれば、これまでの全ての時代において、そして今現在もかつてないほどに科学の進歩が示していることをおわかりであろう。それは、我々が物質とその原因と呼んでいる領域が拡大し、またそれに伴って霊魂や自然発生と呼ぶものの宗教的理解から緩やかに離反してゆくことである」（二二三頁）と述べ、もはや後戻りすることはできないことを説く。一方で、「向かってくる物質の潮流が魂を溺れさせてしまい、法則の厳しい支配が自由を妨げ、知識が増えることによって、人間の道徳性が堕落させられないかと危機感を募らせている」知性ある人々にも配慮していることから（二二三〜二二四頁）、科学唯物思想の一般社会におけるインパクトの大きさが想像できる。ここでは、十九世紀後半にかけて論争を呼んだ科学唯物主義（scientific materialism）と『ドリアン・グレイの肖像』の関係性から、肖像画が示す物質性を明らかにしたい。

肖像画の最初の変化は、ドリアンが恋仲になった若き女優シビル・ヴェインを捨てた後に起こった。ドリアンは肖像画の「口元に微かな残酷さ」（七四頁）を発見し、絵が完成した時に歳をとるのは絵の方で、自分は若いままでいられたら、自分の魂を渡すことも厭わないと言ったことを思い出す。そして改めて肖像画の変化を確かめ、その原因を探りつつ、「キャンバスの上に形態と色彩を形成する化学的原子と自分の中にある魂との間になんらかの微妙な親和力があるのだろうか。原子が魂が考えることを実現するなんてことがありうるのか。夢見たことを現実にするなんてことが」と思惑う（七七頁）。

ヘンリー卿からシビルの死を知らされた後も、さらにその「奇妙な科学的理由（some curious scientific reason）」に考えをめぐらせ、「もしも思考が生きている有機物に影響を及ぼすことができるのであれば、死んでいて無機的なものにも影響を及ぼすのであろうか。いや、思考や意識的に持つ欲望がなくても、我々の外部にあるものが我々の気分や感情に合わせて震動して、奇妙な親和力の密やかな愛のうちに原子が原子に呼びかけるのだろうか」（八四頁）と自問する。先に参考にしたホールの生命と物質の関係性の分類でいえば、（a）の生気論に基づいた分析に近いといえよう。つまり、物質そのものに生命は宿っていないが、何らかの外部の要因によって生命が顕れるという考え方である。ここでは、肖像画に塗られた絵具を構成する原子がドリアンのシビルに対する酷薄な行為をもたらした思考に反応することで生命現象を発現させているのかどうかということが検討されている。

このようなドリアンの一連の科学的探究心は、最終的に美的、感覚的体験の希求へと昇華されてゆく。肖像画の変化の原因を科学的に考えた直後に、この絵が「いかに自分がシビル・ヴェインに対して不誠実で残酷かを意識させてくれる」と述べ、「自分の非現実的で利己的な愛は何かもっと高度な感化力に屈して、より高貴な情熱へと変化する」（七七頁）だろうと述べ、自分の無慈悲さを美的体験の糧のようにとらえている。そして肖像画を自分の肉体と魂の変化を同時に映し出す「魔法の鏡」（八四頁）として扱い、それを眺める喜びを想像する。アン・フォルリーニは論文「モノが生み出す差異――知覚反応のオートマトン理論とデカダン派作家たちの細工物崇拝（The Difference an Object Makes: Conscious Automaton Theory and the Decadent Cult of Artifice）」の中で、ハクスリーが中心となって喧伝した科学唯物論に基づく知覚反応の自動化の理論とデカダン派の作家たちの人工物崇拝は、物質性に対する関心において共通するものがあると指摘している。肖像画の変化に対するドリアンの科学的興味が時を移さず美的、感覚的体験へと転じてゆく背景に、科学唯物主義に根差した感覚的体験の美的受容があった。[7]

この意味においては、作品の第十一章は、フォルリーニが示したデカダン派作家たちの細工物崇拝が顕著な形で表れている。この章は、ドリアンが収集したり、愛でたりしたあらゆる贅沢品や嗜好品がリストのように並ぶ奇妙な章である。自らの感覚を刺激するものを求めて、次から次へと執心する対象が変わってゆく。ほとんどは香水、宝石、刺繍などのいわゆるモノであり、世界中から集められた貴重な価値を持つものばかりで、その由来や歴史が延々と語られる。しかし、このリストの中にはモノとはいえないものも紛れている。それらは、「神秘主義」、「道徳律反対主義」「ドイツにおけるダーウィニズム運動の唯物論的学説」、「音楽」、「宝石に関する素晴らしい物語」、彼を虜にした「素晴らしい小説」（二〇一～〇八頁）である。これらはモノではないが、他のモノと同じようにヘンリー卿が説く新ヘドニズムの目的である体験、それも「感覚の霊化」（九九頁）を伴う経験のために消費される対象となる。

　ここで想起したいのは、エルンスト・ヘッケルの「ドイツにおけるダーウィニズム運動の唯物論的学説」である。ヘッケルといえば、十九世紀後半になって物活論を復活させたことで有名である。第十一章でドリアンは「人間の思考や感情の始まりを脳の中にある真珠のような細胞や体の中にある白い神経にまで遡ることに奇妙な悦びを見出し、精神の肉体への絶対的な依存という考えに喜」ぶが[8]（一〇一頁）、この部分には恐らくヘッケルの原形質または「生きた粒子である『プラスチドゥール』（細胞あるいは細胞質体、すなわちプラスチドの構成単位）」に関する説が大きく影響していると思われる。ヘッケルは、このプラスチドゥールに生命＝霊魂があると説明している（ホール下巻、三二一〜一四頁）。細胞や神経の微細な反応にまでドリアンが魅かれることが意味するのは、肉眼では見ることができない細かさのものに反応するための繊細且つ美的な感覚が開発されているということであり、ドリアンの人生の目的である新ヘドニズム的生に伴う「感覚崇拝（[t]he worship of the senses）」の成果でもある。またドリアンは細胞や神経の他にも、香りの中の成分や音楽の旋律を構成する音に興味を示す。ドリアンの感覚が尖鋭化すればするほど、その感覚が向けられる対象を分析的にとらえ、なるべく微細に堪能しようとする傾向が見られるのである。

　上記のようにより小さな細かいモノへとドリアンの興味が向かったのは、十九世紀のテクノロジーの発達に負うところが大きいだろう。ケリー・ハーリーは、十九世紀の細胞研究によって露になった、人間を含む生物に共通する不気味なヴィジョンを指摘する。

細胞構造の顕微鏡分析によって、我々が言うところの物質のゴシック性があからさまになる。物質は静かなものでもぼんやりしたものでもなく、むしろ騒々しく、活発である。その粘着性、流れ出す流動性、予測不能な絶え間ない動きにおいて、「生命の物質的基礎」である原形質が徹頭徹尾物質的な世界のぞっとするような可能性に対する証として現れる。

(Hurley 三三頁)

先に見た美的体験における微細なモノの愛好とは対照的に、肖像画に向けられる科学的なまなざしがとらえるのはミクロなモノの蠢《うごめ》きであり、それは見る者に激しい嫌悪感をもたらす。一度完成したドリアンの肖像画は経年劣化を超えた変化を見せ、バジルが変わり果てた自らの作品を見て変化の原因を探ろうとする。

彼はキャンパスに向かって再び蝋燭の灯を掲げ、凝視した。表面は手を加えられた形跡はなく、彼が書き終えた時のままだった。汚らわしさと悍ましさは明らかに絵の内側から生じたものだった。内部にある生命が何らかの驚くべき活性によって、罪業の悪影響がゆっくりと絵を浸食していったのだ。水浸しの墓場の死体でも、これほど恐ろしくはあるまい。
（二一六頁）

バジルもまた肖像画の変化を生命現象としてとらえている。「内部にある生命」の「驚くべき活性」はハーリーの言う「徹頭徹尾物質的な世界」のヴィジョンである。

自分が生きてきた罪にまみれた人生を振り返り、魂の実在を訴えるドリアンに対して、ヘンリー卿は「人生は意志や意図で支配されるものではない。人生とは神経と繊維組織、そしてゆっくりと形成される細胞の問題であり、これらの中に思考が潜み、感情が夢を見るのだ」と説く（一五五頁）。このように、『ドリアン・グレイの肖像』では、物質に宿る生命や無機物の活性をめぐる問題がドリアンの人生と分かち難く結びついており、そこには十九世紀後半の科学唯物思想の影響が多々見られる。生命をめぐる解釈には生気論と物活論が混在しており、各々が物質と生命の結びつきが生み出すダークでミクロなヴィジョンを浮かび上がらせている。

おわりに

普段は物言わず、静かに人間の営みを守り、助け、豊かにしてくれる存在であるモノたちは、ゴシック小説では饒舌になるのかもしれない。ゴシック小説の歴史の最初に登場する『オトラント城』では、兜や羽根飾りが意志を持っているかのように動き回る。十八世紀の生気論及び物活論を参照することで、主人公マンフレッドが凝視するマクロなモノたちは、中間的で曖昧な存在――『オトラント城』の場合は生物と非生物の中間的存在――であり、それらを「恐れつつ、魅了される」というゴシック小説のメカニズムの一つを引き出している。また、『ドリアン・グレイの肖像』では、十九世紀後半の科学唯物思想が含意する原子や細胞レベルの活動を根拠とする物質観と人間観が描かれており、人間には不可視の物質の蠢きが悍ましいヴィジョンを示唆していることを考察した。二作品は一世紀以上の時の隔たりがあるが、その間にはメアリー・シェリーの『フランケンシュタイン』があり、また別な生命と物質の間の問題が語られている。ゴシック小説におけるモノ語りの系譜は、人の恣意性を介在させずに大いなるうねりを形成しているのかもしれない。

謝辞
本論は奥村大介氏の「ささめく物質――物活論について」における物活論の歴史的展開とディドロとヘッケルの位置づけの解説に負うところが大きい。そのご論考の中で奥村氏は「物質の詩学」の可能性を示唆されており、そこから本論の多くのインスピレーションを頂いた。氏への感謝をここに記します。

◆注

1　Walpole, *The Castle of Otranto* 一七頁。『オトラント城』と後出のワイルド『ドリアン・グレイの肖像』、ハックスリーの論文などの引用は、引用者による翻訳である。

2　T・S・ホールの『生物と物質』上下巻は、日本語訳を使用。

3　奥村大介は「ささめく物質――物活論について」の中で、物活論と古代のアニミスムの違いについて以下のように解説している。「古代のアニミスムと近代の物活論が異なるのは、後者が近代的な物理・化学思想の萌芽期、いうなれば物質科学の黎明期に現れた点である。すでに初期近代の錬金術（alchimie）的な営みを通じて、物質の化学（chimie）的な性質が相当程度知られ、生物と無生物の弁別が充分に自明となってきた時代に、あえて物質が生きているという主張がなされているところに大きな意味がある」（一一八頁）。

4　ウォルポールはフィレンツェ在住の友人、ホレス・マンにモーペルテュイのドイツ旅行記を薦めている（*The Yale Edition of Horace Walpole's Correspondence* 五八巻、五二一頁）。

5　「ダランベールとディドロとの対談」は、日本語訳を使用。

6　原形質に関するメモおよび言及は、*Oscar Wilde's Oxford Notebooks* 一〇九～一一一、一二五頁を参照のこと。

7　Forliniを参照のこと。

8　「脳の中にある真珠のような細胞」とは、恐らく灰白質を指すものと思われる。灰白質は、イギリスでは骨相学で有名なフランツ・ヨーゼフ・ガルとヨハン・シュプルツハイムが「脳の白質は神経繊維によって構成され、大脳皮質の灰白質は精神活動の器官であることを発表した」（マクヘンリー・ジュニア　九〇～九一頁）。

◆参考文献

Forlini, Anne "The Difference an Object Makes: Conscious Automaton Theory and the Decadent Cult of Artifice." *Bodies and Things in Nineteenth-Century Literature and Culture*, edited by Katherina Boehm, Palgrave Macmillan, 2012, pp. 197–217.

Hogle, Jerrold E. "Introduction: the Gothic in Western Culture." *The Cambridge Companion to Gothic Fiction*, edited by Jerrold E. Hogle, Cambridge UP, 2002, pp. 1–20.

Hurley, Kelly *The Gothic Body: Sexuality, Materialism, and Degeneration at the Fin de Siècle*. 1996, first pbk edition, Cambridge UP, 2004.

Huxley, Thomas Henry
"On the Physical Basis of Life." *The Fin de Siècle: A Reader in Cultural History c. 1880*, edited by Sally Ledger and Roger Luckhurst, Oxford UP, 2000, pp. 223–25.

Kristeva, Julia *Powers of Horror: an Essay on Abjection*. Translated by Leon S. Roudiez, Columbia UP, 1982.

SmithII, Phillip E., and Michael S. Helfand
"The Context of the Text." *Oscar Wilde's Notebooks: A Portrait of Mind in the Making*, edited by Phillip E. Smith and Michael S. Helfand, Oxford UP, 1989, pp. 5–34.

Walpole, Horace *The Castle of Otranto: A Gothic Story*. Edited by W. S. Lewis, Oxford UP, 1996.

———. *The Yale Edition of Horace Walpole's Correspondence*. Edited by W. S. Lewis, 48 vols., Yale UP, 1937–1983, images.library.yale.edu/hwcorrespondence/

Wilde, Oscar "Oscar Wilde, Commonplace Book." *Oscar Wilde's Notebooks: A Portrait of Mind in the Making*, edited by Phillip E. Smith and Michael S. Helfand, Oxford UP, 1989, pp. 107–52.

———. *The Picture of Dorian Gray*. 1891. *Collins Complete Works of Oscar Wilde*, Harper, 1999. pp. 17–159.

奥村大介　「ささめく物質——物活論について」『現代思想　特集　現代思想の転回2014』、青土社、二〇一四年、一一六～一二九頁。
ディドロ　「ダランベールとディドロとの対談」『ダランベールの夢』新村猛訳、岩波文庫、一九五八年、十～二九頁。
ホール、T・S　『生命と物質』、上下巻、長野敬訳、平凡社、一九九〇年。
マクヘンリー・ジュニア、ローレンス　『神経学の歴史——ヒポクラテスから近代まで』豊倉康夫監訳、萬年徹、井上聖啓訳、医学書院、一九七七年。

「幽霊のキャサリン」と奪われた肖像
――新しいゴシック小説としての『嵐が丘』

金谷益道

序

エミリー・ブロンテ（Emily Brontë 一八一八～一八四八）の『嵐が丘（*Wuthering Heights*）』（一八四七）は特定の文学ジャンルへの分類を拒む性質を持った作品とよく評されてきたが、この小説をジャンルに区分けする試みは今も批評家の間で行われ続けている。最もよく結び付けられてきたジャンルの一つは、ゴシック小説であろう。例えばアレグザンドラ・ウォーリックは、ホレス・ウォルポールの『オトラント城』（一七六四）のような草創期のゴシック小説とは異なる特徴を持った、新たなタイプのゴシック小説として『嵐が丘』を位置付けようと試みている。ウォーリックは、『嵐が丘』が出版された十九世紀中頃のゴシック小説の特徴の一つとして、中産階級の家庭や都市環境といった「新たなロケーションへの移行」（Warwick 三〇頁）があったことを指摘し、『嵐が丘』を前者の代表例として挙げている。十九世紀中頃のゴシック小説が、オトラント城のような、遠い昔の異国の王族の城などを放棄し、中産階級の家を舞台に選び始めた理由には、リアリズム小説の隆興が何よりも先に挙げられる。当時文壇を席巻し始めていたリアリズム小説が主に舞台とする同時代の中産階級の家が、ゴシック小説の世界でも中心的な位置を占めるようになったのは、当然のことと言えるかも知れない。

リアリズム小説の隆興は、リアリズムという文学形態が通常放逐しようとする、草創期のゴシック小説の読者にはお馴染みの、超自然的な存在や事象に対する作家の扱い方にも変化を与えた。フレッド・ボッティングは、十九世紀中頃のゴシック小説の特徴として、当代の中産階級の家や都市といった新たな舞台の開拓と共に、超自然的な存在や事象に対する認識の変化を挙げている。ボッティングは、十九世紀中頃のゴシック小説は、超自然性をすんなりと受け入れていた草創期のゴシック小説とは異なり、ヘンリー・ウッド夫人の手による一八六八年出版の短編小説のタイトルでもある、「現実のものか思い違いか（Reality or Delusion?）」といった問いを読者に投げかけるようになったと指摘している（Botting 一一三、一一七頁）。ウッド夫人のこの作品では、悪事がばれて自殺した婚約者の幽霊らしきものをマリア・リースという女性が目撃し、これが「本当の（real）」幽霊だったのか、それとも「頭の想像作用による彼女の見間違い（were they [her eyes] deceived by some imagination of the brain?）」だったのか、周りの者たちの意見が分かれる（Wood 一二九頁）。リアリズムに征服されつつあったこの時代のゴシック小説には、超自然的な存在や事象を登場させながらも、その超自然性を否定する科学的かつ合理的な説明――人間の側のアブノーマルな知覚、幻覚、精神病など――を同時に用意する必要があったのだろう。

　ボッティングは、このようなゴシック小説の例に『嵐が丘』を含めてはいないが、『嵐が丘』には、「現実のものか思い違いか」という問いを読者に投げかける存在が登場していると思われる。それは、第一巻三章に現れる、「キャサリン・リントン」と名乗り、ロックウッドを恐怖に陥れる子供だ。ロックウッドが後に「幽霊のキャサリン（my ghostly Catherine）」[1]と呼ぶこの子供が、現実に現れた幽霊なのか、それともロックウッドが頭で思い浮かべただけの幻なのか、エミリー・ブロンテの巧みな技で読者は決定できない状態に留め置かれる。これから、この「幽霊のキャサリン」に特に注目しながら、エミリー・ブロンテが、時代の寵児になりつつあったリアリズムの要求に従った新しいゴシック小説をいかに巧みに作り上げていったのか分析したい。

「幽霊のキャサリン」の二重性

まず、「幽霊のキャサリン」がどのように登場するのか説明しよう。ひどい吹雪のため、家主のヒースクリフから借りているスラッシュクロス邸に帰れなくなったロックウッドは、ヒースクリフが暮らす嵐が丘邸の上階の一室に女中ジラの計らいでこっそり泊めてもらうことになる。ロックウッドは、テーブルとしても使われる、窓の下にある棚に、ペンキを引っ掻いて刻まれた名前――「キャサリン・アーンショー」、「キャサリン・ヒースクリフ」、「キャサリン・リントン」――をいくつも発見する。ロックウッドは、さらに棚に置かれた聖書の見返しに書かれた「キャサリン・アーンショー、その女性の本」の署名と、「四半世紀ほど昔の日付」（二〇頁）を見つけ、次に様々な本の余白に書かれたキャサリンの日記を読む。余白の日記からロックウッドが得た主な情報は、借り手となったスラッシュクロス邸の家主であるヒースクリフが子供の頃キャサリン・アーンショーと親しい間柄であったこと、ヒースクリフが彼女の兄ヒンドリー・アーンショーに虐げられていたことなどであろう。

やがてロックウッドは眠りに落ち、夢を見る。二回目に見た夢の中で、「キャサリン・リントン」と名乗る子供が窓の外に現れ、彼の腕を掴み、部屋の中に入れてと懇願したため、悲鳴を上げてしまう。ロックウッドの悲鳴を聞きつけたヒースクリフに対し、ロックウッドが事件の顛末を話すと、ヒースクリフは激しく感情を揺さぶられ、部屋から人を追い出した後、窓格子をこじ開け、「キャシー、中に入ってきておくれ」(二八頁)と泣きながら懇願する。

このキャサリン・リントンと名乗る子供は、夢魔のごとくロックウッドの夢に実際にあらわれた幽霊なのか、それとも想像の産物で、彼が幽霊だと思い違えたに過ぎないのか。ロックウッドは部屋に駆け込んだヒースクリフに事件の経過を説明するが、彼の説明は、この問いに対する答えから読者を遠ざける。この子供が本当の幽霊か、彼の想像の産物か、明確にはわからなくなっている理由の一つは、ヒースクリフに対して抱くロックウッドの感情が尋常ではないスピードで変移し、それにつれて彼の説明が変わっていくからである。ヒースクリフが人を入れたがらない恐ろしい部屋に宿泊していたことを後ろめたく思ってか、最初にロックウッドは、寝ている間に「恐ろしい夢」(二六頁)を見てしまったため、悲鳴を上げたとヒースクリフに詫びる。しかし、歯ぎしりをしながら、誰がこの部屋に泊めたのだと詰問するヒースクリフに腹を立ててか、ロックウッドは、女中のジラが「自分をだしにして、この場所には幽霊が出るという証拠をまた一つ得たかった」がために、「妖怪変化がうじゃうじゃいる……こんな巣穴」に泊めたのだろうと言い放ち、さらに「あの小さな悪霊は、窓から中に入っていたら、多分私を絞め殺していただろう」(二七頁)と、実際に幽霊が現れたかのように思わせる発言をする。勢いに任せてロックウッドは、「あのお転婆、キャサリン・リントンだか、アーンショーだか何だか知らんが――やつは取り替え子に違いない――たちの悪いチビめ！　もう二十年地上をさまよい歩いていると言っていたぞ」（二七頁）と言い放つが、キャサリンがヒースクリフと関係があったことを思い出し、気まずくなり口ごもる。

その後も、ロックウッドは、幼い頃のヒースクリフも登場するキャサリンの日記を勝手に読んだことがばれるのを恐れ、キャサリン・リントンという名前は、眠りに入ろうとして、窓の下にある棚に刻まれた名前を繰り返し唱えたため、自分が夢で思い浮かべたものだとほのめかす。ロックウッドは、さらに、ひどく動揺しているヒースクリフを気の毒に思い、棚に刻まれた名前を「何度も読んだため一つの印象が生まれ、想像力を制御できなくなり、人の形をとった」（二七～二八頁）のだと告げ、実際に幽霊が現れたわけではないことを示唆する。このように、ロックウッドの説明は、ヒースクリフに対する後ろめたさ、憤り、憐憫などに影響され揺れ動き、彼自身にも読者にも、幽霊のような子供が現実に現れたのか、ロックウッドの想像の産物に過ぎないのかわからないようになっている。

『嵐が丘』に関する批評の多くは、このロックウッドの安定性を欠いた説明を考慮に入れることなく、キャサリン・リントンと名乗る子供をロックウッドの夢の中に実際に現れた幽霊とみなし、アーンショー家の一人娘、キャサリン（＝キャサリン一世）の幽霊として扱ってきた。子供がキャサリン一世の幽霊であることを自明とした批評が大勢を占める中、その根拠探しに労を厭わず取り組んだ批評もある。それらの批評の多くは、ロックウッドが夢を見る第一巻三章と、エドガー・リントン夫人となったキャサリン一世がスラッシュクロス邸で精神錯乱状態に陥る第一巻十二章との重なりに注目してきた。[2] 十二章で、キャサリン一世は、ヒースクリフとの別離を迫る夫エドガーに抗議するため絶食をし、後にせん妄状態に陥る。嵐が丘邸の窓の外に現れた「泣き叫ぶ」(二五頁)幽霊のような子供と同じように、スラッシュクロス邸でせん妄状態にあったキャサリン一世は「泣き叫ぶ子供同然」(一二四頁)になる。「二十年ずっと宿無し」(二五頁)だったと訴え、ロックウッドの泊まる部屋に入り込もうとする子供と同じように、キャサリン一世はせん妄状態の中で嵐が丘邸のロウソクの灯った自分の部屋への帰還を果たそうとする。他にも十二章のキャサリン一世の「窓格子の側のもみの木」(一二四頁)への言及は、三章で、ロックウッドを掴む「小さな、氷のように冷たい手の指」へと変わる、荒れ狂う風や吹雪に揺れる「うるさいもみの枝」を思い起こさせる(二五頁)。

このようなキャサリン・リントンと名乗る子供と生前のキャサリン一世との照合は非常に興味深いが、子供をエドガー・リントン夫人として亡くなったキャサリン一世の幽霊と捉えた場合、様々な謎が残るのも事実である。エドワード・チタムは、一般的な幽霊像と照らし合わせてみると、この「幽霊のキャサリン」の年格好がキャサリン一世が亡くなった頃のものとは明らかに異なることに違和感を覚え、合理的な説明を模索する。チタムは、この幽霊は肉体が滅んだ人の幽霊ではなく、子供時代に精神的な死を迎えた人の幽霊であると推理し、この比喩的な死がキャサリン一世に訪れたのは、兄ヒンドリー・アーンショーによりヒースクリフから引き離された十二歳の子供の頃だとし、幽霊が子供の姿で現れたのは合理性を欠いていることではないと主張している(Chitham 一三四頁)。

幽霊の正体に関するチタムの説明は鮮やかであるが、チタムの説明を受け入れると、なぜ子供は精神的な死を迎えた時のキャサリン一世の名前「キャサリン・アーンショー」を名乗らず、「キャサリン・リントン」と名乗ったのかという新たな疑問が生まれる。他にも、「幽霊のキャサリン」には多くの謎が付き纏《まと》う。「幽霊のキャサリン」は、ロックウッドに「二十年お願いされても中に入れてやるものか」と言われた直後に、「二十年ずっと宿無しだったのよ」(二五頁)と悲しげに応える。チタムは、「幽霊のキャサリン」がロックウッドに告げたこの「二十年」という年月の謎にも触れ、その解明に挑んでいる。一九二六年に法律家のC・P・サンガーが、行き当たりばったりで書かれた、芸術的技巧に欠ける小説と思われてきた『嵐が丘』に、正確な年代記構成が用意されていたことを発見し、文学界に衝撃を与えたのは有名な話であるが、「二十年」という数字は、サンガーの年代記と矛盾する。「幽霊のキャサリン」の登場は、チタムが提示したキャサリン一世の精神的・比喩的な死が訪れてから約二十五年後のことで、また彼女の肉体的な死から計算しても約十八年後のことである。テクスト内の史実との整合性を求めるやり方では、チタムも、この「二十年」に関しては合理的な説明を見つけられないでいる。[3] テクスト内の史実と矛盾し、合理的な説明を見つけられないこの名前や年数のような解決を拒む謎は、「幽霊のキャサリン」が、ロックウッドが頭に思い浮かべた幻であった可能性を高めるものであると言えよう。エミリー・ブロンテは、キャサリン・リントンと名乗る子供を、亡くなったキャサリン一世と重ね合わせるよう読者を誘いながらも、同時にその正体がキャサリン一世であると読者に確信させないように工夫を凝らしているようである。この「幽霊のキャサリン」に纏わり付いて離れない二重性こそが、作品に現れる超自然的な存在や事象に関して「現実のものか思い違いか」判別できない状態に『嵐が丘』の読者をずっと留めておいておくための鍵となっているのだ。

奪われた肖像

ここで、エミリー・ブロンテが、ゴシック小説のモチーフの一つを巧みにパロディー化しながら、ロックウッドの夢に現れる幽霊のような子供の正体に読者が辿り着くのを阻んでいることについて触れてみたい。カミラ・エリオットは、正体不明の者の身元が肖像と照合されることにより判明する過程を「肖像による同定（picture identification）」と呼び、初期のゴシック小説のモチーフとなっていることを論じた。例えば、『オトラント城』では、正体のわからない農夫セオドアが王位を奪われたアルフォンソの血を継ぐオトラント国の正統な継承者であることが、セオドアと「そっくり」(Walpole 八五頁)の、誰も実物を見たことがないアルフォンソの肖像からわかる。この「肖像による同定」は、ゴシック小説では、よく幽霊と結び付けられた形で現れてきた。『オトラント城』に登場する城主マンフレッドは、セオドアを、絵画室にある肖像を見ていたためその容貌を知っていたアルフォンソの幽霊と見誤る。ゴシック小説草創期に書かれたが、作者アン・ラドクリフの死後に出版された『ガストン・ド・ブロンデヴィル』(一八二六)では、謎の人物の正体が実は殺害された商人の従者の幽霊であったことが、殺人犯が目にする肖像からわかる。

実は、謎の人物の正体が後に現れる肖像の姿により判明するという『ガストン・ド・ブロンデヴィル』に見られる流れは、『嵐が丘』で再現されかけている。女中ネリー・ディーンがロックウッドに、エドガー・リントン、キャサリン一世、ヒースクリフの関係を説明する際、エドガーとキャサリン一世の肖像について触れる場面を以下に引用する。

> 亡くなったエドガーは生前私の雇主でした。そこの暖炉の上に掛かっているのが彼の肖像です。昔はあれと、もう一方に彼の奥さんの肖像が掛かっていました。でも奥さんの方は取り外されてしまいました。そうでなければ、奥さんがどんな人だったかいくらかわかっていただけましたのに。ちゃんと見えるでしょうか?

ディーンさんがろうそくをかざしてくれたので、柔らかな顔立ちが見えた。嵐が丘邸で会った若い婦人に極めてよく似ているが、表情はもっと哀愁を漂わせており、優しい。

（六六～六七頁）

キャサリン一世の肖像がなぜなくなっているのか、この時ネリーは説明しないが、第二巻十五章でヒースクリフが持ち去っていたことが明かされる。（第二巻十四章のリントン・ヒースクリフの話によると、ヒースクリフは、キャサリン・リントン（＝キャサリン二世）が首から下げていたロケットに入れられていた母親キャサリン一世の肖像も奪い取っている。）ヒースクリフによる肖像の収奪は、彼のキャサリン一世に対する激烈な愛情の存在と、彼の異様な所有へのこだわりを表すと同時に、ロックウッドしか目撃していない幽霊のような子供の「肖像による同定」の機会を奪うことを意味する。この場面でロックウッドは、エドガーと娘のキャサリン二世との間で行っている「肖像による同定」を、キャサリン一世と「幽霊のキャサリン」との間で行えないでいる。この初期のゴシック小説のモチーフである「肖像による同定」のいわばパロディー化により、「幽霊のキャサリン」は、キャサリン一世とはっきりと結び付けられることはなく、嵐が丘邸の上階の窓の外に現れた時のように浮遊したままでいるのだ。

思い描けないヒースクリフの姿

ここで、幽霊のような子供の外見に関する語り手ロックウッドによる描写が、驚くほど少ないことに触れてみたい。ロックウッドが子供の外見に関して読者に伝えるのは、「小さな、氷のように冷たい手の指」と「窓から覗き込む子供の顔」(二五頁)程度であり、その顔立ちは一切描写されていない。そのため、読者は子供に似た容貌の人物を探せず、その正体を外見に関する情報から推測できない状態に留め置かれる。類似した人物の探索を困難にさせ、その正体の特定を不可能にする子供の外見に関するこのような描写は、ヒースクリフにまつわる描写を想起させる。リヴァプールの街角で帰る家もなく飢えていた所をアーンショー氏に拾われ、ヨークシャーの家に連れて行かれたヒースクリフの外見に関する描写は、幽霊のような子供の描写より量的にはるかに多いが、子供の場合と同じように、その正体の特定を困難にさせるものだ。「黒い瞳(black eyes)」(三頁)、「浅黒いジプシーの顔立ち(a dark-skinned gypsy in aspect)」(五頁)、「汚い、ボロを纏った黒髪の子(a dirty, ragged, black-haired child)」、「まるで悪魔から生まれたかのような黒さ(as dark almost as if it came from the devil)」(三六頁)、といったロックウッド、ネリー、アーンショー氏らによる、ヒースクリフにまつわる色を描写したことばから、批評家たちは彼の正体――特にその人種と国籍――を、主に当時のリヴァプールやヨークシャーの地理的環境に着目しながら、推理してきた。エミリーが『嵐が丘』の執筆を開始する数ヶ月前に兄のブランウェル・ブロンテが訪れたリヴァプールに、当時アイルランドから黒い髪を持つ移民が押し寄せていた事実から、アイルランド移民説[4]を唱える者（Eagleton）、一七六三年から一七七六年までのイギリスの休戦期間中、リヴァプールが国で一番盛んに奴隷の取引が行われていた港を抱えていた事実から、黒人奴隷の血縁者説を唱える者（Von Sneidern）、奴隷労働で成り立っていたジャマイカの砂糖のプランテーションで財産を築いた名家が当時のヨークシャー・デールにいた事実から、黒人奴隷縁者説を唱える者（Heywood）などがその代表であろう。

しかし、テリー・イーグルトンが、ヒースクリフが「どれだけ黒いのかを知るのは難し」く、その肌の黒さはメラニンの黒さなのか、汚れなどによる黒さなのかもよくわからないと述べているように（Eagleton 三頁）、ヒースクリフの黒さに関する描写は彼の人種や国籍の特定を可能にせしめるような明瞭さを欠いている。また、ヒースクリフが三年の失踪期間を経て、キャサリン一世のもとに帰って来た際、ネリーが彼の頬を「黄色がかっている（the cheeks were sallow）」（九三頁）と描写しているように、黒以外の色でもヒースクリフの顔は形容されている。先ほど挙げた批評家たち同様、作品内でも登場人物たちがヒースクリフのルーツ探しに躍起になり、推理合戦を繰り広げている。エドガーの父のリントン氏は、ヒースクリフは「インドの水夫の小僧か、アメリカ人か、スペイン人が捨てていった子供」（五〇頁）だと述べ、ネリーは、出自が不明な点を逆手にとってしょげかえったヒースクリフを励まそうとしているだけかも知れないが、彼の「父が中国の皇帝、母がインドの女王」(五八頁)である可能性に触れている。これらの情報を考慮に入れれば、批評家によるヒースクリフの正体の推理合戦はより混沌としたものになるのは火を見るより明らかであろう。「あの小さな黒い子(the little dark thing)」に「ぴったりの親の姿を頭に描くこと(imaging some fit parentage)」(三三〇頁)ができないと暗に示すネリーのように、あるいは、まだ見ぬ父親ヒースクリフの外見の説明をネリーにされても、「僕はどんな人なのか想像できない(I can't fancy him)」(二〇六頁)と応えるリントン・ヒースクリフのように、ヒースクリフの姿を思い描こうとする試みは断念するのが賢明なのかも知れない。

生き写しをつくられた幽霊

「幽霊のキャサリン」に話を戻そう。実はロックウッドは、「肖像による同定」以外の方法で、正体不明の子供がキャサリン一世の幽霊かどうかを視覚的に判断する機会を与えられていると思われる。『嵐が丘』では、何度か外見の類似性から正体不明の者の身元が判別されている。例えば、ヒースクリフ夫人となったエドガーの妹であるイザベラは、嵐が丘邸にやって来た時、「目元と口元がキャサリンにそっくり」(一三七頁)であることから、炉端に立つ悪そうな子供をヘアトン・アーンショーだと確認し、「肩まで垂れた長いぼさぼさの髪で顔は隠れていた」（一三八頁）が、目がキャサリン一世に似ていることから、ノックした戸を開けた男を彼女の兄のヒンドリーだと判別する。ここで注目すべきなのは、キャサリン一世には外見が似ている人物が多くいることが記されている点である。実はロックウッドは、幽霊のような子供に遭遇する前に、キャサリン一世との類似性が記されている人物――ヘアトン・アーンショーとキャサリン二世――に嵐が丘邸を訪問した時に会っている。キャサリン一世に最も似ているのは彼女の甥のヘアトン・アーンショーであり、ネリーとヒースクリフの口からそのことが告げられている（三三二〜三三三頁）。ロックウッドは、キャサリン一世の生き写しのようなヘアトンと幽霊のような子供を両方目撃しているが、ヘアトンと幽霊のような子供との類似性には一切触れていない。初期のゴシック小説の幽霊たちとは異なり、『嵐が丘』の幽霊のような子供は、いかなる方法でも、外見的に類似した人物とは照合されないのだ。

ロックウッドが幽霊のような子供に遭遇する前に会っているキャサリン二世も、母親キャサリン一世と似ていると記されている。ヘアトンの場合と違い、ネリーはその母娘の「目」にしか強い類似性を見いだしていない（一八九、三三二頁）。「教区中で一番綺麗な目をした子」（四二頁）とネリーが言っているように、キャサリン一世はその目が最も特徴的であるようなので、目だけの類似の指摘もそれなりに重要な意味があると考えられるが、いずれにせよ、ロックウッドは幽霊のような子供とキャサリン二世との類似性にも一切触れていない。一九九二年に公開されたピーター・コズミンスキー監督の映画では、原作と違い、悲鳴を聞きつけてヒースクリフと共に部屋に入って来た、ジュリエット・ビノシュ演じるキャサリン二世の顔を見た途端、ロックウッドは、自分が出会った幽霊と彼女がそっくりであることに気づき、顔の類似性について話そうとする。この映画は、ビノシュがキャサリン一世・二世の二役を演じていることからもわかるように、母娘の外見上の類似性を強調して、幽霊の正体の特定を観客に促している。コズミンスキー監督の映画は、原作の小説が距離を置いた、外見の類似性の発見により正体不明の者の身元がわかるという古いタイプのゴシック小説の伝統を活用していると言えるだろう。

家系図と「幽霊のキャサリン」

マギー・バーグは、『嵐が丘』批評の体系的な解説書としても優れている自著の最終章「視覚補助資料に対する警告」で、法律家C・P・サンガーが作った、有名なアーンショー家とリントン家が左右対称となった家系図に対して不満を表明している（Berg 一一五頁）。この家系図は、解きほぐすことなど不可能な混沌に満ちたテクストと考えられていた『嵐が丘』に潜んでいる合理性を、目に見える形で明らかにするものとして重宝され、これをモデルにした図が『嵐が丘』のほ

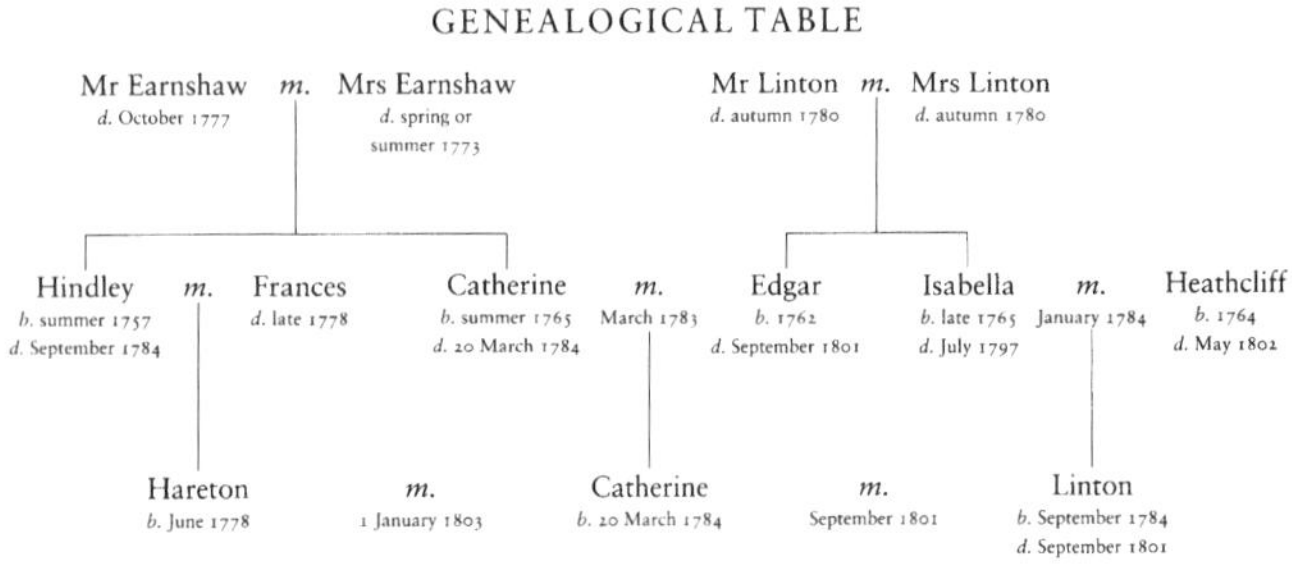

図1　Penguin Classics 版に掲載されている家系図（Genealogical Table）

とんどのイントロダクションに掲載され続けている。[5] バーグがこの図に不満を唱える理由の一つは、幽霊のような子供を載せていないことである。「小説の中で恐らく最も重要な存在」(二一七頁)だとバーグが考えるこの子供を、なぜサンガーの家系図や他の図[6]は、除外してしまっているのか。その理由の一つは恐らく、サンガーたちが「幽霊のキャサリン」をキャサリン一世と同一視しているからであろう。彼らは「幽霊のキャサリン」を、キャサリン一世から一時的に分離しているだけのものとみなし、最終的に図の中心近くに鎮座するキャサリン一世のもとに回収し、その存在を消し去ってしまっているのだ。先ほども述べたように、「幽霊のキャサリン」は、読者を誘いキャサリン一世との照合を盛んに促しながらも、その正体の特定を拒み、現実の幽霊なのか、人が幽霊だと思い違えた想像の産物なのか、自分の正体を探るよう問いかけ続ける。存在の不明瞭さを特徴とする、この「幽霊のキャサリン」による問いかけがあったからこそ、『嵐が丘』は、時代が求めるリアリズムの声を取り込んだ新しいタイプのゴシック小説になれたのだということを、批評家は忘れてはならないだろう。

◆注

1 Brontë 三四頁。以下、『嵐が丘』からの引用は、丸括弧内に頁数のみを記す。引用の翻訳は筆者。

2 Chitham 一三三〜三六頁、Parker 一七三〜七四頁などを参照。ただし、パトリシア・パーカーは、ロックウッドが第一巻三章で遭遇する「キャサリン・リントン」は、エドガーとキャサリンとの間に生まれた娘キャサリン・リントン（＝キャサリン二世）を指し示している可能性があることにも触れている（Parker 一六五頁）。作中で一つの名前に対して複数の指示物《リファレント》が存在していることに注目したパーカーの関心は、「明確に区分されたアイデンティティの目印《マーカー》」（一六九頁）であるはずの固有名の「潜在的な自律性」（一六五頁）に向けられている。第一巻三章で、棚に刻まれていたキャサリン・アーンショー、キャサリン・ヒースクリフ、キャサリン・リントンという三つの名前は、目を閉じ眠りに落ちたロックウッドの頭の中で「ぎらぎら光る白い文字」となり、「幽霊のようにまざまざと、暗闇から現れ」る（二〇頁）。まるで棚から離れていくようなこの名前の動きは、パーカーが関心を寄せた、名前の持つ自律性により、名前が人物から分離してしまう現象と深く関連しているように思える。

3 チタムは、ロックウッドが「なぜ私はリントンと思ったのだ？ リントンよりも二十倍アーンショーの名前を目にしたのに」（二五頁）と自らに問うた場面のように、「二十」という数字が作中で繰り返し現れていることに着目し、エミリー・ブロンテは、年代記を不正確なものにしてしまうこの数字にとらわれていたため、無意識に使用してしまったのではないかと推測している。「二十」にとらわれていた根拠として、チタムは、エミリーが『嵐が丘』を執筆していたのが、彼女の一番上の姉、マリア・ブロンテが亡くなって二十年目だったことを挙げている（Chitham 一〇六頁、一三五頁）。

4　エミリー・ブロンテの伝記の著者ウィニフレッド・ジェイランは、当時リヴァプールに押し寄せたアイルランド人たちの姿について次のように述べている。「彼らの姿、特に子供たちの姿は、『イラストレーティッド・ロンドン・ニュース』に描かれており、忘れられないものだ――彼らは飢えて痩せこけ、体にわずかばかりのボロを纏い、黒い髪が動物のように伸び放題で、ほとんど顔を隠してしまっている」（Gérin 二二六頁）。

5　図1を参照。図1の家系図は、サンガー版にあった暦などに少し修正を加えている。

6　サンガーの家系図以外に有名なものには、例えばフランク・カーモードが作った図がある。カーモードは、「キャサリン・アーンショー―ヒースクリフ―リントン」という、語り手であるロックウッドが示す棚に刻まれた名前を順番通り辿ると、一世代目のキャサリンの「物語の要約」になり、それを逆の順番（「キャサリン・リントン―ヒースクリフ―アーンショー」）にすると、二世代目のキャサリンの人生の軌道となることを発見し、世代をまたぐ壮大なスケールの往還運動を、矢印を用いながら図式化した（Kermode 一二一〜一二五頁）。

◆参考文献

Berg, Maggie　Wuthering Heights*: The Writing in the Margin*. Twayne Publishers, 1996.

Botting, Fred　*Gothic*. Routledge, 1996.

Brontë, Emily　*Wuthering Heights*. Edited by Pauline Nestor, Penguin Classics, Penguin, 2003.

Chitham, Edward　*The Birth of* Wuthering Heights*: Emily Brontë at Work*. Palgrave, 1998.

Cox, Michael, and R. A. Gilbert, editors
The Oxford Book of Victorian Ghost Stories. Oxford UP, 2003.

Eagleton, Terry　*Heathcliff and the Great Hunger: Studies in Irish Culture*. Verso, 1995.

Elliott, Kamilla　*Portraiture and British Gothic Fiction: The Rise of Picture Identification, 1764–1835*. Johns Hopkins UP, 2012.

"Genealogical Table." Brontë, p. xlii.

Gérin, Winifred *Emily Brontë: A Biography.* Clarendon P, 1971.

Gregor, Ian, editor *The Brontës: A Collection of Critical Essays*. Prentice-Hall, 1970.

Heywood, Christopher "Yorkshire Slavery in *Wuthering Heights.*" *The Review of English Studies*, new series, vol. 38, no. 150, 1987, pp. 184–98.

Kermode, Frank *The Classic.* Faber and Faber, 1975.

Kosminsky, Peter, director *Emily Brontë's Wuthering Heights*. Paramount Pictures, 1992.

McEvoy, Emma, and Catherine Spooner, editors *The Routledge Companion to Gothic*. Routledge, 2007.

Parker, Patricia *Literary Fat Ladies: Rhetoric, Gender, Property*. Methuen, 1987.

Radcliffe, Ann *Gaston de Blondeville.* Arno Press, 1972. 2 vols.

Sanger, C. P. "The Structure of *Wuthering Heights.*" Gregor, pp. 7–18.

Von Sneidern, Maja-Lisa "*Wuthering Heights* and the Liverpool Slave Trade." *ELH*, vol. 62, no. 1, 1995, pp. 171–96.

Walpole, Horace *The Castle of Otranto: A Gothic Story.* Oxford UP, 1964.

Warwick, Alexandra "Victorian Gothic." McEvoy and Spooner, pp. 29–37.

Wood, Mrs. Henry *Reality or Delusion?* Cox and Gilbert, pp. 115–29.

5
ヴィクトリアン・ゴースト・ストーリーを越えて

E・F・ベンスン、拡散と転覆のオブセッション ――「塔の中の部屋」および「アムワース夫人」を中心に

岡和田晃

モダニティを迂回した〝ヴィアード〟な一家

エドワード・フレデリック・ベンスン（Edward Frederic Benson 一八六七～一九四〇、以下フレデリック）、エドワードの兄のアーサー・クリストファー・ベンスン（Arthur Christopher Benson 一八六二～一九二五、以下クリストファー）および弟のロバート・ヒュー・ベンスン（Robert Hugh Benson 一八七一～一九一四、以

下ヒュー）のベンスン三兄弟は、英文学史上、まこと特異な存在だと言えるだろう。

　ニュー・クリティシズムの蓄積を引くまでもなく、およそ作家と作品を切り離して考えるのは批評の基本だが、ことベンスン三兄弟の経歴を目にすれば、作品へ反映された深い心的外傷《トラウマ》を連想せずにはいられない。ヴィクトリア朝期のカンタベリー大主教だった父親のエドワード・ホワイト・ベンスンは、英国の国教会の信仰に厚く、怪物めいた家父長的な厳格さを発揮して家族を震え上がらせた。父と母は十八歳で結婚したが、母のメアリーは十一歳頃から父に目をつけられていた。六人生れた子どものうち、ただ一人娘で生き残ったアマチュア・エジプト学者のマギーは、なんと母親を殺そうとした。親友と母が同性愛の関係にあることを知ってしまったからである。殺害計画は失敗に終わったのだが、その後、マギーは発狂し、死ぬまで精神病院へ閉じ込められることになった。父の「狂信」にも女性たちの諍いにも信がお

1907年に撮影されたベンスン三兄弟。右：アーサー・クリストファー、中央：ロバート・ヒュー、左：エドワード・フレデリック。

けなかったからか、息子たちは——あたかも反旗を翻すかのように——全員が独身を貫き、同性愛者だと噂される、あるいはそう自認する……。このように概観すれば、ゴシック小説をそのまま生きているかのようなストーリーが浮かび上がる。

実際、ベンスン一家の実態は世の好奇心を刺激するようで、サイモン・ゴールドヒルは二〇一六年、一家について浩瀚な評伝を発表している。それ自体が自律した読み物としても興味深い内容だが、彼は、単なるセンセーショナルな物語としてベンスン一家について伝えるのではなく、この特異な家族がヴィクトリア朝盛期から二十世紀というモダニティの時代をどう生き抜いたのかを主眼に置いているのだとの断りを入れている。

このような物語を構築するのは——ブルーノ・ラトゥールが述べているように、私たちが今までモダンではありえてこなかったからで——それはまた、現在というものがいかに十九世紀からの距離と差異を自己規定する形で概念化してきたか、そして、その遺産の相続とはどのようなものかを問うことでもある。[1]（Goldhill Ch.1）

つまり、二十一世紀からみて十九世紀の社会や文学を語る時に生じる諸々のギャップを埋め、むしろ連続性を恢復させることこそがゴールドヒルの目論見ということだろう。

しかし、ゴールドヒルが注目しなかった死角でありながら、他方で幻想文学研究の視座を取るならば、重要なポイントが存在する。それは、三人の息子の全員が、怪奇幻想小説《ウィアード・テール》の作家として名をなしたことだ。一家の父はオックスフォード運動によって翻弄されていた。オックスフォード運動とは、世俗社会から押し寄せる伝統の軽視に対し、信仰の世界という内在的な見地からなされた抵抗運動であった。オックスフォード運動を主導したJ・H・ニューマンは国教会からカトリックへ改宗して世に衝撃を与えたが、ヒューもまた、父の死後カトリックに改宗したことから、関連した文脈で言及されることもある。このような内在的抵抗を、ベンスン三兄弟は、さらに〝ウィアード《weird》〟なオブセッション（芸術の原衝動となる「強迫観念」）としての変奏を加える形で、作品に昇華させたのではないか。

「うますぎる」ゆえの忘却——日米のE・F・ベンスン受容

ベンスン三兄弟の名前は、日本でも戦前から英文学の研究者の間では知られていた。福原麟太郎が、一九二八年から二九年の『英語青年』で、クリストファーの「わが家（HOME）」や「書物（Books）」を翻訳している。しかし、この時は幻想作家としてではなく、古典古代の教養のありがたみを説く含蓄のあるエッセイとして紹介されていた。

戦後になると、江戸川乱歩が一九五一年の「怪談入門」でフレデリックに言及し、その「怪談入門」で言及された未訳作品が邦訳・紹介され始める。一九五六年には、『幻想と怪奇：英米怪談集　第1』で「アムワース夫人」が初めて邦訳された。乱歩の「怪談入門」では、ドロシー・セイヤーズが編集した『探偵怪奇恐怖小説集』の分類法を意識した怪談の区分が語られていたが、さらにそれを推し進め、「魔術的恐怖」としての「吸血鬼」が登場する代表作の例に、フレデリックの「アムワース夫人」があったと明記されるようになった（早川書房編集部編　五頁）。この時の編集実務を担い、解説で「アムワース夫人」について触れているのは、当時、早川書房に勤務していたMこと松岡巖。後の作家、都筑道夫であった。翌年の一九五七年、江戸川乱歩編『世界大ロマン全集24　怪奇小説傑作集I』に、フレデリックの「いも虫」が平井呈一訳で収められた。乱歩・都筑・平井ラインの尽力が影響を与えたのか、これ以降、フレデリックの怪奇幻想短編が、散発的に雑誌やアンソロジーに収録されるようになり、日本の読者に認知されるようになってくる。

クリストファーの作品を教養路線で受容する流れも、英文学教育の現場では静かに続いていたようだ。例えば一九三〇年に東京帝国大学英文科を卒業した朱牟田夏雄は、「ステューデント・タイムズ」等の連載をまとめた語学学習書『英文をいかに読むか』を一九五九年に刊行したが、そこにはクリストファーの「随筆家の技巧（The Art of Essayist）」の抜粋と評釈が、演習用として収められている（朱牟田　一六八〜七一頁）。

ブラム・ストーカーの『ドラキュラ』を邦訳するなど、戦後日本の幻想文学紹介の中枢を担った平井呈一は、一九七四年から牧神社で刊行が始まった編訳書『こわい話・気味のわるい話』の第三巻で、フレデリックのみならず、様々な語り手の短編を集めたヒューの怪談連作『シャーロットの鏡』の十三編のうち、三編を選んで邦訳している。管見の限り、ヒューの作品が商業媒体で日本語に訳されたのは、残念ながらこの時だけだ。付言すると、クリストファーの怪奇幻想作品の邦訳は、一九九八年の西崎憲訳「灰色の猫（The Gray［Grey］Cat）」を待たねばならなかったが、戦後紹介されたフレデリックの作品が軒並みその系統の作品であったことから、ベンスン三兄弟には通俗作家のイメージがつき始めて敬遠されたものと推察される。

一九七九年には第三短編集の（二編を除いた）全訳が『ベンスン怪奇小説集』として国書刊行会から出版された。国書刊行会の〈ドラキュラ叢書〉で、刊行されなかった第二期のラインナップに上がっていたものを単体で出し直したためか、あまり話題にものぼらず、そのまま絶版、入手が困難となってしまった。幸い、二〇一六年には第一短編集の、二〇一八年には第二短編集の全訳が、それぞれアトリエサードの〈ナイトランド叢書〉より発売されることで、ようやくフレデリックの怪奇幻想作家としての顔が見えるようになってきた。現に安田均は、フレデリックの訳が充実したのを契機として、アーサーやヒューの未訳短編をも論じている（安田）。

日本でのフレデリック受容の基調を形成しているのが、平井呈一によるコメントだろう。「〈ヴィクトリアン＝エドワーディアン〉の流行作家だから、地道な筆で手堅く叙述していくという方で、その点どれを読んでもソツがなく安心して読めるので、今でも穏健な怪奇ファンには喜ばれている。（……）話の展開はスムースだし、手落ちはないし、スプーキーな雰囲気を積み上げていく段どりも堂に入ったものだし、やはりその道のヴェテランである」（平井　八六頁）と、その巧さを評しているのだ。下楠昌哉も、平井呈一らの仕事を継ぎながら英国怪談を翻訳し続けてきた南條竹則のフレデリック紹介を引きつつ、「（ラヴクラフトのような）同業者から見ると「うますぎる」のだろう」と、同様の分析をなしている（下楠）。

こうしたフレデリックの「うまさ」は、紹介者はもとより、言語や洋の東西を問わず、読者に感知されている特徴だ。俗に怪談は紳士の嗜みと言われるが、ひとときの気晴らしとして享受した後は、それについてとやかく言わない……そんな鷹揚な態度が窺い知れる。作家自身が没年の一九四〇年に出した自伝『最後の版（*Final Edition*）』で、幽霊物語はしばしば手を染めた余技としての文学であると証言しているのだから、実のところ平井らの姿勢は、英語圏の読者とそう変わらないものと言ってよいだろう。

英語圏でも、フレデリックの怪奇幻想小説の多くは単発のアンソロジー収録や集成と銘打った不完全な刊本が出るくらいだったが、ジャック・エイドリアンが一九八八年にフレデリック作品の拾遺を刊行し始め、一九九八年からはアッシュトリー・プレスで五巻本の怪奇幻想小説全集の刊行にまで結実している。一巻に添えられた編者による作家の略伝には、あちこちへ旅して見聞を広め、創作にそれを活かした作家の姿勢が紹介されていた。アッシュトリー・プレス版の全集の表紙は、第三短編集（後述）を踏襲した「気味の悪い（Spooky）」パルプ小説調で、根っからの怪奇幻想ファンが編纂し、同好の士に向けて出されているのが窺える。

こうした草の根的な受容が主であったためか、英語圏でのベンスン研究はマイク・アシュリーやS・T・ヨシといった文献学的・書誌学的な仕事で知られる批評家たちが、わずかに行っている程度だ。なかでもヨシは「言葉のあらゆる意味で無視された古典作品群」（Joshi Ch.2）とフレデリックの仕事を評している。英語圏でも怪奇幻想小説の書き手としての本格的な評価はこれから、という謂いであろう。マット・カーディンによる二〇一七年の大著『歴史のなかのホラー文学（*Horror Literature through History*）』でも、ヨシの見方が基本的に踏襲されている。

E・F・ベンスンの怪奇幻想小説の特徴——第一・第二短編集の分析

ベンスン三兄弟のうち、最も作家として経済的な成功を収めたのは、次男のフレデリックである。テンポのよい筆致で上流階級の実態を風刺した一八九三年のデビュー作『ドードー（*Dodo*）』

ほか、流行作家として百冊を超える著書を残した。また、彼は一九三四年からイーストサセックス州ライ市の市長を務めた名士としても知られた。

フレデリックの生前、四冊の怪奇幻想小説集が刊行されている。加えて、一部に怪談を収めた短編集もあり、それらを含めれば数はいや増す。まさしく、多様な題材を扱ってきた作家なのだ。若かりし頃に培った考古学や歴史学の素養を小説へ生かしたフレデリックの怪奇幻想小説は、幽霊をはじめとした超常的な存在を様々に描いても、抹香臭さがあまりなく、宗教的な教訓の押し付けには終わらない。そればかりか、十九世紀末の雰囲気を残しながらも、二十世紀ならではの新たなテクノロジーやスポーツ（自動車レース等）を巧みに作中へ取り入れることに成功した風俗作家でもあった。

H・P・ラヴクラフトは有名なエッセイ「文学における超自然的恐怖」で、同時代の短編作家としてフレデリックを高く評価していた。同エッセイは一九二五年に執筆が開始されたが、ここでラヴクラフトが念頭に置いていたのは、フレデリックの第一短編集と第二短編集である。それらの内容を具体的に確認していこう。[2]

一九一二年に出た、フレデリックの第一短編集『塔の中の部屋（*The Room in the Tower*）』には、癌（cancer）という言葉をめぐる呪術的な照応が強烈なインパクトを残す「いも虫（Caterpillars）」、夢に見る光景が十五年の実時間をかけて少しずつ変容し、やがては現実をも侵食してしまう「塔の中の部屋（The Room in the Tower）」、都会の風俗が怪談に活かされた「バスの車掌（The Bus-Conductor）」や幽霊の車が登場する「土煙（The Dust Cloud）」、牧羊神《パン》に魅入られた男を描き、ラヴクラフトに絶賛された「遠くまで行きすぎた男（The Man Who Went Too Far）」、ハイランド地方の奇妙な因習を語る「アクナレイシュの狩り（The Shootings of Achnaleish）」など、アトランダムに紹介してもなおバラエティに富んだ十七の短編が収められている。これらの作品において、強調されるモチーフは〝死〟への恐怖である。此岸と彼岸とを分かつ〝死〟を意識し、そのあり方を多彩に書き換える試みとしての怪奇幻想小説のあり方が提示されているのだ。

それでは、一九二二年に刊行された第二短編集『見えるものと見えないもの（*Visible and Invisible*）』は、どういった内容なのか。冒頭の「かくて死者は話す――（And the Dead Spake…）」では、空襲下にもかかわらず禁じられた脳の実験に勤しむマッド・サイエンティストが描かれる。「アウトカースト（The Outcast）」では、水葬や土葬すら拒否される穢れた存在として転生を繰り返す異形の恐怖が書かれる。「恐嶺（The Horror-Horn）」では、未知の高峰で雪男ビッグフットめいた怪物が出現する。技巧性では『見えるものと見えないもの』でトップクラスの「農場にて（At the Farmhouse）」では、妻を殺そうと試みて逆に復讐されてしまう悲喜劇が描かれる。「ティリー氏の降霊会（Mr. Tilly's Séance）」では、神智学者ブラヴァツキー夫人とゆかりがあった霊媒が登場する。数々のアンソロジーへ収められた名作「アムワース夫人（Mrs. Amworth）」は、ジョゼフ・シェリダン・レ・ファニュの『カーミラ』やブラム・ストーカーの『ドラキュラ』の影響が色濃い吸血鬼小説。そして、これらに共通するモチーフを探るとすれば、それは〝女性〟への恐怖だと総括できよう。

〝死〟と〝女性〟への恐怖というモチーフは、一九二八年の『不気味な物語集（*Spook Stories*）』でも持続し、さらに綜合的な形で展開されているとも読める。巻頭に収められた「和解（Reconciliation）」はコミカル・タッチの作品で、幽霊屋敷の関係者を祖先に持つ男女が陰惨な復讐劇を繰り広げるのではなく、幽霊を縁として結ばれるという意外な〝落ち〟を見せる。しかし、それは続く「顔（The Face）」のための〝引き〟であろう。第一短編集の「塔の中の部屋」、第二短編集の「アムワース夫人」を、あたかも組み合わせたかのような展開を見せるからだ。ヒュー・ラムは、この二作をフレデリックの代表作だとしている（ラム　五〇八頁）。これらの作品は英語でも日本語でも、怪奇幻想小説のアンソロジーへ頻繁に収録されていることが、その価値の証左となる。

土地性に宿る情念としての怪異――「塔の中の部屋」

コティングリーの少女たちが撮影した妖精写真を、名探偵シャーロック・ホームズの生みの親であるサー・アーサー・コナン・ドイルが本物だと請け負った騒動――このセンセーショナルな事件に代表される「民間伝承や迷信が科学の力によって知の周縁にどんどん追いやられつつも、人々が昔ながらの超自然的な存在を完全に否定しきる勇気はまだない時代」（下楠）、それがベンスンの第二短編集『見えるものと見えないもの』を取り巻く状況であった。そこに収められた「庭師（The Gardener）」では、ウィジャ盤（「コックリさん」の原型）で呼び出された幽霊が描かれるのだが、エピローグ部分において「殺人や自殺という強い印象を受ける事件があった場所には、何らかの情念が記録され、しかるべき環境においては、それ自体が、見えるものと見えないものの形象をとりうる」（Edward Benson, *Visible*）との解説が示されている。つまり、土地に宿る情念としての怪異、というあり方に焦点が当てられているのだ。短編集の表題に引っ掛けたこの記述は、同作のみならず、複数の作品を繋ぐ鍵となるだろう。

ベンスン兄弟は三人とも「塔の中の部屋」をモチーフにした恐怖小説を遺しているが、それはベンスン一家がコーンウォール州トゥルーロウの街に住んでいた際の家族の屋敷がモデルだと特定されている（ラム　五〇九頁）。なかでもクリストファーがイートン校の学生へ読ませるために書いた怪奇幻想短編の一つ「閉ざされた窓（The Closed Window）」の序盤では、「恐怖の塔（The Tower of Fear）」と呼ばれる邪悪な建物が描かれる。

その塔は、もともと大きな街道《グレート・ロード》を護るために立てられた。何の変哲もなく、強固で、壁の厚い要塞だった。塔には特に目立たないものの住みよい家が付随しており、そこには若きマーク・デ・ノート卿が住んでいて、とても快適で何不自由なく暮らしていた。南にはノートの大森林が広がっているが、塔は急峻な下り坂に建っており、広大な緑の丘陵によって北側から隠されていた。村人はこの塔を奇妙かつ醜い名で読んでいた。恐怖の塔、と。

(Arthur Benson)

しかしマークの世代には、そのような名称は人の口にのぼらなくなってきた。マークは数歳年長のいとこローランドと行動をともにし、この塔を探検しようとする。内向的なマークに比べてローランドはおしゃべりや社交を好んでいたが、二人は気が合ったのだ。塔の名称はマークの祖父であるサー・ジェイムズ・デ・ノートを忘れまいとして付けられたものだった。ジェイムズは邪悪かつ秘密主義的な男で、領地に不吉な陰影を落としていた。そんな曰くつきの塔を探検する二人は、背筋も凍るような恐怖に見舞われることになる……。

説話的な語りと骨太の描写には強いインパクトがあり、クリストファーの内的な世界で培われてきたオブセッションが、見事な強度をもって形象化されていることが伝わってくる。とりわけ「見えないもの」として到来する恐怖のあり方は絶品である。

この「見えないもの」については、ヒューが同じモチーフで描いた『シャーロットの鏡（*A Mirror of Shalott*）』にも、よく現れている。とりわけ最終話の「私の話（My Story）」は、具体的な怪異がまるで登場しないにもかかわらず、夫婦の間には存在論的な恐怖が発生するという事態を描いている。怪談として読むこともできるし、実存主義的な虚無性を先取りしたとも見ることができよう。そして、土地性《トポス》へのオブセッションが、そのようなダイナミズムを生んでいることは間違いない。

クリストファーの「閉ざされた窓」は一九〇三年に書かれたが、これと比較すると意義深いのは、フレデリックの「塔の中の部屋」だ。ジュヴナイル・フィクションの語りを採用していた兄と異なり、九年後に世に問われた弟の小説では、夢と偶然性を基軸とした回想という形式の中で、幼き日の恐怖は螺旋を描くように物語の進行に合わせて姿を見せていく。まず、イタリアにいる友人からの手紙には、ダイヤのエースのトランプ・カードが入っており、それは「理不尽な危険（unreasonable risk）」を予知するとの予告がある。つまり暖かな南方から、冷え込む北方としてのイングランドという土地に根ざした怪異の到来が、提示されているわけだ。

「塔の中の部屋」では「十六歳」からある塔の一室を夢に見て、「（息子の）ジャックがあなたをお部屋へ案内しますよ。塔にお部屋をご用意しておきましたから」と、語り手に呼びかけるストーン夫人の台詞が延々とリフレインする。同じ夢が繰り返されるうちに、語り手は自らが夢で案内された塔の部屋へ行き着いていたことに気づいて、驚愕することになる。そこには、三十歳くらいの悪辣な容貌のジャックを描いたスケッチと、母のジュリア・ストーン夫人の自画像があった。

それは、私が最後に夢で見たストーン夫人を描いたものだった。年老いて皺々で、白髪だった。しかし、身体は見るからに衰えているのに、悍《おぞ》ましいほどに精力と生命力に満ち、肉体という殻を突き破るほどの輝きを放っていた。不気味さが全身から溢れ出し、想像しがたいほどの邪悪さが泡のように寄り集まっていた。瞼は細められ、伏せられた横目からは、卑陋《ひろう》な光がほとばしり、悪魔のような口が笑い声をあげた。

(Edward Benson, *Collected Spook Stories: The Passenger*)

迫真の描写である。このような邪悪な存在に語り手は呼ばれていたことが知らしめられたうえに、その部屋はかつてストーン夫人が自殺した場所だったと判明する。クリストファーの小説よりも、怪異ははるかに明瞭に、かつ忌まわしいものとして立ち現れている。

ラヴクラフトが「文学と超自然的恐怖」で提唱した「宇宙的恐怖(cosmic horror)」を念頭に置こう。〝万能〟たる科学によって解明されるべき怪異をそのまま表象してしまえば、それは陳腐化を免れないということで、真なる恐怖は技術的進展を見据えた不可知論にこそある。その前提で怪異を「見えるもの」として具象化するか。あるいは「見えないもの」として、核心を空洞化させた状態で、不可知論的に読者の想像に委ねるのか。いずれも恐怖を演出する作家の力量が問われるが、「塔の中の部屋」では、回想場面の反復によって来たるべき怪異への期待を、否が応でも高めていき、作家の技倆を証明している。ジル・ドゥルーズがラヴクラフトをはじめとした怪奇幻想文学を好んで哲学の素材にしたことはよく知られているが、「塔の中の部屋」はドゥルーズ風に言えば「差異と反復」の実例とも言うべき作品になっている。繰り返しによって生じるズレこそが、プロットを進展する演出へと転化されるわけだ。

遍在する女性憎悪性を転覆させるために——「アムワース夫人」

フレデリックの作品を読んでいくと、単一の作品内だけではなく、複数の作品間においても、モチーフやプロットの「差異と反復」に気づかされる。そうして、個別の土地性をベースにしていたオブセッションは、再生産の過程で脱領土化されていくのだ。この意味を考察するにあたって、「塔の中の部屋」の最後において、自殺したストーン夫人の棺が「血で満たされていた」(Edward Benson, *Visible*) とわかり、その正体が吸血鬼だったと示唆されている点に着目したい。ゴシック・ホラーの時代を経て、二十一世紀において吸血鬼は遍在する表象になっているからだ。

二十一世紀に入り、二〇〇〇年代中盤より、M・ジョン・ハリスンの提唱による古典的な怪奇幻想小説を現在に甦らせる〈ニュー・ウィアード〉と呼ばれる潮流が生まれた。それを引き受けた作家のチャイナ・ミエヴィルは、国際政治学の博士号を有する理論家でもあるが、彼はそのM・R・ジェイムズ論のなかで、ジャック・デリダが提唱した「憑在論（hauntlogy、憑依＝存在論）」の概念を応用し、モダニティが崩壊した危機の時代における〝生きてもいないし、死んでもいない〟あるいは〝生きてもいるし、死んでもいる〟存在として、M・R・ジェイムズの「マグナス伯爵」に登場する蛸と人間を融合させたような怪物と、ジェイムズを敬愛したラヴクラフトが「クトゥルフの呼び声」で創始した蛸頭の邪神クトゥルフ（クトゥルーとも）のイメージに連続性を見出している。それだけではない。ミエヴィルはジョルジュ・バタイユが偏愛した写真家ジーン・パルヴェの写真からヒントを得て、クトゥルフと吸血鬼を融合させた「量子論的吸血鬼（quantum vampire）」なる現代的形象にまで、ジェイムズ－ラヴクラフトのラインを接続させるのだ（Miéville 一二三～一二八頁）。そうすることでミエヴィルは、二〇一〇年代以降の文化状況を、怪奇幻想小説の術語を用いながら批評していく。

ミエヴィル自身、『パスファインダーRPG』のアドベンチャー・シナリオを出版するなどゲームデザイナーとしてのキャリアも有した作家だが、例えばRPGではクトゥルフ神話で想像されたイメージは共有材《コモンズ》として広くシェアされ、浸透と拡散を遂げていく。ミエヴィルはそれが、いわば量子力学的に増殖していく吸血鬼のようだというのである。このプロセスを、「この道しかない（There is no alternative）」というスローガンに代表される新自由主義《ネオリベラリズム》経済体制の「薄汚れた戯画（dirty caricature）」として置き換え、既存の人間中心主義を内破させる同毒療法として利用する……というのが、ラディカルな左派アクティヴィストとしても知られるミエヴィルのヴィジョンである。サイモン・ゴールドヒルが援用したブルーノ・ラトゥール風に言えば、こうした状況は、モダニズムでもポストモダニズムでもない、モダニティそのものを虚構の産物とみなす現在性である（Latour Ch.2.1）。つまり、近代的なヒューマニズムではなく、人間中心主義的な世界と事物との対応関係を解除したところから生じる空隙への「思弁的転回（speculative turn）」なのだ。

ここでいったんフレデリックに立ち返ろう。ミエヴィルの言う「量子論的吸血鬼」は、いわば無性的なクリーチャーのイメージで語られるものだが、単に感染して増殖していくというのでは、ゾンビ映画のようなイメージと大差ない。吸血鬼表象で重要となるのは、吸血行為にセクシュアルな含意があることだろう。レ・ファニュの『カーミラ』が典型だが、吸血鬼はしばしば、美しい女性として表象される。それを退治する吸血鬼狩人たちは、ホモソーシャルな同質性の紐帯に基づいて行動し、男根《ファロス》めいた杭を女性吸血鬼に打ち込まんとする。打ち込まれた女性吸血鬼は破瓜を思わせる血を吹き出す……。こうした構図は「アムワース夫人」にも軒並み当て嵌まってしまう。

筋書きはこうだ。自動車レースの現場となっている小村マックスレイに、祖先がこの村の出身だという闖入者アムワース夫人が訪れる。夫人は社交的で、語り手とピケ（トランプゲームの一種）に興じる。しかし、それを警戒するのが、ケンブリッジ大学の元生理学教授で、超常現象を研究し意味深長な含意を想起させる名を持つウアコーム氏（Mr.Urcombe）。実際、ドラキュラ伯爵がロンドンへ侵攻を企てるがごとくに、アムワース夫人はインドのペシャワールから故郷の村へ戻り、成熟した男たちの共同体にいまだ参画していない、無垢な少年を毒牙にかけている。その意味で、「アムワース夫人」はポストコロニアルなテクストでもあるのだが、吸血鬼という正体を暴かれて動揺した隙に、彼女は自動車に轢かれて生命を落とす。〝男性〟性と融合したテクノロジーという意味でのモダニティの犠牲者として、アムワース夫人は表象されている。その後、男たちは協力して、死んだはずの夫人に杭を打ち込む。

彼は両手で杭を握り、腕を一から二インチ振り上げると、全身の力をこめて彼女の胸に振り下ろした。死んでから長い時間が経過していたというのに、彼女の胸からは、血潮が泉のように空高くほとばしった。大きな音を立てて彼女の屍衣を濡らし、それとともに、彼女の赤い唇は、騒ぎ立てるセイレーンのように、はっきりと大きなうめき声を漏らした。それから彼女は再び、死んでいった。

(Edward Benson, *Visible*)

この残虐な描写は『カーミラ』が参照されているのだろうが、同時に「塔の中の家」を別角度から語り直しているかのようでもある。S・T・ヨシはフレデリックのこうした吸血鬼像に、先述した〝女性〟への恐れよりもさらに露骨な、「女性憎悪（misogyny）」の発露を読み取った。俗流フロイト主義に頼らずとも、ここには旧世代の女性、すなわち同性愛において問題視された母親への恐怖を看取することができる。ゴールドヒルによれば、「アムワース夫人」が発表された一九二〇年代、女性同性愛に対して抱かれた誘惑性のイメージは、恐怖を基軸にしていた。すなわち、傷つきやすい若い女性を、より強力な年長の女性が誘惑し我がものにするとの非難がなされたのだ（Goldhill Ch.13）。それは、ホモソーシャルな紐帯で抑圧された〝弱き性〟にもまた、非難すべき加害性があるいう正当化の原理ともなっていたのである。

ベンスン兄弟が描き出したモダニズム期におけるこうした恐怖を――ローズマリー・ジャクスンが幻想文学の本質と断じた――リアリズムの政治的な抑圧を輻輳的に「転覆（subversion）」させる契機とし、非モダニズムな連続性として再構築していくことが必要ではないか。ジャクスンは、吸血鬼神話に「エロティシズムの最高に象徴的な表象形態」を見出し、ストーカーの『吸血鬼ドラキュラ』を「キリスト教神話とヴィクトリア時代の倫理性を最も極端に転覆した作品の一つ」として論じていた（ジャクスン　一九八～九九頁）。こうした「転覆」の意義は、皮膜として現実を覆う公法秩序という名のヴェールの下に何が隠されているのかを、赤裸々に解き明かしてみせることにこそある。

ジョルジョ・アガンベンは、中世の修道院規則を考究することによって、共同体の持つ政治性が、人間の身体そのものを管理する生政治の位相を浮かび上がらせることを露わにした。法権利の外で生きようとしたフランチェスコ会のあり方に、大量生産・大量消費のサイクルからなるポストモダニズムを超えた「生の形式(forma-di-vita)」を見出しているのだ。「生の形式」とは、古代や中世において、公法秩序による庇護の外部に置かれながらも、秩序そのものを成立させる様態を剥き出しの形で示した、生のあり方の輪郭にほかならない。つまり「生の形式」を直視することは、モダニズムの陥穽を回避しつつ、過去と現在との持続性を恢復する試みにも繋がるのだ。現にアガンベンは、マルキ・ド・サドが『ソドム百二十日』で延々と続く残虐かつインモラルな饗宴の描写が、実は修道院規則を、モデルにしつつ「転倒」させたことを明かしている(アガンベン一二一頁)。

とすれば、「アムワース夫人」が露わにした女性憎悪の原理をさらに裏返すと、生権力を逆照射し、女性憎悪の根を断つ契機ともなるのではないか。ラヴクラフトなど典型的だが、怪奇幻想小説を「思弁的転回」を軸に読む際、テクストに刻みつけられた差別の痕跡から目を背けず、それを「転覆」の契機として読み替えることをも並行しなければ、近代における性差別や民族差別の非対称性をそのまま強化してしまいかねない。現に、トランプ政権の支持基盤であるオルタナ右翼と呼ばれる排外主義者たちのなかには、ラヴクラフトらの読者が少なからず存在している。とりわけフレデリックのような「流行作家」、「うまい作家」を読むうえでは、時代の無意識がいっそう強くそこに銘刻されているのだから、より強烈な「転覆」の戦略の採用が必要不可欠になってくるだろう。

◆注

1 以下、ベンスン兄弟の作品も含めて、引用の訳は引用者による。
2 フレデリックの第一短編集については論者が『TH』No.69（アトリエサード、二〇一七年）の一三五頁に寄稿した書評、第二短編集やベンスン一家の経歴については、論者が『TH』No.74（アトリエサード、二〇一八年）の一二七頁に書いた書評を、それぞれ下敷きにしている。

◆参考文献

Ashley, Mike
"Blood Brothers: The Supernatural Fiction of A.C., R.H., and Benson." *In Discovering Horror Fiction I*, Wildside Press, 1992, pp. 100–13.

Benson, Arthur Christopher
Paul the Minstrel and Other Stories. Smith, Elder&Co.,15 Waterloo Place, 1911, Kindle.

Benson, Edward Frederic
Collected Spook Stories: Mrs.Amworth. Ash Tree Press, 2001, Kindle.
——— *Collected Spook Stories: The Passenger.* Ash Tree Press, 1999, Kindle.
——— *Final Edition: Informal Autobiography.* Longmans, Green & Co., 1940.
——— *Spook Stories.* Hutchinson, 1928, Kindle.
——— *The Room in the Tower.* Hutchinson, 1912.
——— *Visible and Invisible.* Hutchinson, 1922, Kindle.

Benson, Robert Hugh
A Mirror of Shalott: Composed of Tales at a Symposium. 1911, Pitman, 1912, Kindle.

Cardin, Matt, editor
Horror Literature through History: An Encyclopedia of the Stories that Speak to Our Deepest Fears. Greenwood. 2017, Kindle File.

Goldhill, Simon *A Very Queer Family Indeed: Sex, Religion, and the Bensons in Victorian Britain*. Reprinted ed., U of Chicago P, 2017, Kindle.

Joshi, S.T. *The Evolution of the Weird Tale.* 2004, Hippocampus Press, 2016, Kindle.

Lovecraft, Howard Philips
Supernatural Horror in Literature. 1925, Dover Publications, 1973, Kindle.

Latour, Bruno *We Have Never Been Modern.* Translated by Catherine Porter, 1991, Harvard UP, 1993, Kindle.

Miéville, China "M.R.James and the Quantum Vampire: Weird; Hauntlogical: Versus and/or and and/or or ?". *Collapse: Philosophical Research and Development*, volume IV, reissued ed., Urbanomic, 2012, pp. 102–28.

アガンベン、ジョルジョ
『いと高き貧しさ　修道院規則と生の形式』上村忠男・太田綾子訳、みすず書房、二〇一四年。

江戸川乱歩 「怪談入門」『幻影城』、岩谷書店、一九五一年、二四〇～三〇三頁。

江戸川乱歩編・平井呈一訳
『世界大ロマン全集24　怪奇小説傑作集Ⅰ』東京創元社、一九五七年。
下楠昌哉
「切れ味鋭い怪奇短編」、『図書新聞』二〇一八年四月七日号、六面。
ジャクスン、ローズマリー
『幻想と怪奇の英文学Ⅲ——転覆の文学編』下楠昌哉訳、春風社、二〇一八年。
朱牟田夏雄
『英文をいかに読むか』、文建書房、一九五九年。
早川書房編集部編
『幻想と怪奇：英米怪談集　第1』、一九五六年。
平井呈一編訳
『恐怖の愉しみ　下』、創元推理文庫、一九八五年。※本文中の『こわい話・気味のわるい話』の文庫化・再編集。
ベンスン、アーサー・クリストファー
「書物」福原麟太郎訳注、『英語青年』第六十巻第七号～十二号、第六十一巻第五号、一九二九年、一七～一八頁（第六十巻七号）ほか。
――――
「わが家」福原麟太郎訳注、『英語青年』第六十巻第六号、研究社、一九二八年、七～八頁。
――――
「灰色の猫」西崎憲訳、『幻想文学』第五二号、アトリエOTCA、一九九八年、六一～七三頁。
ベンスン、エドワード・フレデリック
『塔の中の部屋』中野善夫・圷香織・山田蘭・金子浩訳、アトリエサード、二〇一六年。
――――
『ベンスン怪奇小説集』八十島薫訳、国書刊行会、一九七九年。
――――
『見えるもの見えざるもの』山田蘭訳、アトリエサード、二〇一八年。
南條竹則
『怪奇三昧　英国恐怖小説の世界』、小学館クリエイティブ、二〇一三年。
野谷啓二
『オックスフォード運動と英文学』、開文社出版、二〇一八年。
ミルワード、ピーター
「オックスフォードとオックスフォード運動」、『學燈』第七十五巻第五号、丸善出版、一九七八年、十六～十九頁。

安田均

「ベンスン三兄弟、その奇妙な味は?」『ナイトランド・クォータリー』第十三号、アトリエサード、二〇一八年、一三〇~一三二頁。

ラム、ヒュー

「ベンスン、アーサー・クリストファー」「ベンスン・エドワード・フレデリック、ベンスン・ロバート・ヒュー」今本渉訳、『幻想文学大事典』ジャック・サリヴァン編、高山宏・風間賢二監修、国書刊行会、二〇〇〇年、五〇八~一二頁。

「萎えた腕」に掴まれるとき　痣《しるし》は別のことを問い告げる
――トマス・ハーディの「刻印」試論

石井有希子

小説とは印象／刻印であり議論ではない
トマス・ハーディ

トマス・ハーディ（Thomas Hardy 一八四〇～一九二八）の短編「萎えた腕（The Withered Arm）」（一八八八）は、しるしに憑かれた物語である。若く美しい花嫁、ガートルードの腕の痣《マーク》をめぐり登場人物のあいだで「読み」が始まる時、物語《ゴースト》が動きだす。〈しるし《マーク》〉とはどういうものだろう。目の前にしるしがあると、私たちはそれが指し示す意味を探しはじめる。だがその振る舞いが既にしるしの磁場に巻き込まれている証左だとしたら？　たとえ意味を追うのをやめても、しるしが目に入った瞬間、何かをしるしとして受け取った時には既に、私たちはしるしにマークされている。ならばいっそ、しるしを味わいすれ違いながら、読み／黄泉の世界に潜ろう。小論は痣《マーク》をめぐり、「萎えた腕」に〈刻印〉されているものを通して作品を手探りしつつ思考を展開するひとつの試みである。少し長くなるが、まずは筋の入り口を辿ろう。

はじまりは　夢のあと／痕

作品の舞台はイギリス南西部にあるウェセックス[1]の酪農場。ゴシック譚に典型的な陰鬱な館でも、荒涼とした廃墟でもない——片田舎の搾乳場だ。痩せやつれた中年の乳搾り女ローダ・ブルックは、農場主ロッジとの間に身籠った子を独りで育てていた。ある日、ロッジが若い花嫁を迎えるという噂が農場に広まり、ローダは十二歳になる息子を花嫁ガートルードの偵察に行かせて様子を尋ねる。髪や肌、目の色、背丈のチェックにとどまらず、生活に困り働いたことのある女か、見るからにレディか（...shows *marks* of the lady on her.）（Hardy, *Wessex Tales* 五八頁 強調筆者）[2]——手が白いか、家事仕事をする働きものの手か、自分と同じ乳搾りの手か見ておくように、と。息子の無邪気な報告の言葉から、若く可愛らしい苦労知らずのレディのイメージが膨らむ。ある夜、ローダが泥炭の残り火を見つめているうちに、女の顔が浮かんで離れず、夢を見る。ガートルードが皺だらけの恐ろしい顔をしてきらきら輝く結婚指輪を嘲るようにチラつかせて圧しかかってきたのだ。振り払おうと腕をわし掴み、床に叩き伏せた途端、自分の叫び声で目が覚める。「確かにあの女はここに来た」という生々しい感触――相手の腕の肉づきや骨の感触まではっきり残っていた。後日、温かい気持ち／チャリティ精神で息子に靴をもって訪ねてきたガートルードの優しさに触れ、勝手に嫌悪した自分を反省したローダは、彼女の腕に指のかたちの痣を見つけて、心が波立つ。ガートルードも奇妙な夢を見て腕に痛みを感じた後に痣ができたと知り、ローダは罪悪感を覚えるのだ。痣がしるしとして読まれたことが契機となり、物語が発動する。

何年も口をきいていないロッジに未練などないように見えるローダだが、ガートルードの腕の痣は、『源氏物語』の六条御息所さながらに嫉妬心を押し隠したローダが生霊となり憑いたに違いないと思わせる。この作品はゴーストストーリーにも分類されているが、ローダこそがゴーストだったのか――と。ghostの語源をたどれば、fury「憤怒」そしてto be mad「狂乱、狂気の状態」という意味がある(OED)。誰の物狂おしい怒りが、何に向けられるのだろう。語り手はローダを「座を奪われた女(the supplanted woman)」と、薄い毒を帯びた言葉で呼び(六三頁)その視線を読者に誘導する。当時の価値観の表れだろうか、それともローダの抑えた怒りを語り手が代弁しているのか。いや、そもそもローダは座を奪われたのか?

短編集(一九一二年版)の序文でハーディは、作品に正確さを求める読者に向けて「物語は夢／幻想（dream）であり記録（record）ではない」（五頁）と記す。作品が「夢」であれば作業（フロイト）が伴う。ローダの夢に圧縮や置換が起きたように、作品にもそれが生じるとすれば、この物語《ファンタジー》をどう読みほどけるだろうか。狂気はどこにあるだろう。

痣は間《あわい》に生まれる――掴む／掴まれる、夢と現実の結節点

この物語は情景描写など細部を淡々と記す態をとりながら、同時に曖昧さに充ちている。肝心な場面、すなわち話の大切な結び目は、ことごとく「空白」だ。ローダとロッジの関係、ローダが恐ろしい女の幻を見たのは、語り手が言うように夢かそれとも本人が主張するように眠りに落ちる前の現《うつつ》で見た幻であったか等々。結び目が見えないにもかかわらず、いや空白であるからこそ読者はメルヒェンを読むように自我を解除して物語に没入する。

曖昧と言えば、何より曖昧なのはガートルードの腕の痣だろう。複数の翻訳で「痣」と訳されているが、興味深いことに作品中で痣に対応する単語はbruiseではなく*mark*だ。markには複数の意味がある――しるし、徴候、痕跡、汚点、傷痕、印象（impression）、証拠、（所有者・製作者の目印となる）符号、消印、署名、道しるべ、標的、限界点、境界線、共有地。この作品では「傷痕」にあてはまりそうだが、違和感が残る。むしろどれかひとつに意味を確定しようとすると収まらず、

ガートルードの腕の上で意味が重層的に揺らめきはじめる。

何のしるしか、何が起きる徴候か、何の痕跡か、どんな汚点か、誰の符号か、消印・署名のついた郵便はどこに届く／届きそびれるのか、その中身は何か、道しるべは何を指すのか、そもそも指すとはどういう行為か、共有地とは……。幾重にも響くmarkの意味の波に「痣」という訳語はひたと嵌《はま》る。痣はしるしがあることを指し示しつつ、インクの染みのように意味に回収されない何かがあることをも体現している。

markの語の根（mearc）には、境界（boundary）の意味がある。境界は何かを「分ける」ラインであると同時に、分ける場であるからこそ未分化のせめぎあいが絶えず生成する場ともなるだろう。だとすればガートルードの腕の痣《マーク》は、意味が幾様にも変転し交通する時空と言える。現に痣が四本の指のかたち、すなわち「しるし」として読み取られた瞬間、ローダはロッジとひとり息子の「父親」を若い女《レディ》に奪われて「傷つけられた」女という立場から、レディの〈印《マーク》をもつ〉ガートルードに忌まわしい痣《マーク》をつけて「傷つけた」魔の女という立場に反転する。しるしは被害／加害の関係を揺さぶり、攪乱する。痣《マーク》は何かを指し示すようでいて、別の何かを指し示すずれを生み続けるアレゴリーとして機能するのだ。皮膚の表面にある痣は、意味を安易にはむすばない〈裂け目〉となり、別のことを告げる。別のこととは、たとえばどのようなことがあるだろう。裂け目に呑まれる前に迂回して、まずは「風景」に溶け込んだ刻印を探ろう。

「明るい農村」の見えない搾取

ローダの仕事場はウェセックスにある搾乳場だ。イングランドの酪農と言えば、長閑な緑の牧場でのんびりと草を食む牛たちを思い浮かべる読者もいるだろう。しかしその牧歌的な風景は「自然」の産物ではない。牛の家畜化の歴史は紀元前八千年に遡り、[3] 手なずけて管理しやすいように人工交配が繰り返され、小型で従順な種が作られてきた。乳を大量に出す乳房が異様に大きな乳牛が生み出されたのは、十八世紀だ。作品が執筆された十九世紀後半には、鉄道と冷蔵技術の発達により牛肉、バターやチーズなどの加工品とともに都会でミルクが消費されるようになり、資本家経営の大規模農場も増えていた（足立 四二～四五頁）。「牧歌的《パストラル》な風景を彩る」乳牛たちは一貫して人工の産物だったのである。では牛の乳からは何が読めるだろう。

「乳」という漢字の成り立ち（）は、[4] 母が子を胸に抱いて乳を与える姿を再現する。「産む」「養う」「飲む」という動詞の意味があり、字のかたちに表れているが、英語のmilkには「授乳する」「乳を飲む」に加えて「搾乳する」「搾取する」という意味もある。乳を与え慈しむ母子の関係にとどまらず、搾り取る側の意味を刻んでいるのだ。ならば作品に繰り返し登場する搾乳(milk(ing)) という語の根底に「搾取」を看取することも可能だろう。

酪農は人工的な生殖と妊娠出産が前提とされ、母牛が出産するとまもなく仔牛を引き離し、仔牛に与えるはずの乳を人間が「搾取」する仕組みの上に成り立つ（フランシス 一六九〜九四頁）。ミルクメイドが牛の乳を搾る姿はコンスタブルなど多くの絵画にも描かれる馴染みの情景だが、搾取の仕組みは不可視にされる。人間は牛のmilkを「搾取」なしに得られないにもかかわらず、その搾取は忘却される以前に忘却されているのだ。ではハーディの描写はどうだろうか。物語は次のように始まる。

痣《しるし》のまわり――農業革命と革命的な出来事の足もとで

そこは八十頭の牛をおく搾乳場で、常雇いに臨時雇いも加わった大勢の乳搾り人が一斉に働いていた。季節はまだ四月のはじめ頃だが、灌漑牧草地一帯に草が茂り、牛たちは「しっかり乳が出ている」状態だった。時は夕刻六時ごろ。大きくて赤くて四角い動物たちの四分の三は既に搾り終わり、少しお喋りする余裕も生まれていた。　（五七頁　傍線引用者）

ローダが働く酪農場の日常のひとこま。冒頭の短い一節に農業革命当時の大規模経営の酪農場がさらりと凝縮される。四角く赤い動物は乳脂肪分の多いジャージー種だろう。舞台は十九世紀前半の設定だ。[5] 引用部の少し先に登場する灌漑用の大水門は、農業革命のシンボルと読める。穀物地を次々と潰して酪農地に転換し、生産性を上げるために牧草地を灌漑してインフラを整えた様子や、臨時雇いの賃金労働者に頼る資本制農業の様が、僅か数行に刻印されているのだ。この一節の後、噂話に興じる乳搾り女たちは、「牛一頭につき年九ポンド借り賃を払わなきゃならねぇんだ、さっさと働いてくれ」とお喋りを咎められる（五七〜八頁　強調筆者）。

当時、ドーセット州の酪農は良質のバターがロンドンで最高評価を得ており（Horn 百頁）、ローダはバターやチーズ職人として描かれても不思議ないが、単純労働の乳搾りとして登場する。何故か。使い捨ての賃労働が増えた背景を考えれば、末端で酷使され、共同作業も必要ない乳搾りにハーディは目を向けたのではないだろうか。章題は「孤独な乳搾り女（A lorn milkmaid）」。寄る辺ない孤独という語がローダを貫く。物語の入り口でハーディは、何気ない描写を通して農業革命時代の労働や搾取、疎外の問題を織り込み、歴史の分水嶺を刻んでいたのである。

痣《マーク》が刻印された時代、イギリスでは都市の紡績工場にとどまらず農業地帯でも脱穀機の導入による首切りや賃金削減に抵抗する労働運動が散発的に広がっていた。特筆すべきは、ハーディの生家からほど近いドーセットの小さな村トルパドル（Tolpuddle）で、運動を結束させる出来事が起きたことだ。一八三四年、賃上げを求めたドーセットの農業労働の男たち六人が、聖書を手に骸骨の前で秘密裏に団結の誓いをした廉《かど》で逮捕され、オーストラリアに流刑七年を言い渡された。団結禁止法の緩和により組合を作ることは合法でも、宣誓の形式が法に触れると難癖をつけられて組合潰しに遭ったのである。抗議の声をあげたおよそ一〇万人もの市民がロンドンに結集して行進し、八〇万筆の署名が集まったという。「イギリス社会主義者の父」ロバート・オーウェンも支援した大きなうねりは[6]、特赦をもたらした。六人の男は伝説の英雄となりイギリスの労働組合黎明期譚として語り継がれ、ドーセットで今も続くパレードの祭りで人々は、英雄ラブレスがかつて作詞した「自由の歌」を歌うのだ。

しかし、この革命的な出来事の後、ドーセットの農業従事者の状態が大して改善していないことをハーディは母親から耳にしていた。歴史に残る物語から零れ落ちる地べたの現実は、単純ではなかったのだ。ハーディの筆は歴史に刻まれなかったものの方へ向かう。

作品の舞台は、選挙権が産業資本家に拡大された時期と重なる。法は選挙権をもつ地主貴族や資本家に有利に作られたため土地の私有化が進み、農民は土地から引き剥がされて賃労働者になることを余儀なくされた。半世紀後、農業労働者(女性を除く)に選挙権が遂に約束された時、ドーセットの農業労働者についてハーディは小論《エッセイ》を記した("The Dorsetshire Labourer" 三七〜五七頁)。「幸せ」や「貧しさ」は表面から量れず、慈善活動者《チャリティ》や書斎に籠る理論家には気づけないと切り込み、「本当に貧しい者は、貧しさを隠す」と刻したのだ。根無し賃労働者となった農民は、自尊心《プライド》と感受性(sensitivity)ゆえに切迫した窮乏を隠して不安を現秩序に対する敵意に変えるだろう…と、ハーディは、時に当人の意識にものぼらないほど押し殺された怒りや悲しみに目を向けたのである。それに加え、「階級」を紋切型で捉えると、相違点ばかりが注目されて共通点を見失うことにも注意を促した。

ハーディの問題意識を考えると「萎えた腕」に組合の挿話《エピソード》はなくとも、窮乏や不安を声に出せずに憂き目にあう者の怒りが、作品にゴーストとなり憑在していると感知できる。末端で喘ぐローダのような未婚の母の農民が押し隠す怒りを描きつつ、ハーディは女たちが階級をこえて抱える哀しみも描く。作品に戻ろう。

痣を読む呪術師と燻《くすぶ》りの荒野

当時、「腕」は女性のエロティックな魅力の象徴とみなされていた[7]醜い痣のために夫の愛を失うことを恐れたガートルードはローダに案内を頼み、治療を求めて呪術師（conjuror）トレンドル（Trendle）のもとへ行く。ローダは親切なガートルードを誰より大切な友人と思うようになっていたが、容姿で女を見定めるロッジのふるまいに胸を痛める彼女に対して連帯の気持ち《シスターフッド》が芽生えていたかもしれない。しかし呪術師がガートルードの痣を「敵の仕業」と読み、「敵の顔」をコップの中に映した途端、二人の間に暗い溝が生まれる。ローダの邪眼が腕を萎えさせたという噂が広まり、彼女は息子とともに村から姿を消すのだ。（七〇～七二頁）

動詞conjureには、呪文を唱えて悪霊を「呼び寄せる」と「祓う」という一見すると対立する意味がある。痣をしるしと「読む」行為に呪術師が関わることで、「しるし《マーク》」は本来、魔的／神的な力が働く境界領域のものであることが示唆される。と同時に、呪術師が内と外を分ける（＝祓う）「境界」を補完・再生産する役を担うことも窺える。トレンドルが痣を「呪い」と解釈したとき、腕の痣《しるし》は祓うべき不穏となり緊張が生まれる。だが、「分けた」のは呪術師だろうか。コップにローダの顔を読み、噂を口にのせた者たちこそ、魔女の烙印《スティグマ》を押してローダを孤立させたのではなかったか。呪術師の言葉は予言のように物語を浸潤し、登場人物にとどまらず読者も磁場に巻き込むが、その緊張に耐えられぬ人間の冥《くら》い欲望が分離を駆動する。

ここで「しるし」読みの要《かなめ》、トレンドルについて踏み込もう。テクストには触れられていないが、ドーセットでトレンドルと言えば「トレンドル・ヒル」という地名が一番に浮かぶ。古代よりメイポールの祭りが執り行われた場だ。「母なる大地」にペニスの象徴のポールを突き刺して豊穣の祈りを踊る初夏の祭りは、天と地をむすぶ呪術的な祝祭であると同時に、ピューリタンに禁止されたり、十九世紀に形を変えて復活したりと変遷を遂げてきた。つまりそこは、時空を超えた呪術的な場であると同時に、近代化の中で「呪術の形（骸）」が残った場であるとも言える。[8]もうひとつ。その地にあるセーン・アバスの巨人も同様だ。（図）一見するとナスカの地上絵のように古代人が描いた呪術的な図にみえるが、起源には複数の説がある。有力な説は、十七世紀後

トレンドル・ヒルのセーン・アバスの巨人：巨人の右上の土塁でメイ・ポール祭が行われた。祭りは後に労働者の祭典メイ・デーに繋がる。

半にクロムウェルをパロディ化して描かれたというものだ。

　こうして考えると、トレンドルと言う呪術師の名、は、神的なものと連動するだけでなく、「呪術」自体を脱臼させるユーモアとアイロニーが交錯する攪乱的な記号として機能していることがわかる。この作品に漂うシュールな不気味さは、フォークロアに残る神的なもの、そしてユーモアとアイロニーの空隙に生まれるのかもしれない。

　ローダたちが歩いたトレンドルの棲家のあるエグドン[9]の地にも似た性質がある。作品に記されているように、エグドンとは、シェイクスピアの『リア王』に繋がるウェセックス王アイネ(Ine)がかつていた場でもある。アイネ王は、アングロサクソン最初期の成文法を記し、牛の自由放牧の「境界」ついて記したことで知られる。片や『リア王』は、耳にやさしい「言葉」を真に受けて信じる人間の欲望の怖さと哀しさを炙り出す。重ね書き《パリンプセスト》の荒野エグドンは、「言葉」「法」「境界」が、呪術/王、と連関して力を発揮しつつも、転倒され錯綜することを虚実のあわいに表出するのだ。ハーディは呪術師や王を絶対化せず、重層的、攪乱的な遊びの余白を残すことで、しるしをめぐる人間の欲望の動きを透かしみせている。遊びがあるからこそ、言葉／法／境界を維持する（暴）力は強化（＝狂化）されるのだろう。作品の舞台は、立法化が進む過渡期にある。エグドンの「現実」に目を向けよう。

「萎えた腕」の時代のエグドンはまだ囲い込み《エンクロージャー》も進まず、牛は共同使用権のおかげで自由に放牧され、泥炭の採掘者も出入り自由だ。翻ると、語り手がそれを語る「現在」はヒースの荒野さえ境界線で切り刻まれて開墾され、牛も泥炭の採掘人も囲いで締め出されている。作品執筆時のイギリスは土地法の改正など「所有権」は焦眉の問題だった。資本主義的な経営に転換されていく農業改革の中、権利の狭間で大地にアクセスする機会すら奪われて農村から消えていった農民をこの作品が予見し、形を変えて（＝夢の置換）描いていると読むことも可能だろう。

トレンドルの表向きの仕事は泥炭の商いである。泥炭は、貧しい者の生活に欠かせない質の悪い燃料だった。植物の遺骸が堆積したもので、石炭に成長する最初の段階にあたる。分解が遅いためにそのままの形で残ることもあるという。思い出そう。ローダが初めてガートルードの幻を見たのは泥炭の残り火を見つめていた時だ。燻る泥炭の炎は、まだ分解されていない死骸の堆積がじりじりと消えずに燃えていたと言えるかもしれない。では、そこに燻っていたものとは何か。

めぐり逢い／決闘——そして回帰する

ガートルードにトレンドルが伝えた療法は、耳を疑うものだった。縛り首をされた男の死体がまだあたたかいうちに、その首に腕を当てること。血の逆流が起きて、血質が変わるだろう、と。慄《おのの》きながらもロッジの愛を取り戻したい一心で、ガートルードは死刑が滞りなく執行されることだけを祈る。目当ての死刑囚は、干し草の火事現場に居合わせたという理由で放火犯として逮捕され、見せしめに絞首刑が確定した十八歳の青年だった。

作品には記されていないもうひとつのエピソードがある。ハーディが父親から聞いた死刑囚についての実話だ。一八三〇年、農夫たちが干し草を燃やした折、燃え立つ炎を見ようと現場に駆けつけた十八歳の青年が逮捕され、公開縛り首になった。その背景には、先に記した農夫たちの組合運動に連なる動きがある。脱穀機導入による失業や賃金削減に抗議して、農夫たちが機械打ちこわしや、干し草放火、牛を傷つけるなどの暴動を起こしたのである（Flower 九一頁）。見せしめの為に処刑された痩せ衰えた貧しい若者は、この作品の死刑囚と重なる。

その死刑囚こそ、ローダの息子だった。彼は父親ロッジを矛先にした放火現場に「いた」とも読め（Ebbatson 一三一〜三三頁）、冤罪であれば、存在を丸ごと「父」（＝法）に放棄された息子の姿も読みこめるだろう。注視すべきは作品中、家族の中でローダの息子だけ名前がないことだ。父からも社会からも認められず「存在しない」まま、貧しい若者は見物に集まった群衆の前で合法的に首を縛られ、無造作に棺桶に放られた遺骸となってても無名の「道具」としてレディに利用（=搾取）される。

首には絞首刑の縄の痕（line《ライン》）、未熟な黒苺色の痣があり、腕をあてたガートルードに血の逆流が起きる。触れる／触れられる――ふたつの痣の接触。そこに何が起きたのだろう。接触のショックで悲鳴を上げるガートルードの声に、ローダの悲鳴がかぶる。「あの幻（vision）で悪魔があたしに見せたもの／意味（meaning）は、このことだったんだね！」と、ローダがガートルードの痣の腕をつかむ終章は、接触に次ぐ接触だ。章のタイトル“Recounter”めぐり逢い／決闘。今度こそガートルードの腕をぐいとつかんで引きずる姿は、ゴースト化し彷徨っていた燻る「怒り」が爆発する場面である。「幻が現実となって現れた」とローダが逆上して腕を掴んだクライマックスで、しかし、ローダは意味／本性を掴んだのだろうか。しるしは予兆として意味を結ぶのか。悪魔は騙すのが必定。とすれば、逆に何かが見えなくなったのではないか。巡り合いこそ、すれ違いではなかったか。しるしの接触は「切断」として機能し、解釈／消化が叶わぬ何かが残る。それこそが「しるし」の本領。何を意味するかではなく、「指す／刺す／差す」行為そのものがしるしの機能だろう。

ガートルードは三日後に息絶え、ロッジは農場と家畜を売り払い、二年後、枯れるように息を引き取る。少年感化院に財産を寄付し、ローダには年金を残そうと遺書を残すも彼女は固辞し、もとの搾乳所に再び現れる。――ローダは遺産で囲われない。清算を拒む。被害／加害を定着させる法の物語《ファンタシー》には入らない。正義や権利、自由という大きな言葉はそこにはないが、ハーディは燻りを有耶無耶にして抹消するのでもない。

戻った農場で老いるまで乳搾りをするローダの額の髪は、牝牛の腹でこすられて「薄くなる(worn away)」(八五頁)。摩滅した額は、擦り切れたしるしにさえ見える。幾重にも搾取された牛と、牛を搾取しつつ搾取される乳搾りのあいだに歳月をかけて生まれた摩滅の痕――しるし《マーク》と安易に認知されることから逃れるもの。それは現代にも連なる農業革命の片隅で消えてゆくローダ自身を思わせる。ローダはシステムの一端を担い維持しつつ、システムそのものの狂気を自らが消えゆくシミとなり映しているのだろうか。萎える腕に狼狽するガートルードの怪物的《かなしい》な行為、彼女を追いつめた男のまなざし、その男の後悔、息子の屍の痕《ライン》を、「萎えた腕」をつかんだ乳搾りの手は、記憶するだろうか。痣《しるし》は記憶をつなぐ／出会い損ねる共有地になるのか。

生きるためにローダの手は乳を搾る。乳は「所有」の論理に馴染まぬのに、人間が搾取して物として所有・交換のシステムに組み込む。牛が草を食む大地も同様だ。動植物が萌え枯れて、微生物や菌類、水や大気とともに時をかけて分解され／ず、土／泥炭に変化《へんげ》・堆積する混淆体――その表層を人や獣が交叉して軌跡を残し、線が絡みあうことがあっても、線《ライン》で囲い所有の論理

／法で閉じるのは狂気に他ならない。「座を奪われた」と、ざわつくローダの燻りは「所有」の論理の延長にあり狂気の色を帯びるが、それは彼女が生きる世界の色である。未婚の母を「堕ちた女」／魔の女と差別して、扶養費はなく、私生児をbastard《偽物／やっかいもの》と呼んで相続権も与えず切り捨てる結婚制度――ガートルードが奪ったのではなく、ローダは最初から奪われていた。様々の場に分断線を引く「所有権」のシステムに狂気は宿る。そのかなしい欲望と自らも無縁ではないことを、怪物化した女たちが映す。

　牛とローダには交わす共通の言葉はない。連帯の歌もない。G・アガンベンによれば、牛の鳴き声、両唇を閉じて始まるmooの語根muは、抑圧された響き、深く感受された苦しみを伝達することができない不可能性の記号表現で、muteに転じて残るというが（ヴェルナー 一九二～九三頁）、牛も無口なローダも、言葉にならぬ何かを彷徨わせるのか。milking(搾乳／搾取)で交互にリズムを刻みながらほとばしるミルクの音――それは幽《かそ》けくも逞しい歌と言えるだろうか。[10] 搾られたミルクはどこに届くだろう。ミルクを飲む私たちの喉元にローダは回帰するだろうか。

◆注

1 ウェセックスは、ハーディが故郷ドーセット周辺地にイングランドの古代王国ウェセックスの名をつけた虚構の世界である。帝国主義最盛期にハーディは滅亡した王国の名を復活させ、虚構と「現実」の土地の名が混淆する作品群を執筆、地図も作成された。架空の名を上書きすることでわかるのは、そもそも「地名」はある時代に「名づけられた」ものに過ぎぬこと。現実と虚構の境界は溶解し、読者は想像的なものと象徴的なもののあわいに「想像の共同体」を幻視しつつ、「過去」から自らが棲む世界のメカニズムを「読む」体験をする。

2 本稿の引用の翻訳は河野一郎、柴田元幸、小林千春訳を参照した。

3 牛は古来より神や怪物として畏れ／恐れられ、日常と非日常を往還しつつ様々なかたちに表象されて人間の傍らにあった。生贄、戦争、農耕、運搬に利用されただけでなく、脂は蝋燭、皮はなめされて太鼓となり、祭りで大気を震わせ人と神とを繋いでもいる。

4 「汉字字源字典」仁者软件 www.R12345.com, 2009-2020 http://www.r12345.com/ziyuan/

5 農業改革の時期は諸説あるが、執筆時に有力だったアーノルド・トインビーの説をハーディも共有しているとみる。

6 トルパドルの一件は“The Story”を参照。地元に記念館が建ち、今も祭りにジェレミー・コービンが駆けつける。デモ行進の舞台、ロンドンの通り《ストリート》にはトルパドルの名が残る。

7 日本ハーディ協会 第62回大会シンポジウム、服部美樹の発表より示唆を得た。

8 巨人の図は、ヴィクトリア朝の図版では「お上品」な文化に合わせてペニスが消される。

9 G・ホルストは、ウィリアム・モリスが設立したハマースミス社会主義協会に参加し『エグドンヒース：ハーディへのオマージュ』を作曲。近藤を参照。

10 ハーディは、乳搾り人によって牛の乳の出が変わると記す。牛と人間の共同作業とすれば、長年乳搾りを続けられるローダと牛の間には、小さな連帯が一瞬、一瞬に生まれていると言えるかもしれない。牛の聲はアルファベットをすり抜ける。「手仕事だけが唯一の労働」とする（アーツアンドクラフツ的）考えを寧ろ傲慢とみる（H. Florence, 二六八頁）作者は、記録に残らぬ日々の暮らしの仕事、たとえば乳搾りなどこそ手の仕事と見ていると読める。

◆参考文献

Ebbatson, Roger "'The Withered Arm' and History." *Critical Survey*, vol.5, no.2, 1993, pp. 131–35.

Flower, Newman *Just as it Happened.* Cassell, 1950, pp. 81–108.

Hardy, Florence Emily *The early life of Thomas Hardy, 1840-1891*, Macmillan, 1928, p. 268

Hardy, Thomas "*The Dorsetshire Labourer" Thomas Hardy's Public Voice*, edited by Michael Millgate, 2001, pp. 37–57.

——— *Wessex Tales*, Ed. Simon Gatrell Oxford University Press ,1991.

——— *The Withered Arm and Other Stories.* Edited by Kristin Brady. Penguin Classics, 1999.

Horn, Pamela The Dorset dairy system, Agricultural History Review.vol.26, p. 100.

Verdon, Nocola "*Women and the dairy industry in England*", *c.1800-1939*, XIV International Economic History Congress, 2006.

"The Story." *Tolpuddle Martyrs.* Tolpuddle Old Chapel Trust, n.d., tolpuddlemartyrs.org.uk/story. Accessed 10 January 2020.

アガンベン、ジョルジョ 『事物のしるし』ちくま学芸文庫、二〇一九年。

足立達 『ミルクの文化誌』東北大学出版会、一九九八年。

内田勝一 「土地私法の形成過程――19世紀イギリスの土地法改革」『比較法学』11（2）、早稲田大学、一九七七年、一～八〇頁。

ヴェルナー、フロリアン
『牛の文化誌』臼井隆一郎訳、東洋書林、二〇一一年。
近藤浩平
「ホルスト（Gustav Holst）における脱西欧近代http://koheikondo.com/holst/holst1shou.htm
ハーディ、トマス
『呪われた腕──ハーディ傑作選』新潮社、二〇一六年。『萎えた腕』MONKEY vol.7. 二〇一五年。六五-八八頁。『ウェセックス物語』藤田繁・内田能嗣監訳、大阪教育図書、二〇〇〇年。
『トマス・ハーディ全集16』井出弘之・清水伊津子・永松京子・並木幸充訳（大阪教育図書）二〇一一年。
フランシス、リチャード・C
『家畜化という進化』白揚社、二〇一五年。

亡霊は二度窓を叩く——ジェイムズ・ジョイス「死者たち」における歓待と寛大

小林広直

はじめに

ジェイムズ・ジョイス（James Joyce 一八八二～一九四一）の短篇集、『ダブリナーズ』（一九一四）の最後に置かれた「死者たち（The Dead）」（執筆は一九〇六～〇七年）は、そのタイトルが示すように、死と深い関わりを持つ。物語は一九〇四年一月六日、「公現祭」主日の夜に開かれたクリスマス・パーティの場面から始まる。最後に登場するマイケル・フューリーは、主人公ゲイブリエル・コンロイの妻グレタが、故郷のゴールウェイで懇意にしていた少年であり、劣悪な労働環境のガス工場で働いていたため肺炎に罹り、十七歳という若さで死んでしまった。グレタが語る死んだ恋人の思い出は、ゲイブリエルにとって全く知ることのなかった妻の一面であり、その驚きと恐れは彼のアイデンティティを崩壊の危機に直面させるものであった。最終場面で死者と生者の両者にあまねく降り注ぐ雪は、彼の想像の中でアイルランド全土を覆い尽くす。

作者の弟スタニスロースは、ディケンズの『クリスマス・キャロル』に言及し、「『死者たち』は、ある意味では亡霊たちの物語 (a story of ghosts)、すなわち生者を妬んで回帰する死者たちの物語でもある」と述べている (Stanislaus Joyce 二〇頁)。これを受けて小島基洋は、ガスの語源がオランダ語のgeest (亡霊) と誤解されていた時期があること、並びに、世紀転換期のダブリンでは、電灯がガスから電気へと移行する期間であったことを指摘し、「フューリーの幽霊は、ガスを燃料とする光として現れ」(一二頁)、ゲイブリエルにとっては常に死角となるような場で三角関係が形成されていると指摘している。つまりここで重要なのは、『キャロル』のような通常の「亡霊譚/怪談 (ghoststory)」とは異なり、登場人物は亡霊に出会っていないという点だ。コンロイ夫妻が滞在している高級ホテルの一室に差し込むガス灯の明かり——「亡霊のような青白い光 (A ghostly light)」[1]——にフューリーの存在を読み込むとき初めて、読者のみがその出現を知ることができるのである。[2]

本稿が、ここから発展的に考察しようとする論点は二つである。第一に、フューリーの死はグレタとゲイブリエルの双方にとって「トラウマ的経験」であること。第二に、彼がこの悲劇的な出来事を克服するためのヒントは既に彼自身が行ったパーティ・スピーチの中で発した「歓待(hospirality)」という言葉の中に見られることである。以下、ジャック・デリダの歓待論を参照しつつ、「死者たち」においてジョイスの分身であるゲイブリエルが、本人が気付かぬままに亡霊と出会っていることの意義を再考したい。

二つのトラウマ的経験

精神分析やトラウマ・スタディーズによれば、「トラウマ的経験」はそれが衝撃的であればあるほど、主体には遅れてその効果が訪れるという「事後的」な性格を有する。クリスティーン・ヴァン・ボヒーメン＝サーフは「間接的であるが故に機能する、［トラウマの］逆説的な構造」に目を向け、事後性を「遡及的に意味を生み出すもの」として読み換えている(Bohemmen-Saaf 一九頁)。つまり読者の視点からすれば、登場人物の身に起こった過去はその者にとっていかなる〈意味〉を持つのか、そして彼／彼女がその体験を現在いかに〈解釈〉しているのか、この両面を分析する必要があるのだ。

「死者たち」においてフューリーの死は、グレタとゲイブリエル双方にとってトラウマ的経験であったと言える。しかし、前者のそれは彼女がゴールウェイにいた少女時代に、すなわち過去に起こったのに対し、後者の経験は読者が目にするまさにこの夜であるところの（小説内）現在、グレシャム・ホテルの一室での彼女の告白を通じて彼の身に突然襲いかかったということに注目したい。ここで亡霊のモチーフを強調することの意義は、死者の世界という外部から回帰するという点において、亡霊はトラウマと共通点を持つことにある。死んだフューリーはグレタの過去から回帰し、はじめに「オークリムの乙女」という曲を通じて彼女に、次に妻の告白によってゲイブリエルに取り憑くのだ。

「死者たち」の舞台となったグレシャム・ホテル、筆者撮影

物語の前半部、モーカン邸のパーティの場面において、グレタは明朗で機知に富む魅力的な女性として描かれている。それだけに、ホテルに向かう馬車の中の悲壮な沈黙と、部屋の中で激しい感情を露わにする彼女の姿は、ゲイブリエルのみならず私たち読者をも驚かせる。ここで着目すべきは、彼女がフューリーとの悲しい恋の記憶を語り始める際に、一種の〈幼児化〉が起こっていることだ――「［ベッドに突っ伏していた］彼女は両腕から顔を上げると、子どものように手の甲で涙を拭いた」（一四三八〜三九行）。ここからも、彼女がフューリーの死というトラウマ的経験を長い間抑圧してき

たことがよくわかる。

次にゲイブリエルのトラウマ的体験を検討する。フューリーの死をグレタが最初に告げたホテルの一室での場面を見てみよう。


彼女は彼から顔を背け、黙ったまま光の筋に沿って窓の方を見やった。

――彼は死んだの、ようやく口を開いた彼女は言った。死んだとき、たった十七歳だったのよ。そんなに若くして死んでしまうなんて、ひどいことだと思わない？

――彼は何をしていたんだい？　なお皮肉な調子で、ゲイブリエルは尋ねた。

――ガス工場で働いていたの、と彼女は言った。

ゲイブリエルは自尊心が傷つけられるのを感じた。皮肉も通じなかったし、死者たちの中から、この人物が呼び出されてしまったのだ、ガス工場で働くひとりの少年が。

（一四七〇～七七行）


ここで引用者が傍点を打った二箇所は意味深長だ。前者に関しては、本稿の冒頭で述べたように、部屋の唯一の光源が、既に「亡霊のような青白い光」（一三五九行）として示されていたことを思い出そう。従って、これ以後反復される「光の筋」という表現には、すべて“ghostly”という形容詞が付されていると読むべきである。つまり夫に背を向けて「光の筋」の方を見つめるグレタは、死者の世界を窓の外に見ていることになる。一方、後者の強調部分では、作者がフューリーの職場を「ガス工場」とすることで、ghostとgasの関係性を暗示すると共に、亡霊が「呼び出される」、つまり埋葬や抑圧から回帰する存在としての怪奇性を強調していることがわかる。ただし、ゲイブリエルはこの時点では、まだそれほど動揺していない。

では、彼がグレタの告白によって決定的に衝撃を受ける箇所を見てみよう。

——彼は私のために死んだのだと思う、と彼女は答えた。

この答えを聞いて、漠たるひとつの恐怖がゲイブリエルを掴んだ。まるで、勝利を収めようと望んだまさにそのときに、何か得体の知れぬ復讐心を抱いた存在が彼に対抗してやって来て、漠たる世界で総力を結集しているかのようだった。しかし、彼は理性の力でそれから逃れようと身を震わせ、彼女の手を撫で続けた。（一四九八〜五〇三行）

「何か得体の知れぬ」と訳したが、この単語"impalpable"は、ジョイスの後の作品『ユリシーズ』においてスティーヴン・デダラスが述べる亡霊の定義にも見られる——「死や不在、そして様態の変化を通して姿を消し、触知不可能となった者（One who has faded into impalpability through death, through absence, through change of manners)」(Joyce, *Ulysses* 第九挿話第一四七〜四九行)。フューリーがグレタの単なる初恋相手であれば、ゲイブリエルはこれほどまでに精神的な痛手を受けなかったはずだ。大変皮肉なことに、今まさに最愛の妻の手に触れ、彼女が何を欲しているかを知っていると思い込んでいたが故に、「何か得体の知れぬ復讐心を抱いた存在」であるフューリーの亡霊と共に、彼は妻の〈他者性(otherness)〉を思い知るのだ。

　より具体的に見ていくと、彼にとって亡霊の存在が「触知不可能」な理由は二つある。一つは、時間的な隔たりだ。先述の通りトラウマ的経験という視点を導入した場合、グレタのそれは少女時代に、ゲイブリエルのそれはこの夜に起こっていることになる。つまり彼にとって妻の告白は、キャシー・カルースが述べるようにトラウマの要因であるところの「予期せざる出来事、あるいは圧倒的に暴力的な出来事」もしくは「起こったときには十全に理解されない出来事」なのだ(Caruth 九一頁)。ゲイブリエルは自分が妻のすべてを知っている、妻の過去も含めたすべてを所有していると傲慢にも考えている。すなわちそのエゴイズムが妻の〈他者性〉を触知不可能にさせていたのである。[3] グレタの告白を聞いた後の心の呟き——「彼女の人生にもそんなロマンスがあったのか。ひとりの男が彼女のために死んだのだ」(一五五二〜五三行)——は、(まだ大いに不充分であるとしても)彼の反省の弁であることに変わりはない。

　フューリーの亡霊が「触知不可能」であると感じられる第二の理由は、ダブリンとゴールウェイ間の空間的距離である。世紀転換期のアイルランド文芸復興運動は、島の西部に失われたアイルランド性が宿る一種の理想郷を見出していた。ダブリン(東部)生まれのジョイスに対し、妻ノーラはグレタと同様に西部のゴールウェイの出身である。ナショナリストのモリー・アイヴァーズはゲイブリエルを「西のイギリス人!」(四二一～二二行)と揶揄し、彼が自国の文化や歴史に背を向けていると非難する。ゲイブリエルが反論するように、若きジョイスもまたアイルランドに失望し、「文学は政治に勝る」(四三四行)と信じていたはずだ。しかし主人公と作者を決定的に隔てるのは、ゲイブリエルの場合は単なる逃避であるが、ジョイスが故国から自発的に亡命をしたのは、逆説的にも、麻痺したダブリンの社会と人々と対峙することが目的であった。

一九〇四年十月八日にノーラと共にアイルランドから旅立ったジョイスは、その二年後の一九〇六年にトリエステから、『ダブリナーズ』の出版を渋るグラント・リチャーズに宛てて何通も手紙を書いている。その中で、ダブリンを「麻痺の中心(the centre of paralysis)」と断じた彼は、短篇集の「意図が我が国の精神史(moral history)の一章を書くことにあった」と述べ、己の作品『ダブリナーズ』を「鏡(looking-glass)」に擬え、母国の人びとにこの鏡を通じて自分たちの姿を再認識させたいという、極めて傲岸な野心を明かしている(Joyce, *Letters* 八三～九〇頁)。しかし、短篇集の冒頭に置かれた「姉妹たち」の初稿が書かれた一九〇四年(まさしく「死者たち」の舞台である年)から数年を経て、ジョイスは自らの姿を、自らの作品を書くという行為を通じて再認識したのではなかろうか（「死者たち」は一九〇七年に完成）。思えばゲイブリエルもまた、部屋の「姿見（cheval glass）」（一四三二行）に映った己の姿を通して自らの愚かさと傲岸さを認知し始めていた。作者が〈自発的亡命〉の過程で認識しつつあった何かは、（まさしく亡霊がある人には見え、ある人には見えないように）一九〇四年のゲイブリエルには見えていない――これを検討するには、やはり本作のラストシーンを再考する必要があるだろう。

寛大と歓待

「死者たち」の最終段落は、美文と名高いものの、非常に象徴的で曖昧であり、その解釈は批評家によって様々である。ダニエル・シュヴァルツは、批評史を概観した上で「意見が分かれるのは、ゲイブリエルが不毛な麻痺したダブリンから逃れられるのか、あるいは自らの自己愛によって得られたものの中に留まるのかの二つである」と指摘する（Schwarz 七七頁）。本稿はグレタが過去に遭遇した恋人の死という「トラウマ的経験」が、この夜亡霊のように回帰し、ゲイブリエルにもまた取り憑いたと考える。ならば、その解釈は従来の批評史において示された大きな二つの流れのどちらかに与するものになるのだろうか。

この問いに答えるために、再度その最終段落を見てみよう。

何度かガラスを軽く叩く音がして、ゲイブリエルは窓の方を向いた。再び雪が降り始めていた。眠気を感じながら、暗い銀色をした雪片がガス灯の明かりを背にして斜めに降るのを彼は見た。自分も西へと旅立つときが来たのだ。そう、新聞は正しかった。雪はアイルランド全土を覆っている。暗い中央部の平原のあらゆる場所にも、木の生えていない丘にも、雪は降っている。アレンの湿地にもそっと、さらに西部の、暗く荒れたシャノン川にもそっと雪は降っていることだろう。丘の上のマイケル・フューリーが埋葬されている侘びしい墓地のあらゆる場所にも雪は降っている。曲がった十字架や墓石にも、小さな門の尖った杭にも、痩せた土地に咲く茨にも、雪は分厚く降り積もっている。雪がひそやかに降るにつれて、彼の魂はおもむろに意識を失い、また雪は、ひそやかに宇宙を舞い降り、まるで最後の時の到来のように降り続いていた、すべての生ける者たちとすべての死せる者たちの上に。

（二六〇一〜一五行）

雪が再び降り始めるこの場面において、〈何か〉が窓を叩くというモチーフが反復されている。ゴールウェイを離れる前日の夜、グレタはフューリーによって投げられた砂利によって外に注意を向ける。言うなれば、亡霊は二度窓を叩く。かつてはグレタに、そして今宵はゲイブリエルに、亡霊は窓の外を見るように誘《いざな》うのである。ここで『ユリシーズ』の亡霊の定義に「様態の変化」という言葉があったことを思い出すならば、ガス灯から「亡霊のような青白い光」に姿を変えたフューリーの亡霊は、今度は雪という姿に変わってやって来ているのかもしれない。つまり、亡霊に導かれゲイブリエルは「雪片」の背後にある“ghostly”な「ガス灯の明かり」を眺めるのだ。

以下は「死者たち」の最終段落直前からの引用である。

寛容のとめどない涙（Generous tears）がゲイブリエルの目に溢れた。どんな女性にもこんなふうな想いを抱いたことはなかったが、このような気持ちが愛に違いないということはわかる。ますます彼の目には涙が溢れて、薄暗くなった視界の隙間から、水が滴る木の下に立つ若い男の姿が彼には見えたような気がした。他の人々の姿も近くに見える。彼の魂は死者たちの巨大な群れが住む場所へと近づいていった。はっきりとその姿を捉えることはできなかったが、死者たちの気まぐれで揺らめく存在を意識することはできた。

（一五九〇～九七行）

涙に溢れた視界の片隅にフューリーの姿を幻視するこの箇所について、例えばT・S・エリオットは、「感受性の正統性と伝統の感覚」を見出し、「最も倫理的に正統」であると評価する（四五頁）。また、ジョン・B・ヒュマはこの涙を「カトリックの言う魂の浄化、あるいはおそらく神による清め」（Humma 二〇八頁）であると分析している。両者に共通するのは、キリスト教的な博愛精神に基づく「寛大」の意義である。しかし、ジョイスは次のグレタの台詞を挿入することで、この語の多義性を密かに強調している――「あなたってとても寛大な（generous）人よね、ゲイブリエル」（二四〇七行）。彼女が夫を“generous”と評すとき、それはクリスマスの季節という理由で友人に金を貸した彼の「気前のよさ」を指す。確かにそれは優しさの一部ではあろう。しかし妻への欲情を抑圧する中で、黙り込む彼女の気を引こうとして彼が語った些細な話題は、あろうことか友人に「ソヴリン金貨（sovereign）」を貸した件であった。「君主」や「支配者」も意味する“sovereign”は、ゲイブリエルの自惚れと傲岸さを暴き立ててもいるのである。

これまでのジョイス研究において例外的に「寛大」に明確な否定的意義を読み取っている批評家は、ヴィンセント・ペコラである。彼は「死者たち」の最終段落で見られたキリストのモチーフについて「ゲイブリエルが自らの中に再生産するのは、マイケル・フューリーについての彼のヴィジョンと同じく、自身の文化における英雄的行為、寛大、自己認識、精神的超越性といった最も根源的な構造、すなわちキリストの物語である」（Pecora 二四三頁）と述べ、ジョイスはニーチェと同様、このキリスト教的な「無私の精神（selflessness）」にも批判の目を向けていたと考察する。これは先述のエリオットやヒュマとは対極に位置する読解である。ペコラは参照していないものの『オックスフォード英語辞典』第二版によれば、generousはラテン語のgenerōsusを語源として「貴族の生まれ」や「優越感を持った」という意味を含んでいる。つまり、「寛大」は時としてその成立条件に相手への優位性を要するということなのだろう。ゲイブリエルは確かに親切で思慮深いが、彼の意識の流れを覗き見ている読者は、彼には一種の〈特権意識〉があることを知っている。ラストシーンで眠りにつく彼が、死者に想いを馳せるときであっても、その特権意識の欠片は小さな棘のごとく刺さっている[4]。

「死者たち」における亡霊フューリーが、キリストに擬えられているのは、「精霊（The Holy Ghost）」という慣用表現からも明らかである（Benstock 一六三頁）。さらに、三人の女主人をパリスの三女神に喩え、三人の女性（リリー、アイヴァーズ、グレタ）から痛手を受けるゲイブリエルが、自己陶酔的に自らをもまたキリストに擬えることで情熱的なフューリーに接近しようとしたとするならば、ペコラが言うように「彼の寛大さは現実逃避を達成するための方法である」（Pecora 二四〇頁）。すなわち「寛容のとめどない涙」を流すゲイブリエルが確信した愛など、自己欺瞞にすぎない。ゲイブリエルの魂は、雨が降る中、木の下に立つフューリーを越えて、「死者たちの巨大な群れ」の住む場所へ、最終的には「西への旅」と行き着く。つまり、自分がこれまで背を向けて来た西部に、彼は「寛大」という宗教的ヒロイズムを携えてむしろ喜んで飛び込んでゆくのだ[5]。

「寛容のとめどない涙」について語られた段落は、次のように締め括られる――「彼自身のアイデンティティは灰色の触知できない世界へとしぼんでいった。かつてこれらの死者たちが築き上げ、住み着いていた頑丈な世界は、溶解して小さくなっていった」（一五九七～六〇〇行）。ここに『ユリシーズ』の亡霊の定義にあった"impalpable"という単語と、ジョイス自身が『ダブリナーズ』全編のテーマとした「麻痺（paralysis）」を仄めかす「灰色（grey）」という形容が附されていることに着目しよう。[6] 彼の魂は、フューリーのいる死者の世界へ引き込まれ、死者たちがかつては生者であった「頑丈な世界」もまた溶解してゆく。雪のシンボリズムに関連させれば、まさしく雪が雨へ、「固体」が「液体」へと変わるように、彼の自我はその涙である液体のように崩れてゆく。ゲイブリエル（生者）、グレタ（生ける屍 living-dead）、フューリー（死者）という奇妙な三角関係は、"ghostly light"の侵入によって、その境界が曖昧になって溶解し合ってゆくのである。

　このように、ゲイブリエルに回帰した他者の「トラウマ的経験」は、彼の精神を西に向かって旅立たせはするものの、彼自身を自己欺瞞から解放し切ることもない。しかし、本稿において強調したいのは、「死者たち」の最終場面は、未来のある地点において彼の精神に新たな変化が起こることを強く仄めかしている点である。これは、『ユリシーズ』においてジョイスが使った構造でもある。すなわち、何者でもない二十二歳のスティーヴン・デダラスが作家ジョイスへと〈生成変化〉するのは、『ユリシーズ』の一日ではなく、未来のある地点であるように、ゲイブリエルが「寛大」に基づく愛ではなく、別のものに基づいた愛を妻に向ける日がいつか来るはずなのだ。

作者は弟のスタニスロースに宛てた一九〇六年九月の手紙で次のように書いている。

> 時々アイルランドのことを考えると、僕は必要以上に厳しかったのかもしれないと思えるんだ。これまで僕は(少なくとも『ダブリナーズ』の中では)ダブリンの魅力を何一つ生み出してこなかった。……僕はダブリンの純真な島国根性とか歓待の精神を描いてこなかった。後者の歓待という「美徳」については、これまで僕が見た限り、ヨーロッパのどこにも見られないものだ。
>
> (Joyce, *Letters* 一〇九～一一〇頁)

これは単なる郷愁の念ではない。そしてその「美徳」を賛美するだけで終わらないのがジョイスである。では、ゲイブリエルのスピーチを見てみよう。

> ――年々歳々わたくしが強く感じますのは、我々の国において、もてなしの精神ほど大いに誇り、また熱意を持って守るべき伝統はないということです。これは、わたくしの経験に照らしましても(わたくしは少なからずいくつかの海外の国々を訪れましたが)近代国家の中でもふたつとない特異な伝統であります。おそらくは、もてなしの精神などむしろ欠点なので

あって、自慢するべきものではないと述べる人もありましょう。しかし、仮令《たとえ》そうであっても、わたくしが思いますに、それは気高き欠点であり、これからも長く我々のあいだで文化的に育て上げられてゆくものだと信じます。
（九一五〜二二三行）

ここで着目すべきは、ゲイブリエルの傲岸さである。彼は「少なからずいくつかの海外の国々」と述べることで、自身がアイルランドに閉じ込められた人物ではないことを仄めかしている。彼が何度もパーティの途中で外の雪を飽き飽きした気持ちで眺めていたこと、あるいは叔母や従姉妹の音楽を冷淡な気持ちで聞いていたことを知っている読者からすれば、ここにある言葉は、社交辞令的な賛辞であるとは了解しつつも、あまりに歯の浮くような台詞であるように感じられる。ここでも「気高き（princely）」という表現に、彼の〈特権意識〉を読み取ってもいいかもしれない。
先ほど自分を「西のイギリス人！」とからかったアイヴァーズが既に帰ったことを思い出し、ゲイブリエルは大胆にも次のように続ける。

我々のあいだで新しい世代が育っています。新しい思想や理念と新しい原理に駆り立てられた世代です。これらの新しい考えに対して彼らは真面目で熱狂的ですし、その熱狂は仮に誤った方向に導かれているとしても、全く以て真摯なものであるとわたくしは信じます。しかし、我々は現在、懐疑的な、そしてもしこのような言い方が許されるなら、思想に責め呵《さいな》まれた時代に生きております。時にわたくしは恐れを感じるのですが、この新しい世代は、教育を受けている、というか教育を受けすぎた世代ですが、そのためにかえってその前の世代まではあった、慈悲や、もてなしの精神、善意のユーモアといった特質に欠けてしまうということがあるのではないでしょうか。（九三五〜四三行）

彼は密かにアイヴァーズを当て擦《こす》る——愛国者たちの「熱狂」はこの国を誤った方向に導いており、その原因は彼らが「教育を受けすぎた世代」だからではないか。しかし「寛大」における無意識的な優越感について先に見たように、彼もまた自身の職業や教育を自負する知識人であり、ここで賞賛されるような過去の伝統を持たない「新しい世代」の一員なのだ。つまり、ジョイスは第三の道を提示している。アイヴァーズに代表されるナショナリストのように過去へと回帰するのでもなく、ゲイブリエルのように自国から目を背けるのでもなく、過去の優れた遺産は継承しつつ、未来へと目を向けてゆくということだ。その際に鍵となるのが、「死者たち」執筆時にジョイスがその価値を再評価した「歓待」ではないだろうか。

「歓待、正義、責任」と題された対話で、ジャック・デリダは述べている。

自分自身を中断することが可能でしょうか。しかし、それが決定不可能性の意味することなのです。……何らかの自己中断なしに責任や決断がないのと同じように、歓待もありません。支配者そして主人としての自己は、他者を歓迎することにおいて、彼／彼女自身を中断し、分割しなければならないのです。この分割が歓待の条件なのです。（二〇八頁）

自らがこれまで持っていた理念や信条を一度中断し、他者の他者性と虚心坦懐に向き合うこと――デリダの歓待論は、エミール・バンヴェニストが『インド＝ヨーロッパ諸制度語彙集』で探求した以下の研究成果に基づく。『歓待について』の訳者廣瀬浩司の注によれば（一五六頁）、「hôte（客人、主人）というフランス語はラテン語ではhostis（敵、よそ者）およびhospes（主人、客）であり、これはhosti-pet-に由来する」、すなわちhost（hôte）には、「すぐれて客人歓待hospitalitéを具現するもの」が含意されているという。ここで本稿が注目したいのは、host / hostessとhospitalityに含まれている両義性あるいは二律背反性である。ゲイブリエルが、これまでグレタを一人の女性として、つまり他者として見てこなかったことは既に述べた。しかし、この夜「亡霊」という「敵」「よそ者」、すなわち「他者」の到来によって、ゲイブリエルは「自分自身を中断する」契機を得たと言えるのではないだろうか。先に引用した手紙にあるように、作者はアイルランドの「美徳」としての「歓待」を「伝統」の一部として確かに意識していた。そして、ゲイブリエルの魂が行き着く先には、「死者たちの巨大な群れ（the vast hosts of the dead）」が待ち受けていた。ジョイスはhospitalityの両義性を意識していたに違いない。なぜなら、ここでのhosts＝「群れ」こそ、ラテン語のhostem（敵、軍隊）を語源とした、他者／敵としてのhostであるからだ。

愛国主義者たちが賛美する西部、あるいは過去のアイルランド、そして妻の昔の恋人であったフューリーは、どちらもゲイブリエルにとって外部にいる他者、すなわち「敵」である。しかし、ゲイブリエルはそれを「歓待」し、和解しなければならない。三人の女主人に招かれた客としてやって来たゲイブリエルが受け入れるべきは、自己のアイデンティティを脅かす他者として到来する者、すなわち亡霊のフューリーである。主人と客、男と女、自己と他者、あるいは現在と過去という二項対立的な枠組みを越えて、敵（他者）を受け入れること――ここには「寛大」が持つような隠れた優越感や上下意識は存在しない。この経験を受け入れることができたとき、おそらくゲイブリエルは真の愛に出会うことができるはずである。

ここで「トラウマ的経験」が時間差を以て捉えられ得ること、「事後性」が肝要であることを思い出そう。グレタがこの夜、フューリーの死というトラウマ的経験の意味に気がついたように、ゲイブリエルは未来のある時点でこの出来事を受け入れるはずである。ジョイス作品ではしばしば、登場人物たちが気付きの一歩手前に置かれているということ、つまりエピファニーであるところの「啓示」が真に到来するのは、現在ではなく未来のある時点であるように描かれるのは、大変重要だ。むしろ真理の顕現は、物語を解釈する読者の側にある。この夜が「公現日(The Day of Epiphany)」であったことは「啓示」を裏付ける何よりの証左だろう。

おわりに

ヒュー・ケナーはいち早く「姉妹たち」と「死者たち」の円環構造を指摘し、『ダブリナーズ』を「麻痺」の視点から読むという批評史を作り上げた(Kenner 六二〜六三頁)。仮にこの短篇集を一つの長篇小説として見なす場合、言うなれば「姉妹たち」はプロローグであり、「死者たち」はエピローグに当たる。精神的な麻痺が、どちらも亡霊のようにすべてのダブリン市民に取り憑いているものであるとすれば、「死者たち」のラストシーンに降る雪は、いかに両義性や両価性を帯びていようとも、一つの作品を締めくくるカタルシスであることは間違いない。「寛大さ」にさえも厳しい批判的眼差しを向けるジョイスであっても、最後には再生を予感させる結末を用意している。これこそ、ジョイス自身がダブリンを「歓待」し、和解への一歩を進めたことの証である。

「亡霊のような青白い光」を唯一の光源とした部屋で、自己の姿を再認識したのはゲイブリエルだけではなかったのかもしれない。(過去という)亡霊/敵をもまた、無条件に歓待すること

――「鏡」に擬えた作品を書いてゆく中でジョイスが過去の自分や故国の美徳を再発見したように、ゲイブリエルが自身のスピーチで語った「歓待」の真の価値を「事後的」に見出したとき初めて、彼は一九〇七年のジョイスのいる境地に立つのだ。これこそ、小説家としての出発点であり、ノーラとの出会いからダブリン脱出へと至る激動の一九〇四年から数年を経て、ジョイスが己の分身を描いたことの意義である。彼は己の過去を「死者たち」の一人として埋葬したのだ。

付記　本稿は、日本ジェイムズ・ジョイス協会の学会誌、*Joycean Japan* No.26（2015, pp. 21–34）に掲載された"Rereading "The Dead" as Ghoststory"に大幅な加筆修正を施したものである。

◆注

1 Joyce, *Dubliners* 一三五九行。以下、「死者たち」及び「姉妹たち」からの引用は、テクストの行数のみを本文中に記す。引用部の翻訳及び強調は、全て引用者による。

2 亡霊に関する「死者たち」の先行研究については、中嶋英樹の論考に実に手際よく纏められているので参照されたい。

3 本稿では紙幅の関係から詳述できないが、夫と同様に妻のグレタについてもエゴイズムと他者性の問題は指摘できる。この点については金井、二〇一八年、二八−二九を参照のこと。

4 事実ペコラのこの読解は、ジョイス研究者の間で論争を引き起こした。これについては吉川、三七五−七九を参照。

5 「西への旅」については、従来殆ど論及されてこなかったジョージ・ムアの『湖』との比較をした金井論文（二〇一五年）を参照のこと。

6 「麻痺」の象徴である「灰色」というモチーフについては、ジョイスの実質的な第一作である「姉妹たち」において、初出の『アイルランド農業新聞』版（一九〇四年）から、加筆修正を経て、短篇集の冒頭に置かれる過程で、死んだ神父が「麻痺した人間のどんよりした灰色の顔（the heavy grey face of the paralytic）」と称されていることからも窺える（七四−七五行目）。この点は拙論を参照されたい。

◆参考文献

Benstock, Bernard "The Dead." *James Joyce's* Dubliners: *Critical Essays*, edited by Clive Hart, Faber, 1969, pp. 153–69.

Boheemen-Saaf, Christine van

Joyce, Derrida, Lacan, and the Trauma of History. Cambridge UP, 1999.

Caruth, Cathy *Unclaimed Experience: Trauma, Narrative, and History*. John Hospkins UP, 1996.

Humma, John B. "Gabriel and the Bedsheets: Still Another Reading of the Ending of 'The Dead.'" *Studies in Short Fiction*, vol.10, 1973, pp. 207–09.

Joyce, James *Dubliners: Authoritative Text, Context, Criticism*. Edited by Margot Norris, Norton, 2006.

——— *Selected Letters*. Edited by Richard Ellmann, Faber, 1975.

——— *Ulysses*. Edited by Hans Walter Gabler with Wolfhard Steppe and Claus Melchior, Random House, 1986.

Joyce, Stanislaus *Recollections of James Joyce*. Translated by Ellsworth Mason, New York James Joyce Society, 1950.

Kenner, Hugh *Dublin's Joyce*. 1955, Columbia UP, 1987.

Pecora, Vincent P. "'The Dead' and the Generosity of the Word." *PMLA*, vol.101, 1986, pp. 233–45.

Schwarz, Daniel R., editor.
James Joyce The Dead: *Complete, Authoritative Text with Biographical and Historical Contexts, Critical History, and Essays from Five Contemporary Critical Perspectives*. Bedford, 1994.

エリオット、T・S 「異神を追いて――近代異端入門の書――」中橋一夫訳『エリオット選集第三巻』彌生書房、一九五九年。

金井嘉彦 「ジョイスとムアのインターテクスチュアリティー(1)――二つの「西への旅」」『言語文化』第五二号、二〇一五年、四九―六八頁。

——— 「ジョイスとムアのインターテクスチュアリティー(2)――「死者たち」と『虚しき運命』のエゴイズム」『言語文化』第五五号、二〇一八年、一九―三三頁。

吉川信 「死者たちの寛容――ジョイスの抒情のアポロギア」『ジョイスの罠――『ダブリナーズ』に嵌る方法』金井嘉彦・吉川信編著、言叢社、二〇一六年、三七三―九五頁。

小島基洋 『ジョイス探検』ミネルヴァ書房、二〇一〇年。

小林広直 「死んだ神父の灰色の顔は何を語るか――ジェイムズ・ジョイス「姉妹たち」における亡霊と

デリダ、ジャック

中嶋英樹

〈不気味な笑い〉」『英文学』第一〇四号、早稲田大学英文学会、二〇一八年、一―十六頁。

「歓待、正義、責任　ジャック・デリダとの対話」安川慶治訳、『批評空間II』第二三号、一九九九年、一九二―二〇九頁。

『歓待について――パリのゼミナールの記録――』廣瀬浩司訳、産業図書、一九九九年。

「「死者たち」における亡霊の明かりと呼びかけ――心霊主義を中心に」『ジョイスの罠――『ダブリナーズ』に嵌る方法』金井嘉彦・吉川信編著、言叢社、二〇一六年、三二九―四九頁。

W・B・イェイツ『窓ガラスの言葉』に書かれた読めないメッセージ

岩田美喜

劇作家としてのW・B・イェイツ（W. B. Yeats 一八六五〜一九三九）は、夢幻能に影響を受けた象徴的・非リアリズム的な舞踊劇で知られている。その代表作には、アイルランド神話に登場する英雄クーフリンの若き日を、不老不死の夢に囚われて人生を浪費した「老人」と対比的に描いた『鷹の井戸（*At the Hawk's Well*）』（初演一九一六、出版一九一七）などが挙げられるだろう。この戯曲では、一人の若者を後代の人が知るところの英雄に変容させる重要な契機は、台詞ではなく舞踊によって示される。超自然的要素を舞《まい》というかたちで舞台上に顕現するドラマツルギーは、イェイツがエズラ・パウンド（Ezra Pound 一八八五〜一九七二）を通じて知ることとなった能の劇構造に倣ったものだ。[1]『鷹の井戸』は詩人であるイェイツが敢えて〈言葉〉を封じることで、逆説的に〈曰く言い難いもの〉を表現した、彼にとって画期的な作品である(もちろん、初演時に鷹の守護者を演じた伊藤道郎が英語を苦手としていたという、現実的な理由を考慮する必要はあるけれども)。[2]

こうした象徴的な演劇は公衆劇場の観客に受け入れられないと感じたイェイツは、『鷹の井戸』を、当時のロンドンにおける文化人社交界の中心的存在であったレイディ・キューナード(Lady Maud Cunard 一八七二〜一九四八)の邸宅で上演した。こののち彼は、『骨の夢(*The Dreaming of the Bones*)』(出版一九一九、初演一九三一)や、『エマーのただ一度の嫉妬(*The Only Jealousy of Emer*)』(出版一九一九、初演はアムステルダムで一九二二、英語での初演一九二六)、『カルヴァリ』(出版一九二一、イェイツの生前には上演されず)など、舞踊を中核に据えた詩劇を立て続けに執筆し、これらを『舞踊家のための四本の戯曲(*Four Plays for Dancers*)』として一九二一年に出版するが、いずれの作品も初演までに長い時間を要しており、一九二〇年代のイェイツは劇場離れの傾向を見せた。

だが、一九三〇年の夏に執筆された『窓ガラスの言葉(*The Words upon the Window-Pane*)』は、脱稿後ほぼ間髪を置かずに、彼が立ち上げから深く関わったダブリンのアビー劇場で同年十一月十七日に上演の運びとなり、観客から予想以上の喝采を浴びた。一九三五年から同劇場の演劇監督を務めたヒュー・ハントによる劇場史には、この「彼による唯一のリアリズム作品」によって「イェイツは、自分が当時一般の観客に人気を博していたリアリズム作家の誰にも引けを取らないことを示した」(Hunt 一四一〜四二頁)と記載されている。ハントの概括の通り、本作はしばしば、彼がリアリズムの手法を受け入れた点で、『鷹の井戸』とはまた異なる類のメルクマールを成すものと受け止められてきた。

確かに、作品世界をイェイツが生きている同時代のダブリンに設定し、散文による日常語で書かれ、舞踊も挿入されない点に鑑みれば、しばしば神話世界を扱い、韻文で書かれ、舞踊を中核に据えたこれまでの作風と比較して、本作を「リアリズム作品」と呼びたくなるのも無理はない。だが、その主題について思いを巡らせば、これを一概にリアリズムと断定するのも難しい。なにしろ本作は、ダブリン心霊協会の面々が集まって催された降霊会に、ジョナサン・スウィフト(Jonathan Swift 一六六七〜一七四五)とエスター・ヴァナムリ(通称ヴァネッサ)(Esther Vanhomrigh 一六八八頃〜一七二三)の霊が介入し、霊媒を通して二人の決裂の場面を再現するという、超自然的な出来事を扱った物語なのだ。タイトルの『窓ガラスの言葉』というタイトルは、降霊会の会場であるスウィフトのかつての住居の窓ガラスに、彼が若き日に家庭教育を施し、終生親密な関係を築いていたエスター・ジョンソン(通称ステラ)(Esther Johnson 一六八一〜一七二八)の詩行が刻まれているという設定によるもので、スウィフトが生前の居所から離れられない地縛霊となっていることが示唆されている。[3]

なお、死者が生前の苦しみを再現するというモチーフは、一九一六年の復活祭蜂起に参加した若者が十二世紀にアイルランドの植民地化を招いたディアムードとデヴォーギラの霊に邂逅する『骨の夢』から、イェイツの生前に上演された最後の芝居である『煉獄（*Purgatory*）』（初演一九三八年）に至るまで繰り返し登場する、中後期のイェイツ演劇にとって中核的な要素である。また、彼が『窓ガラスの言葉』の出版（一九三四）とほぼ同時に準備を進めていた改訂版の『幻視録（*A Vision*）』では、イェイツはこの現象を「夢の回帰（Dreaming Back）」（二二三～三一頁）と名付けて理論化を試みており、彼にとってのこの主題の重要性が窺える。

それでも批評家たちは、『窓ガラスの言葉』とイェイツの他の戯曲との関係については、連続性ではなく断絶を強調することが多い。例えば、キース・オールドリットはこの戯曲に言及する際、「イェイツには珍しい、リアリズムの散文作品」（Alldritt 三一五頁）という但し書きを付すのを忘れないし、ブレンダ・マドックスもまた、イェイツ自身がこの戯曲の成功に驚いたことに触れた上で、「イェイツは驚くべきではなかった。これは彼のいつもの仮面や踊りや太鼓を混ぜ合わせた能劇ではなく、一九三〇年代のダブリンの下宿を舞台にしたオカルト・スリラーだったのだから」（Maddox 二六四頁）と述べている。おそらくは『窓ガラスの言葉』の中の何かが、この作品を神秘主義的、幻想的な戯曲と呼ぶことに対するためらいを起こさせているのだ。

本稿は、『窓ガラスの言葉』の精読を通じ、この作品がどのような点で、イェイツ劇が一般に理解されているところの〈幻想性〉から逸脱しているのかを考察する。だが、本稿の結論は、それにもかかわらず『窓ガラスの言葉』の核にあるのはやはり究極的な決定不能性であり、その鍵となるのは、スウィフトの霊と生者との関わりというより、彼と「窓ガラスの言葉」との関わりであるということになるだろう。劇中のスウィフトがステラと安定した関係を取り結ぶことができないゆえに、観客／読者もまた、この作品の意味するところについて確信を持つことはできない構造になっているのだ。

〈驚異〉としてのスウィフトとイェイツの歴史観

すでに述べたように、『窓ガラスの言葉』は、ダブリン心霊協会の会員たちが降霊会のため、とある貸し間に集まってくるところから始まる。例外は協会長のトレンチ博士が連れてきたジョン・コーベットというケンブリッジ大学の大学院生で、彼は非会員であると同時に霊の存在にも懐疑的である。だが、彼はスウィフトに関する博士論文を執筆中であるため、かつてスウィフトの居宅であったというこの建物には興味を示し、窓ガラスに刻まれた詩句を目にすると即座に「これはステラがスウィフトの五四歳の誕生日に書いた詩の一部ですね」(*Words* 二〇三頁)と述べて、自身のスウィフト論を展開する。[4] コーベットによれば、近現代アイルランドの礎は名誉革命以前のカトリック文化ではなく、十八世紀に大きな影響力をふるったアングロ・アイリッシュのプロテスタント文化であり、スウィフトこそがその代表である。「アイルランドとその国民性において、あるいはわが国の建築物で残っているもののうち、偉大なものは何もかもあの時代に由来します。そしてわれわれはその品質を、イングランドより長く保持してきたんですよ」(*Words* 二〇四頁)と語る彼は、スウィフトの墓碑銘にある彼の「激しき怒り(*saevo indignatio*)」(*Words* 二〇五頁)とは、十八世紀的知性が民主主義――とそれに伴うポピュリズム――の到来とともに没落してしまうことを予見した言葉なのだと主張する。

コーベットのスウィフト観は、中期以降のイェイツがアングロ・アイリッシュ・アセンダンシー(名誉革命後に勃興したプロテスタント系のアイルランド支配階層)に対して示してきた関心と響き合うところがある。例えば、詩集『塔(*The Tower*)』(一九二八)に収録された同名の詩で、詩人はアイルランド人を「バークやグラタンの民」(一三二行)と呼んで、政治哲学者エドマンド・バーク(Edmund Burke 一七二九〜一七九七)や、アイルランド議会の立法権の独立を確立した政治家ヘンリー・グラタン(Henry Grattan 一七四六〜一八二〇)など、十八世紀のアングロ・アイリッシュ知識人への共感を示している。また、『窓ガラスの言葉』出版の前年に刊行された詩集『螺旋階段とその他の詩(*The Winding Stair and Other Poems*)』(一九三三)では、劇中のコーベットも言及したラテン語による墓碑銘をかなり圧縮した自由訳が、「スウィフトの墓碑銘(Swift's Epitaph)」という題で掲載されている。こうした文脈を背景にこの戯曲は、アイルランド自由国の政治体制に失望したイェイツによる、彼なりの歴史観に基づいた政治的意思表明と考えられることも多かった。一例を挙げれば、ローレン・アリントンが『窓ガラスの言葉』がアビー劇場で担った役割を、「アイルランド自由国政府の卑しい反知性主義に対し、〈意識的な個〉と〈知的な国民生活〉を打ち出す洗練されたマニフェスト」（Arrington 一五〇頁）だと述べているのが、その典型的な態度と言えよう。

　ところがイェイツ自身は、コーベットが作者の代弁者だと思われることを、当初から避けようとしていたふしがある。この戯曲の出版時に付した長い序文でイェイツは、コーベットと自分の間には距離があることを示唆した上、「舞台上で私自身の考えを語った登場人物は一人もいない」（*Words* 一三四頁）と断言する。だがその一方、同じ序文の中で、スウィフトはアイルランド最高の知性の時代の代表であり、その知性の没落を予見したことが彼の苦悩であったというコーベットの主張については、「熱の入ったケンブリッジ学生の誇張表現ではあるが、いくばくかの真実はある」（*Words* 一三七頁）と留保つきの賛意を表してもおり、作者の立ち位置はどうにも曖昧である。

　では、作者とコーベットが別れゆく分岐点はどこにあるのだろうか。それはおそらく、両者のスウィフトの霊に対する態度にある。降霊会に介入したスウィフトの霊は、ヴァネッサの霊から遺伝的な狂気への警戒心を指摘され、不確実な未来に向かって賽《さい》を振る勇気を持ち、自分と子供を作るよう迫られる（この場面は、霊媒役の女優メイ・クレイグが複数の声色を使い分けることで演じられた）。コーベットはこのやり取りに大きな関心を示すが、それは霊の存在を信じたからではない。彼は、全ては霊媒ヘンダーソン夫人の作り事と考えており、「あなたは熟練の女優であると同時に教養ある学者なんですね」（*Words* 一三一頁）と皮肉めいた賛辞を口にして、彼女とスウィフト談義を始めようとする。

しかし戯曲そのものが観客に示唆するのは、コーベットは誤っている、というメッセージである。これに関してエリザベス・バトラー・カリングフォードは、「『窓ガラスの言葉』は霊媒ヘンダーソン夫人ではなく、ジョナサン・スウィフトの声を真正なものとして証《あかし》する」（Cullingford 一一五頁）と述べ、フェミニズム批評の観点から〈男性の霊〉と〈女性の霊媒〉という構図の問題点を指摘している。事実、降霊会終了後のヘンダーソン夫人は「教養ある学者」どころか、コーベットの言っていることを全く理解できない無知な女性として描かれている。加えてこの芝居は、全ての客が帰った後に（彼女が演技をする必然性が皆無の状態で）、お茶を入れようとした彼女が突然ティーポットを取り落とし、スウィフトの声で「私の生まれた日よ、滅びよ」（*Words* 一三三頁）と、彼が誕生日に必ず朗読したという「ヨブ記」の一節を叫んだ瞬間に幕をおろす。「逆説的なことだが、イェイツがヘンダーソン夫人と霊の交感を正当なものとするためには、彼女が働かせられる知性を軽んじる必要がある」（Cullingford 一一六頁）というカリングフォードの主張の通り、本作品はヘンダーソン夫人の知性と主体性を犠牲にして、スウィフトの声に真正性を与えているのだ。

霊としてのスウィフトの存在を否定するコーベットの態度が明瞭に退けられ、劇世界の中でスウィフトがこれほどしっかりした存在基盤を与えられているとすれば、やはり彼が〈幻想〉の領域に存在するとは言えまい。ローズマリー・ジャクスンが論じるように、幻想文学とはジャンルというよりはむしろ「様式《モード》」なのだとすれば——換言すれば、驚異の文学とリアリズム文学両方の要素を含み持ち、「自分が語っているのは現実だと述べたて……そのリアリズムの前提を崩しにかかる」(ジャクスン 六六〜六七頁)ような境界領域性《リミナリティ》を示さざるを得ないのが幻想文学だとすれば——『窓ガラスの言葉』のスウィフトにそのような決定不能性を認めることは可能だろうか。いや、スウィフトの霊は劇中の世界観によって是認されすぎており、ジャクスンの主張するような転覆的な要素を持つと考えることは難しいだろう。彼の存在は安定しているがゆえに謎がなく、どちらかといえばツヴェタン・トドロフが定義するところの〈驚異〉に近いのである。

本作が幻想劇として捉えられることが少なく、イェイツの歴史観・政治観を表す芝居として受け止められてきたのには、こうした背景がある。だが、見過ごされがちではあるが、『窓ガラスの言葉』にリアリズムと驚異がせめぎ合う転覆の瞬間がないわけではない。そしてそれこそは、スウィフトが戯曲名でもあるステラの言葉と出会う瞬間なのである。

〈幻想〉としてのステラと、その決定不能性

作品の半ば、ヴァネッサの言葉にスウィフトが追い詰められると、催眠状態のヘンダーソン夫人は立ち上がって施錠されたドアを開けようとし、スウィフトの声で「誰が私を敵とともに閉じ込めた」（*Words* 二一六頁）と叫ぶと、その場にくずおれる。すると、夫人の支配霊である少女ルルーが表に出てきて、場の雰囲気を変えるために聖歌を斉唱するよう参加者に要請する。ここからスウィフトとステラとの場面に移るのだが、ここは彼とヴァネッサとのやり取りに比べると曖昧なところが多く、『イェイツ百科事典』の要約にあるような、「霊媒はスウィフトと二人の女に憑依されていることが明らかになる」（McCready 四二四頁）といった表現では捉えきれない複雑な様相を呈することになる。

参加者が聖歌を歌っている間、ヘンダーソン夫人はぐったりとしたまま、何度か小声で「ステラ」と呟く。当初は聖歌にかき消され、霊媒の口が動いていることしか分からない程度の音量で呟かれるこの呼びかけを、やがてコーベットが聞き分ける。

コーベット　ヴァネッサが去って、ステラが来たんだな。

ミス・マッケナ　歌っている間の変化に気づいた？　室内に新しい影響が出たような。

コーベット　そんな風には感じた。でも思い過ごしに違いない。

マレット夫人　しっ！

ヘンダーソン夫人（スウィフトの声で）私はお前にひどいことをしたのかな、可愛いステラ。お前は不幸せなのかい？　子供もおらず、恋人もおらず、夫もいない。つむじ曲がりな老い行く男を一人、友人に持つだけ——他には何もない。いや、答えなくてもいいんだ。お前は、去年の私の誕生日に送ってくれた詩でもって、すでに答えてくれたのだから。「顔以外には何の取り柄もない」普通の女の運命に示したお前の軽蔑でな——

〔…………………………………………………〕

いかに速やかに、美しい精神が埋め合わせてくれることか、
白髪や抜け毛の喪失感を。

いかに内面の機知と美徳が与えてくれることか、
老いた肌の上に滑らかさを。

コーベット　窓ガラスの言葉だ。

（*Words* 二一八〜一九頁）

スウィフトとヴァネッサの対決の場は通常の対話より成っており、ヘンダーソン夫人を演じる女優は、異なる声色を使い分けることによって複数の霊が彼女に憑依しているのを表現していた。

マーガレット・ディクシー（1858〜1903）による、少女時代のステラとスウィフトの想像図

だがここでは重要なことに、スウィフトは「答えなくてもいいんだ」とステラを押しとどめ、彼女がかつて彼に送った詩を朗読することで、それを彼女との対話の代わりとしている。つまり、劇中では一度たりとも「ステラの声」が語ることはないのであり、彼女の霊が実際に現れたのかどうかについて、観客に確たる判断の根拠は与えられていないのだ。

　霊媒はなおもスウィフトの声で、ステラの詩の最終連を朗唱する。そこでステラはスウィフトの長命を祈願した上で、掉尾を飾る二行連句では「威厳を持って悲しみに耐えましょう／いつの日か一人になったら。そして翌日には死にましょう（To bear with dignity my sorrow, / One day alone, then die tomorrow）」（*Words* 二一九頁）とのべる。この二行連句は、文脈から意味上の主語がステラだと推測可能ではあるものの、文法的にはかなり断片的で、これまでの詩行との関係がきわめて不安定だ。だがこの詩行を読み上げたスウィフトは、「そうだ、お前が看取ってくれるんだね、ステラ。けれどお前は私よりずっと長生きするさ、ステラや、お前はまだ若いんだから」（*Words* 二二九頁）と、自分を安心させるような台詞を呟く。ところがその途端に、ヘンダーソン夫人の支配霊が現れ、悪い老人は消えたが自分の力は尽きたと述べ、降霊会は唐突に終わってしまうのだ。

史実としては、二人の予想はいずれも外れている。望まぬ長命を託つこととなったスウィフトに比べ、四十代で没したステラは、彼の没年である一七四五年より十七年も早い、一七二八年にこの世を去ったからだ。もちろん、「去年の私の誕生日」（一七二二年）にこの詩を贈られたと語る劇中のスウィフトの霊は、このことを知らない。だが、こうした観客の側に存する背景的知識やステラの詩行の奇妙な断片性が、舞台上に茫漠たる不安感を醸し出すのであり、スウィフトの霊が慰めを得られたと観客が感じることは、おそらく難しい。ましてや、ステラの霊が本当は来ておらず、彼女は不安定なエクリチュール（＝窓ガラスの言葉）でしかないとしたら、全ては彼の独り相撲となるだろう。

おそらく、スウィフトとステラとの対話がかくも曖昧であることは、イェイツの意識的なドラマツルギーによるものである。一般に『窓ガラスの言葉』は、イェイツがレイディ・グレゴリー（Lady Isabella Augusta Gregory 一八五二〜一九三二）の荘園クール・パークに滞在した一九三〇年の夏に、一気呵成に書かれたと理解されている。だが、スウィフトの霊が降霊会に介入するというアイデアはそれ以前から長らく彼の中で温められており、イェイツ夫妻がラパッロに滞在していた時期の「ラパッロ・ノートブック」（一九二八年五月から翌年一月までの草稿を含む創作ノート）には、後に『窓ガラスの言葉』へと発展した断片的なシナリオが散見される。この段階ではまだ、スウィフトとヴァネッサのやり取りが書かれているだけで、ステラの存在や、ましてや窓ガラスに彼女の詩が刻まれているといったディテールには一切言及がない。しかし、第二十二葉の左ページには、やがてトレンチ博士となる「老人」の台詞として、次のような興味深い言葉が記されているのだ。

> ヴァネッサはいないのかもしれない、~~スウィフトの夢かもしれない~~
> ~~深遠な思想家はみなスウィフトの夢のようだったかも　今人が~~　人
> ~~そんな霊はいない~~　彼の夢だ。~~そんな霊はとても奇妙なことを言う~~
>
> （*Words* 二二一〜二二三頁）

ほとんどの台詞に取消線が引かれている中、ここで目を引くのは「ヴァネッサはいないのかもしれない（Perhaps Vanessa is not here）」という一文だろう。つまり、ブレインストーミング段階のイェイツは、完成作のステラが有するような曖昧性を、ヴァネッサに付与するつもりだったのだ。二行先の「そんな霊はいない（no such spirits）」には取消線が引かれていることから、最初期の段階よりイェイツにとって重要だったのは、霊媒が降ろした霊が実は「いない」という明確なドラマティック・アイロニーではなく、あくまで「いないかもしれない」という不確実性であったことが分かる。

当初はヴァネッサがそうだったように、『窓ガラスの言葉』のステラはその存在が決定不能であり、それゆえにこそ、スウィフトに慰めを与える役割にありながら、同時に彼をおびやかしてもいる。突き詰めれば、劇中のスウィフトが「夢の回帰」を繰り返すのは、ヴァネッサのためではないだろう。ヴァネッサの雄弁から逃げたスウィフトを肯定してくれるはずのステラが「窓ガラスの言葉」の状態にとどまり、沈黙しているためにこそ、彼の霊はいかなる拠り所をも得られずに同じ夢を見続けているのである。

結び

作中のスウィフトがステラとその言葉に対して確信を持てないこと——これは最終的に、観客がスウィフトに対して確信を持てないことへとつながる。もちろんすでに述べたように、スウィフトの霊の真正性については、この戯曲はかなり明確な態度を示している。しかし、スウィフトの懊悩と戸惑いをどのように受け止めたら良いかという段になると、批評家たちは奇妙に食い違うのだ。

例えば一方にはリチャード・テイラーのように、「イェイツにとってジョナサン・スウィフトは、情熱に溢れた最後のルネサンス的英雄であった」(Taylor 一三三頁)と述べ、『窓ガラスの言葉』を、イェイツによるクーフリン・サーガと同系列の「英雄劇」ととらえる伝統的な解釈がある。他方、マイケル・マカティアが示すような、「クーフリンめいた矜恃の昂揚にもかかわらず、スウィフトの精神状態は、干涸びた井戸に囚われて永遠に停滞する『鷹の井戸』の老人のそれである。とどのつまりイェイツは、スウィフトの私生活の物語を笑劇《ファルス》として表象しているのだ」(MacAteer 一六五頁)という対照的な見方も近年では珍しくはない。劇中のスウィフトがステラの「窓ガラスの言葉」に納得できないまま去りゆくように、観客もまたスウィフトを理解しきれないまま、芝居という降霊会を終え、劇場を出て行かなくてはならないのだ。

『鷹の井戸』においてイェイツは、クーフリンを変容させてしまうような〈曰く言い難いもの〉を舞台上に顕現させるため、台詞を一切廃した鷹の守護者役による〈舞踊〉という仕掛けを用いた。『窓ガラスの言葉』においては逆に、身体性を削ぎ落とされ、窓ガラスに刻まれた文字としてしか存在を許されないステラが、同じ役割を担っている。霊媒の声を通じてしか現世に現れることのできないスウィフトやヴァネッサとは異なり、物質界にもっともはっきり刻印されているはずの彼女の言葉はしかし、究極的にはスウィフトに——ひいては観客にも——決して読めない不可知のメッセージを発しているのだ。テイラーの主張とは異なる意味においてではあるが、『窓ガラスの言葉』はやはり、われわれの価値観をゆさぶる幻想劇なのである。たとえ現実的な降霊会の様子を取り扱い、スウィフトの霊が幻想的なゆらぎを欠いていても、作品の根幹に坐するステラはスウィフトからもわれわれからも秘されており、彼女はその沈黙によって意味の固定化を拒み続けているのだから。

◆注

1　イェイツとパウンドが相互に与えた文学的影響については、Longenbach に詳しい。なお、横道萬里雄は一九四九年に『鷹の井戸』を、『鷹の泉』という新作能として舞台にかけた。横道は『鷹の泉』をさらに改変し、『鷹姫』(一九六七年)へと再翻案もしている。

2　シルヴィア・C・エリスは、『鷹の井戸』では「言語が所作を補完」すると述べ、その具体例として、鷹が無言で舞を踊ることで「クーフリンの大言壮語が虚ろに空しく響く」ようになっていると論じている (Ellis 二八二頁)。

3　窓ガラスに詩行が刻まれているという設定について、イェイツがどこから着想を得たのかにはいくつかの説がある。マクミラン社から刊行されている注解書では、イェイツが、オリヴァー・シン・ジョン・ゴガティ宅の寝室の窓ガラスに「メアリ・キルパトリック——とても若くて／顔は不細工だがおしゃべりは楽しい」という落書きが刻まれているのを発見したことが記されている (Jeffares and Knowland 二二〇頁)。一方、ロイ・フォスターはこの逸話には言及せず、イェイツ自身の、かつてスウィフトが住んでいたグラスネヴィンの屋敷に寄宿して「スウィフト本人がガラスに彫りつけたという言い伝えがある詩行を見た」（Foster 四一〇頁）、一九〇九年の経験が偲ばれるとしている。

4 『窓ガラスの言葉』およびその草稿からの引用は全てコーネル大学出版局版（以下、*Words* と略す）に拠り、引証には括弧内に略称タイトルと引用ページを示す。また、英語文献からの引用は基本的に全て拙訳だが、既訳を使用した場合のみ、巻末の文献一覧に日本語訳の書誌情報を併記し、本文中には訳書の該当ページを示す。

5 一九三四年に刊行された『窓ガラスの言葉』の巻頭には、その二年前に没したレイディ・グレゴリーへの献辞があり、「彼女の邸宅でこの作品は書かれた」（*Words* 一九六頁）と記されている。

◆参考文献

Alldritt, Keith *W. B. Yeats: The Man and the Milieu*. Clarkson Potter, 1997.

Arrington, Lauren *W. B. Yeats, the Abbey Theatre, Censorship, and the Irish State: Adding the Half-Pence to the Pence*. Oxford UP, 2010.

Cullingford, Elizabeth Butler *Gender and History in Yeats's Love Poetry*. Syracuse, 1996.

Ellis, Sylvia C. *The Plays of W. B. Yeats: Yeats and the Dancer*. Macmillan, 1995.

Foster, R. F. W. B. *Yeats, a Life: II. The Arch-Poet 1915–1939*. Oxford UP, 2003.

Hunt, Hugh *The Abbey: Ireland's National Theatre 1904–1979*. Colombia UP, 1979.

Jackson, Rosemary *Fantasy: The Literature of Supervision*. Methuen, 1981. ［邦訳　ローズマリー・ジャクスン『幻想と怪奇の英文学III　転覆の文学編』下楠昌哉訳、春風社、二〇一八年。］

Jeffares, A. Norman, and A. S. Knowland *A Commentary on the Collected Plays of W. B. Yeats*. Macmillan, 1975.

Longenbach, James *Stone Cottage: Pound, Yeats, and Modernism*. Oxford UP, 1988.
Maddox, Brenda *Yeats's Ghosts: The Secret Life of W. B. Yeats*. Harper Collins, 1999.
McAteer, Michael *Yeats and European Drama*. Cambridge UP, 2010.
McCready, Sam *A William Butler Yeats Encyclopedia*. Greenwood, 1997.
Taylor, Richard *The Reader's Guide to the Plays of W. B. Yeats*. Palgrave, 1984.
Yeats, W. B. *The Collected Poems of W. B. Yeats: A New Edition*. Edited by Richard J. Finneran, Macmillan, 1989.
——— *The Variorum Edition of the Plays of W. B. Yeats*. Edited by Russell K. Alspach, Macmillan, 1966.
——— *A Vision*. 1937. Macmillan, 1981. Macmillan Yeats.
——— *The Words upon the Window Pane: Manuscript Materials*. Edited by Mary Fitzgerald, Cornell UP, 2002.

語り手はもう死んでいる――カズオ・イシグロ「ある家族の夕餉」の怪奇性

田多良俊樹

序論

カズオ・イシグロ（Kazuo Ishiguro　一九五四～）の初期の短編小説「ある家族の夕餉（A Family Supper）」を幽霊譚として読むことは可能だろうか[1]。主人公である「わたし」に、幼少時に自宅の庭の古井戸の近くで老女の幽霊を目撃したという霊視体験があること。そして、夕食の途中に「わたし」の視線を釘付けにする、仄暗い部屋に飾られた写真に写った死の直前の母親の姿が、この幽霊のそれに酷似していること。これらのエピソードから、本短編を幽霊譚と見なすことは、一応可能だろう。

しかし、ここで重要なのはむしろ、主人公「わたし」が一人称過去形で語るという本短編の語りの構造である。つまり、久しぶりに再会した家族との会話と夕食という生前最後の体験を、今は亡き語り手が振り返って読者に話して聞かせているという点で、本短編は死者による回顧談、もしくは——幽霊譚（ghost story）ならぬ——幽霊「談」（ghost's storytelling）である。語り手としての「わたし」は、語っているそのときには、もう死んでいる。彼自身がこの事実を明言することは決してないが、まさにそれゆえに、本短編は怪奇性を帯びることになる。「ある家族の夕餉」を読むとき、われわれは死者の声に耳を傾けているのだ。

このような解釈が成立するためには、当然「わたし」が語り始める前に死んでいなければならない。それでは語り手は、いつどのようにして死んだのか。本稿では、語り手は父親が夕食に出した鍋のフグの毒にあたって翌朝までに死んだという立場を取る。実のところ、父親がフグを鍋の具材として使ったかどうかはテクスト上では明確にされていない。しかし、物語中のさまざまな暗示や伏線によって、父親がフグの毒で一家心中を図ったという可能性が浮上する。ただし先行研究においては、テクストが一家心中を仄めかしていることは認めながらも、その存否と成否についてはいまだ見解が分かれている。

そこでまず、件の夕食の場面に一家心中の可能性を浮上させることになる暗示や伏線をいま一度確認し、一家心中する父親の動機を探る。次に、先行研究における一家心中説への反論を整理し、それらが日本人の自殺に関するイシグロの発言に前提した読解であることを指摘する。これに対し本稿では、「ある家族の夕餉」を執筆するイシグロが有していた怪奇志向をより重視し、それが「死者による語り」という本短編の構造に具現化されていることを論証する。本稿は、「ある家族の夕餉」の怪奇性をとらえる試みである。

恥辱を雪ぐ死——一家心中の存否について

「ある家族の夕餉」では、両親との不和が理由で渡米し、母親の死に際しても帰国しなかった「わたし」が、母親の死から二年後に鎌倉に帰郷し、言葉数の少ない父親と、大阪から一時帰宅した大学生の妹キクコとともに、久しぶりに一家そろって夕食を囲む。

テーブルの真ん中に大きな鍋が蓋をかぶせたまま置いてあった。キクコが再び座ると、父さんが手を伸ばして蓋を取った。もわっとした湯気が提灯まで渦を巻いて昇っていった。父は鍋を押してわたしの方に少し近づけた。

「腹が減っているはずだ」と父は言った。父の顔の半分が影に隠れていた。

「ありがとう」。わたしは箸をもって手を伸ばした。湯気はほとんどやけどするくらい熱かった。「これは何?」

「魚さ」

「とてもいい匂いだ」

汁の中には、丸まってほとんど球になった魚の切り身が入っていた。わたしはそれをひとつ取り出して、自分の椀に入れた。

「どんどん食べなさい。たくさんあるから」

「ありがとう」わたしはもう少し取って、鍋を父の方に近づけた。わたしは父が切り身をいくつか椀に入れるのを見ていた。それからわたしたちはキクコが自分の分を取るのを見ていた。

父が黙ってお辞儀をした。「腹が減っているはずだ」と再び父は言った。父は魚をいくらか口に運び、食べ始めた。それから、わたしも切り身を選んで、口に入れた。柔らかく、舌の上ではかなりの肉質が感じられた。

「すごくおいしい」と私は言った。「これは何?」

「ただの魚さ」

「すごくおいしいよ」

わたしたち三人は黙って食べ続けた。 (Ishiguro 四四一頁)

ここで「わたし」は、父親が料理した鍋の具材が何なのかを二回たずねるが、父親は二回とも単に魚だとしか答えない。ここには誰でもある種の違和感を抱くだろう。「わたし」が二回目にたずねたとき、それが魚であることは父親の一回目の返答によってすでに「わたし」自身にも分かっている。にもかかわらず「これは何?」と再度たずねたのは、この魚が「すごくおいしい」からであって、「わたし」が問題にしているのは魚の種類のはずである。すると、父親は具体的な魚の名称を隠しているように見える。

ただし、おそらくほとんどの読者が、この魚をフグだと考えるだろう。なぜなら、物語の冒頭にフグに関する詳細な説明と、「わたし」の母親がフグを食べて死んだという事実が示されているからだ。

フグは日本の太平洋側の沖で取れる魚だ。母がフグを食べて死んでからずっと、この魚はわたしにとって特別な意味を持っていた。毒はこの魚の生殖腺、ふたつの破れやすい袋のなかにある。この魚を料理するときに、これらの袋を注意して取り除かなきゃならない。ちょっとでも下手をすると、毒が漏れて静脈に流れ込んでしまうのだ。残念なことに、この作業が成功したかどうかは簡単には分からない。成功かどうかは、いわば、食べてみないとわからないのだ。

フグ中毒はぞっとするほどの痛みを伴い、ほとんど常に死に至る。夕方のうちにこの魚を食べていたら、犠牲者はたいてい寝ているあいだに痛みに襲われる。数時間苦しんで、朝までには死んでいるのだ。（四三四頁）

そして、空港から鎌倉へ向かう車中で父親が「わたし」に明らかにしたところによれば、「どうやら母は、それまではいつもフグを食べることを拒否してきたのに、昔の同級生に招待されて、その気分を害したくなかったので、このときだけは食べてしまったらしかった」（四三四頁）。大槻志郎が指摘するように、「明らかに伏線めいているこの冒頭によって、名前を言及されない魚を目にした我々は、それをまずフグと結びつける」（五五頁）。その夕食の場面では、フグかもしれない魚を確実に三人とも食べていた。すると、父親は、一家心中を果たすために魚の種類を明かさなかったと想定できるのだ。

それでは、一家心中を図った父親の動機は何なのか。まず留意すべきは、父親が、自分の妻は息子の渡米を気に病むあまりフグを食べて自殺したと考えていることだ。

「おまえには言わないつもりだったが。でも、言った方が良いだろう。母さんが死んだのは事故ではないとわたしは考えている。母さんは悩みをたくさん抱えていた。それにいくらの失望も」

わたしたちは戦艦のプラモデルをじっと見つめた。

「きっと」とついにわたしは口を開いた。「母さんはわたしがずっとここに住むとは思っていなかったでしょう」

「明らかにおまえは分かっちゃいない。ある親にとって、それがどういうものなのかを。単に子どもを失うだけじゃない。自分が理解できないものに子どもを奪われるのだからね」

(四三九頁)


この父親の発言は、「母さんはお前のせいで死んだ、という非難とさほど隔たりはない」(大槻 五五頁)。そしてこの直後、自作の戦艦模型の出来を吟味しながら、父親は自殺願望を露呈するのだ。

「戦争中は、これにかなり似た船にしばらく乗っていたんだ。でも、いつも空軍に野心を持っていた。こう考えていたよ。もし船が敵に攻撃されたら、命綱を求めて海中でもがくことしかできない。でも飛行機なら、そうだな、いつだって最終兵器があるじゃないか」。

父親はテーブルにプラモデルを置いた。「おまえは戦争を良いとは思わないだろうがね」
「ええ、特には」（四三九〜四〇頁）

ここでの父親の発言には、特攻というかたちでのみ達成される英雄的な自死への憧れが読み取れる。さらに、彼が「一族に流れる純粋な侍の血をとりわけ誇りにして」いることを考慮すれば（四三五頁）、父親がアメリカに敗戦しながら生きながらえていることに忸怩たる思いを抱えていることも十分に考えられる。

そのような父親にとっては、息子が渡米したこと自体、かつての敵国に再度敗れたことを意味するに等しい。そのうえ、息子の渡米が原因となって妻はフグを食べて死んだ（と少なくとも父親は考えている）ので、妻もアメリカに間接的に殺されたと父親が考えていてもおかしくはない。遠藤不比人は、初期イシグロの主題として「日本の敗戦による世代的な断絶」を挙げ、この「脈略において『子殺し』という剣呑なモチーフが立ち顕れることになる」と指摘している（二八二頁）。この断絶は、上記の引用場面においても、父親と「わたし」の戦争観の違いとして表出しているだろう。してみると、敗戦という国家的な敗北を、息子の渡米と妻の喪失という私的なかたちで反復した父親は、その殺意を息子に向けることになるだろう。

さらに注目すべきは、父親の会社の共同経営者であるワタナベ（Watanabe）が実際に一家心中していることである。父親自身は「わたし」に対して、「会社が倒産したあと、ワタナベは自殺した。恥辱を抱えて生きていたくはなかったんだ」と説明する(四三五頁)。しかし、後段でキクコが暴露するように、実はワタナベは妻子が眠っているうちにガス栓をひねり、「肉切り包丁で腹を切った」(四三八頁)。つまりワタナベは、会社の倒産を苦に割腹自殺と一家心中に及んだのである。それを知っていながら父親は「わたし」に、「信念と自尊心のある男」であるワタナベを「本当に尊敬していた」と肯定してみせた(四三五頁)。その真意は、父親が会社の再興を次のように否定するとき明らかになってくる。

わたしは――引退したんだ。新しい事業にかかわるにはもう年を取りすぎている。近頃の商売はかなり変わってしまった。外国人と取引をする。外国人のやり方で物事を運ぶ。どうしてこうなったのか、わたしには分からないよ。ワタナベにも分からなかった。

(四三五頁)

この戦後日本の商業界を席巻する「外国人」が、大槻が指摘するように「主にアメリカ人を指す」(五五頁)ならば、またしても父親はアメリカに敗北したことになる。つまり、日本が戦争でアメリカに負けたように、父親は戦後の経済競争においてアメリカ人ビジネスマンに敗れたのである。

息子と妻に続いて会社と共同経営者までも奪われた今、侍の血筋を誇る父親が、割腹自殺という侍にふさわしい最期を遂げた盟友ワタナベに倣おうとしている可能性は極めて高い。かつての敵国アメリカに公私にわたって敗北し続けた「恥辱」を雪ぐこと――それが父親の一家心中の動機なのだ。

ましてや父親は、「わたし」が再びアメリカへ戻ることを確信しているように見える。

「しかし、もちろん」と父は言った。「この家も今ではかなりわびしいからな。きっとお前は、すぐにアメリカに帰るのだろう」
「たぶん。でもまだ分からないよ」
「きっとお前は帰るよ」
（四四二頁）

ここで同じ内容の発言を二度――しかも二度目は「わたし」の留保を否定するかのように間髪入れずに――繰り返している点に、父親が息子の再渡米を確信（もしくは妄信）していることがうかがえる。それは、父親にとって、アメリカに対してさらなる個人的敗北を喫することを意味する。してみると、父親にとって一家心中とは、「恥辱」の上塗りを防ぐ手立てにもなるはずなのである。

一家心中の成否とイシグロの「トリック」

かつての敵国アメリカに対して私的および公的な敗北を繰り返した父親は、その不名誉を晴らすために、フグを食べて一家心中を試みる——前節で本稿が提示したこの解釈はさほど斬新なものではない。それはむしろ、観点や論拠の違いや、因果関係の濃淡の差はあっても、先行研究においてもしばしば提示されてきたものだと言える（Çelikel 六五頁、遠藤 二八二～八八頁、大貫 一〇三～〇五頁、大槻 五四～五七頁、丹治 二三～三二頁）。ここで肝要なのは、そのような最大公約数的な解釈を多くの論者に共有させるほどに、「ある家族の夕餉」には「死」のモチーフ、暗示、そして伏線が張りめぐらされているという事実である。

しかし、それにもかかわらず、先行研究では一家心中の存否と成否について見解が分かれている。たとえば平井杏子は、「フグ毒による無理心中が企てられているのではないかと、読み手に不安を頂かせたまま話は終わる」ことを認めながら、「『今思い返してみると、父は周恩来にとても良く似ていた』という回想が、語り手であるわたしの現存を裏付けて、心中説を退ける手掛かりとなっている」と主張する（五七頁）。

その一方で、一家心中は確かに暗示されてはいるが、実行されたかどうかは曖昧だとする見解も多い。たとえば、荘中孝之は、「さまざまな伏線の配置により、登場人物が心中しようとしているのではないかという読者の不安を煽りながらも、結局は何事もなく終わっていくアンチクライマックスの曖昧で開かれたエンディング」が、「ある家族の夕餉」の「救い」のひとつであると結論する（一五三〜五四頁）。大槻もまた、「実際に［無理心中］が起こったか否かは、最後まで明らかにされることはない。作品全体を覆う朧さの中で、それを断定し得るほどの手がかりも与えられてはいない。つまりテクストは、思わせぶりな暗示を埋め込みつつも、結局は曖昧にとどまることを選択したもののように見える」と主張している（五四頁）。

このように一家心中の暗示を認めつつもその成否を断定しえない理由は、「ある家族の夕餉」の物語中に一家心中説への反証が存在するからだ。たとえば、大槻も指摘するように、「反証として最も有力なのは、父親がワタナベの心中を批判するという事実」である（五五頁）。夕食後に「わたし」がワタナベの一家心中に言及すると、以下のような会話が続く。

「ワタナベは自分の仕事にかなり打ち込んでいた……。会社の倒産は彼にとって大きな痛手だった。それがあいつの判断力を鈍らせたに違いない」
「ワタナベさんがしたこと――あれは間違いだった？」
「ああ、もちろん。それ以外の見方があるか？」

（四四二頁）

ここで明らかにワタナベの心中を批判している父親が、それにもかかわらず自らは心中に及ぶとはたしかに考えにくい。加えて、「もしここに、つまりこの家に滞在したいなら大歓迎だ」(四四二頁)といった「わたし」に対する融和とも取れる発言や、キクコが大学卒業後に実家に戻ったら「状況は良くなっていくだろう」(四四二頁)という未来志向の発言は、一家心中というかたちで死を望む父親の言葉とは思えないだろう。

こういった反証と暗示とのあいだの整合性を取ろうとする解釈も、これまでに提示されている。たとえば大槻は、「ワタナベの心中を聞かされ、またフグで死んだ母親を思い出している語り手が、和解し切れていない父親を相手に、無理心中の被害妄想を頂いた可能性」(五八頁)や、父親は「ワタナベの行動は誤りだったと思う一方、自らの恥を雪ごうと心中に向かう気持ちも強いために、内心で心中の選択を想像しながら、しかし実際には毒を抜いたフグを食べ」た可能性を指摘する(五九頁)。さらに丹治竜郎は、「父親は決して心中を意図したわけでなく、家族全員で追悼の儀式を執り行うことが彼の望みだったのである。フグはすでに毒抜きされた市販のフグだったと見るべきだろう」と主張する(三五頁)。つまり、父親は「死に至った母親の行為を再演し、象徴的な死を経験することによって、罪を償おうとしている」。そして「わたし」は、父親が「自分の妻の死に対して良心の呵責を感じていること」を知って反省し、「父親の贖罪・追悼としての食事に黙ってつきあうことにしたのだ」(丹治 三四頁)。

本稿は、これらの解釈のいずれをも否定するものではない。ただし、ここで問題にしたいのは、一家心中の実行を否定する場合も、その実行を断定はできないとする場合も、そして一家心中と思えた夕餉には別の意味があったとする場合も、論者たちが一様にイシグロの自殺に関する発言を前提にしていることだ。一九八六年一二月八日にグレゴリー・メイスンによって行われたインタビューにおいて、イシグロは「ある家族の夕餉」について次のように発言していた。

基本的に、この物語はまったくのトリックでした。日本人は自殺するものという西洋の読者の期待につけこんだのです。それは決してはっきりとは述べられていませんが、西洋の読者は、日本人たちは集団自殺をするだろうと考えるはずです。そして、もちろん、彼ら日本人はそういう種類のことは何もしないのです。

「セップク」とか何とかそういうものに関する厄介なこと。それは、あなたにとって異質であるのと同じくらいわたしにとっても異質なものです。そして、それは西洋人にとって異質であるのと同じくらい大部分の現代の日本人にとっても異質なものなのです。

（Shaffer and Wong 一〇〜一一頁）

日本人は自殺などしないという否定と、西洋の読者の誤った期待につけこんだ「トリック」としての「ある家族の夕餉」――このイシグロの発言を、フグ毒による一家心中という見立てに対する最大の反証であると先行研究は見なしてきたのだ。その結果として、一家心中が実行され「わたし」は死んだという読みの可能性が排除されてしまうのならば、ここでわれわれは、従来はさほど注目を集めなかったと思しきイシグロの別の発言を参照せねばなるまい。

「超常現象」としての死者語り

二〇〇九年九月一一日に実施されたインタビューにおいて、セバスチャン・グロスは、イシグロの小説に見られる「ゴシック的要素」がイーストアングリア大学大学院時代の師であり、作家のアンジェラ・カーターの影響によるものかどうかを問うた。これに対しイシグロは、次のように答えている。

> アンジェラがそのような点においてわたしに影響を与えたとは思っていません……。『遠い山なみの光』や「ある家族の夕餉」のような初期の作品では、超常現象（the supernatural）に魅惑されていたという面はあります。しかし、それは不気味で恐ろしい日本的な超常現象（an eerie Japanese supernatural）であって、ゴシックとは異なるものです。
> （Gross 二四八〜四九頁）

ここで注目すべきは、「ある家族の夕餉」では「不気味で恐ろしい日本的な超常現象」に魅惑されていたというイシグロの怪奇志向である。

本短編における超常現象と聞いてすぐさま想起されるのは、「わたし」が幼少時に目撃した幽霊だろう。彼によると、「それはお婆さんだった。彼女はただそこに突っ立って、こっちを見ていた……彼女は白い着物を着ていた。髪が少しほどけていて、そよ風に揺れていた」という(四三五頁)。幽霊の出没する古井戸、経帷子を連想させる白い着物、そして風に乱れる解れ髪——これらは日本の幽霊に定番のモチーフであり、その意味で「わたし」の霊視体験という超常現象はたしかに「日本的」ではある。しかし、それは「不気味で恐ろしい」とまで言えるだろうか。たと

イシグロは伝統的な日本の幽霊を見たか?
「幽霊図」伝・丸山応挙
(The ghost of Oyuki)

え、この老女の幽霊が、夕食の途中で「わたし」の視線を釘付けにする写真に写った、死の直前の母親に酷似しているとしても。

もしこの幽霊が、大槻が指摘するように、「息子という悩みを抱えながら悶死した母親が、その死の原因を排すべく彼の子供時代に現れた」（五九頁）ものだとすれば、なるほどそれは一定の怪奇性を有するだろう。しかし、丹治はこの説を「あまりにも荒唐無稽」と批判し、この幽霊は「語り手の幻想の産物」であると主張する。つまり、「典型的な家父長」である父親が支配する家で「生きていながらも死者に等しいほどの存在感しか持たない母親を〔語り手が〕幽霊のようにみなし、それを外部に投影したとしてもまったく不思議ではない」（丹治 三二一〜三二三頁）。幼少時に目撃した幽霊が、未来から来た母親の幽霊ではなく、単に「わたし」が抱いていた悲しき母親像の投影だとすれば、それは「不気味で恐ろしい」超常現象とはやはり言えまい。

してみると、「ある家族の夕餉」における「不気味で恐ろしい日本的な超常現象」とは、フグを食べて死んだ「わたし」が、自分の死に至るまでの生前最後の体験を回想していることを指しているのではないか。ましてや、死者である「わたし」は自分が死んでいることを伏せて語っているのだから、不気味さと恐ろしさは増幅することになる。換言すれば、死者であることを明示しないという点において、「ある家族の夕餉」の語り手は、イシグロの他の小説の語り手と同じく、「信頼できない語り手」なのだ。

しかし、先行研究のなかには、語り手としての「わたし」が回想しているというまさにこの点を根拠に、語り手の生存を主張するものがある。たとえば、すでに触れたように、平井は、「今になって振り返れば、父は周恩来にかなり似ていたと思う」(Ishiguro 四三四〜三五頁)という回想を根拠に語り手の「現存」を唱えていた。また、同じ一文を根拠に、大槻も「物語の全体は……まだ生きている語り手によって回想されたもの」と見なしている(五八頁)。さらに大貫隆史は、「語りの構造からすると、『わたし』が生きていることだけは否定できない」と断言し、その理由として「息子である『わたし』は、『家族の夕餉』を終えたのち、おそらくはしばらくは時間が経過してからのちに、それを回顧して語っている」ことを挙げている(一〇六頁)。

だが果たして、過去を回想して語っていることが、語り手が語っているその時点において「生きている」ことの決定的な証明になりえるのだろうか。いったいなぜ、過去を回想している語り手がその時点で「死んでいる」と考えることはできないというのか。実はここでも、先述のイシグロの「トリック」発言が効果を発揮してくる。つまり、「ある家族の夕餉」では自殺は起こらないというイシグロ自身による否定をそのまま受け入れてしまうと、回顧するという行為を、語り手としての「わたし」が「生きている」ことの証と見なしてしまうのである。加えて、先述のとおり、「わたし」が「死んでいる」ことを決して明言しない「信頼できない語り手」であることも、この誤った生存説を強化する結果となっている。

回顧する語り手としての「わたし」が死んでいるという視座を回復するために、ここで回想形式が帯びる「二重の時間体系」に関する廣野由美子の洞察を参照してみよう。

回想形式では、語り手が語っている現時点と、語られている過去の時点との間に時間差があるため、二重の時間体系が含まれるという特徴がある。厳密に言うと、語り手の現在の認識は、多少の差はあれ、つねに語りに混ざっているはずである。しかし、出来事のその後についての知識が伏せられ、現在の認識が抑制されると、物語は過去の時間体系に則って進行してゆくことになる。他方、語り手の認識が前面に押し出されると、語りは現在の時間体系に立脚することになる。(一五頁)

その結果、語り手の「過去の内省の部分には、現在の思いが混在して」いる場合や、語り手が「現在の地点から、注釈や感想を織り交ぜる場合もある」(廣野 一五〜一六頁)。

この点を踏えて再度「ある家族の夕餉」の冒頭に目を向けると、そこに「わたし」が死者であるという事実が幽かに露呈していたことが分かる。まず注目すべきは、「残念なことに、この作業が成功したかどうかは簡単には分からない (Regrettably, it is not easy to tell whether or not this operation has been carried out successfully)」(Ishiguro 四三四頁) という一文である。ここで使用されている現在形は、語り手が「現在の地点から、注釈や感想を織り交ぜる場合」に該当すると考えらえる。なぜなら、「残念なことに」という文修飾副詞は、明らかに「わたし」の価値判断を示しているからだ。そうであれば、これに続く一文――「成功したかどうかは、いわば、食べてみないとわからない（The proof is, as it were, in the eating）」（四三四頁）――も、語り手が実際に食べたからこそ言える「注釈」もしくは「感想」と解釈できる。つまり、語り手としての「わたし」が立脚する「現在の時間体系」とは、彼がフグを食べたあとに流れている時間のことである。したがって、語っているその時点において、「わたし」は毒死した状態にあると考えて良いのだ。

「ある家族の夕餉」においては、「語り手が語っている現時点」と「語られている過去の時点」との間の時間差は極めて小さい。なぜなら、この物語の結末で夕食にフグを食べ、その毒のために翌朝には死んだ「わたし」が、前夜の経験を振り返って語っているからだ。物語の第二段落において、「わたし」自身は次のように述べていた――「夕方のうちにこの魚を食べていたら、犠牲者はたいてい寝ているあいだに痛みに襲われる。数時間苦しんで、朝までには死んでいるのだ」（四三四頁）。ここでも現在形でなされたこの発言は、「語っている現時点」においてそれをすでに体験済みだからこそ言える注釈ないしは感想であると同時に、「語られている過去の時点」における主人公としての自分にこれから降りかかる災いについての暗示もしくは伏線でもある。未来の予告と過去への回顧を同時に可能にする死者語り、もしくは幽霊談――それこそが、イシグロの言う「不気味で恐ろしい」超常現象であった。

結論

「ある家族の夕餉」の主人公兼語り手である「わたし」は、度重なるアメリカへの敗北という屈辱を一家心中というかたちで晴らそうとする父親が用意したフグ鍋を食べて、毒死した。それゆえ本短編では、語っている時点において死んでいる「わたし」が、自分が死者であることは極力伏せたまま、生前最後の夕暮れに自分が死に至るまでを回顧していることになる。この「死者語り」という構造は、「不気味で恐ろしい日本的な超常現象」に魅せられていたというイシグロの怪奇志向を重視せねば見えてこない。言い換えれば、「死者語り」とは、作者の怪奇志向のテクストにおける具現化であった。

したがって、結論としては次のように言えるだろう。カズオ・イシグロの「ある家族の夕餉」というテクストには、ある幽霊が取り憑いている——この物語の語り手の幽霊が。

◆注

1　本稿における「ある家族の夕餉」からの引用は、*The Penguin Books of Modern British Short Stories*（1988）に再録されたテクストから行う。イシグロのインタビューなども含め、英文の訳出はすべて筆者によるものである。

◆参考文献

Çelikel, Mehmet Ali　"Spatial Ontology and the Past in Kazuo Ishiguro's *The Unconsoled* and "A Family Supper."" *Gaziantep University Journal of Social Sciences*, vol. 13, no. 1, 2014, pp. 59–67.

Gross, Sebastian　"The New Seriousness: Kazuo Ishiguro in Conversation with Sebastian Gross." *Kazuo Ishiguro: New Critical Visions of the Novels*, edited by Sebastian Gross and Barry Lewis, Palgrave Macmillan, 2011, pp. 247–64.

Ishiguro, Kazuo　"A Family Supper." *The Penguin Books of Modern British Short Stories*, edited by Malcolm Bradbury, Penguin, 1988, pp. 434–42.

Shaffer, Brian W., and Cynthia F. Wong, editors　*Conversation with Kazuo Ishiguro*. UP of Mississippi, 2008.

遠藤不比人　「精神分析とファンタジー／幻想——カズオ・イシグロの『ある家族の夕餉』における『臍』」『探究するファンタジー——神話からメアリー・ポピンズまで』成蹊大学文学部学会編、風間書房、二〇一〇年、二六九－九〇頁。

大槻志郎　「Kazuo Ishiguroと薄暮の誘惑——"A Family Supper"の曖昧」『竜谷紀要』第二二巻第二号、二〇〇一年、五三－六二頁。

大貫隆史　「同時代人としてのカズオ・イシグロとレイモンド・ウィリアムズ：多文化主義的リアリズム、

そして〈運動〉としてのリアリズム」『ユリイカ』特集・カズオ・イシグロの世界、第四九巻第二一号、二〇一七年、一〇三－一一四頁。

荘中孝之　『カズオ・イシグロ――〈日本〉と〈イギリス〉の間から』春風社、二〇一一年。

丹治竜郎　「精読によって精読は可能か？――Kazuo Ishiguroの'A Family Supper'と曖昧性の罠」『中央大学文学部紀要』第二四〇巻、二〇一二年、一二三－一三七頁。

平井杏子　『カズオ・イシグロ――境界のない世界』水声社、二〇一一年。

廣野由美子　『一人称小説とは何か――異界の「私」の物語』ミネルヴァ書房、二〇一一年。

ロバート・M・パーシグ『禅とオートバイ修理技術』における幽霊の隠喩と文学的想像力

深谷公宣

幽霊譚と価値転換

ロバート・M・パーシグ（Robert M. Pirsig 一九二八〜二〇一七）作『禅とオートバイ修理技術——価値の探究（*Zen and the Art of Motorcycle Maintenance: An Inquiry into Values*）』（一九七四）は、語り手と十一歳の息子が一台のバイクで北米大陸を横断する様子を描く。その題名やプロットは、ジャック・ケルアックの『路上』、映画『イージー・ライダー』など、対抗文化《カウンター・カルチャー》を代表する作品群を連想させる。けれども、ジョージ・スタイナーが「不安なライダー（Uneasy Rider）」と評したように、本書の思想・精神はより複雑である。[1]語り手は自らの人格を電気ショック療法で消された過去をもつ。その人格はかつて、《クオリティ》という独自の価値観を追究していた。新たな人格を獲得した語り手は、過去の人格をパイドロスと名づけ、旅の途中に蘇った記憶の断片をもとに、《クオリティ》について語り始める。[2]その語りは、古代ギリシアに端を発する西洋哲学の議論を批判的に検証し、対抗文化のような一過性の現象には還元できない思考の根源へと遡行していく。

作者パーシグは述べている。

ヒッピーたちには、心のなかに欲しているものがあり、彼らはそれを「自由」と呼んでいた。だが最後まで分析すればわかるが、「自由」はもっぱら消極的な目標なのである。それは単に、何かが悪い、と言っているに過ぎない。ヒッピーたちは、華やかだが短期的な代替手段を示しただけである。代替手段のなかには、もっぱら退廃的に見えてくるようなものもあった。退廃は楽しいかもしれない。しかし、生涯の真面目な務めとして退廃を維持していくのは難しい。

本書は、物質的成功とは別の、より真面目な代替手段を提示している。それは代替手段というより、「成功」の意味を、ただ良い仕事を得て悩みを遠ざけること以上の、もっと大きな何かへと展開させるものである。それはすなわち、単なる自由よりももっと大きな何かへの展開ということでもある。[3]

ヒッピーは、かつてアメリカの夢であった物質的成功がなし遂げられた時代の甘やかされた人間である（三七六〜七七頁）。彼らが象徴する対抗文化は、合理性や科学技術を重視する社会への「短期的な代替手段」でしかなかった。一方、パイドロスが追究した《クオリティ》は、そうした代替手段とは異なる。

《クオリティ》とは何か。それは本書では、西洋哲学の伝統的な価値観——真理、二元論、合理性など——を超えるものとされる。概念の「定義」やその妥当性の「証明」だけでは、《クオリティ》は捉えられない。定義や証明が西洋哲学固有の思考形式だからである。《クオリティ》に遭遇するには、西洋哲学の「外」に出る必要がある。本書は、パイドロスが「外」に至るまでの精神運動の軌跡の記録である。

語り手でもある主人公の精神運動の記録のための叙述形式としてこの現代小説にパーシグが採用したのは、幽霊譚であった。後述の通り、彼は本書のモデルとして、『ねじの回転』を参照している。特に一人称の語り手が自ら認識した幽霊の様子を自身の視点から伝えるという点に、その影響が見られる。ただしやや毛色が違うのは、本書の幽霊が、成仏できない人間の魂の化身というより、人間にこびりついて離れない価値観を表象していることである。それは具体的には

「真理」の隠喩として、《クオリティ》の前に立ちはだかる「合理性の幽霊(the ghost of rationality)」(七一頁)のかたちで現れる。合理性は真理を導く思考様式であるから、この幽霊は真理の「味方」となる。一方パイドロスにとっては、合理性の幽霊に囚われた人物・制度・社会、すなわち、真理に絶対的な価値を置く人物・制度・社会が、《クオリティ》の理解を阻む「敵」ということになろう。

では、本書は「合理性の幽霊」という「敵」の退治についての物語なのであろうか。ある意味ではそうとも言えるが、ことはそう単純ではない。実は、この「敵」「味方」という考え方にはひとつ問題がある。それは、この構図が、《クオリティ》が超克するはずの二元論的思考法を招来してしまうということである。よって、《クオリティ》追究の肝は、合理性の幽霊を「敵」として排除せずにいかに処理するか、という点にある。作者はその処理の様子を、幽霊譚に特徴的なモチーフを利用しながら、巧みに描き出している。

以上を踏まえ本稿では、合理性から《クオリティ》への価値転換が、幽霊物語としてどのように描かれているのか、改めて検証してみたい。物語の展開を分析すれば、幽霊の隠喩が対抗文化と異なるヴィジョンの提示に大きく貢献していることがわかる。それは、本書が西洋哲学の価値観を覆す精神運動の優れた記録であることの証左ともなろう。

廃墟としての大学

「合理性」の幽霊たる所以は、「システム」の考察に示される。語り手の旅には途中まで友人のサザーランド夫妻が同行するが、彼らはテクノロジー中心の現代社会を忌避している。たとえば夫のジョンはオートバイが故障しても説明書を見るばかりで、自分の頭を使った修理《メインテナンス》をしようとしない。テクノロジーについての思考を放棄しているのである。語り手は、そうした姿勢に疑問を抱く。その疑問は、反体制運動が攻撃する政府というシステム、無機的な作業の反復である工場労働システムといった世相を含んだ考察へと展開する。

……それがシステムだから、という理由で工場を破壊したり、政府に対し革命を起こしたり、バイクの修理を避けたりするのは、原因ではなくむしろ結果を攻撃しているのである。その攻撃が結果だけに向けられる限り、変化を起こすことはできない。真のシステム、本当のシステムは、現在のシステム的な思考の構築性そのもの、合理性それ自体である。工場が破壊されたとしても、工場を作り出す合理性が残存するのであれば、その合理性がまた別の工場を作るだけである。革命がシステムとしての政府を崩壊させても、そうした政府を生み出す思考のシステム型式に手をつけないのであれば、次の政府で、その思考型式

がくり返されるだろう。システムについては非常に多く語られているが、ほとんど理解されていない。（八八頁）

システムを具現化する政府、工場、オートバイは、人間による合理的な思考の産物、いわば「結果」である。対抗文化のような反合理性の立場は一見、合理性に死を宣告しているようにみえる。だが、それは原因を知らずして結果のみに異を唱える態度である。原因を絶たない限り、合理性は幾度も蘇り、同じ産物を生み出すだろう。これが「合理性の幽霊」である。パイドロスはこの幽霊の正体を追究した。追究の舞台は大学である。大学もまた強大な教育の「システム」であり、合理性の思考の産物である。よって、それはパイドロスにとって幽霊退治の主戦場となる。ここで興味深いのは、大学がゴシック小説に登場するような廃墟の比喩として解釈できることである。

パイドロスは大学を「理性の教会（Church of Reason）」（一二九頁）と呼んでいた。旅の途中、語り手は、パイドロスとして勤務していたモンタナ州ボーズマンの大学を訪れ、かつての研究室にファイニンガーによる教会の絵が飾ってあるのを目にする。[4]「ファイニンガーの『フランシスコ会の聖堂』の複製は彼「引用者注：パイドロス」に訴えかけるものがあったが、それは作品とはあまり関係がない点においてであった。絵の主題はゴシック大聖堂の一種であろう。半抽象的な線や平面、色の明暗で描かれているのだが、その大聖堂が、彼が心に思い描いていた理性の教会を反映しているようにみえたのである」(一六〇頁)。

この絵画の逸話は、物語の舞台である大学をゴシック的な空間として特徴づける効果がある。ただ、作者はそれを二十世紀風に焼き直している。半抽象的に描かれたゴシック大聖堂への言及により、二十世紀における大学教育の形骸化を類比的に表現しているのである。中世以来、教会と並んで精神の拠り所でもあった大学が、生き生きとした学究のヴィジョンを失い、精神的に廃墟化して、建物の外形だけが残った、というわけである。別の箇所で語り手はこう述べている。「パイドロスは次のように感じていた。学校、教会、政府や、各種政治組織のような制度はすべて、真理以外の目的のために思考を導く傾向がある。制度自身の役割の永続化や、そうした役割の奉仕のもとに個人を統制するために思考を導くのである」(一〇六頁)。

ファイニンガー『フランシスコ会の聖堂II』

大学教育制度への疑問に囚われたパイドロスは、新たな価値観の必要を感じ、《クオリティ》研究のためにシカゴ大学へと入学する。しかし、そこもまた大学であることに変わりはない。彼の前に、「合理性の幽霊」が立ちはだかる。教鞭をとる教授たちである。彼らの講義はプラトンやアリストテレスを典拠とし、合理性の思考に基づく弁証法的な議論を好むものであった。かくして、「《クオリティ》の探究者」対「合理性の幽霊」という対決のドラマが展開することとなる。

対決のクライマックスは、「観念の分析と方法の研究」講座の長である教授とのやりとりであろう。パイドロスは、教授が理性の神聖さを証明するためにプラトンの対話篇『パイドロス』を悪用していることに気づく。この対話篇でソクラテスは、白と黒の二頭の馬の手綱を引く馭者の寓話を披露している。パイドロスはこの馭者を、「一者（the One）」の探究者（the seeker）を示す喩えだと考えていた。だが教授はなぜか寓話の意味を説明しない。そればかりか、神々に真理を語るというソクラテスの誓いを根拠に、この話も「真理」なのだと教える。テクストを読み込んでいない学生たちは、その教えに反論できない。パイドロスは「罠だ！」と感じる。そしてその寓話は真理ではなく「比喩（analogy）」であり、ソクラテス自身がそう述べていることを指摘して、教授を追い込むのである（三五〇〜五二頁）。

けれども、これでパイドロスが勝利したわけではなかった。たしかに彼は大学での研究や授業を通し、教授たちが擁護する弁証法や真理を批判的に捉え、ソフィストの弁論術や、プラトン的な二元論以前の世界観に《クオリティ》を見出すようになる。たとえば徳、すなわち「アレテー」である。しかし彼はやがて、教授たちとのやりとり自体が二元論的な対立構図であり、自身同じ穴の狢《むじな》であったことに気づく。パイドロスはもともと、西洋哲学の論理で《クオリティ》を定義すべきでないと考えていた。だが彼は、授業での発言を通して《クオリティ》の周囲に意図せざる「定義」の壁を築き上げ、教授たちと同じ地平で議論してしまっていたのである。彼は自らの所行を「理性の組織化」と呼んで自己批判する。「ある未定義のクオリティをめぐり、組織化された理性を開発しようとする試みはすべて、その目的自体を挫折に追い込む。理性の組織化そのものがクオリティを駄目にしてしまうのだ」（三五七頁）。もしもそうなら、大学という合理的な教育システムの内側でシステムの部品である教授と対決し、論破しても、合理性の幽霊からは解放されない。パイドロスは大学を去る。理性を否定する自分自身が理性に依存しているという論理的な矛盾を解消する術を見出せず、行き場を失ったのである。ほどなく、彼は精神に異常をきたし、「狂気」とみなされ、電気ショック療法で人格を消滅させられることになる。

パイドロスの懐疑は、旧式の大学教育による理想的な人間形成がもはや不可能なのではないかという不安の現れである。そこへ旧弊の教授が「幽霊」として登場し、「制度自身の役割の永続化」のために議論を歪める。ここには、硬直した教育制度に潜む悪（教授）と、それを正そうとする善（パイドロス）との闘争のドラマがある。注意すべきは、この闘争が単純な善の勝利で終わっていないことである。議論の盲点を突こうとしたパイドロスも、結局は定義や合理化といった古い思考形式に引き戻されてしまう。語り手の説明によれば、「彼は自分自身、同様の悪事を行っている」（三五七頁）のである。こうした物語の展開は、作者が善悪二元論の陥穽を周到に回避していることを示唆している。

このように、パイドロスの精神運動の軌跡は、大学という精神的廃墟や合理性の幽霊に取り憑かれた教授といった隠喩を通して、鮮やかに描出される。

シャトーカと二重の声

パイドロスが狂気に陥ったのち、物語に浮上するのは、自己と分身のあいだの葛藤である。パイドロスは人格を消滅させられるが、新たな人格である語り手に、彼の記憶が蘇る。今度は語り手が、パイドロスの幽霊に取り憑かれるのである。「霧のなか、人影のようなものが現れる。（中略）はっきり言えないが、そうとわかる姿だ。パイドロスである。悪霊。狂気。生死のない世界から」（五七頁）。これは前節で見た対立構図の、形を変えた継承である。「《クオリティ》の探究者」対「合理性の幽霊」の関係は、「語り手」対「パイドロスの幽霊」の関係に置き換わる。それは内面化され、自己と分身の相剋となる。この精神分析的な相剋について注意すべきは、語りの役割である。というのも一見、語り手が主導権を持つようにみえながら、実際にはその分身の影が語りを侵食している可能性があるからである。

語り手は物語の序盤で、語りの方法を「シャトーカ」になぞらえている。これは、巧みな戦術である。この設定により、語りの主導権を自らに引き寄せているからである。シャトーカとは、十九世紀後半から二十世紀前半にかけて全米に広まった教育と娯楽を兼ねた野外文化講座で、キャンプ地やスモール・タウンを巡回するポピュラーな知の伝承形態であった。語り手はシャトーカを意識する理由として、加速化する現代生活から離れ、旅の過程で思索を深めて、ゆっくりとその内容を伝えたい旨を述べている（七頁）。こうした考えには、性急な追究が原因で合理性の幽霊に敗れたパイドロスと同じ轍を踏まないための慎重さがある。[6]それは、分身の出現に対して無意識に予防線を張っているかのような慎重さである。

だが問題は、シャトーカの内容が、結局はパイドロスの記憶をもとにしていることだ。大学での教授の講義に合理性の幽霊が取り憑いていたように、語り手のシャトーカには合理性の幽霊を退治できなかったパイドロスの幽霊が取り憑いているかもしれない。

案の定、合理性の幽霊がパイドロスを崩壊させたのと同じことが起こる。パイドロスの幽霊による語り手の乗っ取りである。その兆候は、語り手が見る夢に現れる。ガラス扉の内側に語り手が、反対側に息子のクリスがいる。クリスは語り手に扉を開けてほしい様子を見せる。だが、ふたりは隔離されたままだ。夢から醒めた朝、語り手はクリスから、なぜそんなに早く起きるのかと訊かれる。すでに朝の九時だが、クリスによれば、前の晩眠りについたのは夜中の三時だったという。

「そうか、父さんは三時には寝ていたぞ」

クリスは不思議そうにわたしを見る。「父さんがぼくを寝かせてくれなかったんだよ」

「父さんが？」

「ずっと話していたよ」

「寝言を言っていたというわけかい」

「違うよ、山について話していたんだよ」

何かおかしなところがある。「クリス、父さんは山のことなんて何も知らないよ」

「でも一晩中、山について話していたんだ。山の頂上で、すべてのものに会うと言っていたよ。そこで父さんはぼくに出会うと言ったんだ」

クリスは夢の続きでも見ているのだろう。「もう一緒にいるのに、どうしてそこでお前と出会うんだい？」

「知らないよ。父さんがそう言ったんだ」クリスは混乱しているようだ。「父さんは酔っ払ってでもいるみたいだよ」

（二〇四頁）

「山」とは、パイドロスの過去の山籠りを示唆している（一二七頁）。ここで読者は、山について話していたのが語り手ではなく、別人格のパイドロスであったことを知る。その後、語り手は同じような夢を繰り返し見、さらにパイドロスと思しき黒い影が現れるようになる。

このような乗っ取りの兆しが見え始めた時点で読者は、シャトーカの語りにもパイドロスの声が紛れ込んでいたのではないかと、不安に思うかもしれない。それは語りの主導権の揺らぎをも示唆する。加えて、語り手が統合失調状態に陥るのではないか、という恐怖をも呼び寄せるだろう。

こうして、語り手とパイドロスの「声」をめぐる対決のドラマが始まる。勝負の行方は、パイドロスの乗っ取り如何で決まるだろう。だがこの乗っ取りも、単に両者の二元論的な対立構図として捉えると、合理性の罠にはまる危険性がある。たとえばローズマリー・ジャクスンが指摘するように、分身のモチーフがヘーゲルの現象学を背景にしているとすれば（Jackson 一〇八頁）、パイドロスの声は「止揚」というかたちで語り手の自己（絶対精神）に吸収されるかもしれない。しかし本書は、そうしたヘーゲル的な思考を退けている。「ヘーゲルの絶対者（Absolute）は、まったく古典派的で、合理的（rational）で、秩序立ったものだった。《クオリティ》は、そのようなものではなかった」（二二六頁）。よって、本書における分身のモチーフを、ヘーゲル的な弁証法で処理することはできない。

そう考えれば、前節同様、語り手とパイドロスの闘争も単なる幽霊の敗北では終わらないはずである。では、それはどのように展開し、収束していくのであろうか。鍵となるのは、揺らぎ始めた語りの声のアイデンティティの更新《アップデート》である。この更新プロセスを理解するために読者は、語り手中心だった読みの視点を、クリス中心の視点へと移す必要がある。

一人称の語りと子供の視点

シャトーカに潜在する声の二重性は、読者の不安を煽る。それはその声がまさに読者に向けられているからである。語り手の語りが、読者の視点を誘導しているのだ。パイドロスによる乗っ取りが示唆されるまで読者は、シャトーカを含めた語りの主体が語り手であると疑わない。語り手の「わたし」が、パイドロスを幽霊だと説明しているからである。しかし上述のとおり、「わたし」は「わたし」ではなく、「わたし」のほうこそ幽霊かもしれない。

この語りのカラクリは、作者による創作上の戦略である。パーシグは、本書の映画化を企画した俳優、ロバート・レッドフォードに宛てた書簡で、『ねじの回転』における一人称の語りを参考にしたことを明かしている。彼はその機能を、ミネソタ大学在籍中に受講したアレン・テイトの「上級作文（advanced English composition）」の授業で学んだ。

講読の最後にテイトは、本当は幽霊などいなかった、すべてはその話を伝える家庭教師の心のなかのことだったと言って、皆を驚かせました。（中略）テイトの分析が示したように、幻想的な、信じがたい話を語りたいなら、そして話の成功がすべて、それを真実だと信じる読者にかかっているのだとしたら、一人称こそが、それを語る方法なのです。「パイドロス」と呼ばれる幽霊が生まれたのはテイトの授業と、そこでの議論からでした。[7]

（DiSanto and Steele 二三四頁）

語りのカラクリについて読者に気づかせ、パイドロスを「幽霊」から解放してくれるのは、クリスである。読みの視点を語り手からクリスに移すことで、読者は語り手＝パイドロスが作る「自己」の円環を脱し、「他者」の視点を獲得する。そこで初めて、語り手が幽霊である可能性が見えてくる。クリスの視点に立てば、パイドロスこそが元の人格であり、語り手はパイドロスの消滅後に精神科の医師たちが作り出した虚構の人格なのである。ただクリス本人は、ふたつの人格をはっきりと区別できない。そのため、父の言動を理解できずに苦しむ。一方語り手は、本当の父はパイドロスではなく自分だと思っている。ゆえに、クリスが苦しんでいる理由に気づかない。

こうした状況の伏線となるのが、物語の序盤に語られるゲーテのバラッド『魔王』の逸話である。馬で夜の浜辺を走る父が、同乗する息子の青ざめた顔を見て心配する。息子は、お父さん幽霊が見えないの、と答える。父には最後まで幽霊が見えないが、目的地に着くと息子は死んでいた。語り手はこのバラッドをふと思い出し、意味をよく理解できないと言う（五五頁）。この無理解が示唆するのは、語り手には本当の幽霊が見えていないこと、息子のクリスにはそれが見えていること、つまり、本当の幽霊はパイドロスではなく語り手自身かもしれないこと、である。「父さんは酔っ払ってでもいるみたいだよ」と言ったクリスは、語り手が自覚していないパイドロスの覚醒を鋭く感知している。『魔王』の逸話は、そうしたクリス独自の視点を予示しているのである。一人称の語りにつられて物語を読んでいると、伏線のことも、クリスの発言の意味もわからない。それは『ねじの回転』の家庭教師の語りから、子供たちの考えが伝わってこないのと似ている。一人称の語りから距離を置くことで初めて、全容が見えてくるのである。[8]

クリスの視点を通して明らかになる語り手の無自覚さは、何に由来するのだろうか。それは、パイドロスを幽霊とみなす彼の認識そのものである。語り手の認識は、パイドロスを狂気と判定し、その人格を抹殺した当時の精神医学による合理化を無意識に容認している。語り手自身が理性と狂気の二元論の枠内にとどまっているのである。他方クリスには、語り手が理性的で、パイドロスが狂気だなどという区別はない。本書の物語で二元論克服の道を拓くのは、こうしたクリスの視点である。夢をめぐるクリスとの会話の後、語り手はパイドロスによる乗っ取りの兆候に気づかぬまま、こう述べている。「知識人は通常、この《クオリティ》を理解するのに最大の障害を抱えている、とパイドロスは感じていた。(中略)《クオリティ》を最も容易に理解するのは、小さな子供たちや教育のない人々、文化的に『奪われた』人々である」(二二二頁)。語り手を酔払いに喩えるクリスの台詞に端を発したパイドロスの覚醒と《クオリティ》解明の話が物語の終盤で共時的に語られるのは偶然ではない。覚醒したパイドロスはクリスに「本当に気が狂っていたの?」と訊かれる。パイドロスが否定するとクリスは言う。「そうだと思った」(I knew it)(三七〇頁)。周囲の誰も理解できない《クオリティ》の追究に囚われたパイドロスが狂気でもなんでもなかった、ということが、クリスにはわかっていたのである。

パイドロスの覚醒、《クオリティ》の解明、父子の和解をもって、本書は幕を閉じる。これは、無垢な子による父の魂の救済であろうか。パーシグは、そうしたキリスト教的な神話に基づく解釈を想定していなかったとはいえ、それが可能であることを認めている(DiSanto and Steele 二三二頁)。だが、『魔王』の逸話を思い起こせば、クリスが死の運命にさらされても不思議はない。『魔王』と異なり死は回避され、むしろその他者性が、二元論克服と父の覚醒に貢献する。[9] ただし、これは「分身」の勝利ではない。そこにあるのは、勝利や敗北ではなく、新しい認識の誕生、新しい価値観の獲得である。パイドロスはかつて見た夢のなかで、クリスが扉を開けるよう望んだ理由を理解する。それは、狂気ではないパイドロスを精神科病院から連れ出そうという、クリスの意思の現れだったのである。彼は北米大陸横断の旅をこう振り返る。「わたしがクリスを連れてきたのではなく、クリスがわたしを連れてきてくれたのだ」（三七〇頁）。自分の精神は自分だけが支配するのではない。それは「小さな子供たち」や「文化的に『奪われた』人々」のように合理性の思考に侵食されていない「他者」の影響を受ける。パイドロスはこのことを身をもって経験した。非合理な「他者」を受け入れる寛容さが、古代ギリシア人が備えていた徳《アレテー》にも通ずる《クオリティ》だったのである。

《クオリティ》、文学的想像力、自由

幽霊との対決というドラマを経てパイドロスがたどり着いた《クオリティ》の認識は、徳《アレテー》に近いものであった。それは、甘やかされたヒッピーが唱えた自由のスローガンとは異なっている。ならば《クオリティ》は、合理性の思考の袋小路を本当に打破し得るのか。この疑問への解答には、別途議論が必要であろう。[10] とはいえ、本書の幽霊譚は、文学的想像力が新たな価値のヴィジョンをいかに描き得るか、充分に伝えてくれている。徳《アレテー》のことなど哲学書に書いてあると言うのはたやすい。しかし本書は哲学書には書かれ得ない、ひとりの人間がその認識にたどり着くま

でのドラマを描き、それが単なる観念ではなく生きられるべき対象であることを、「定義」でも「証明」でもないかたちで示したのである。

徳《アレテー》の実践には、文学こそがふさわしい。馭者の比喩にまつわるパイドロスの指摘は、プラトンの弁証法よりソフィストの修辞のほうが徳《アレテー》に近いことを教えている。合理性に塗り固められた社会で自由に振舞うには、真理を導く論理・弁証法から（イデオロギーに堕落しない）修辞・虚構への価値転換が必要なのだ。ヒッピー流の自由ではなく、徳《アレテー》に裏付けられた主体的な自由が、そうした価値転換を可能にする。かつて同じような主張をしたのはノースロップ・フライであった。彼のことばを多少脈絡なく引用するなら、「このような超越的価値判断（transvaluation）の基準をもつ人は、知的に自由な状態にある」（Frye 三四八頁）。ツヴェタン・トドロフはその幻想文学論で、フライのジャンル論を論理的一貫性を欠いたテマティスムとして退けている（トロドフ 二五頁、一四六頁）。けれども、『禅とオートバイ修理技術』を読んだ後では、むしろフライの側に立ち、社会を好転させる知的自由は論理的一貫性ではなく、テマティスムのほうにこそあるのだと、うそぶいてみたくなるのである。

◆注

1　スタイナーが『ザ・ニューヨーカー』に寄稿した本書書評のタイトル。DiSanto and Steel 二五〇頁。

2　本書における「パイドロス」の名は、プラトンの著作『パイドロス』などに登場する若手の雄弁家にちなむ。本稿で言及する「パイドロス」は断りがない限り本書（『禅とオートバイ修理技術』）の登場人物を指す。二重山括弧の《クオリティ》は、大文字から始まる原書のQualityを示す表記として既訳に倣った。既訳の書誌情報は参考文献を参照。

3　Pirsig（一九八四）三七七頁。以下、本文中の本書の引用はすべてこの版に依り、頁数を丸括弧に記す。引用の翻訳は著者だが、既訳も参考にした。

4　ファイニンガー（Lyonel Feininger 一八七一〜一九五六年）は、ドイツ系アメリカ人の抽象画家。引用作品の原題は *Church of Minorites II*（*Barfüsserkirche II*）である。

5　ローズマリー・ジャクスンは、分身のモチーフが十九世紀のゴシック小説において中心をなした二元論のテーマから導き出されたと捉えている（Jackson 一〇七頁）。『ケンブリッジ大学版アメリカン・ゴシック必携書（*The Cambridge Companion to American Gothic*）』によれば、ゴシック小説には、無意識の欲望や非合理な衝動に主人公が突き動かされる分裂した自己（the divided self）のテーマが見られる。これは、モンスターなどに代表される非人間的諸力（impersonal forces）との闘争というテーマの亜種である（四頁）。

6　パイドロスが登録した講座「観念の分析と方法の研究」には、ロバート・ハッチンズとモーティマー・アドラーの古典文献研究に基づく教育の名残があった。パイドロスは彼らの教育法を評価しつつ、それが結局アリストテレスの哲学に帰着することに限界を見るのだが（三〇九頁）、その限界を超えることには失敗する。大学の講義とは異なるシャトーカを意識した語りの方法は、この点からも、パイドロスの轍を踏まない語り手の戦略として解釈できる。

7　DiSanto and Steel 二二九〜三九頁。パーシグは本書二十五周年版に寄せた序文でも同様のことを述懐している。Pirsig（二〇〇九）二頁を参照。この企画による本書の映画化は実現しなかったが、『イントゥ・ザ・ワイルド』（ショーン・ペン監督）や『幸せの教室』（トム・ハンクス監督）に、本稿が底本としたピンクの表紙のペーパーバック版が映り込むのは興味深い。

8　パイドロスは覚醒後、シャトーカの語りの偽善を告白している（三六三頁）。

9　クリスのモデルになったパーシグの同名の息子クリスは、一九七九年、何者かに殺害された。この事件にまつわる作者の見解は一九八四年版の「あとがき」（既訳の「序文」）を参照。

10　パーシグは、次作の*Lila*で、「《クオリティ》の形而上学」をさらに追究している。

◆参考文献

DiSanto, Ronald L., and Thomas J. Steele　*Guidebook to Zen and the Art of Motorcycle Maintenance: An Inquiry into Values*. William Morrow, 1990.

Frye, Northrop　*Anatomy of Criticism.: Four Essays*. Princeton UP, 1971.

Haskel, Barbara　*Lyonel Feininger: At the Edge of the World*. Yale UP in association with the Whitney Museum of American Art, 2011.

Jackson, Rosemary　*Fantasy: The Literature of Subversion*. Taylor & Francis e-Library, 2009. ジャクスン、ローズマリー『幻想と怪奇の英文学III——転覆の文学編』下楠昌哉訳、春風社、二〇一八年。

James, Henry　*Turn of the Screw*. Amazon Classics Edition, 2019.

Pirsig, Robert M.　*Lila: An Inquiry into Morals*. Bantam Books, 1991.

———　*Zen and the Art of Motorcycle Maintenance: An Inquiry into Values*. Bantam Books, 1984; Harper Collins e books, 2009. パーシグ、ロバート・M『禅とオートバイ修理技術——価値の探求』（上）（下）五十嵐克美訳、ハヤカワ・ノンフィクション文庫、二〇〇八年。

Weinstock, Jeffrey Andrew, editor
The Cambridge Companion to American Gothic. Cambridge UP, 2017.

トドロフ、ツヴェタン
『幻想文学論序説』三好郁朗訳、創元ライブラリ、一九九九年。

プラトン
『パイドロス』藤沢令夫訳、岩波文庫、二〇〇七年。
『メノン――徳《アレテー》について』渡辺邦夫訳、光文社古典新訳文庫、二〇一二年。

――――

4

罪・妄執・狂気

アーサー王伝説における騎士と狂気

小宮真樹子

はじめに

　バッカスの信女マイナスやトロイの王女カッサンドラに見受けられるように、古代ギリシア以来、狂気は頻出の文学モチーフであった。そして英文学の領域でも、リア王やオフィーリアに代表されるように、ウィリアム・シェイクスピア（William Shakespeare 一五六四～一六一六）が狂人を登場させている。十六世紀末が初演とされる『真夏の世の夢（*A Midsummer Night's Dream*）』では、常人との違いが以下のように述べられているのである。

シーシアス
恋人と気違いが、このように沸いた脳みそを持っている。
冷静な理性の理解を越えた
妄想（fantasies）を形作るような脳みそを。
狂人、恋人、そして詩人は
想像力だけでできている。

（第五幕、第一場、四～八行）[1]

狂気と恋愛と韻文に心を奪われた人々は、自分で作りだした空想の世界に生きている、と評されているのだ。

シェイクスピアが挙げた三種類の人間のうち、恋人と狂人に焦点を当てるならば、中世騎士道文学に多くの例を見出すことができる。おそらく、もっとも有名な作品はイタリアの文人ルドヴィコ・アリオスト（Ludovico Ariosto 一四七四～一五三三）による『狂えるオルランド（*Orlando furioso*）』（一五一六）だろう。タイトルにあるように、主人公オルランドは失恋により正気を失う。そして彼の発狂は、サラセンの美女に心を乱された神罰として描かれている。

騎士の発狂は、ミゲル・デ・セルバンテス・サアベドラ（Miguel de Cervantes Saavedra 一五四七～一六一六）によるパロディでも有名だ。『ドン・キホーテ（*Don Quijote de la Mancha*）』（一六〇五）の主人公である郷士は、騎士道の書を読みふけった結果、現実と空想の区別がつかなくなる。また、主人公の蔵書のひとつである『アマディス・デ・ガウラ（*Amadis de Gaula*）』（一五〇八）も騎士の狂気を扱っている。愛する姫から拒絶された主人公アマディスは「理性を失い、魂も失せ、力も出ぬ」[2]（上巻三九二頁）と嘆く。騎士が狂う物語を読みふけった結果、頭がおかしくなり騎士を志願するという『ドン・キホーテ』の筋書は、騎士道文学に満ち満ちた狂気を端的に示している。

中世のアーサー王物語でも、気の触れた騎士たちが登場する。だがミシェル・フーコーが「狂気は社会のなかにおいてしか存在しない」（二〇二頁）と述べたように、狂気は文化圏ごとに認識される現象である。実際、「アーサー王もの」と一括りにしても、十三世紀フランスの書物と十五世紀イングランドで著されたトマス・マロリー（Thomas Malory 一四一六頃～一四七一）の『アーサー王の死（*Le Morte Darthur*）』（一四六九～七〇年に完成、一四八五年に出版）、そして十九世紀アルフレッド・テニスン（Alfred Tennyson 一八〇九～一八九二）の長編詩『国王牧歌（*Idylls of the King*）』（一八八五年に全編が出版）を比較してみると、狂気の意味合いは異なっている。先ほどのシェイクスピアの引用にあるように、初期近代において狂人はfantasiesに囚われた者たちだと考えられた。では、他の時代は狂気をどう捉えていたのであろう。本稿では騎士の発狂に焦点を当て、中世のマロリーから近代のテニスンにいたるまでの描写の推移を分析したい。

中世の狂人にまつわる文献

まずは騎士たちが実在した時代、中世の狂気に目を向けてみる。オノレ・ボネ（Honoré Bonet 一三四〇頃）が著したフランスの騎士道マニュアル『戦いの木（*L'arbre des batailles*）』（一三八七頃）九一章には、戦場で指揮官が発狂した場合の対応について詳しく書かれている。著者いわく、狂人は誰を傷つけているか分かっていないため、法的責任は存在しない。ゆえに、何千人を殺しても罰せられない。動物、あるいは屋根から落ちて人を殺す石やタイルと同じ扱いである。狂人は重病人なので、捕虜にしたり、身代金を取ったりせずに友のもとへ帰してやるべきだというのがボネの結論である。

正気を失った人間に法的制裁を与えるべきではないとの記述は、クリスティーヌ・ド・ピザン（Christine de Pizan 一三六四頃〜一四三一頃）による『戦いの木』の翻案『武芸と騎士道（*Fais d'armes et de chevalerie*）』（一四一〇頃）一〇章にも引き継がれている。こうした意見が残されている点から、おそらく中世フランスの人々は常々、狂人の扱いに頭を悩ませていたのだろう。

シェイクスピアが挙げた三つのカテゴリのうち、狂気と詩人の組み合わせに目を向けると、イングランドの文人トマス・ホックリーヴ[3]（Thomas Hoccleve 一三六八〜一四二六）が自らの精神病について詩を書いている。彼は五つのパートからなる『連作詩（*Series*）』を著したが、その冒頭にあたる

「我が嘆き（My Compleinte）」において、自分が心を病んだこと、回復したのに周囲の人々が信じてくれないこと、きっとこれは天が与えた試練であること、そのため詩を表したことを切々と訴える。

しかしホックリーヴの詩の構造は、自らの発言を台無しにする。[4] 詩人が「自分は正気だ、自分は正気だ」と語るほど、その信憑性は疑わしいものとなり、完成したばかりの詩を見せられた友人は公表を控えるようにとアドバイスする（"Dialoge" 二五〜三五行）。さらに友人は、詩人が本のせいで狂気に駆られたのだという。

「きみは本を読むのに
愉しみを見出し、あまりに見つめ、没頭しすぎたせいで
知性をすり減らされ、理性を奪われてしまったんだ」

（"Dialoge" 四〇四〜〇六行）

書物の世界に深入りすると、正気が失われてゆく。だが、その警告自体がまさしく、『連作詩』という本に記されているのである。こうした記述を、読者はどう解釈するべきであろうか。もちろん自伝的な側面も含まれるだろうが、ホックリーヴは実体験としてだけではなく、トリッキーな語りの仕掛けとして、狂気を効果的に用いているのである。

ただし、文学における狂気と実生活における事例を混同しないようにというリー・クレイグの警鐘は重要である（Craig 七三二頁）。物語においてはアレゴリーや教訓を与えるために発狂のモチーフが用いられる場合もあり、必ずしも現実を忠実に反映しているとは言えないからである。また、中世ヨーロッパ文学には狂気を罪と結びつけ、道徳的に解釈する傾向が強いことも忘れてはならない（Doob 一〇頁）。

中世フランス文学における、狂える円卓の騎士

続いて、中世アーサー王文学における騎士の狂気に目を向けたい。[5] たとえば十二世紀フランスの詩人クレチアン・ド・トロワ（Chrétien de Troyes 一一六〇〜九〇年頃に執筆活動）は『獅子の騎士』で、主人公イヴァンの発狂を克明に描いている。約束の日までに戻らなかったことを責められ、妻から絶縁を言い渡されたイヴァンは、まず人々の前から姿を消す。「彼らの前で正気を失うことを恐れたのである」（二七九九行）。一人になった後で彼は発狂し、衣服を破き、動物の生肉を食べるようになる（二八〇六〜二八行）。つまり狂気は、宮廷人に相応しい振る舞いを失う形で描写されているのだ。

だが、イヴァンはわずか二百行ほどで賢女モルグ（モーガン）の軟膏により正気を取り戻す（二九

四七〜三〇一五行）。この物語における発狂は、イヴァンが一旦アーサー宮廷の騎士としてのアイデンティティを喪失し、新たな冒険に出るための契機として機能している。

別の円卓の騎士、トリスタンの物語群では「佯狂《ようきょう》」のテーマが見受けられる。身を焦がすほどの恋情に悩むトリスタンは、愛するイゾルデに近づくために狂人のふりをしようと思いつく（"La folie Tristan d'Oxford" 一七五〜八二行）。この作品では騎士としての正体を隠し、人々を油断させるトリックとして狂気が用いられているのである。

他方、マロリーが依拠したフランス流布本サイクル（一二一五〜三五頃）では主要人物のランスロットが三回発狂するが、最初の二回は恋愛との関連が明示されていない。代わりに、幽閉や肉体の疲労が彼を狂わせる。

まず、敵に囚われたランスロットは飲食を断った結果として発狂し、同じ牢に閉じ込められていた仲間たちを傷つけ始める（*The Vulgate* 三巻四一四頁十九〜二三行）。解放されたランスロットはグウィネヴィア王妃に保護され、彼女には従順な態度を示すが、正気に戻らぬまま、不眠などの症状が続く（四一五頁三〇〜三一行）。彼に理性を回復させるのは、王妃の愛の力ではない。湖の貴婦人が王妃に託した、魔法の盾であった（四一六頁二一〜五行）。クレチアンのイヴァンと同様に、ランスロットは超自然的な能力を持つ女性によって正気を取り戻すのである。

さらに、ランスロットは親友ガラホールトを探す旅の途上でも発狂する。アーサーの姉モーガンに囚われ、鬱々とした日々を過ごした後、自由の身となったランスロットは慰めを求めてガラホールトの領地を訪れるが、会えずに落胆する（The Vulgate 四巻一五四頁十九〜二三行）。その後、悲嘆にくれて十分な寝食を取らなかったために、再びランスロットの頭はおかしくなる（一五五頁十九〜二二行）。夏からクリスマスまで各地を彷徨《さまよ》うものの、ランスロットは湖の貴婦人のおかげで正気を取り戻す（一五五頁二三〜二九行）。彼女はキャンドルマスの前日、つまり二月一日に彼を発見した後、数か月後の四旬節までに回復させたと記されているため、時間をかけて――おそらく、食事や休養を充分に取らせて――治療にあたったことが推察される。

最後にランスロットが狂うのは、王妃に不実を詰《なじ》られた時である。別の女性と同衾したことを責められたランスロットは、まずは服を身につけぬまま、無言でその場を去る（The Vulgate 五巻三八〇頁十八〜十九行）。キャメロットを出た彼は、激しく泣き叫び、髪をむしり血が出るまで顔を掻く（三八〇頁二一〜二七行）。そして飲食を断ち、森を数日彷徨った後で、自分が何をしているか分からなくなる（三八〇頁四二行〜八一頁五行）。長い流浪の果て、ランスロットは神の力により癒される。偶然コーブニック城にたどり着いた彼は、そこに安置されている聖杯の奇跡によって理性を取り戻すのだ（四〇〇頁十九〜二二行）。

以上の逸話で特筆すべきは、狂気が比較的容易に回復している点である。聖杯を通じて与えられた神の恩寵だけでなく、モーガンや湖の貴婦人による手当てでも回復している。なお、当時は狂気が回復しやすいと考えられていたことは、ボネの騎士道マニュアル『戦いの木』の九二章「もしも病気で狂っていた男が牢で回復した場合、再び捕虜にすることができるか？」からも読み取れる。当時、狂気と見做された症状には不眠や栄養失調による譫妄状態のようなものも含まれ、そうした場合はしかるべき措置により健康を回復したようである。

マロリーの『アーサー王の死』における騎士と狂気

マロリーによる騎士トリストラムの物語は、主にフランスの『散文トリスタン』（一二五〇頃）に基づいている。どちらの物語でも王妃イソードが別の騎士に憐憫を催したためにトリストラムは裏切られたと感じ、狂気に陥るのだ。『アーサー王の死』ではイソードを非難したトリストラムは武装して城を「騎士らしく」立ち去る（四九四頁二六行）が、[6]やがて悲しみのあまり「ほとんど気も狂ったような」（四九五頁十八行）状態になる。彼の知己である乙女と貴婦人は、どうにかトリストラムに食事を与えようとするが、あまり口にしようとしない（四九六頁六〜七行）。ひとり流浪を始めたトリストラムは服を纏《まと》わぬままやつれ果て（四九六頁十九行）、しまいには叔父のマーク王も見分けがつかぬほど容貌が変わる（五〇〇頁三五行〜五〇一頁十一行）。

その後、イソードの姿を見たトリストラムは涙を流すが（五〇一頁二五〜二六行）、この逸話において彼の精神状態を回復させたのは愛ではない。風呂と食事である。イソードとの再会の前に、トリストラムは湯浴みさせられ、温かい料理を与えられることで記憶を取り戻している（五〇一頁七～一〇行）。ストレスと貧しい食生活が彼の心を狂わせたように、リラックスと滋養が心の平穏を回復させたのだ。

狂えるランスロット、トマス・マロリー『アーサー王の死』より。マンチェスター、ジョン・ライランズ図書館所蔵（Incunabula Collection 15396、第12巻扉絵）

マロリーのランスロットの場合も、愛する王妃からの拒絶が理性を失わせるが、状況はトリストラムと大きく異なる。コーブニックの姫エレインとの仲を疑われたランスロットは、王妃の叱責に悲嘆の声をあげ、気を失う（八〇五頁三〇行～八〇六頁一行）。目を覚ました彼は、そのまま窓から外へ飛び出し、狂ったまま疾走する（八〇六頁三～七行）。つまりランスロットの発狂は純粋に精神的なショックであり、絶食による肉体の衰えは一切関与していないのである。

その後、ランスロットは聖杯の奇跡により癒される。しかし、フッドが指摘しているように、神の力で正気を取り戻しても、ランスロットの王妃への想いは失われない（Hood 二七〜二八頁）。宮廷へ戻ったランスロットは「愚かなことをしたとしても、私は探し求めていたものを手にいれました」（八三三頁一〜二行）と言う。発狂は、グウィネヴィアへの愛の試練として描かれているのだ。

　興味深いことに、マロリーの物語において騎士たちの恋人は狂わない。トリストラムを失ったと思ったイソードはほとんど正気を失い、自殺を図る（四九九頁五〜二四行）。グウィネヴィア王妃はランスロットが他の女性と一緒にいると考え、「気も狂わんばかりになった」（八〇五頁八行）。しかし恋に狂った彼女たちが宮廷を出奔するといった逸話は『アーサー王の死』には存在しない。[7]同様に、ランスロットへ叶わぬ恋をしたアスコラットのエレインは憔悴して亡くなる（一〇九二頁九行〜九七頁三二行）。魔女のハリュースとアナウアは、いずれも片思いの相手を殺して手にいれようとする（二八一頁四〜二七行、四九〇頁五〜二四行）が、常軌を逸した愛情を抱いていても、我が身を忘れるほどの奇行には走らない。

　マロリーにおいて、恋に狂うのは騎士である。さらに、理性を失った騎士は珍しくない存在として描写されている。発狂したトリストラムを見たマーク王は、マトー・ル・ブルーネと勘違いする（四九八頁二八〜三二行）。彼は妻を奪われたせいで、気が触れた騎士なのだ。このように、『アーサー王の死』においては愛の喪失が騎士から理性を奪うと、広く認識されている。

では、マロリーにおいて失恋がすべての騎士たちを狂気に駆りたてるのかというと、必ずしもそうではない。バリンが遭遇した騎士ガーニッシュは、恋人に裏切られた後で彼女と相手の男を殺し、自害する（八七頁二四〜三八行）。また、愛する乙女がガウェインと同衾しているのを目撃した騎士ペレアスは、最初は彼らを殺そうとするが、結局は剣を置いてその場を去ることにする（一七〇頁十八〜三二行）。失恋に対する騎士のリアクションは必ずしも一定しない。

中世フランス文学における狂気を分析した際、フォットは発狂が大いなる愛の裏返しであり、立派な人物にこそ起こりえる現象だと考えた（Huot 一一一頁）。その考えは、マロリーの場合にも当てはまる。狂ったトリストラムやランスロットは宮廷を離れ、野を彷徨うが、最終的には回復し、愛も取り戻す。マロリーの高貴なる騎士たちにとって、物狂いは一時的な苦難、通過すべき試練なのである。

『国王牧歌』におけるペレアスの狂気

その後の十九世紀、ヴィクトリア時代のイングランドでは中世主義ブームの中で、アルフレッド・テニスンが『国王牧歌』を著した。マロリーを近代的に再解釈・翻案したこの長編詩で、騎士ペレアスの物語は大きな変化を遂げている。テニスンのペレアスは愛する女性の不実を目の当たりにした後で狂ったようになり、ひいてはアーサー宮廷の敵となるのだ。

マロリーにおけるペレアスの逸話は聖杯探求の前に語られるが、テニスンの「ペレアスとエッタール（Pelleas and Ettarre）」は、若き騎士が聖杯探求での欠員を補うためアーサー宮廷へやって来る場面から始まる。そして、彼の騎士道理解は伝聞を通じてのものだということが示唆される。

「私を騎士にしてください、王よ、というのも私は
騎士道にまつわるすべてを心得ており、愛しているからです」　（七〜八行）

まだ叙任すらされていないのに、ペレアスは無邪気にも騎士道に精通していると述べる。バックラーが指摘しているように、彼は騎士道を字義的にしか解釈できない、ドン・キホーテの悲劇版なのである（Buckler 六九〜七〇頁）。乙女エッタールが冷淡なのは自分の愛を試しているのだろう、そして円卓の騎士ガウェインは仲間として自分を助けてくれるのだろうと考えていた彼は、同衾する二人を発見し、ショックを受ける。理論としての騎士道しか知らなかったペレアスは、醜い現実を目の当たりにした際、気も狂わんばかりに怒り狂い（“maddened with himself” 四五一行）、以下のように嘆く。

「愚かなのは、獣なのは――彼か、彼女か、それとも私か？　もっとも愚かなのは私だ、
獣じみているのも私だ、人間としての知性を欠いていたのだから。辱められ
不名誉を被った、すべては真の愛への試練のために――
愛だと？　我らは皆、似たり寄ったりだ。王のみが我々を
愚者、嘘つきにしたのだ。ああ、高貴なる誓いよ！
ああ、立派にして正気で飾り気のない獣たちよ、
法を持たぬゆえ、色欲も持たない！
何故に私は、恥となるまで彼女を愛してしまったのだろう？
恥となるまで彼女を愛したのと同じくらいに、私は彼女を憎む。
私は彼女を愛したことなどなかった、ただ欲情しただけだ――
立ち去ろう――」

（四六六〜七六行）

『国王牧歌』はダーウィニズムからの影響が色濃く、神の似姿としての理想と、獣としての本能の相克が繰り返し述べられる。その揺れ動きは「理性の喪失」というテーマとも重なる。そこにはテニスン自身が常に抱いていたという、発狂への恐怖が潜んでいるのかもしれない（Colley三頁）。エッタールへの思慕がただの肉欲ではないかと思い至ったペレアスは精神の均衡を失い、

ガウェインが城に火を放つ悪夢にうなされる（五〇七～〇九行）。愛を裏切られたせいで、ペレアスは婦人崇拝に代表される騎士道の理念を信じられなくなってしまった。

マロリーにおいてはグウィネヴィアへの愛がランスロットを狂気へ追いやるが、この二人の禁断の恋は、テニスンのペレアスにも決定打を与える。夢から覚めた彼は、貞潔だと信じていたアーサーの妻が円卓最高の騎士と不義の関係にあることを仄めかされ（五一〇～二四行）、絶望に陥る。彼は「名などない、名などない、（略）／我は円卓の裏切りを誅する者」（五五三～五四行）、「我は憤怒、恥辱、憎悪、悪名」（五五六行）と叫ぶと、ランスロットに戦いを挑む。そして勝負に敗れた後、無謀な振る舞いの原因を王妃に問いただされると「我は剣を持たぬ」（五九〇行）との言葉を残してキャメロットを去る。トーナメントで優勝した際に与えられた剣（一六三行）を、ペレアスは眠るエッタールの喉元に置いてきた（四四二～四六行）。それまで掲げていた理想、騎士道との決別を宣言するかのように、ペレアスはこの言葉を繰り返す（五六四、五九〇行）。

原典のマロリーでは、嘆きのあまり死に瀕しているペレアスを、湖の乙女ニニーヴが救う。彼女の魔法により、高慢なるエッタード（エッタール）は激しい恋情を抱くようになる。だがその時には、ペレアスの愛は憎しみへと変わっていた（一七一頁三〇行～一七二頁十五行）。彼の心境の変化が魔法によるものかどうかは不明だが、ともあれニニーヴの助けによりペレアスは不毛な恋から救われる。そしてエッタードは傷心のあまり亡くなり、ペレアスはニニーヴと結ばれる。[8] しかし、テニスンはヴィヴィアン（二二一ヴ）を悪女として描いており、『国王牧歌』のペレアスに救いの手は差し伸べられないのである。

シェイクスピアの悲劇を論じた際、サルケルドは狂人が社会の犠牲者であるのみならず、それを乱す政治的危険をはらんだ存在であると指摘した（Salkeld 八〇頁）。時代こそ違えテニスンの描くペレアスも、失恋というパーソナルな経験を通じ、アーサーの理想への対抗者という政治的な変貌を遂げる。『国王牧歌』の「ペレアスとエッタール」に続く「最後の馬上槍試合（The Last Tournament）」で、名を捨てたペレアスは「赤騎士」としてアーサーに挑戦を突き付ける（七七〜八八行）。円卓の騎士トリストラムもまた、アーサーの理想を「一過性の、健やかなる狂気」（六七〇行）と評する。彼にとっては、生身の人間が守ることができない崇高すぎる誓いを立てることこそ、狂気の沙汰なのである。今やアーサーに唯一共感する者は、愚者のダゴネットだけ。はたしてペレアスの変貌は狂気によるものだったのか、それともアーサーの狂った理想から正気に返ったのか。そして欲望のまま行動するのが獣の所業なのか、それとも本性を否定することこそ愚かなのか。テニスンのペレアスは、答えの出ぬ問いを読者に突き付ける。

そしてマロリーとは違い、『国王牧歌』では狂気と正気の境界は一方通行である。一旦変わってしまうと、もう元の状態へは回帰できない。それまでの自分を捨て、キャメロットの敵となったペレアスは、かつての仲間である円卓の騎士たちに殺害される末路を辿るのである。

おわりに

このように、アーサー王物語における騎士の狂気は様々な形で描かれている。中世の作品では、肉体の衰えが精神に悪影響を及ぼすと理解されることが多かったようだが、マロリーはランスロットの発狂を愛情への試練と解釈した。それがテニスンの『国王牧歌』においては、失恋が若きペレアスを狂わせ、アーサーの反逆者へと変えてしまう。

興味深いことに、アメリカの作家ウォーカー・パーシー（Walker Percy 一九一六〜一九九〇）の小説『ランスロット（*Lancelot*）』（一九七七）や、現代日本で多くのファンを獲得している*Fate*シリーズにも、狂えるランスロットが登場する。[9] 円卓の騎士たちの狂気は、これからも様々な形で語られてゆくのだろう。

◆注

1　断りがないかぎり、引用はすべて筆者訳。

2　日本語訳は岩根訳を用いた。

3　"My Compleinte," "A Dialoge," "Fabula de quadam imperatrice Romana," "Ars vtillissima sciendi mori," "Fabula de quadam muliere mala" から成る。

4　ホックリーヴの語りについての詳しい分析は、Komiyaを参照。

5　紙面の都合で、アーサー王伝説における「森のマーリン」の狂気については、本稿では割愛する。Doob（特に一五三〜五八頁）を参照。

6　なお、『散文トリスタン』では変装して城を去っている（三巻一四四頁）。どちらの作品においても、この時点でのトリスタンは不要な戦いを避けるため、きわめて合理的な判断を下しているのである。

7　むしろ、マロリーの物語においてはイソードもグウィネヴィアも、騎士を狂わせる王妃として描かれている。Pearman（五〇〜六三頁）を参照。

8　マロリーの種本であるフランス後期流布本（*La Suite du roman de Merlin*; 一二三〇〜四〇頃）では、ガウェインがペレアスを救う筋書であった。恋の取り持ち役を申し出ておきながら、自身が乙女アーケードの恋人になってしまったガウェインは、ペレアスの高貴な振る舞いに感銘を受け、アーケードとペレアスを結婚させる。詳細は小宮を参照。

9　パーシーの作品では、精神病院に収容されている主人公ランスロットが、自分の家族を殺害した動機を語る。また、*Fate*シリーズの小説『Fate/Zero』におけるランスロットは「狂化して理性を失くしてる」（二巻一三四頁）バーサーカーとして姿を現し、その戦いぶりは「狂乱に身を委ねている。紅い双眸に憎しみを滾らせ、獣のように吠え猛りながら」（六巻一四五頁）と表現される。そしてスマートフォン用ゲーム『Fate/Grand Order』第一章でも同様に、バーサーカーのランスロットが敵として登場する。

◆参考文献

Bonet, Honoré　*L'arbre des batailles*. Edited by Ernest Nys, Muquardt, 1883.

Buckler, William E.　*Man and His Myths: Tennyson's* Idylls of the King *in Critical Context*. New York UP, 1984.

Chrétien de Troyes　*Le Chevalier au lion*. Edited by Corinne Pierreville, Champion, 2016. Champion classiques série moyen âge.

Christine de Pizan *The Book of Deeds of Arms and of Chivalry*. Translated by Summer Willard, edited by Charity Cannon Willard, the Pennsylvania State UP, 1999.

Colley, Ann C. *Tennyson and Madness*. U of Georgia P, 1983.

Craig, Leigh Ann "The History of Madness and Mental Illness in the Middle Ages: Directions and Questions." *History Compass*, vol. 12, no. 9, 2014, pp. 729–44.

Doob, Penelope B. R. *Nebuchadnezzar's Children: Conventions of Madness in Middle English Literature*. Yale UP, 1974.

"La folie Tristan d'Oxford." *Les deux poèmes de la folie Tristan*, edited by Joseph Bédier, Librairie de Firmin-Didot, 1907, pp. 15–79.

Hoccleve, Thomas *'My Compleinte' and Other Poems*. Edited by Roger Ellis, U of Exeter P, 2001.

Hood, Gwenyth E. "Medieval Love: Madness and Divine Love." *Mythlore*, vol. 16, num. 3, issue 61, 1990, pp. 20–28.

Huot, Sylvia *Madness in Medieval French Literature: Identities Found and Lost*. Oxford UP, 2003.

Komiya, Makiko "'How Vndirstande Am I?' Paradoxical Narrative in Hoccleve's *Series*." *Doshisha Literature*, nos. 52&53, 2010, pp. 23–47.

Malory, Thomas *The Works of Sir Thomas Malory*. Edited by Eugène Vinaver, revised by P. J. C. Field, 3rd ed., Clarendon, 1990. 3 vols.

Pearman, Tory V. *Disability and Knighthood in Malory's* Morte Darthur. Routledge, 2019. Routledge Studies in Medieval Literature and Culture.

Percy, Walker *Lancelot*. Farrar, Straus and Giroux, 1977.

Le roman de Trisatan en prose. Edited by Renée L. Curtis, D. S. Brewer, 1985. Arthurian Studies XII–XIV. 3 vols.

Salkeld, Duncan *Madness and Drama in the Age of Shakespeare*. Manchester UP, 1993.

Shakespeare, William *A Midsummer Night's Dream*. Edited by Harold F. Brooks, Routledge, 1979.

La Suite du roman de Merlin. Edited by Gilles Roussineau, 2nd ed., Droz, 2006.

Tennyson, Alfred *The Poems of Tennyson in Three Volumes*. Edited by Christopher Ricks, 2nd ed., Longman, 1987. 3 vols.

The Vulgate Version of the Arthurian Romances. Edited by H. Oskar Sommer, AMS, 1909–16. 8 vols.

アリオスト、ルドヴィコ
『狂えるオルランド』脇功訳、上下巻、名古屋大学出版会、二〇〇一年。
虚淵玄
『Fate/Zero』二〇〇六～二〇〇七年、一－六巻、星海社文庫、二〇一一年。
小宮真樹子
「"That Is the Ryghteuouse Jugemente of God": *Le Morte Darthur*におけるEttardeへの懲罰」『主流』、第六七巻、二〇〇六年、一－十五頁。
セルバンテス、ミゲル・デ・サアベドラ
『新訳　ドン・キホーテ』岩根圀和訳、前後編、彩流社、二〇一二年。
フーコー、ミシェル
「狂気は社会のなかでしか存在しない」一九六一年、『フーコー・コレクション1　狂気・理性』小林康夫・石田英敬・松浦寿輝編、ちくま学芸文庫、二〇〇六年、一九八－二〇三頁。
モンタルボ、ガルシ・ロドリゲス・デ
『アマディス・デ・ガウラ』岩根圀和訳、上下巻、彩流社、二〇一九年。

幾重もの語りの内側にあるもの
――罪食いの伝承とフィオナ・マクラウドの「罪食い人」をめぐって

有元志保

死者の罪を食う儀式

ウィリアム・シャープ（William Sharp 一八五五～一九〇五）がフィオナ・マクラウド（Fiona Macleod）の名で発表した短編「罪食い人（The Sin-Eater）」（一八九五）には、死者の罪を生者が引き受ける儀式が登場する。スコットランド西岸沖に浮かぶアイオナ島への帰郷の途上、ニール・ロスはアダム・

ブレアの死に行き合い、罪食い人となることを了承する。遺体の胸に小皿とパンと塩が置かれ、小皿に水が注がれた後、ニールはアダムの罪を「食う」。

彼は塩をひとつまみ小皿に入れ、もうひとつまみをパンに振りかけた。（中略）

「おお、アダム・モアの息子アンドラの息子アダム、汝の亡骸に置かれた塩水とともに、汝の悪行すべてを我が飲み干す」――彼の言葉が途切れたとき、沈黙する人々の鼓動は痛いほどだった――「悪がこの水により流れずとも、汝でなく我に留まらんことを」

そこで彼は小皿を取って、遺体の頭の辺りを太陽の進む方向に三度動かしてから口元に運び、飲めるだけ飲んだ。残りは左手にかけて、地面に垂らした。それからパンを手に取り、再度、遺体の頭の辺りを太陽の進む方向に三度動かした。（中略）

はっきりとした大きな声で、彼は罪を引き受けた。

「**アダム・モアの息子アンドラの息子アダム、汝の罪を我に与えよ！**[1] 汝の罪が払われるよう、我に与えよ！　見よ、我は今ここに立ち、汝の亡骸に置かれたパンを裂いて食べ、それにより汝の罪を宿す。おお、かつて生き、今は静寂の中に青ざめたる者よ！」

そしてニール・ロスはパンを裂いて食べ、その身に死者アダム・ブレアの罪を負った。[2]

罪食いに関して登場人物たちは多くを語らないが、彼らの話をつなぎ合わせると、これはこの地域古来の伝統で、迷信ともキリスト教的行いとも考えられている。本稿では罪食いの由緒を辿った後、「罪食い人」を先行文献と比較して、罪食いの伝承との関係を探る。次に、罪食いの神秘化が図られる本作品において、語りの構造が果たす役割について考察する。最後に、エピグラフとの関連性から作品の解釈を試みたい。「罪食い人」を罪食いの伝承との関わりから読み解くとは、スコットランドのハイランドや島嶼部の民話や伝承をしばしば題材とするマクラウドの作品において、文化的、風土的特性がいかに表象されているかを理解する手がかりとなるだろう。

罪食いの伝承

これまで知られている限り、イギリスでの罪食いに言及した最古の文献は、古物研究家ジョン・オーブリー（John Aubrey 一六二六～九七）によるものである。オーブリーが民話や慣習を収集し、一六八〇年代後半にまとめた『異教精神とユダヤ信仰の名残（*Remaines of Gentilisme and Judaisme*）』で、罪食いはイングランド西部ヘレフォードの古い習慣と紹介される。

そのやり方であるが、遺体を家から運び出し、棺台に乗せると、パンの塊が取り出され、遺体越しに罪食い人に渡された。ビールで満たしたカエデの鉢も同様に渡され、罪食い人はそれを飲み干した。謝礼として六ペンスが与えられた。罪食い人はその行為により死者の罪をすべて引き受けるため、死者はこの世をうろつかずにすんだのだ。（Aubrey 三五頁）

ジョン・バグフォードも一七一四〜一五年の日付が記された書簡の中で、イングランド西部シュロップシャーでの事例に言及している。

（前略）人が亡くなると、ある爺《おきな》（彼らはそう呼んだ）に知らせが行った。爺はただちに死者が安置されているところへ赴いて、その家の前に立ち、中から出てきた遺族が用意した三脚椅子に座った。四ペンス銀貨を渡されポケットにしまい、パンを食べ、鉢一杯のエールを一息に飲んだ。その後、椅子から腰を上げ、落ち着いたしぐさで**己の魂にかけて、死者の魂は安息を得る**と宣言した。（Leland 七六頁、太字は原文イタリック）

オーブリーの『異教精神とユダヤ信仰の名残』は長らく出版されず、大英図書館に保管されていた手稿が初めて出版されたのは一八八一年だった。それと前後して、十九世紀のイギリスで罪食いの習慣を扱った書物は複数登場している。目を引くのは、それらの多くが『異教精神とユダヤ信仰の名残』かバグフォードの書簡、もしくはその両方を典拠としていることである。[3] バグフォードは右に引用した話をオーブリーから聞いたとしているため、罪食いを巡る言説はオーブリーに大きく依拠していることになる。

ただ、オーブリーの報告がどこまで信頼できるのかは明確ではない。『異教精神とユダヤ信仰の名残』が執筆された時期にはすでに、罪食いはほぼ廃れていたという。オーブリーはかつてこの習慣がウェールズ全域に存在したと推測し、実例をいくつか挙げるものの、その情報の出所を示していない。罪食い人を個人的に一人知っているとも述べるが、彼自身が罪食いの場に立ち会った経験があるのかは不明である(Aubrey 三六頁)。オーブリーの証言の信頼性に対する疑問は、彼を情報源とするバグフォードの書簡や、この二人に由来する後世の文献にもついて回る。

オーブリーに拠らない報告として、一八五二年に開かれたウェールズ考古学協会の年次総会でのマシュー・モグリッジの発言がある。

死者が出ると、遺族はその地域の罪食い人を呼んだ。やって来た罪食い人は、死者の胸に塩の入った皿を置き、その塩の上に一切れのパンを置いた。パンの上から呪いをつぶやき、そのパンを食べ、それによって死者の罪を食い尽くした。ことが済むと、二シリング六ペンスの報酬を受け取り、できるだけ速やかに姿を消した。この儀式を行い、死者たちの罪を己のものとしていると信じられていたために、罪食い人は近隣で忌み嫌われていた。最下層の、救いようのなく堕落した者として。(*Archaeologia Cambrensis* 三三〇頁)

『異教精神とユダヤ信仰の名残』やバグフォードの書簡の内容と重なりつつ、儀式の流れや、罪食い人の共同体での位置づけが、より詳細に報告されている。だが、この習慣が四、五年前にも営まれたと聞いたが、現在は廃れていると思う、などとするモグリッジの証言は伝聞や推測を多く含み、やはり情報の出所の曖昧さを残している(*Archaeologia Cambrensis* 三三二頁)。

ワート・サイクスによると、オーブリーに先んじて、あるいは彼と同時代に、罪食いに関する言及を残した者はおらず、後世には多くの人々がこの習慣について述べているものの、罪食いが広まっていたとされるウェールズの言語で記された例はない(Sikes 三二六頁)。罪食いは、それを自らの習慣としない人々による、何重もの伝聞や引用を経て語り継がれており、その実態はもとより存在の真偽すら判然としない。それでも、というより、だからこそというべきか、死者の罪を贖うという行為に想像力をかき立てられて生まれた文学作品や映画は少なくない。マクラウドの「罪食い人」はその系譜の最初期に登場する。[4]

「罪食い人」における罪食い

マクラウドことウィリアム・シャープは、罪食いに関する知識をどこから得たのだろうか。彼が罪食いについて見聞きしたという記録は残っていない。十九世紀後半にグラスゴーなどの都市部で育ったシャープが、それを自らの文化的慣習とみなしていたとは考えにくい。スコットランドのゲール語圏をしばしば訪れていた彼が、民話を採集する中で罪食いの話を聞いたという推測は可能だが、ウェールズでも現地の人々による罪食いの証言は得られないとサイクスが述べており、その可能性は低いように思われる。シャープが情報源としたのは、何らかの文献だと考えるのが妥当だろう[5]。

マクラウドの「罪食い人」で語られる罪食いは、オーブリー以降の文献の内容と大筋で一致しているが、細部では異なる点もある。例えば、罪食い人となる人物は、バグフォードとモグリッジによると、共同体内の特定の者と決まっていたようである一方、「罪食い人」では故人について何も知らないよそ者がよいとされる。「罪食い人」でニールは罪を食う報酬として五シリングを得るが、物語の設定されている時代とさほど隔たりはないと思われるモグリッジによる事例と比較しても、それはかなりの高額である。

とりわけ、冒頭に引用した罪食いの場面は、作者の創作によると考えられる儀式の詳細を含んでいる。ニールが唱えるゲール語混じりの呪文は、罪食いがこの土地に根づいた伝統であることを示す。彼は小皿とパンを太陽の進む方向、すなわち東から西に動かすが、その行為は太陽信仰の影響を感じさせる。塩水の使用も、海が古来崇拝の対象とされてきたことと重なり合う。儀式の後、ニールは海に向かって呪いを唱え、身に負った罪を振り捨てようとするも果たせず、ついにはアイオナ島の西岸から夕日で赤く染まる海に入り、波にもまれて姿を消す。このように、「罪食い人」では罪食いの異教性が際立っている。

オーブリーはレビ記十六章で言及される、人々の罪を負って荒れ野に放たれる贖罪の山羊と罪食い人との類似性を指摘し、罪食いがユダヤ教に起源をもつ可能性を示唆している（Aubrey 三五〜三六頁）。「罪食い人」ではニールは贖罪の山羊と呼ばれるだけでなく、他者の罪を贖う存在として、キリストをも象徴する。儀式の際、ニールはパンを口にする前に裂く。他の文献にはみられないふるまいは、キリストがパンを裂いて弟子たちに与えた行為を想起させる。ニールとキリストの一体性は、結末において決定的なものとなる。罪食い人となった報いとして、世界のあらゆる罪を負ったと考えるに至ったニールは、己の体を十字架に縛りつけ、海へ消えていく。

ニールは自身と、彼が食ったアダムの罪だけでなく、他者の罪までも贖おうとしている。実際、ニールは共同体の人々の負の感情を和らげる役割を果たしている。アダムは生前多くの悪事を働いたために、死後には魂がこの世をさまようだろうと言われていた。罪食いを迷信として、それについて語りたがらない人々は、その習慣を恥ずべきものと感じながらも、死者の魂が自分たちに害をなすことを恐れ、罪食い人を必要とする。罪食いをキリスト教的行いとも呼ぶことで、彼らはそうした矛盾を正当化しているように思われる。ニールがアダムの罪を負い、自ら去っていくために、人々は不安やうしろめたさから解放される。彼らはニールによって救済されているのである。

中世前期にキリスト教布教の拠点となったアイオナ島を舞台に、威容を示す太陽と海の中へ飲み込まれていく十字架は、異教とキリスト教の混交する作品の世界観を象徴的に表現する。「罪食い人」は罪食いの言説の中に位置づけられながら、宗教性を加味して罪食いの神秘性を高めている。

アイオナ島、筆者撮影

「罪食い人」の語りの転換

「罪食い人」は罪食いを謎に包まれた伝統として提示するが、読者の好奇心をそそる上で、作品の語りの構造が果たす役割は大きい。本作品の語りは、罪食いの儀式を境に大きな変化をみせる。

「罪食い人」は三人称の語りで始まる。語り手は視点人物を転々としながらも、主にニールの視点と感情に寄り添って物語を展開する。冒頭、冬も近い日暮れ時の細かい雨の中、ニールは長らく離れていた故郷アイオナ島を目指している。金も食べ物ももたず一日歩き通しの彼の心情と呼応するように、風はうなり、海の波は倦んだように打ち寄せ、鳥は悲しげな声で鳴く。ニールは道中でシーン・マッカーサーと遭遇し、彼女との会話から、彼の身内は皆この世を去っており、彼が母を裏切った父を憎み、父の非道な行いの元凶としてアダム・ブレアを恨んでいることが明らかになる。心に闇を抱えるニールであるが、信仰心を持ち合わせ、老いて貧しく身寄りのないシーンの境遇に同情する一面も見せる。

罪食いの儀式を前にしたニールの葛藤はつぶさに語られる。シーンからアダムの死を知らされ、罪食い人となることを提案された彼は躊躇する。アダムの罪を食えばアイオナ島に渡る金が手に入るが、怨恨を抱く相手の救済に手を貸すことになる。そして、罪食い人は死者に悪意を持っていてはならないとされているのをニールは知っていた。しかし、彼の事情を知るシーンだけでなく、アダムの通夜を行ったメイジー・マクドナルドや、アダムの息子アンドリュー・ブレアも、罪食いは無害な因習にすぎないとして、ニールに罪食い人となるよう促す。ためらいを拭い去れないまま儀式に臨み、罪を食い終えたニールは、アンドリューから嘲りとともに「贖罪の山羊」という言葉を投げかけられる。そのとき、語り手のニールへの感情移入の度合いは頂点に達する。

罪食い人はそれを聞いて振り向き、丘の雄牛のように目を見開いて見つめた。**贖罪の山羊！** そうだ、それが今の彼だった。罪食い人、贖罪の山羊！ 彼もユダと同じように、銀貨欲しさに売ってはならないものを売ってしまったのではないか。いや、そんなことはない、きっとメイジー・マクドナルドがこの重荷を取り除くための呪文を教えてくれる。彼はすぐに荷を下ろせる。（四二頁、太字は原文イタリック）

ニールの衝撃に共鳴する語り手は、原文における自由間接話法によって彼の動揺を読者に鮮明に伝えている。

これ以降、ニールの心情に同化を促すような語りから一転し、語り手は罪食い人となった彼と距離を置き始める。ニールがアイオナ島へ渡った後、語り手が彼と視点を重ね合わせ、その内面を語ることはなくなる。島の住民たちは、アダムの罪がとりついて離れないためにニールは狂気に陥ったと考え、彼を避ける。海に足しげく通うニールに対し、彼らは彼が海の秘密に通じ、そこで人ならざる存在と親しんでいると噂する。ニールは罪を負った人間として忌避されるのと同時に、現実世界から遊離した存在として畏怖の対象ともなっている。彼を遠巻きに眺めるのみとなった読者は、島民たちの不安や好奇心に共感しやすい立場に置かれる。

語り手は全知の能力を途中から抑制しているようにみえるが、物語の終盤に語り手「私」が突如姿を現すために、その存在感はむしろ高まる。アイオナ島での出来事の大部分は島民オーレイ・マクニールの視点から、その相当の部分が彼自身の言葉を引用する形で語られる。オーレイの語りに幾度か補足を加える語り手は、その際に現在形を用いて、出来事が起こった時点と、それが語られる時点との時間的隔たりとともに、オーレイの語りが反復行為であることを際立たせる。ニールが海へ消える場面には、「冬を越すたびに長くなっていくオーレイ・マクニールの長話を私はここで繰り返すつもりはないが、その話の中でいつも変わらない終わりの部分だけを語ろうと思う」(六一頁)という前置きがある。ここにきて、語り手はそれまでのオーレイの語りの信頼性を揺るがす。

語り手「私」の登場は、物語にオーレイだけでなく語り手の主観も入り込んでいることを読者に意識させる。結末部分はさておき、語り手はオーレイの話を取捨選択し語り直している。直線的な時間軸に沿っていた物語は、オーレイの視点での語りになってからは、語り手によって出来事の順序が再構成される。罪食いの儀式の日の後、読者の前に現れるのは七か月後の放心状態となったニールである。彼の変貌を読者に印象づけてから、そこに至るまでの彼の苦悩が断片的に語られる。語り手の編集はオーレイの語り以外の部分にも加わっていると、読者は想像せずにはいられない。ニールが存在しているのが、信憑性の定かでない語りの入れ子の中であることを、語り手は隠そうとしない。

語りや視点に対する信頼性への疑問を喚起するのは、オーレイや語り手だけではない。「罪食い人」は非現実的な内容を含むが、それは常に登場人物の視点から語られる。そして、実際の状況と、登場人物たちが認識し、語る状況との差異を感じる余地が設けられている。アダムの通夜の席で眠っていたシーンが叫び声を上げるとき、メイジーはアダムの遺体に向かって呪いを唱える。メイジーはアダムの魂がシーンにとりつこうとしていると考え、それを阻止しているのだが、彼女の見解や行動に対して語り手は意見を表明しない。さらに、罪食い人となったニールに向けて死者アダムが放つ笑いは、ニールを打ちのめす。だが、彼はアダムの笑うさまを直接目撃するわけではなく、偶然出会った羊飼いエハン・ギリスビーから知らされる。そのエハンもアダムが笑う場に居合わせておらず、人から聞いた話としてニールに伝えている。エハンは誰から聞いたのかを明らかにしないが、その話はニールの耳に届くまでに少なくとも二人の語りを経ていることとになる。

「罪食い人」は現実的な世界を舞台として、罪食いという習慣にまつわる共同体の集団心理や、罪食い人となったニールの罪悪感から生じる苦悩を描きながら、死者が意思を持ち生者の世界に干渉するといった超自然的解釈の可能性を残す。語り手は自らの語りをあえて不安定なものにして、読者を多様な読みへと誘《いざな》っている。

「聴覚」の不在

「罪食い人」の冒頭には、スペインの劇作家ペドロ・カルデロン・デ・ラ・バルカ（Pedro Calderón de la Barca 一六〇〇～八一）が一六四五年頃に書いた聖体劇『罪の魔術（*Los Encantos de la Culpa*）』の一節が、エピグラフとして置かれている。聖体劇は聖体の秘蹟という主題を、寓意を用いながら展開する。本作品はアナクロニズムを含み、ギリシア神話におけるオデュッセウスのトロイアからの帰還を下敷きとしている。

オデュッセウスを思わせる男が、自身の五感（「嗅覚」、「聴覚」、「触覚」、「味覚」、「視覚」）と「知性」とともに航海の途中、ある島に立ち寄る。その島はキルケーを思わせる魔女「罪」が支配していた。男は五感を先に上陸させるが、彼らは「罪」の侍女である悪徳に誘惑され、囚われてしまう。

五感を救うために「罪」と対峙する男も、その魅力に屈して彼女の宮殿へと誘われる。豪華な食卓についた彼らの前に「知性」が現れる。「知性」はこの世のはかなさと、来るべき死について思い起こさせ、他方、「罪」は生の喜びを謳って、男はそれらの板挟みとなる。そのとき、「知性」に同行していた「改悛」がテーブルの上の食べ物を消し去り、パンだけが残る。そのパンは肉であり血であると言う「改悛」に対し、それを否定する「罪」は五感に確かめさせる。

罪：「嗅覚」、ここへ来て、お前の感覚でこのパン、この物質を調べてみなさい。さあ、それはパン？　それとも肉？

五感が近づく。

嗅覚：パンのにおいがする。
罪：「味覚」、こちらへ。試してごらん。
味覚：明らかにパンの味だ。
罪：「触覚」、おいで。なぜ震えているの？　お前が触れているのは何？
触覚：パンだ。
罪：「視覚」、この物体が何に見えるか言いなさい。
視覚：パンしか見えない。

罪：「信仰」[6]が肉だと主張し、「改悛」が肉だと説くこの物質を、「聴覚」よ、お前も粉々にしなさい。その音で彼らが誤っているのだと教えてやるのです。さあ、そうでしょう？
聴覚：不快な「罪」よ、確かにパンを裂いたときの音に似ているが、「信仰」と「改悛」がより良い教えを与えてくれる。それは肉だ。**彼ら**がそう呼ぶのなら私は信じる。「信仰」が何かを主張することが、十分な証拠となるのだ。

（Calderón 二〇〇～〇一頁、太字は原文イタリック）

「聴覚」の発言によって男は「罪」の誘惑から逃れ、一行は歓喜の声を上げながら島を去る。
「罪食い人」のエピグラフは、デニス・フローレンス・マッカーシーが一八五九年に発表した、『罪の魔術』の英訳を基にしている。ただ、引用されるのは右記の「罪」と「嗅覚」、「触覚」、「視覚」の対話のみである。「嗅覚」らと同様の意見を述べる「味覚」はともかく、劇の進行上で重要な「聴覚」の台詞も除かれている。人々が言霊の力を信じる「罪食い人」において、彼らの聞く行為が物語の展開に与える影響の大きさを考えても、これは奇妙な抜粋である。
「聴覚」の不在は何を意味するのだろうか。快楽とは程遠いが、父とアダムに遺恨を抱き続けるニールは、『罪の魔術』の男や五感と同じく、はかない現世に執着しているといえる。彼は罪食いの儀式の最中、アダムに亡き父への言伝を託し、海に罪を捨てる儀式では二人への呪詛を唱える。そうした行動が彼の罪悪感を強めているのであれば、ニールは浮世にとらわれているがゆえに、自ら苦しみを深めていることになる。「聴覚」の台詞の前で途切れたエピグラフには、ニールに救済への転機が訪れないという暗示が込められているのではないだろうか。

一方、別の解釈も成り立つ。「聴覚」は聞こえる音からではなく、自身の信念に基づいてパンを肉と認識する。この場合、現実世界では知覚されないものを信じることが事態の好転につながるが、「罪食い人」では必ずしもそうではない。登場人物たちはパンに死者の罪という、キリストの肉とは別の象徴性を見出している。罪食い人はパンを食べて死者の罪を負い、死者は災いをもたらさなくなると信じることは、人々に安心を与え、同時にニールの絶望を招く。

「罪食い人」における登場人物の視点や語りを不安定にしている要因は、彼らの主観が、それぞれの知覚や認識に大きな作用を及ぼしている点にある。罪食いは無害な行いだと事前に確認しようとするニールに対し、メイジーは口ごもったり、彼の質問をさえぎったりと不可解な言動を見せる。だが、古い迷信のために罪食い人に報酬が支払われると知れば、生前吝嗇家だったアダムはさぞ悔しがるだろうとメイジーに言われ、ニールは溜飲を下げる。罪食い人となることに不安を感じる彼は、それを打ち消す言葉を欲し、メイジーの不審な挙動にはあえて目をつぶっているところがある。

一方、ニールはこうあってほしくないというものに対しても敏感に反応する。儀式の後、アンドリューに「贖罪の山羊」と呼ばれ、ニールは強い衝撃を受ける。彼が罪食い人としての重荷を負ったのは、儀式を終えた時点ではなくアンドリューの発言を聞いたときだったともいえる。そして、死者アダムが自分を笑ったとエハンから知らされたとき、ニールは「そんなのは嘘だ」(五一頁)と叫びながらもそれを事実だと確信し、精神的危機に陥る。罪食い人となったことにやましさを感じる彼は、報いのしるしを無意識に探し求め、アンドリューやエハンの言葉の中にそれを読み取って、己の考えを一層強固なものとしていく。「罪食い人」は合理的説明のつかない幻想に没入した者が辿る、もう一つの道筋を描いているといえよう。

このように「罪食い人」では、複層的な語りがテクストを構成している。語る側とそれを受け取る側双方の意思が介在して語りが形成されるという関係性には、当然読者も組み込まれている。伝聞や引用に基づく罪食いの伝承を取り込んだ「罪食い人」の、幾重もの語りの中に私たちが見出すのは、私たち自身の思念に潜む何かなのかもしれない。

◆注

1 原文はゲール語。

2 Macleod 四〇~四一頁. 太字は原文イタリック。以後、この文献からの引用は文中に括弧で記す。なお、本稿の引用はすべて拙訳による。

3 例えば、E・C・ブルーワーの『英語故事成語大辞典』はバグフォードの書簡を、J・D・フレイザーの『金枝篇』は『異教精神とユダヤ信仰の名残』とバグフォードの書簡を引用している。E. Cobham Brewer, *Dictionary of Phrase and Fable*. Cassell, Petter, and Galpin, c. 1870, p. 824; J. G. Frazer, *The Golden Bough: A Study in Comparative Religion*. Vol. 2, Macmillan and Co., 1890, pp. 154–55.

4　罪食いを扱った文学作品や映画についてはアーロンを参照。

5　アーロンは、シャープが参照したのはジェイムズ・ネイピアの『今世紀のスコットランド西部の民話と迷信』（一八七九）だと推測している（Aaron 一七八頁）。

6　この「信仰」とは、「知性」を指す。

◆参考文献

Aaron, Jane　*Welsh Gothic*. U of Wales P, 2013.

Archaeologia Cambrensis: A Record of the Antiquities of Wales and Its Marches and the Journal of the Cambrian Archaeological Association. New Series, vol. 3, W. Pickering, 1852.

Aubrey, John　*Remaines of Gentilisme and Judaisme*. Edited by James Britten, W. Satchell, Peyton and Co., 1881.

Calderón de la Barca, Pedro　*Three Dramas of Calderón, from the Spanish*. Translated by Denis Florence MacCarthy, W. B. Kelly, 1870.

Leland, John　*Joannis Lelandi Antiquarii de Rebus Britannicis Collectanea*. Edited by Thomas Hearne, 2nd ed., vol. 1, Impensis Gul. et Jo. Richardson, 1770.

Macleod, Fiona　"The Sin-Eater." *The Sin-Eater and Other Tales and Episodes*, Books for Libraries, 1971, reprinted of *The Sin-Eater*, 1895, pp. 15–64.

Sikes, Wirt　*British Goblins: Welsh Folk-lore, Fairy Mythology, Legends and Traditions*. Sampson Low, Marston, Searle, and Rivington, 1880.

緑深き原生林へ――マリー・コレリ『復讐――忘れられた男の物語』における自然回帰

桐山恵子

英国ベストセラー作家マリー・コレリ（Marie Corelli 一八五五〜一九二四）[1]の小説『復讐――忘れられた男の物語（*Vendetta: A Story of One Forgotten*）』（一八八六）[2]を読んだことのある人は、現在、そう多くはないだろう。しかし怪奇小説ファンなら、江戸川乱歩の『白髪鬼』（一九三一）に馴染みのある人もいるのではないだろうか。語り手でもある主人公、九州の大名家出身である大牟田敏清子爵が、不義を働いた妻とその恋人への恨みを晴らす凄惨な復讐譚である。『白髪鬼』は、およその筋立てを黒岩涙香による翻案小説『白髪鬼』（一八九三）に拠っているが、涙香が翻案した元の小説がコレリの『復讐』なのだ。「身の毛もよだつ復讐メロドラマ」（Federico 一六頁）、「完璧なるスリラー小説」（Scott 四六頁）、「凄惨小説《センセイショナルノベル》」（千葉「白髪鬼について」二頁）と評されるコレリの『復讐』とは、どのような物語なのだろうか。

一八八四年のナポリではコレラが猛威をふるい、大勢の人々が命を落としていた。[3] 語り手兼主人公である貴族ファビオ・ロマニは、街中で暑さのあまり気を失った際、コレラにより死亡したと誤診され、墓所のなかに生きたまま埋葬されてしまう。ファビオはどうにか木で作られていた棺を突き破ることに成功し、墓所からの脱出を果たすが、自宅に戻った彼がそこで見たものは、親友だったはずの画家グイードが妻ニーナと仲睦まじくしている光景だった。二人は以前から親しい関係にあり、ファビオの死を悲しむどころか、むしろ喜んでいたのである。抑えがたい怒りを感じたファビオは、二人への復讐を決意する。「読者は『ヴェンデッタ』を読み始めるや否や、裏切り、死、復讐が支配する世界へと突入」（Ransom 三八頁）するのである。

生き埋めの恐怖ゆえに「光沢のある黒髪」が「雪のような白髪」（四〇頁）になるほど容貌が変わってしまったファビオは、[4] 初老のオリヴァ伯爵という架空の人物になりすまし、世間にはファビオの死を信じさせたまま復讐を果たそうと考える。巨大な棺に隠されていた盗賊の宝物を、墓所からの脱出をはかる際に偶然発見していたファビオは、その財産を利用してニーナをお金の力で誘惑し、自身をオリヴァ伯爵と偽ったまま、再び妻の愛を手に入れる。そして友人グイードにニーナの愛を失うという精神的な苦痛を味あわせたうえで、決闘にもちこみ彼を殺害する。さらにニーナとの結婚式の晩に、彼女を自身が生き埋めにされた墓所に連れだし、そこで己の正体を明かす。死んだと思っていたはずの夫が生き返ったことに驚愕したニーナは、精神的ショックゆえにその場で発狂するが、奇しくも嵐によって墓所の石壁が破損し、その下敷きになって死んでしまうのである。

千葉亀雄訳『ヴェンデッタ』(1931)、『世界大衆文學全集』第65巻（改造社）のカバー。墓所で発見した盗賊の宝物を手にする主人公の挿絵が描かれている。挿絵画家不詳。

「戦慄、血、恐怖、振りかざされる剣、凍るような叫び声が、あからさまな最大限の快楽とともに叙述されていく」(Masters 六二頁)『復讐』には、まさに「スリラー小説」や「メロドラマ」、「凄惨小説《センセイショナルノベル》」といったけばけばしいレッテルがふさわしい。さらにイヴ・セジウィックが指摘するように、この作品はゴシック小説のコンベンション――「死んだような状態」、「地下空間と生き埋め」、「分身」、「罪と恥がもたらす毒のような効果」、「過去からの亡霊」(Sedgwick 九～一〇頁)――も含む娯楽的な要素が強い小説である。[5] 事実、本作品が日本に紹介される際も「世界大衆文學全集」や「世界大ロマン全集」の一冊として出版されており、『復讐』が大衆に好まれる娯楽小説とされていたことが分かる。[6]
ところが本作品を翻訳した平井呈一は、その「あとがき」で、コレリ作品のもつ別の特長を次のように述べる。

マリー・コレリの作品の特長は、『復讐』を読んでもわかるように、奇想けんらんたるメロドラマ風な結構のうちに、作者の強い道徳的な希求がその根底に流れていて、それが多くの読者の心を打つ点にあると思われる。たとえば、『復讐』は社会悪、ことに近代社会の男女間における道義の頽廢に対する痛烈な抗議、人間の不信実に対する一つの強いプロテストの書といってもいいくらいである。（三六九頁）

娯楽的な要素を多分にもつ『復讐』が、近代社会にみられる道徳の退廃を問題視する「プロテストの書」としても読解可能なのかといぶかしく思われるかもしれない。しかしピーター・ブルックスは、メロドラマの特徴のひとつとして、道徳への関心があると次のように指摘する。「メロドラマは、恐るべき新しい世界が引きおこす不安に基づくと同時にそれを表現する。そのような新世界では、不可欠な社会的つながりの維持において、伝統的な道徳規範の型がもはや役立たない」（Brooks 二〇頁）。実際『復讐』には、「伝統的な道徳規範の型がもはや役立たない」事例が描かれている。というのも主人公ファビオ自身が、妻と友人に不義を働かれ、身をもって男女間における道徳の退廃を痛感するからだ。裏切り者への復讐を決意して以来、ファビオは近代社会における悪徳の蔓延に強い関心を抱くようになり、自分なりの解釈でその原因を探ろうとする。その際、興味深いことに、彼は自国イタリアにみられる道徳の退廃と英国のそれとを比較するのだ。そこで本稿では、ファビオによる両国の比較考察に注目し、近代社会における道徳の退廃の原因を追究する。さらに復讐を果たしたファビオが最終的に選んだ生き方から、文明化された社会が生み出した、道徳の退廃という皮肉な結果を示したい。

偽装

生還したファビオが、復讐を成し遂げるまでの過程を回想という形で物語る本作品で、イタリア人と英国人との比較が最初に行われるのは、ファビオがニーナに一目惚れし、即座に決意した自身の結婚に関してである。「もちろん、私はすぐにニーナと結婚した。我々ナポリ人は、恋愛で尻込みするようなことはない。我々は慎重ではないのだから。穏やかな血をもつ英国人とは異なり、我々の血は体内の血管を素早く駆け回っている——それはワインや太陽の光のように熱いのだ」（一〇頁）。イタリア人と英国人が、恋愛においてとる態度の違いを認めたファビオは、その後の結婚生活にも思いを馳せる。

　愛し、欲望し、手に入れる。それから？　すぐに飽きるだろう、と言いたいのか？　南国出身の民族は気まぐれだから！　まったくもって勘ちがいだ――我々は思われているほど飽きっぽくはない。それでは、英国人なら飽きないというのか？　温かな家庭の炉端に座って、太ってしまった妻と増え続ける子供に囲まれて、なんの倦怠も感じないのか？　もちろん、感じているにきまっている！　ただ、非常に用心深く、口には出さないようにしているだけだ。（一〇頁）

外面的には妻を愛し続けているように見える英国人は、取り繕うことにたけているだけで、両国人とも本心では醜くなった妻に嫌気がさしているとここでは述べられている。

　このように恋愛や結婚においては、感情に従いすぐに行動せずにはいられないイタリア人は、小説のタイトルでもある『復讐（*Vendetta*）』[7]を行う際には、何代にもわたって殺したり殺されたりを繰り返すとされる。千葉は、日本におけるこのような交互復讐の例として「浄瑠璃坂仇討[8]」を挙げているが、同時に「コレリの『ヴェンデッタ』は、さう言つた復讐ではない」（「序」二頁）と指摘する。確かにコレリの復讐譚は、ファビオが一人で成し遂げる一代限りの復讐であり、一族が何世代にもわたり争い続けるというものではない。しかし一方で千葉は、「この作物の主人公の持つた、残忍で悽惨な方法は『ヴェンデッタ』の魂斷じてそのものだ。コレリの血液には、伊太利人の父のそれがある」(「序」二頁)[9]と解説する。

実際ファビオは、不義を働いた裏切り者への復讐を達成するにあたり、自身がもつイタリア人の血の重要性を、英国人との比較を用いて次のように述べる。

英国人は、不誠実な妻に対してでさえ、激しい恨みの感情を永続的にもつことは出来ないらしい――彼らは無頓着に過ぎるのだ。英国人にとっては、そのようなことは気にかける価値がないのだ。しかし我々ナポリ人は、一生をかけて、復讐（*"vendetta"*）を遂行することが出来る――まさに、世代から世代へと受け継がれていく復讐！……我々の国、そして我々の伝統が、現在の我々を作ったのだ。（一八五頁）

復讐を成し遂げるまでにファビオが要した期間は約一年であり、彼の「ヴェンデッタ」は、本来のそれと比べると時間的には短い。しかし妻と友人の不義が発覚して以来、二人を容易に殺害できる機会が幾度かあったにもかかわらず、ファビオは「焦ってはならぬ！　復讐計画は完璧なのだ。忍耐をもって計画通りに実行せねば。いかに忍耐が困難であろうとも」（一四七頁）と自ら言い聞かせ、即座の殺害を思いとどまった。なぜなら彼は、ニーナとグイードに肉体的苦痛だけではなく、精神的苦痛をも与えたかったからだ。それゆえ彼は、自身の変化した容貌を生かして別人に変装し二人に近づいたのである。そして彼らから愛と友情を勝ちとったうえで正体を明かし、激しいショックを与えたあとで殺害するという手の込んだ方法を用いたのだ。

もしファビオが、イタリア人の恋愛でみられるような性急さしか持ちあわせていなかったのなら、二人の裏切りを知った時点で、怒りに任せて彼らを殺害したにちがいない。しかし「怒り狂った夫は、驚嘆すべき賢さで復讐計画を練りあげた。ファビオの忍耐、自制心、油断することのない警戒心は、一人称の語りを用いた彼自身によって叙述されていく」(Coates 六九頁)。彼は激しい怒りの感情を内に秘めながら、それが表出することのないよう細心の注意を払いつつ、ニーナとグイードの前では、分別をわきまえた初老の紳士を演じ続けたのだ。ファビオは演じるにあたって、同じホテルに宿泊していた「まるで氷山のような、完璧な礼節をわきまえた英国人」(八四頁)をモデルと定め、彼をまねて練習を重ねる。そうしていくうちに「演じていたはずの人物が……元から自身に備わっていたかのような人物」(八五頁)になるほど演技に習熟していく。ファビオは「ヴェンデッタ」を達成するにあたって、英国人の特徴である、本心を隠して取り繕う、言いかえるなら偽装するという方法を巧妙に取り入れたのだ。

「悪徳の林檎」

オリヴァ伯爵に偽装する準備を完璧にするために、ファビオは一旦ナポリを離れパレルモへと向かう。その航海の途中、英国国旗を掲げたヨットとすれ違い、甲板に寄り添うように立つ男女二人を見たファビオは、彼らを次のように観察する。「その男はまちがいなく英国人だった――美徳の香り漂う土壌に根差した国の息子だ――それゆえ、彼の隣にいる女性も完全なる純潔の真珠にちがいない。英国人はこのような事柄に関して、まちがいなど犯さないのだ！」（七六～七七頁）。恋愛において慎重な英国人は、結婚後も美徳を保っているはずだと考えるのだが、すぐに本当にそうだろうかという疑問がわいてくる。

決して誤りを犯さないだと？　そんなことがあり得るのか？　昨今は、対岸諸国の女性も、みな大差ないのではないだろうか……かつて、英国の薔薇はその国の女性にふさわしいシンボルだった。しかし今や、一層知恵を身につけた人間は、坂道を転がるような速いスピードで進歩を成し遂げた。こんな状況では、紳士的な英国人貴族ですら、妻を信頼することは難しいのではないだろうか？　安心して妻を自由な状態においておけるのか？（七七頁）

男女間の不義の原因として国民性の相違のみならず、近代社会における人為的な進歩の影響が示唆されている。

またファビオは、墓所内に隠された宝物の持ち主だった盗賊が捕えられた際に、その伴侶であった女性が他の男性との関係を拒み、貞節を守るために自ら命を絶ったことを知らされ、次のように述懐する。

> 不義を犯すより、自ら死を選ぶ女性が存在しているのか？　奇妙だ！　なんて奇妙なのだ！　そのような女性が、盗賊の恋人のように無教養な人間だとは……粗野な無知こそが、彼女に不名誉の烙印より死を選ばせたのだ——なぜなら、誓いの言葉や約束の順守はとるに足りないことだと教え、そのような瑣事に気をとられることのないよう我々を指導したのは、近代教育なのだから。（八九頁）

近代的な進歩ゆえに人間から道徳が失われていくとする考えは、ファビオのなかでますます強固なものとなっていく。ファビオが埋葬されたと信じて以来、彼への愛を完全に捨て去り、一層肉欲関係におぼれていく妻や友人に対して、彼に仕えていた従僕や彼が飼っていた犬の方が、主人に対する忠義を持ち続けていることに気がついたファビオは、「忠義は知識人階級の間では、もはや時代遅れなのか？　それは下層階級の粗野な人間あるいは動物にだけ残された、使い古された美徳なのか？」（一八六頁）と嘆く。そして「進歩が、そう疑いようもなく進歩が、このような結果を生みだしたのだ」（一八六頁）と、近代社会で忠義が重んじられなくなった原因は「進歩」にあると結論づける。「進歩の時代に栄光あれ！　たえまない進歩の時代にこそ、非常に巧妙に、非常に美しく彩られた悪徳の林檎は、価値ある極上の美徳の果物へと偽装され（"disguised"）、我々知識人階級の間に手渡しされるのだ」（八九頁）と叫ぶファビオは、もはや悪徳の繁栄に対抗する手段をもたず、近代社会における文明の進歩を皮肉ることしか出来なくなっている。人間が有するべき道徳は粗野な人々にしかみられず、他方、文明人であるはずの知識人階級には、「悪徳の林檎」が蔓延しているのである。

野蛮なクリスマス

「悪徳の林檎」がはびこる近代社会においても、道徳を重んじる紳士を装うことに長けた英国人が、自分たちこそ最も文明化された国民だと自負していたとしても、そう不思議ではない。事実、イタリアの劇場を訪れた「真面目くさったロンドン出身の英国人」は、喜劇を見て「笑ったり、歌ったり、叫んだり」(一八三頁)しているイタリア人観客と、彼らを客観的に分析している自身に対して、次のような評価を下す。

その英国人は、大騒ぎするイタリア人たちをいかがわしい目つきで観察したのち、彼らはみな馬鹿だと決めつけた――あいつらはこの世のくずだ――ただ自分だけが、最上の状態にある人間の代表なのだ――尊敬に値する資質を備えた文明化されたモデル(“the model of civilized respectability”)なのだ。(一八三頁)

ところが「文明化されたモデル」であるはずの英国人が、おおっぴらに野蛮人へと変化してしまう時期がある。それはキリストの誕生を厳かに祝うべきクリスマスだ。クリスマス・イヴにナポリの街頭で「バラ、ユリ、水仙」を売り歩く少女を目にしたファビオは、英国では「ヒイラギやヤドリギ」(一八九頁)が好まれるはずだと英国のクリスマス飾りに思いを馳せる。その後、ヒイラギからの連想もあってか、英国のクリスマス料理について考え始める。

英国のクリスマス・イヴの街角でよく見られるのは、屠殺されたばかりの動物の死骸が、刺のあるヒイラギの束を口に詰め込まれた状態で肉屋や家禽屋にずらりと並んでいる光景だ。そして、それらを満足そうに眺める食い意地の張った通行人たちは、死んだ動物に今にもかぶりつきそうになっている。キリストの誕生を祝う日に、これほど優美さに欠ける光景があり得ようか。（一八九頁）

食欲を満たすために動物を殺してもいいとわない英国人の野蛮な側面が、クリスマスに露見してしまうのである。

さらにファビオは、英国人は聖書の解釈を間違ったのではないかと、彼らのクリスマス料理を皮肉る。

救い主の誕生と、野蛮な食糧の尋常ならざる陳列に、どのような関係があるというのか。キリストは、まともな屋根さえない質素な馬小屋で、我々のもとに降臨なさったというのに。ひょっとしたら、英国人は勝手な解釈で聖書を理解したのではないのか。東方からの賢者は、聖なる幼子に贈った金、乳香、没薬とともに、牛肉、七面鳥、そしてプラム・プディングまで運んできたというのか。これら消化不良をひきおこす悪しき食糧のよせ集めを見たイタリア人は、あからさまな嫌悪を感じてあきれかえるだろう。（一八九頁）

クリスマス時期の英国人は、身に着けていた文明人の仮面を脱ぎ去り、内に隠されていた野蛮さを発揮してしまうのである。劇場でみられた文明化された英国人と野蛮なイタリア人という図式は崩れ、英国人が好む野蛮なクリスマス料理を蔑視せずにはいられないイタリア人の方に、文明人としての軍配があげられているのだ。

しかし、英国の野蛮な習慣についてさらなる見解を加えた次の引用は、反転したはずの図式に、再度見直しをはからなければならないような危うさを含んでしまっている。

英国の習慣には、なにか野蛮なものが未だに残っている。ローマ人が彼らを征服していた古代の時代を思い出させるような野蛮ななにかだ——酒をあおっている間に、目の前で雄牛を丸焼きにすることに最上の喜びを見いだすような、そんな時代の野蛮さなのだ。

（一八九頁）

かつての支配者であるローマ人の野蛮さが、近代英国人にも受け継がれているならば、古代ローマ人の直系であるイタリア人にこそ、彼らの野蛮な血がより濃厚に流れているのではないかと、ファビオは疑わずにはいられない。確かに近代的進歩は、文明人の内にひそむ野蛮な性質を巧妙に偽装することに成功してきたかもしれない。しかし皮肉にも、道徳が退廃した原因の一端はその進歩ゆえであり、程度の差こそあれ文明化されていたはずのイタリア人や英国人の表皮の下から、隠されていたはずの野蛮さが露見しているのである。

文明からの脱出

オリヴァ伯爵を演じていたファビオが、文明化された人物の仮面を脱ぎ去り、内に秘めていた野蛮さを最大限に発揮する時がやって来る。「その時が来たことを、はっきりと理解していた。待ち続けていた我が世界だ。復讐に彩られた世界——それがとうとう我がものとなるのだ」(二八〇頁)。決闘で命を落とした友人グイードはすでにこの世にはなく、残る復讐相手は妻のニーナだけである。復讐の最終局面に入ったファビオは、自ら練りあげた復讐計画を芝居にたとえて感慨にふける。「オリヴァ伯爵を演じてきた輝かしいキャリアにおける、最後の余興だ。これが終われば、演じきった劇を終演へといざなう暗い幕が、二度とあがることはない」(二八〇頁)。これは復讐劇のシナリオを書いた劇作家であると同時に、本来の姿を偽って劇の主役を演じてきた俳優でもあったのだ。

復讐を終えた後にすみやかにナポリから脱出する手はずを整えたファビオは、宝物を見せるという口実で、かつて自身が生き埋めにされた墓所にニーナを連れだす。そして彼女の目の前で偽装をとき（“undisguised”）（三二四頁）、本来の姿で妻と対峙するのである。妻の不義を非難するファビオがニーナに向かって放つ言葉は、彼が、道徳が退廃する原因の一端は近代社会の進歩にあると考えていたことを裏書きする。

「みだらな暇つぶしにおまえが読んできた小説が、不義は罪ではなく、たやすく贖えるちょっとした社会的なつまずきだと――あるいは離婚裁判によって正当化される、とるに足りないものだとおまえに吹きこんだのではないのか。そうにちがいない！　近代小説や近代劇が、おまえに教えたのだ。そんな世界では、すべては逆さまにひっくり返って、悪徳が美徳のように見えるのだ」（三二九頁）

精神的ショックのため錯乱したニーナに、もはやファビオの真意が伝わることはない。ニーナの頭上から崩れた墓所の石壁が落下し、彼女がその下敷きになり死んだことを確認したファビオは、すぐにナポリから立ち去る。[10]

チヴィタヴェッキアを経て、リグリア海沿いの港湾都市リボルノに向かったファビオは、その後の道程を次のように語る。「リボルノから南米行きの商船に乗った。私はこの世からいなくなったのだ。まるで二度目の生き埋めである。私は野生の森のなかに、安息とともに埋葬されたのだ」（三四一頁）。殺人を犯したファビオが刑事的罪を逃れるために、ヨーロッパから遠く離れた大陸を目指すのは妥当であろう。しかし、彼が最終目的地として南米を選んだのには、罪状から免れるためという理由だけではなく、悪徳が繁栄する文明世界から逃れ、進歩とはかけ離れた無垢な地で新たなスタートを切りたいとする理由もあったのではないだろうか。「わたしは荒々しい入植者として、他の男たちとともに、しぶとい雑草や毒のある植物を斧で刈り取っている」（三四一頁）と告白するファビオに対して、「かつては誇り高かった貴族が、ナポリから原生林の地である南米へと逃れ、そこで他の入植者とともにやむことのない肉体労働に従事し、裸一貫でなんとかやっていくしかないのだ」（Coates 七一頁）と哀れみの目を向けることはたやすい。しかし「魂の不思議な平安を感じる森のなかの小屋」（三四二頁）で、次のように語るファビオには、犯した復讐の罪ゆえに未開の地に追いやられた成れの果ての姿はみられない。

わたしは今、南米の緑深き広大な森の静けさに包まれている——無垢の自然にみられる壮大で威厳ある静けさ——容赦ない人間の文明とはほぼ無縁である手つかずの自然だ——天国のような完全な穏やかさ——鳥のはばたきと優しいさえずりだけがかすかに聞こえてくる。（五〜六頁）

緑深き野生の森での肉体労働は、ファビオにとって、復讐の行いに対する罰ではなく、むしろ恩寵だったのではないだろうか。彼が本来の姿に立ちかえり、安息を手に入れることの出来る場所は、道徳が退廃した文明世界ではなく、原生林が生い茂る未開の地、南米大陸だったのである。[11]

「身の毛もよだつ復讐メロドラマ」あるいは「完璧なるスリラー小説」と評されるコレリの『復讐』が、恐怖で読者を楽しませる娯楽小説であることはまちがいない。しかし同時に本作品は、道徳の退廃を痛感した主人公が、その原因の一端を追究する姿を描くことにより、達成した進歩ゆえに、悪徳の蔓延をまねいた近代社会への「プロテストの書」ともなっていたのである。ファビオが成し遂げたことは、自身を裏切った妻と友人への「ヴェンデッタ」だけではない。未開の南米大陸に安住の地を見いだした彼は、文明とは切り離された自然への回帰を果たしたのである。

本稿は、科学研究費基盤研究（C）「シェイクスピア生誕地のLiterary Tourism――マリー・コレリを中心に」（19K12552）の研究成果の一部である。

◆注

1　コレリの生年を一八五四年とする説もある。なお千葉はコレリ生年を一八六四年と記しているが、これは誤りである（千葉「白髪鬼について」二頁、「序」一頁）。

2　本作品（以下、『復讐』と略して記載する）からの引用は、Marie Corelli, *Vendetta: A Story of One Forgotten*. A.L. Burt, 1886 に基づき、括弧内にページ数のみを示す。なお日本語訳はすべて拙訳とする。

3　コレリは本作品の序文で「この物語で描かれる主な出来事は、仮借ないコレラがナポリを襲った際の史実に拠っている」（三頁）と記した。そのため「イタリア社会に知己がある大勢の読者は、主要登場人物のモデルを見つけようと躍起になり、小説は晩餐の席でとっておきの話題となった」（Bigland 八六頁）。

4　乱歩の『白髪鬼』においても、大牟田の髪は生き埋めの恐怖ゆえ一晩で白髪へと変わってしまう。「何よりもゾッとするのは、日頃自慢の濃い黒髪が、一本残らず銀線を並べたようなしらがに変っていたことだ。なんのことはない。地獄の底からはいだしてきた、一匹のしらがの鬼だ」（六三頁）。

5　ブルックスは「メロドラマとゴシック小説は多くの共通点をもつ」（一九頁）と認めたうえで、ゴシックと比較すると「メロドラマは超自然の回復を主張するというより、道徳的な帰結に直接的な関心がある」（二〇頁）と指摘している。

6　コレリの人気を示す証左として、多くの作品が様々な言語に翻訳されたことはよく指摘される。ランサムはその一例として『復讐』が日本語訳されていることに言及している（七三頁）。なお千葉および平井による翻訳書は、原作の全訳ではなく適宜省略が行われているが、章立ては原作に対応している。ただし千葉の翻訳書は十三章の次が誤って十六章になっているが、十四および十五章の内容はまとめて十三章に記述されている。

7　ただし、コレリは当初*Buried Alive*というタイトルを考えていたが、出版社との相談の結果*Vendetta*に変更した（Masters 六三頁、Vyver 七一頁）。

8　一六七二年に宇都宮藩の元家臣である奥平源八が父の仇である同藩の奥平隼人を討つために、総勢四二名で江戸浄瑠璃坂の屋敷に討ち入りを果たした事件。坂本によれば、「江戸時代、赤穂浪士の討ち入りがあるまでは、仇討ちといえば、この『浄瑠璃坂の仇討ち』が最も有名な事件」（七頁）だった。

9　ジャーナリストであるチャールズ・マッケイと彼の二人目の妻メアリーとの間に生まれたコレリは、千葉の解説とは異なり、父ではなく母がイタリア人だと主張していた。しかしコレリは出自や経歴を詐称したため、その信憑性は疑わしい。母は父の家で働いていたメイドだとする説もある。また四〇代後半にストラトフォード・アポン・エイボンに移住してからのコレリは、シェイクスピア関連の史跡保存運動家としても活躍した。なお大半のコレリ研究書が、彼女の伝記的事実についてはMastersの著書に依拠している。

10　「ファビオは妻を殺そうとしていた。しかし、神の行為がそれを妨げた」（Masters 六二頁）と指摘されるように、ニーナの死はファビオが直接手を下すのではなく、「容赦ないギリシャ悲劇のフィナーレ」（Bigland 八二頁）を思わせる天災により引き起こされた。ファビオ自身、「厳然たる神による正義！　まちがいなく神の復讐は私のそれより偉大だった！」（三三九頁）と述べ、妻の死を正当化しようとしている。

11　黒岩涙香による『白髪鬼』の結末では、「レダホルンより商船に乗込みて南亜米利加《ミナミアメリカ》に至り更に又墨西哥《メキシコ》を横切りて北米國に移り、初めて我が身を落着けたる」（三六一頁）と、波標《ファビオ》の最終目的地が南米ではなく北米に変更されている。さらに「景色最も佳なる處に余は幾町の土地を買ひ、閑雅なる家を建て、一僕を雇ひ一馬を買ひ、自ら耕して自ら食ひ」（三六一頁）と自給自足ではあるものの、波標《ファビオ》は近代社会とのつながりを完全に絶っているわけではない。そのため結末における主人公の自然回帰は、コレリの原作と比較すると完全には果たされていない。

◆参考文献

Bigland, Eileen　*Marie Corelli: The Woman and the Legend.* Jarrolds, 1953.

Brooks, Peter　*The Melodramatic Imagination: Balzac, Henry James, Melodrama, and the Mode of Excess.* Yale UP, 1995.

Coates, T.F.G. and R.S. Warren Bell

Corelli, Marie *Marie Corelli: The Writer and the Woman.* George W. Jacobs, 1969.

Vendetta: A Story of One Forgotten. A.L. Burt, 1886.

Federico, Annette R. *Idol of Suburbia: Marie Corelli and Late-Victorian Literary Culture.* UP of Virginia, 2000.

Kershner, R.B. "Modernism's Mirror: The Sorrows of Marie Corelli." *Transforming Genres: New Approaches to British Fiction of the 1890s.* Eds. Nikki Lee Manos and Meri-Jane Rochelson. St. Martin's, 1994.

Masters, Brian *Now Barabbas Was a Rotter: The Extraordinary Life of Marie Corelli.* Hamish Hamilton, 1978.

Ransom, Teresa *The Mysterious Miss Marie Corelli: Queen of Victorian Bestsellers.* Sutton, 1999.

Scott, William Stuart *Marie Corelli: The Story of a Friendship.* Hutchinson, 1995.

Sedgwick, Eve Kosofsky *The Coherence of Gothic Conventions.* Methuen, 1986.

Vyver, Bertha *Memoirs of Marie Corelli.* Alston Rivers, 1930.

江戸川乱歩 『白髪鬼』一九三一年、講談社、一九八九年。

桐山恵子 『境界への欲望あるいは変身――ヴィクトリア朝ファンタジー小説』世界思想社、二〇〇九年。

黒岩涙香 『白髪鬼』一八九三年、『日本小説文庫』第三四九巻、春陽堂、一九三四年。

坂本俊夫 『浄瑠璃坂の仇討ち』現代書館、二〇一八年。

千葉亀雄 「白髪鬼について」、『白髪鬼』黒岩涙香、春陽堂、一九三四年、一〜三頁。

―――― 「序」『ヴェンデッタ』マリー・コレリ、『世界大衆文學全集』第六五巻、改造社、一九三一年、一〜二頁。

平井呈一 「あとがき」『復讐――ヴェンデッタ』マリー・コレリ、『世界大ロマン全集』第一一巻、創元社、一九五六年、三六七〜七〇頁。

「死への衝動《ドライブ》」——ミュリエル・スパークの終末観

高橋路子

ミュリエル・スパーク「死の三部作」

ミュリエル・スパーク（Muriel Spark 一九一八～二〇〇六）の作品が「終末指向（end-directed）」であることについては、すでに多くの研究者が指摘している。「終わり」と一言で言っても、時代の終焉、キャリアの衰退、人間関係の崩壊などさまざまあるが、中でも命の「終わり」すなわち「死」は特別な意味をもつ。

人は他人の「死」を通してそれを疑似体験することはできても、自らの「死」を知ることはできない。その意味において、自分の「死」というのは究極の未知世界である。しかし、スパークの登場人物たちは、そのアンタッチャブルな領域に立ち入り、自らの「死」を操作し、演出しようとする。ファウスト的な結末が彼らを待ち受けているのかと思いきや、そうではない。スパークは人間がもつ「死への衝動《ドライブ》」を、ブラックユーモアを交えながらドライに、そしてときにはコミカルに描き出す。

永田美喜子は、「死」がスパークの作品において重要な虚構装置として機能していると指摘する。『死』というものが介在するからこそ、現世の人間のものではない視点から語られた特有のテクスト空間が生まれ、作者がプロットを操作するメタフィクション的世界が生まれる」。「死」を自在に操ることとは現実では不可能だが、テクストにおいては可能であり、その権限は「テクスト空間において絶対的権力を行使する作者」にあると永田は述べている(一一三頁)。ところが、これから見ていくように、ペリペテイアが付き物のスパークの作品では、ときには「全知の存在」ですら想定していなかったような結末が待ち受けている。

一方、どんなに前衛的な作品であろうとも、「初めと終わりがある」という意味において、作品は結末を内包し、作家は結末を実現させる必要がある。「終わり」のない作品は存在しないからである。ジョージ・エリオット(George Eliot 一八一九〜八〇)は、結末は「作家の弱点である」[2]と手紙で記していたが、スパークは敢えて「終わり」にこだわり続けた作家である。「終わり」に対して執念《オブセッション》を抱いていたと言ってもよい。だが、それはカトリック作家として知られるスパークがよく言われるように、キリスト教的な終末の到来を信じていたためではない。[3]スパークは、「終わり」を作品の中心に据えながらも、同時に、その結末が「嘘の塊にすぎない」ことを前景化するのである。フランク・カーモードがスパーク文学を「脱神話化された黙示録」と関連付けるのはそのためである（一五五頁）。

本稿では、スパークの「死の三部作」として『メメント・モリ（*Memento Mori*）』（一九五九）、『運転席（*The Driver's Seat*）』（一九七〇）、『ホットハウスの狂影（*The Hothouse by the East River*）』（一九七三）を取り上げ、スパークの終末観について考察する。[4]これら三作品を取り上げる理由は、「死」に対する向き合い方が三作品三様で、スパークがいかに「終わり」という幻想を一律ではなく多角的に捉えていたかを窺い知ることができるからである。

「終わり」という幻想

二〇〇六年に八十八年の生涯を終えるまで、エディンバラ出身のスパークは実に多くの作品を書き残した。二十二編の長編小説と十一篇の短編集に加えて戯曲、詩集、児童書、伝記、批評書、自伝など数多く発表しているが、小説を本格的に書き始めたのは彼女が三十代半ばになってからである。小説家デビューの直接のきっかけとなったのは、一九五一年に短編「熾《し》天使とサンベジ河」が英国『オブザーバー』紙の懸賞コンクールで第一位に選ばれたことであった。

ちょうどその頃、彼女は人生の転換期を迎えていた。終戦を迎え、再び平穏な暮らしが戻ったが、生活は相変わらず不安定で、栄養失調や不規則な日々の生活から体調を崩すことも多かった。正式に離婚は成立していたが、新しい恋人との関係もうまく行かず、不定期で就いていた編集者としての仕事にも行き詰まりを感じていた。あらゆることが一つの節目を迎えていた頃、彼女は小説家としての新しい人生をスタートさせたのである。そもそも小説家になるつもりはなかったスパークにとって、この予想外の展開は宗教的な経験に近かった。彼女がカトリックに改宗したのは、ほぼ同時期である。

スパークの作品に想定外の結末、つまりペリペテイアがよく用いられるのは、「終わり」は最後まで分からない、言い換えるならば、人間の自由意志によって未来は変えられるという、スパーク自身の経験に基づいているのかもしれない。アリストテレスは『詩学』でペリペテイアを「終わりは予期したとおり来るが、その来方が予期していたのとは異なるように筋を運ぶこと」と定義づけた。一方、カーモードは、ペリペテイアは「終わりに対するわれわれの確信の上に成り立っている」として、「終わり」の重要性を強調する(六九頁、三〇頁)。

カーモードがスパークを黙示録文学の代表作家の一人として取り上げるのは、スパークの作品が必ず「終わり」を前提としているからである。カーモード曰く、彼女の作品は「いかに不完全にであろうと、一個の普遍的なプロット、魅力的な始め、中、終りの秩序を反映して」おり、「人間的に必要とされるかたちあるいは構造」を内包している（一五三頁）。

事実、終末の予言が実現しないと分かると、神学者たちはすぐさま計算をやり直して、新たな終末にむけての準備に取り掛かった。終末を見据えることで「今ここに在ること」に意味を見出そうとする人間の太古からの営みは、我々が初めと終わりを必要とする存在であることを示している。アリストテレスが詩作の条件として「始め、中間、終り」という形式原理は必ず守られるべきであるとしたのは、神学者のみならず文学者も「終末論的虚構」を必要としているということなのであろう（カーモード、四八頁）。

インタビューの中で、スパークは「私が書くものは嘘の塊です」と断言している。「私の小説が真実だとは言いません。むしろ、虚構《フィクション》だと主張します。［しかし、だからこそ］そこから真実が見えてくるのです」（Kermode 一四二頁に引用）。スパークの作品における「終わり」は虚構《フィクション》である。しかし、「終わり」の虚構性が強調されることで、つまり作品の中で「終わり」が創造あるいは偽造、捏造されていく様子に焦点が当てられることで、逆説的に、我々が「終わり」という幻想の中で生きているという真実が明らかになるのである。

死の予告──『メメント・モリ』

ミュリエル・スパークほど書き出しが上手い作家はそういないだろう、と作家ジョン・ランチェスターは賛辞をおくる(Lanchester v)。ごく自然なかたちで物語世界へと読者を惹きこむ語りの力は言うまでもないが、ランチェスターが指摘する通り、冒頭で作品のテーマが集約されていることも多い。もちろん、そのことに読者が気付くのは作品を読み終えてからのことであるが、スパークの作品では、全てのつじつまが合うように仕組まれている。

例えば、『メメント・モリ』の書き出しは左の通りである。

電話が鳴った。彼女は受話器を取った。恐れていた通り、こちらが何も言わないうちに相手の男はいつものメッセージを告げた。「どちら様ですか、あなた一体どなたなの?」しかし、今回も、これまでの八回の電話と同じで、すぐに切れてしまった。デイム・レティは、そうするように言われていたので、すぐに警部補に連絡を入れた。

「またかかってきたわ」と彼女は言った。

「そうですか。何時ごろですか」

「つい今しがたよ」

「いつものメッセージですね」

「ええ」と彼女は言った。「警察であれば、犯人を突き止められると思うけど……」

「もちろんです、デイム・レティ、犯人は必ず捕まえます」

しばらくしてデイム・レティは兄のゴドフリーに電話を掛けた。

「ゴドフリー、またよ」

「すぐに迎えに行くよ、レティ」と彼は言った。「今晩はうちで泊まるといい」

「気にしないで。危険というわけではないし、単に不愉快なだけ」（中略）

「例のメッセージだったの？」

「いつものあれよ、『死ぬのを忘れるな』、それだけ」


　スパークの第三作目の長編小説『メメント・モリ』は、老人たちの「終活」を描いた作品である。登場人物のほぼ全員が七十歳を超えており、精神的にも身体的にも衰え始め、否が応でも人生の「終わり」を意識する時期にある。認知症になったり、体の自由が利かなくなって失禁を繰り返したり、朝は元気だった隣のベッドの友人が晩には死んでしまうという極めて現実的な老いと死の情景が淡々と描かれる。この作品で展開される老いと死に対するドライな描写は究極のリアリズムであり、そこにはセンチメンタルな感情は一切ない。

冒頭のデイム・レティをはじめ、ロンドン近郊に暮らす老人たちのもとに「死を忘れるな（ラテン語ではメメント・モリ）」と告げる謎の電話が掛かってくるところから物語は始まる。電話の声は、ある時は中年の男またある時は若い女と、人によってさまざまである。人気作家チャーミアン・コルストンと妻の成功を妬む夫ゴドフリー、ゴドフリーの妹で慈善家のデイム・レティ、チャーミアンのかつての相談相手で今は老人ホームに入居しているジーン・テイラー、テイラーと一時期恋人だったアレック・ウォーナー、強欲で計算高い家政婦ミセス・ペティグルーらを中心に、人生の最期を過ごす老人たちのドタバタ愛憎劇が繰り広げられる。

最終的には、電話の予告通り、主要な登場人物たちはほぼ全員が死んでいく。一見したところ、お騒がせ電話の犯人を捜すという推理小説仕立てになっているが、犯人は最後まで捕まらない。それどころか、全ての黒幕は「死（Death himself）」であることが示唆される（一四四、一七九頁）。「死」は誰にも訪れるものだが、それとどう向き合うかは人それぞれである。

その意味において、この作品で注目すべきは「死」を予告された老人たちの反応である。彼らの「物語（生）」は「終わり（死）」を意識したときから始まる。電話のメッセージを宗教的な啓示と捉えたテイラーは親友チャーミアンを裏切り、過去の真実を語る決意をする。不快な電話が掛かってこないようにと電話線を切り、屋敷に閉じこもることを選んだデイム・レティは、最終的にはそれが仇となり押し入り強盗に殴殺される。一人一人の「死」との向き合い方が、自身の

「物語」を完成させていくのである。この作品を執筆した当時、スパークがまだ四〇歳かそこらであったことを考えると、その達観ぶりには目を見張るものがある。

殺人者を探して――『運転席』

あらかじめ「終わり」が予告されているという点では『メメント・モリ』と同じであるが、『運転席』では時制がより技巧的に使われており、度重なるフラッシュバックとフラッシュフォワードによって読者は過去、現在、未来を行ったり来たりする。しかも、そのときどきが現在時制で表されるため、やがて時間の感覚が失われていく。

次の引用箇所では、主人公のリースが空港で出会うとある婦人のことが書かれている。「今」リースと会話をしている時点では、まだ何も起こっていないにもかかわらず、読者には「その後」のことが知らされる。しかも、原文では現在のことも未来のことも全てが同じ文の中で表されるため、「いま語られている現在が、回想であるかのような、奇妙が逆転感覚」が生まれる（永田 六二頁）。

彼女は微笑みを浮かべて、リースとの束の間の友情を楽しむ。この時は想像だにしていない、それからさほど経たないうちに、警察がリースの身元を調べていると新聞で知ることになろうとは。警察は、リースが旅先で誰かと接触しなかったか、何か言っていなかったかなどの情報を求めているらしい。(中略)一日半ほど迷った挙句、彼女は警察に出頭し、リースと交わした会話で覚えていること、いないこと、本当だと彼女が想像すること、確かに本当であることなどを話す。[6]

「今」目の前で起こっていることが、未来では「過去」となり、今度は未来のことが「現在」のこととして語られている。

このようなフラッシュフォワード(prolepsis)について、デイヴィッド・ロッジは「全知の語り手の存在」が顕在化すると指摘する(Lodge 七五頁)。この「全知の存在」については意見が分かれるところであろう。たしかに、未来が示されることで、宿命論的な世界観、すなわち「神」によって未来は決定されるという世界観が反映されているとする見方もできる(永田、六二頁)。しかし、先述した通り、あらかじめ「終わり」が予告されているにもかかわらず、筋書き通りにいかないのがスパーク文学の大きな特徴である。スパークは「全知の存在」を前面に押し出しておきながら、最後の最後で読者の期待(そして、読者の「全知の存在」への信頼)をも裏切るのである。その意味では、スパークが「神」的な「全知の存在」を前提としていたというよりは、ポストモダンの作品によく見られるように、「全知の存在」をテクスト内の一要素として扱っていたと捉えた方が妥当ではないだろうか。

この点については、ロブ＝グリエを代表とするヌーボーロマンに通じるところがあり、スパーク文学が反小説的とされる所以でもある。ヌーボーロマンの作品においても、現実的な（あるいは歴史的な）時間よりも、中心人物の意識の展開に従って物語が叙述されるため、作品全体が「永遠の現在の世界」として表されることが多い（ロブ＝グリエ　一七二頁）。

作品が現在時制で語られることの最大の効果としては、作品に臨場感が生まれ、先が見えないという不安感とは裏腹に、期待感を読者が体感できるということが挙げられる。スパークの第十作目にあたる『運転席』は殺人というサスペンス仕立てになっているため、この手法はきわめて効果的に働いている。

『運転席』は不可解な物語ではあるものの、プロット自体は至って単純である。リースという三十代半ばの独身女性がヨーロッパ北方の都市から南方の都市へと旅行に出かける。旅の目的は、自分を思い通りに殺してくれる男を見つけて、殺してもらうことである。ゴール（つまり、彼女の「死」）にたどり着くまでには、さまざまな紆余曲折がある。健康オタクの男に言い寄られたり、老婦人と一緒に買い物をしたり、学生のデモに巻き込まれたり、好みでない男にレイプされそうになったりと、とにかく脱線が多い。しかし、いずれ分かるように、それらは全て意味のない脱線ではなく、点と点が最後には繋って一本の線となるようになっている。例えば、冒頭でリースが購入するド派手なワンピースや空港で手に入れる本、現地で買い求めるスカーフ、ペーパーナイフ（実はこれは一緒に買い物をしたフィートケ夫人のもの）などは、いずれも「リース殺害計画」の重要な小道具となる。全てのつじつまが合ったときの爽快感は、ジグソーパズルのすべてのピースがはまったときの達成感に似ている。中上玲子は、スパークの用意したパズルを完成させるのはあくまでも読者であり、その意味においてスパークの作品は読者を巻き込む「パフォーマティヴなパズル」であると論じている（四七頁）。

では、作品のタイトルにはどのような意味があるのか。自伝によると「運転席に座ったら、その人が主導権《ハンドル》を握る」というのがスパークの座右の銘だったようである（*Curriculum Vitae* 一六九頁）。従って、「運転席」とは主人公の運命を左右する人物のことであり、その権限を象徴していると考えてよいだろう。作品の中でハンドルを握るのは、殺人に手を下す犯人ではなく、リースの方である。

リースの旅の目的、それは「自分の好みの男《タイプ》」を見つけること。「好みの男《タイプ》」を一緒に探してくれていたフィートケ夫人に「彼の存在を感じるのですか」と尋ねられると、リースは「存在というよりは、不在でないと感じる」と答えている。[7] 姿は見えないけれども、必ず来る「終わり」つまり「死」こそ、彼女の探している「男」なのである。

最終的には、リースの「好み《タイプ》の男」（実はフィートケ夫人の甥）は、彼女が運転する車で予め下見をしておいた殺害現場まで連れて行かれ、そこであれやこれやと細かい殺害の指図を受ける。まずは手をスカーフで、次に足をネクタイで縛り、それからナイフで喉と乳房の下を突いて抉《えぐ》ること。そのあとは好きなところを刺してよい。但し、セックスは望まないので、したければ殺したあとでやればよいと。結局、男はリースの指示に背いて先にレイプした後で、彼女をナイフで突き刺し殺害する。しかし殺した後は、リースに言われた通りに足をネクタイで縛っている。読者はフラッシュフォワードを通して、男がその後の警察の事情聴取でそのことを供述することを知らされる。

リースの最期についても意見が分かれるところである。確かに、レイプはリースの望んでいたことではない。この希望通りでない結末をスパーク的などんでん返しとして解釈することもできる（永田、六五頁）。その一方で、リースはあえて性犯罪の前科があるリチャードを自分の殺人者として指名しており、「セックスはだめよ。殺した後なら構わないけれど」と念押しをしていること自体が不自然であり、むしろ誘導しているようにも解釈できる。すなわち、リチャードが指示に従わないことすらも、リースによって仕組まれた筋書きであったとする見方も可能なのである（Kolocotroni 一五四八頁）。

この作品は、一九七四年にイタリア人のジュゼッペ・パトローニ・グリッフィ監督のもと、エリザベス・テイラー主演で映画化されている。ヨーロッパでの映画のタイトルは*Identikit*である。“Identikit”とは人物特定のために警察が作成するモンタージュ写真のことである。実際のところ、この作品では取るに足らない些細な情報は十分すぎるほど与えられているにもかかわらず、リースという人物の本名、国籍、正確な年齢などについては一切明かされていない。奇しくも、この映画は、エリザベス・テイラーがリチャード・バートンとの一度目の離婚後、初めて主演する作

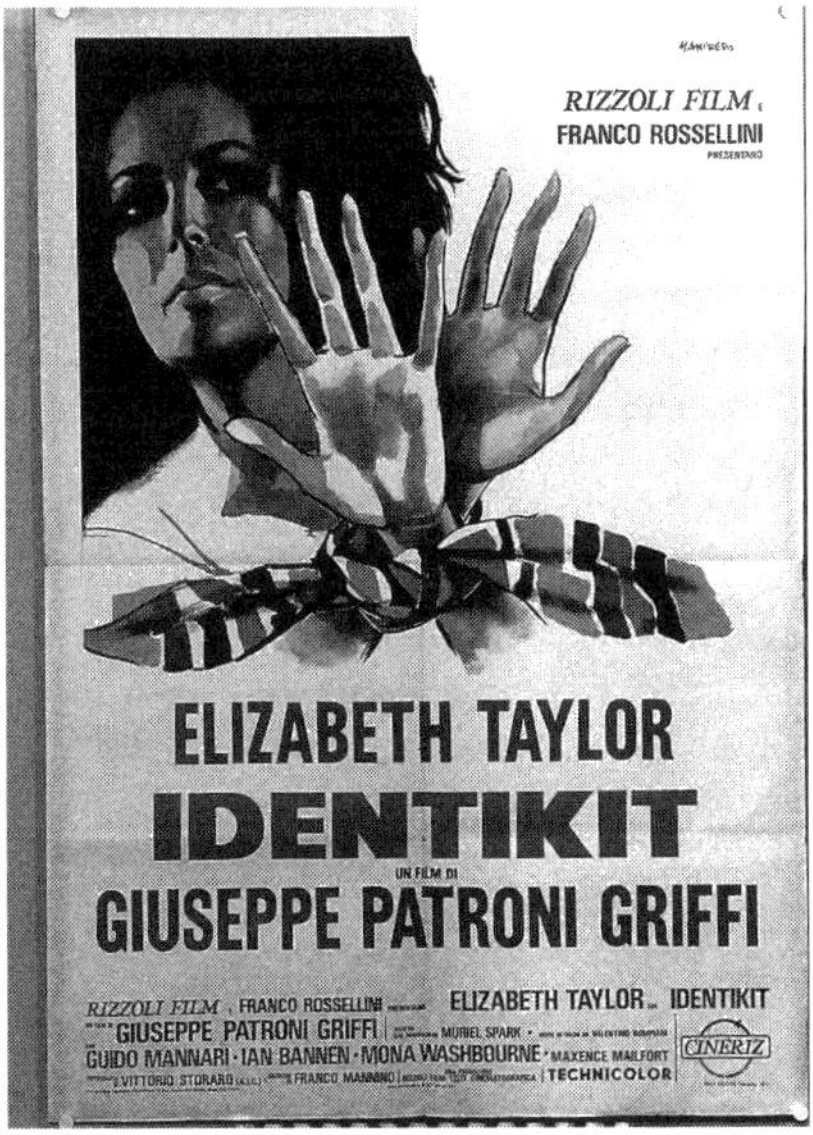

1974年制作の映画『IDENTIKIT』（原題：*The Driver's Seat*）のポスター。絵はイタリア人画家マンフレッド・アチェルボ（Manfredo Acerbo）による。

品となった。バートンとの共演で定着していたそれまでのイメージを脱ぎ捨て、俳優人生を再スタートさせる作品として、ヒロインが「自分の死」を自ら演出する作品が選ばれたというのは何とも意味深長である。

マンハッタンのピーター・パン――『ホットハウスの狂影』

『ホットハウスの狂影』（以下、『ホットハウス』）は、『運転席』に劣らず不可解な作品である。これを幽霊物語として区分できるかどうかはさておき、大社淑子は、超自然的要素はスパーク文学の大きな特徴であるとした上で、スパークの幽霊小説は怖さや恐怖の戦慄を狙うというよりは、人間の精神と肉体、意識と事物の関係性を問い直すための手段であったとする。スパークの作品で描かれるのは「やや滑稽でグロテスクな形象であり、夢の世界に似た不条理の世界」である（二〇四～五頁）。

『ホットハウス』は、スパークが一九六六年から一年間暮らしていたニューヨークのマンハッタンが舞台である。パンナムビル、国連、ペプシ・コーラのネオンサインなど、スパークが実際に現地で見てきた「現実」が並べられているにもかかわらず、読者がそれらを「非現実」だと感じるのは、それら全てが空想の中のことだからである。

主人公は中年のポール・ハズリットと妻のエルサである。二人には息子ピエールと娘カテリーナがおり、旧友ザビア妃とエルサの精神科医ガーヴンが、イーストリバー沿いにある彼らのアパートに出入りしている。ポールとエルサは戦争中に英国の情報機関で働いていた経験があり、ポールは、当時エルサがドイツ人捕虜だったキールと浮気をしていたのではないかと疑っている。しかも、スパイ容疑で処刑されたはずのキールが再び現れて、マンハッタンの靴屋の店員になりすましていることを知り、不安でたまらない。

　このように冒頭から「不安」と「不信」がポールだけでなく、作品全体に付きまとう。その閉塞感は、彼らが暮らすアパートにも伝染し、空気が澱み、今にも息が詰まりそうだ。タイトルの“hothouse”は、文字通り、空調が故障していて冬でも暑いアパートのことを指すが、同時に“madhouse”（精神病院）という意味も含まれていると大社は指摘する（二〇八頁）。

　『ホットハウス』の主人公たちは主に二つの時空を行き来する。一つは一九四四年のロンドン郊外。ポールと恋人のエルサは、同じ部署で働いている。当時、二人は敵国の捕虜（ＰＯＷ）の協力を得て、誤った情報を敵国に流すという情報拡散任務に関わっていた。[8] そんな中で知り合ったキールという若いドイツ人兵をめぐってトラブルが起きる。「あのとき」の記憶が「今このとき」を生きるポールとエルサの意識の中で蘇る。しかし、記憶はいずれも断片的で全体像はなかなか見えてこない。ただ感じることとは、「あのとき」と「今このとき」が繋がらないということ。それもそのはずで、「今このとき」は最初から存在しない時空であることがやがて明らかになる。

「今とは何か。今は永遠に存在しない。あのときだけが存在する。（中略）助けてくれ。助けてくれ[9]」

これはポールの心の叫びである。マンハッタンの「今このとき」は、全てポールの妄想が作り上げた虚構《フィクション》だったのである。

ここに『運転席』の主人公との共通点と相違点がある。両者とも「全知の存在」になりすまし、自分が望むように「自分の死」を演出する。のちに明らかになるのだが、実はポールとエルサは、一九四四年の時点でドイツ軍の爆撃を受けて死んでいる。しかし、戦争が終わればエルサとニューヨークで暮らすという夢を、死んだ後で「実現」させたのである。リースは自らの「生」をいわば完結させるために「死」を演出したが、逆にポールは「死」を否定することで、理想的な「生」を実現させたのである。

従って、現実にはピエールとカテリーナは生まれてすらいない。にもかかわらず、この世に存在していないはずの登場人物たちが淡々と日常生活を送り、口論をしたり、食事をしながら次の休暇の予定を立てたりするのである。そこで展開されるのは、まさに不条理な世界である。

作品のクライマックスを飾るのは、主人公の生まれていないはずの「息子」ピエールが演出する『ピーター・パン』である。脚本はジェームス・バリの原作通りであるが、出演者全員が五十代後半から七十代というグロテスクな演出になっている。[10] 舞台のテーマは「終わり」のない世界であり、永遠に死なないピーター・パンと仲間たちが登場する。

一方、ノーマン・ペイジがこの作品を「失敗作」として評するのは、その読みづらさのためであろう（Page 一二一頁）。『ホットハウス』にはプロットらしいプロットがない。先述した通り、『ホットハウス』では二種の異なる時空間が共存している。一九四四年のロンドン郊外と、ハズリット一家が「生きる」一九六〇年代後半とおぼしきニューヨークである。両者を区別するための「工夫」として、前者はアラビア数字（“1944”）で年代が表記され、後者つまり架空の時間は文字（“nineteen sixty-five”）で書かれている。とはいえ、異なる時空間が交錯するのは、スパークの他の作品も同じである。それなのに、この作品がとりわけ「読みづらい」と感じられるのは、ポールとエルサが英国情報部で敵国に偽の情報を流すという、いわゆるブラック・プロパガンダに携わっていたことと大いに関係がある。この作品で二人が行っていることも、情報操作にほかならないからである。

ポールは、自分が生み出した「物語」の主導権はつねに自分にあると信じ、疑うことすらしてこなかった。しかし、途中からその「物語」は他人に乗っ取られてしまう。ポールと同じく情報操作の経験があるエルサによって。作品の後半では、現実に起こったこと（過去）とそうでないこと（現在）の区別がますますつかなくなる。例えば、アラビア数字で表記される現実時間であるはずの"1944"と文字で表される想像上の"nineteen forty-four"が混在することによって、現実と虚構《フィクション》が逆転してしまったかのように感じられる。


「ふと思ったんだけど、私って本当に生きているのかしら（中略）」

「君が想像上の人物だって、誰が言ったのさ」とポールは言う。「そうであってほしいくらいだよ」

「あら、すてき。じゃあ、私たち現実になったのね」

彼は彼女の影を見る。「君は現実になってしまったんだよ。困ったことに」とポールは言う。

（九七頁）


バリの『ピーター・パン』では、外れてしまったピーター・パンの影をウェンディが縫い付けてあげるが、『ホットハウス』で不気味な影をもつのはエルサの方である。エルサの影は、本来影ができる方向とはつねに反対側を向いており、彼女がこの世の人間ではないことを暗に訴えている。

それまでは、読者ないし他の登場人物たちに対してブラック・プロパガンダの主導権を握っていたのはポール一人であったとするならば、後半にかけてはエルサも積極的にそれに参加するようになる。例えば、エルサはポールも知らないような新しい「過去」を創り出して、彼を困惑させる。

「あなた、前にケネディ空港まで私を迎えに来てくれた時のことを覚えている?」

「前って?」彼は眉間にしわを寄せ、思い出そうと集中するが、目は虚ろである。彼はしかめ面で彼女に答えを求める。

「前に何が起こったんだっけ?　空港には何度も迎えに行っているからさ。前に空港に行ったのはいつのことだろう」（中略）

「当時はアイドルワイルド空港だったわ。Nineteen sixty（一九六〇年）よ」

「そんなに前のことであるはずがあるものか。何が起こったって言うのさ」

「空港からロングアイランドの病院に直行して、私を監禁させたのよ」（中略）

「もう、いい加減にしてくれ、エルサ。僕らは君のことを思ってやったんだよ」

「『僕ら』って誰のこと?」

「みんなさ」彼は弱々しく答えた。

「つまりあなた一人ってことね。『みんな』ってそういう意味だから」（七五〜七七頁）

ポールも知らないような「思い出」や「出来事」（全てエルサの創作）が語られ始めることで、ポールは自分の物語世界のコントロールを完全に失ってしまう。そして最後には、収拾がつかなくなってしまったその世界に終止符を打つことを自ら望むのである。

「彼女は僕の想像から生まれただけなんだ。だが、もう僕が思い描いていたエルサではなくなってしまった。一人で勝手に生き始めてしまったんだよ。彼女はグロテスクだ。死んだ当時の彼女は、それは愛らしいイギリス娘だったよ、ほんとに」（二〇四頁、傍点は執筆者による）

ポールにとって「グロテスク」なのは、エルサが死後も生き続けていることよりも、想像／創造主である自分の手を離れて、エルサが自分の考えを持ち始めたことの方である。ポールの絶望は、メアリー・シェリーの怪物の創造主フランケンシュタインの苦悩を想起させる。[11]

ジョゼフ・ハインズは、『ホットハウス』は「『運転席』が終わるところから始まる」（Hynes 八七頁）と述べているが、それは『運転席』が「終わり」に向かっているのに対して、『ホットハウス』

は「終わり」から始まるからである。最終的には、エルサの愛を信じることで、ポールは自分の「死」を、そして自分の空想物語の「終わり」を受け入れる。作品の最後はスパークにしては珍しく幻想的な終わり方で、ポールはエルサとともに彼方の世界へと旅立っていくのである。

結語——スパークの「死への衝動《ドライブ》」

『メメント・モリ』では、見えない「死」の影に怯えながら奮闘する老人たち、『運転席』では異常なまでの執念で自分の「死」を実現させようとする主人公、『ホットハウス』では「死」を否定することで歪な「生」を営む主人公が描かれている。いずれの作品においても、リースの言葉を借りると、「死」は姿こそ見えないが「不在でない」と読者は感じることだろう。事実、スパークの登場人物たちを突き動かし、驚異的な力を与え、時には愚かしい行動に駆り立てるのは「死」である。その意味では、これらの作品で真に主導権を握るのはむしろ「死」の方である。しかし同時に、「死」を現前させているのは、あくまでも登場人物たち自身である。「メメント・モリ」という電話のメッセージ通り、彼らが「死」を忘れないでいるかぎり、「死」はすでに彼らの内に、そしてテクストの中に在るのである。彼らが「死」を意識した時から「死」そして「終わり」は始まっている。これこそがスパークの描く「死への衝動《ドライブ》」である。

◆注

1 ブラッドベリーに至っては、スパークの作品では、始まりも中間もなく「終わり」が全てであると論じている(Bradbury二五〇～一頁)。

2 Eliot 三二四頁。一八五七年の手紙から。

3 中上は、過去のスパーク研究では、作家の信仰および宗教的経験に重点が置かれすぎていて、語りの技法などの作品分析が十分になされてこなかったと指摘する(四二頁)。

4 アラン・ボールドは『運転席』、『邪魔をしないで』(一九七一)、『ホットハウスの狂影』の三作品を、永田は『パブリック・イメージ』(一九六八)、『運転席』、『邪魔をしないで』をスパークの「死のプロット」三部作として挙げている。

5 Spark, *Memento Mori* 一～二頁。

6 Spark, *The Driver's Seat* 二三頁。

7 Spark, *The Driver's Seat* 六七頁。傍点は執筆者による。

8 スパークも第二次世界大戦中に英国情報部に配属され同様の任務に当たっていた。

9 Spark, *The Hothouse by the East River*, 四七頁。以下、テクストからの引用はカッコ内の頁数のみで示す。引用の翻訳は大社淑子訳を参照したが、論旨に合わせて改変した。

10 一九〇四年発表のバリの原作のタイトルは*Peter Pan, or The Boy Who Wouldn't Grow Up*「ピーターパン——大人になりたくなかった少年」である。

11 スパークは一九五一年にメアリー・シェリー論集(*Child of Light: A Reassessment of Mary Wollstonecraft Shelley*)を発表している。

◆参考文献

Bold, Alan *Muriel Spark*. Methuen, 1983.

Bradbury, Malcolm "Muriel Spark's Fingernails." *Critical Quarterly*, no.14, 1972, pp. 241–50. *Possibilities: Essays on the State of the Novel*. Oxford UP, 1973.

Eliot, George *The George Eliot Letters*. Vol.2, edited by Gordon S. Haight, Yale UP, 1954.

Hynes, Joseph *The Art of the Real: Muriel Spark's Novels*. Fairleigh Dickinson UP, 1988.

Kermode, Frank "The House of Fiction: Interviews with Seven Novelists." *The Novel Today*, edited by Malcolm Bradbury, Fontana Press, 1990, pp. 117–44.

Kolocotroni, Vassiliki "The Driver's Seat: undoing character, becoming legend." *Textual Practice*, vol. 32, no. 9, 2018, pp. 1545–62.

Lanchester, John. Introduction. *Driver's Seat*, by Muriel Spark, pp. v–xii.

Lodge, David *The Art of Fiction*. Penguin, 1992.

Page, Norman *Muriel Spark*. Macmillan, 1990.

Spark, Muriel. *Curriculum Vitae: A Volume of Biography*. 1992, Carcanet, 2017.

——— *The Driver's Seat*. 1970, Penguin, 2006.

——— *The Hothouse by the East River*. 1973, Polygon, 2018.

——— *Memento Mori*. 1959, Virago, 2010.

アリストテレス 『詩学』三浦洋訳、光文社古典新訳文庫、二〇一九年。

大社淑子 『ミューリエル・スパークを読む』水声社、二〇一三年。

カーモード、フランク 『終わりの意識――虚構理論の研究』岡本靖正訳、国文社、一九九一年。

ロブ゠グリエ 『新しい小説のために』平岡篤頼訳、新潮社、一九七二年。

中上玲子　「完成しないジグソーパズル」『リーディング』大学院英文学研究会、二一巻、二〇〇〇年、四二―五五頁。
永田美喜子　『ミュリエル・スパークの世界――現実・虚構・夢』彩流社、一九九九年。

対談　またしても解説に代えて

東雅夫×下楠昌哉

『転覆の文学』を経て

下楠　新型コロナのためにZoomで対談という案もありましたが、先週県境を越えての移動の規制が緩和されたことを受けて、換気と時間配分に配慮して三密（密閉・密集・密接）を避け、直接お会いしてお話ができることになりました。職場の授業はオンラインですし、こうして人と対面でしっかり話すのは久しぶりです。今回の対談は少し趣向を変えて（本来そうあるべきだったのかもしれませんが）、この論集に収められた論考についてて話していきたいと思います。

東　わざわざ京都からお越しいただき恐縮です。今のお話に関連して申しますと、今回のメール・インタビュー（本書419頁〜）で執筆者の皆さんに、コロナ問題のことを伺ったのは正解でしたね。これは貴重な時代の証言になると思います。

下楠　とても傾聴に値するコメントをいただきました。今回の『幻想と怪奇の英文学Ⅳ』（以下『Ⅳ』）の巻頭に収録した遠藤先生の論考の最後のところ（本書29頁）で「人間と植物の境目を越境したポストヒューマンとなることは、これからの環境問題と向き合うなかで要請される姿勢でもある」「地球とは、そもそも植物によって支配されたエコシステムなのである」と書かれています。先見性溢れた川端裕人氏の疫学スリラー『エピデミック』（角川書店、二〇〇七年）がもうじき紙ベースで集英社文庫から再版されるそうですが（二〇二〇年七月一日に発売）、『エピデミック』に出てくる「感染症とは、ただ病気であるだけでなく、生態系の問題」であり、我々は「みな、環境の一部であり環境そのものなのだと自覚」しなければならない、というくだりと激しく響き合っています。

東　皆さんが実際に論考を書かれたのは新型コロナ流行前の時点で、コロナの「コ」の字もないころですよね。時代を予見していたわけだ（笑）。それはともかく、今回の『Ⅳ』も内容的に充実していて、どの論考もお世辞抜きで、とても面白く読みました。『Ⅰ』の頃に私が漠然と思い描いていた理想的な形に、また一歩近づいた感じです。

下楠　『Ⅰ』では皆さんまだ恐る恐る書いていらっしゃいました。

東　何も前例がないところで、いきなり「幻想と怪奇の英文学」と言われると、真面目な学者さんほどちょっと腰が引けるところがあったのが（笑）、今回は今までの積み重ねが形になったことによって、よりいっそう大胆に踏み込んだ内容になった。評論家の岡和田さんみたいに今回初参加で、最初から踏み込んでいる方もいるし（笑）。

下楠　岡和田さんのような方にも書いていただけるような場になったと思います。

東　巻頭の遠藤さんも、学者であり作家でもある。私は『姉飼』のホラー小説大賞方面からですが、遠藤さんの小説のファンの中にも、彼が英文学者だと知らない人も結構いますね。

下楠　遠藤先生は今、同志社大学グローバル地域文化学部の学部長も務めておられます。学生と教員たちのために日夜働いているけれども、寝る前には必ずちょっとずつは書いている、とこの前メールでおっしゃられていました。作家たることをお忘れになってはいませんね。

東　多彩な執筆陣をお迎えできたわけですが、今回の経緯をまずお話しいただけますか。

下楠　スタート時点では「あまりばらけても困るし、何か軸は欲しいな」とは思っていました。私が翻訳したアナ・リティティア・バーボールドのゴシック理論のベースみたいな作品付きエッセイは当初から入れようと思っていたので、執筆者の皆さんに、ゴシックかそれ以外、というちょっと誘導的なご希望の取り方をしてみたんです。ゴシックを論じたものはあまり多くはなりませんでしたが、それでも一つブロックは組めたのでちょっとホッとしています。それ以外のところでもいくつかのグルーピングはできましたので、今回のような構成になりました。

東　今回は下楠さん渾身の『Ⅲ』（ローズマリー・ジャクスン『幻想文学――転覆の文学』）を、まずお読みいただき、そこを踏まえた上で御寄稿いただくという作戦でしたよね。

下楠　はい。ただ、お気づきかもしれませんが、トドロフの霊を祓おうとジャクスンを出してはみたのですが、今回もツヴェタン・トドロフの影響は甚大で、結構まだトドロフの幽霊がさまよっています。

東　トドロフの亡霊は手ごわいですからね。比嘉琴子（澤村伊智『ぼぎわんが、来る』に登場する最強霊能者）クラスを召喚しないと、ちょっと（笑）。やはり論を構えるに際して、構造主義的な分析は一つのパターン、定番スタイルになってしまっているから。

下楠　理論的にうまく整理できていますから、

それに準拠した批評的言説が出て来るのは尤《もっと》もではあるんです。とはいえ、あまり否定的に捉える必要もないと思います。『I』『II』では幻想文学の定義的な部分にはあえて踏み込まないようにお願いしましたが、今回はもうそのあたりは気にしないでいいようにはなっていると思いますし、執筆者の皆さんも、トドロフの枠組みを踏まえた場合でも常にその先へ行くような論じ方をしてくださっていますから。

第1部　怪獣大進撃

東　冒頭の遠藤さんの論考は『トリフィドの日』がテーマ。実は私が初めて読んだ海外SFが『トリフィドの日』なんです。その前後にテレビで映画版も観たので思い出深い。論考を読んでハッと気づいたのは、植物怪獣のトリフィドは三本足で歩くことです。『宇宙戦争』の侵略兵器《トライポッド》と同じで。さらに言えば、いま流行のアマビエも三本足(笑)。

下楠　え、そうなんですか?

東　そうそう。アマビエはそもそも「私の姿を描き写した絵を見せよ」と言っているだけで、「見せれば疫病を免れる」とは記録に書いてない。もしかするとアマビエも、トリフィドみたいに人類を滅ぼすために現れた可能性もある(笑)。妖怪に詳しい人たちは、そのことを最初から指摘しているのに、新型コロナの流行のなかで広まってしまうと、あれよあれよという間に疫病退散の守護神にされてしまった。

下楠　ネット上ではありましたけれどTwitterのいたるところで私もアマビエを目撃しまして

（笑）、こういう非常事態のときは妖怪って本当に現れるんだなと思いました。文字どおり、そういうことですよね。

東　「アマビコ」の「コ」を「エ」と読み間違えたのが「アマビエ」で、妖怪資料コレクターの湯本豪一さんも、アマビエなどという幻獣は存在しないと著書で断言されていますけどね。ともあれ、三本足のメタファーはおもしろいです。

東　遠藤先生の植物怪獣の論考に続くのが、南谷先生の論考です。この二つの論考をいただいた時点で、「怪獣」で一つブロックを組むのだと固く決意しました。

東　「嗚呼このシリーズをやっていてよかった」と心の底から感激した論考です。「古生物幻想文学」もしくは「恐竜文芸」とでも呼ぶべきパースペクティブがあって、海外の文献を熱心に当たられた上で、恐竜文学史みたいなものを再構築して提示されている。今から三五年くらい前に、『幻想文学』誌（第八号）で「ロストワールド文学館」を特集したワタクシ的には本望というか、まさに我が意を得たり。恐竜ものは相変わらずいろいろ追いかけてもいるので、個人的にも大いに参考になりました。参考文献リストを見て早速アマゾンで発注しまくりましたよ。地底に恐竜が棲息していて——地下世界と恐竜文学という視点も、とても面白いし、そこを敷衍していくと、ジュール・ヴェルヌを経て、H・P・ラヴクラフトにも至るわけです、恐竜じゃなくて邪神の眷属だけど。

下楠　南谷先生は、作家論を物するときも動物ネタが結構お好きなんです。この古生物表象の研究はなかなか評価されないとのことなのですが、もっとこういう研究を我々のメディアが興隆させないと！

東　そのとおり！（笑）このシリーズの別冊で、恐竜文学史みたいなものをやってもいいかと。個人的に肩入れしてしまいますねえ。

下楠　コナン・ドイルの『失われた世界』では、恐竜の姿ははっきり書かれていないんですよね。大体暗がりの中にいて、はっきり書いちゃいけないみたいな感じになっている。恐竜は必ず暗闇が支配する洞窟に現れる、という南谷先生の論もちゃんとそのラインにのってますね。

東　あと、拝読してアッと思ったのは翼竜モチーフの重要性です。生物学的には恐竜ではないわけですが、初期の恐竜文学では意外に翼竜を多く扱っているという指摘も、なるほどと思うところです。グロテスクな翼を広げて獰猛なトカゲのような顔をしている、そういうスタイルが古典的な悪魔の姿と結構共通しているんじゃないか、と。

下楠　コウモリが頻繁に使われるのと一緒ですね。翼竜は『失われた世界』でロンドンまで連れてこられますし、当時の人たちのオブセッションは強かったんでしょうね。

東　とにかくいろいろなことを考えさせられる、画期的で刺戟的な論考でした。

下楠　次の大沼先生の論考は「マンティコア」。この怪獣の絵（本書67頁）は、皆さんどこかで見ていて気になるのではないでしょうか。

東　そうそう。こうやって実際に典拠に当たって系統立てて書いてくださると由来がよく分かる。マンティコアの姿は人面獣の系譜と、もろにかぶっていて、そこも面白いよね。

下楠　脱線するのも可能なテーマだったと思いますが、大沼先生は研究スタイルが非常に実直な方なので、淡々と実証主義的に書かれていまして、それが逆にいい味になっている。また、この論集が学術論文集であるという点をしっかり示してくれている点でも、ありがたいですね。

第2部　英国ゴシックの矜持

東　下楠さんが翻訳された作品は、物語部分は『クリス・ボルディック選　ゴシック短編小説集』（春風社、二〇一二年）にすでに収録されていますが、前書き部分に展開される崇高恐怖論も確かに貴重です。こういうものこそ基本文献でしょう。

下楠　翻訳はかなり手こずりました。同僚の先生に添削をお願いしたりして。

東　日本でゴシックについていえば、先駆的に論じた方は、英文学者というよりは、平井呈一、澁澤龍彥、種村季弘、紀田順一郎のような、いわゆる文人系の方が多いですね。いま、その種のエッセイを蒐めて『ゴシック文学入門』（ちくま文庫）というアンソロジーを編纂しているところです。

下楠　日本のゴシックの受容は、「ゴシック」という言葉の広がりがまずあって、それがさまざまな形のポップカルチャーで「ゴス」と呼ばれているものも含めて支えていると思うんです。そういう中で、「ゴシック文学」という概念を日本語で読める形ではっきり示そうと思って同志社の同僚の先生方と訳出したのが『クリス・ボルディック選　ゴシック短編小説集』です。そういう意味で考えると、今回の『Ⅳ』の小川先生や市川先生の論考はゴシック文学を国際的な文脈で読み直していて、ゴシック・プロパーの枠組みとは違った視点を提示してくださっています。

東　今までは、『放浪者メルモス』にしても『マンク』にしても結局どうしても総論的なところで終始してしまっていた。こういう一つのテーマで、そこからさらに踏み込んでいくものが少なかった。要はそういう論考を出していく場がなかった。それがそもそもこのシリーズの一つの目的でもあったわけですから、非常に好い手応えを感じますね。

下楠　市川先生は、芸術の幻想に関する国際学会（The International Conference on the Fantastic in the Arts）に日本の研究者では私より先に出ていた方です。大会の会場でお会いしたので今回お誘いしたところ、ご寄稿してくださった次第です。

東　金谷さんの論考の「幽霊のキャサリン」も、とても興味深く読みました。『嵐が丘』への認識を改めました。

日臺先生の論考もインパクトがありますね。『オトラント城』と『ドリアン・グレイの肖像』という非常に有名な作品の意外なつながりが見えて来る。

下楠　先ほどトドロフの幽霊の話をしましたが、幻想文学の特性の一つはやはり分野にまたがる架橋性、中間領域にたゆたう姿です。日臺先生の論は、生命とモノの境界に焦点を合わせていますね。幻想・怪奇といったときに、どうしても超自然とか幽霊、生と死、あの世とこの世にこだわる向きもありますが、この論考はそこから大きく踏み出して、異なったアスペクトを提示してくれています。

金谷先生は、第3部の田多良先生もそうですが、先行研究をしっかり読んで、それを踏まえて論じるという、学者としての作法をすごく実直にやっていらっしゃる。そのような先行研究の整理の手並みも、この論集の読みどころの一つですね。

東　だから私のような研究者じゃない人間からすると、言及されている文献に遡って、いろいろ読めるという愉しみもある。参考文献をしっかりお書きになる方のものは、本来の趣旨とはまた別のところでいろいろ役に立つし、門外漢にも有益です。

第3部　ヴィクトリアン・ゴースト・ストーリーを越えて

下楠　岡和田さんは、これまでの『Ⅰ』や『Ⅱ』では寄稿者の皆さんが躊躇していたところもあった、怪奇小説のど真ん中を論じてくださりました。

東　ベンスン三兄弟とは、いいところに目を付けたなと(笑)。これまた、本シリーズだからこそ掲載できるような論考ですね。特にE・F・ベンスンは、日本では怪奇小説が好きな人だけが歓んで読むタイプの作家。ウェイクフィールドやメトカーフやエイクマンもそうですが、あの手の英国ゴースト・ストーリーの作家たちは、今では怪奇党しか顧みる読者がいないし、ましてや英文学サイドから正面きって研究する人は皆無に近いでしょう。

下楠　さすがにM・R・ジェイムズなんかだと、「モダニズムの文脈にジェイムズを置き直す」みたいな論文を見かけることはあります。ただ、それをど真ん中にして研究していくのはかなり難しいところがあって、特に若手の研究者だと、その系統の業績だけで教職のポストを得るのはまず無理でしょう。

東　ねえ。怪談や怪獣専攻では、なかなか厳しいでしょうね。

下楠　そういう意味で扱いが難しいところがあるとは思うんですけれど、「怪奇と幻想を研究するのだったら、そもそもど真ん中のものを扱わなきゃだめでしょう?」と言われれば、「はい、そのとおりでございます」というのも確かなところで。

東　これまた待望していた方向の論考でした。一種の他流試合的な盛り上がりが、今後も期待できるのではないでしょうか。『幻想文学』誌のときなんかは、ナチュラルにそういうふうになっていたところがあるわけですが。

下楠　石井先生のハーディの論考は、いわゆる生霊の話です。石井先生の論考は、文体的に学術論文をたまに越境するところがあるのが魅力ですね。

東　読ませますね（笑）。エンタメといっては失礼かも知れませんが、読み手を惹きつける力があると思います。これはまさにローカル・ホラーの世界で、日本の瀧井孝作とか横溝正史と比較したい誘惑に駆られます。

下楠　小林先生の論考はジョイスの『ダブリナーズ』の「死者たち」を扱っています。私は

『Ⅱ』の冒頭で『ダブリナーズ』の巻頭の作品「姉妹」を幽霊譚として訳したんですが、その意図の一つが『ダブリナーズ』のほとんどの作品が幽霊譚として読むのが可能だと示すことでした。そこのところをしっかり論文として跡付けていただいています。

東　これを読むと、下楠さんの翻訳をまた読み直したくなります。

下楠　続いての岩田先生の論考はイェイツ。ジョイスとはアイルランドつながりです。

東　有名な『鷹の井戸』とはまた別の、オカルティック・イェイツという感じ。

下楠　『窓ガラスの言葉』はイェイツの劇ではそれほど知られていない作品ですね。イェイツの奥さんが自動筆記ができた、というエピソードが思い起こされます。この演劇では「窓」が重要な役割を果たしますが、窓は必ず外界との境にあるものですから、そういう意味でトドロフ的な幻想性も立ちあがってくる。しかも窓という境界領域に刻まれた文字、テクストの話ですからね。これぞ幻想文学。

東　窓にペタペタと手形がついているような描写は、実話系のホラーでは定番ですよね。いちばん有名なのは、小池真理子さんの『墓地を見おろす家』ですが。そういう意味でも興味深く読みました。

下楠　そうですね。『嵐が丘』のキャサリンの亡霊が思い出されます。

田多良先生のイシグロの論考は、タイトルが『北斗の拳』を意識しているだけあって、けれん味たっぷりです。

東　古井戸の近くで目撃された老女の幽霊

のくだりが、たいそう印象的です。「井戸」と「幽霊」というと、『皿屋敷』もそうだし、鈴木光司の『リング』もそうです。いろいろなことを考えさせられましたね。

下楠　田多良先生の論と信頼できない語り手つながりの深谷先生の論考が扱うパーシグの作品では、失われた人格が幽霊のように作品中をさまよいます。石井先生の論考の生霊の話もそうですが、こういう論考が、他の伝統的な幽霊を扱った論考と併存することで、この第3部の幅が広がっていると思います。

東　このパートのタイトルを、あえて「ヴィクトリアン・ゴースト・ストーリーを越えて」としているのは、そういうわけなんですね。

第4部　罪・妄執・狂気

東　この第4部のタイトルづけは……若干、苦し紛れな分類という感じもしますが（笑）、内容的には、どの論考もさすがの出来です。

下楠　確かに苦しいところはありますが、耐えきれないほど異常な現実に直面した人間が正気をなくし、あっちの世界に行ってしまう、あるいは別世界の人扱いされるテーマの作品群という括りはできると思います。

小宮先生は『いかにしてアーサー王は日本で受容されサブカルチャー界に君臨したか』（みずき書林、二〇一九年、通称『いかアサ』）を共編で刊行したりして、活躍されています。『いかアサ』はまさに在野と学界を架橋する、卓抜な出版企画でしたね。小宮先生は西洋の甲冑をお持ちで、自らそれをおまといになります。

東　アカデミック・コスプレイヤー……などと言ったら、叱られますかね（笑）。でも、そもそもオタクと学者さんは、根っこのところは一緒でしょう？　この「騎士の狂気」というテーマは、非常に重要な着眼ですよ。物語・ロマンスに登場する騎士というのは、たいてい頭がおかしくなる傾向がある（笑）。そういう問題を、ちゃんとまとめてくださっている。

下楠　『ドン・キホーテ』が特異な話かと思ったら、実はそうじゃなくて、騎士というものは狂うものだったわけです。騎士はこれでもかというくらいよく狂う。

東　あと、有元さんの論考のマクラウドの「罪食い」もそうだけれど、桐山さんの論考のマリー・コレリとか、もうね、感涙ものですよね。まさか二〇二〇年になって、コレリの伝奇ホラーに関する論考が読めるとは！

下楠　マリー・コレリは一時期、日本でも知られていましたが……。

東　東京創元社の〈世界大ロマン全集〉にも、なんと平井呈一訳の『復讐（ヴェンデッタ）』が入っていたわけで。私なんかは、荒俣宏さんが『世界幻想作家事典』（国書刊行会）でコレリについて触れているのを読んで、興味を掻きたてられたクチですが。

下楠　桐山先生は博論からずっとコレリの研究を続けていらっしゃいます。有元先生のフィオナ・マクラウド研究もそうですね。

東　やはり定点観測というか、一人の作家をずっと追いかけている方がお書きになるものは、違いますよね。説得力があるというのか。

下楠　高橋先生の論考はミュリエル・スパーク。他の方は「死んだ者が帰って来る」という論考ですが、高橋先生は「死への衝動」ということで、生前を扱っている。そこが他と違うところかな。桐山先生のコレリは、死んでしまったあと、あるいは死んだことになった者が、何かする。有元先生の「罪食い人」は、死んだあとどうなるかが気になるので生きているうちに罪を食うということをする。そういう意味で第4部は、「幻想と怪奇」の一般的なところからはズレた、ちょっと違った領域（生きている間の常軌を逸したあり方）を扱っているといえます。

東　スパークは作品が数多く翻訳されているわりに、意外に怪奇幻想文学サイドから論じられることが少ない作家なので、今回の論考は貴重ですよ。第4部の論考はどれも「常に現実の側だけれど、彼岸をものすごく意識する」という構造になっているわけですね。

下楠　「幻想と怪奇」というと常に境界領域を意識することになりますが、境界領域そのものを扱っているのか、境界領域のあちら側を中心に扱っているのか、あるいは境界領域のあちら側を意識した上でこちら側に留まった話を扱っているのか、そういう違いは見出せると思います。

回顧と展望

東　第1部の、植物が地球を征服したり、恐竜が君臨する世界だったり、人肉を喰う獣が徘徊する異郷の話だったり、非常に浮世離れしたところから入っていって、第2部、第3部のゴシックやヴィクトリアン・ゴースト・ストーリーから、徐々に第4部の現実の側へ寄っていく流れが、卓抜だと思いました。下楠さん、御本業のみならず、編集者としての手腕も大変なものだと(笑)いつもながら敬服しています。

下楠　「怪獣」でまとめた第1部だけ、ちょっと分類の基準が違いますけどね。

東　でも結果的にうまくまとまった四部構成ですよ。最後に今後の展望として、『V』はどんな感じになりそうですか?

下楠　個人的には、『幻想と怪奇の英文学V——愛蘭土《アイルランド》編』とかやってみたいです。

東　いいですね。本当に今回の『Ⅳ』が充実しているのも、積み重ねて継続されてきたからでしょう。ここはもうひと頑張りほしい気がします。これからがますます楽しみです。

（二〇二〇年六月二六日、横浜市教育会館にて）

執筆者紹介

東雅夫による

メール・インタビュー

遠藤徹 *Endo Tooru*

出身地：兵庫県

職業・所属・学位等：同志社大学グローバル地域文化学部教授、グローバル地域文化学部学部長

研究分野・専門分野：英米文学・文化論

著書：『プラスチックの文化史——可塑性物質の神話学』（水声社）、『姉飼』（角川書店）、『ネル』（早川書房）など

◆新型コロナ・ウイルスをめぐる一連の事態について、御専門領域からの所感を。

一番下の層ではエッセンシャルワーカー、ホームレス、外国人労働者、次の層では小規模店舗や中小企業が、死の領域（生と死のはざまのゾンビ領域）へと追いやられていく死権力（necropower）が働いているように思います。

◆今回、御寄稿いただいたテーマに関心を抱いた一般の読者が、続けて手に取るべき推奨本を挙げてください（邦訳のあるものに限定、複数も可）。

安部公房『水中都市・デンドロカカリア』（新潮文庫）所収「デンドロカカリア」、筒井康隆『虚人たち』（中公文庫）表題作、野坂昭如『骨餓身峠死人葛』（岩波書店）表題作。いずれも、「植物になる」という生成変化を扱っています。

◆最近お読みになった怪奇幻想文学ジャンルの本で、特に面白かったものを御紹介ください（**英米文学以外も可、原書も可**）。

Ｊ・Ｇ・バラード『結晶世界』（創元ＳＦ文庫）。形而上学的幻想ＳＦの傑作です。

◆（**『幻想と怪奇の英文学Ⅱ』以降参戦の方は、以下の質問にもお答えください。**）**怪奇幻想文学との出逢いは？　英文学に限らず、最も影響**（**感銘**）**を受けた幻想文学作品は何ですか？**

江戸川乱歩でしょうか。「人間椅子」とか「屋根裏の散歩者」とか、少年探偵団の延長線上で読んでしまった小学生のぼくに深甚な影響を残しました（変態への生成を促す作品群ですね）。幻想怪奇の世界に耽溺したのはやっぱり、中坊の時にエドガー・ポーの擬古文調の訳のやつを読んだことですね。訳者名とか忘れちゃいましたけど。ポーはやっぱり擬古文に限ります。アッシャー家とか凄かったです。後はあれです、中勘助の『犬』。これにはやられました。

南谷奉良 *Minamitani Yoshimi*

出身地：東京都

職業・所属・学位等：日本工業大学・専任教育講師、博士（学術）

研究分野・専門分野：ジェイムズ・ジョイス研究、動物論・痛み論

著書：『ジョイスへの扉——「若き日の芸術家の肖像」を開く十二の鍵』（共著、英宝社）、『ジョイスの迷宮——「若き日の芸術家の肖像」に嵌る方法』（共著、言叢社）、『ジョイスの罠——「ダブリナーズ」に嵌る方法』（共著、言叢社）など

◆新型コロナ・ウイルスをめぐる一連の事態について、御専門領域からの所感を。

どのような理由であれ、この事態の影響として「学ぶ機会を奪われた」あるいは「もっと学びたかった」と感じる学部・修士・博士課程の大学生は多いと思います。事態の終息後に彼らから「学び直したい」という声があれば、私の専門領域が貢献できるかぎり、読書会やイベントの場を用意・提供したいと考えています。

◆今回、御寄稿いただいたテーマに関心を抱いた一般の読者が、続けて手に取るべき推奨本を挙げてください（邦訳のあるものに限定、複数も可）。

地下がすっかり探索・発掘されてしまうことはなく、時に応じて空洞が開き、今後も地上世界にとっての未知や過去を、希望や恐怖を産出する空間でありつづけると思います。そのことを考察するための案内本として、ロザリンド・ウィリアムズ『地下世界——イメー

ジの変容・表象・寓意』市場泰男訳（平凡社、一九九二年）を推奨します。

◆最近お読みになった怪奇幻想文学ジャンルの本で、特に面白かったものを御紹介ください（英米文学以外も可、原書も可）。

カナダの作家ヤン・マーテルの小説『パイの物語』（二〇〇一）です。幻想冒険物語と呼ばれると思いますが、映画版と合わせ、私たちが目の前で見ているものが実は別のものでありうるということの可能性を見事に描いた名作だと思います。種本であるブラジルの作家モアシル・スクリーアの中編小説*Max and the Cats*（英訳タイトル、未邦訳）や、エドガー・アラン・ポーの『ナンタケット島出身のアーサー・ゴードン・ピムの物語』（一八三八）との合わせ読みを推奨します。

◆（『幻想と怪奇の英文学II』以降参戦の方は、以下の質問にもお答えください。）怪奇幻想文学との出逢いは？　英文学に限らず、最も影響（感銘）を受けた幻想文学作品は何ですか？

すべて未完に終わっているフランツ・カフカの長篇作品『訴訟』、『城』、『失踪者』の三つです。書く行為や読む行為がその都度つくりだす余白や暗がり、その恐ろしいまでの幻想性を教えてくれたと思います。

大沼由布 *Onuma Yu*

出身地：神奈川県横浜市

職業・所属・学位等：同志社大学文学部准教授、博士（文学）

研究分野・専門分野：中世英文学

著書：『この世のキワ――〈自然〉の内と外』（共著、勉誠出版）、*Aspetti del meraviglioso nelle letterature medievali: Medioevo latino, romanzo, germanico e celtico*（共著、Brepols）など

◆新型コロナ・ウイルスをめぐる一連の事態について、御専門領域からの所感を。

月並みですが、中世のペストがはやった頃と基本的には変わらないのだな、という印象を持っています。感染防止のマスクもそうですし、ボッカッチョの『デカメロン』では、郊外に避難して物語を披露しあいましたが、現代では自宅にこもってパソコンのオンライン飲み会にシフトした、と……。

◆今回、御寄稿いただいたテーマに関心を抱いた一般の読者が、続けて手に取るべき推奨本を挙げてください（邦訳のあるものに限定、複数も可）。

参考文献であげた日本語のもの、特にアイリアノス『動物奇譚集』がおすすめです。大体幻想動物の祖といえばクテシアス、まとめたのはプリニウス、なのでそれらも重要ですが、手頃な長さと読み物としての楽しさとのバランスが良いのがアイリアノスかと思います。

ほか、博品社のシリーズ博物学ドキュメント、中でも

『奇怪動物百科』（ジョン・アシュトン）、『中世動物譚』（P・アンセル・ロビン）、『動物と地図』（ウィルマ・ジョージ）あたりが良いと思います。

◆最近お読みになった怪奇幻想文学ジャンルの本で、特に面白かったものを御紹介ください（英米文学以外も可、原書も可）。

印象に残ったのは、澁澤龍彥『高丘親王航海記』です。「面白かった」と表現することは、どぎつい描写などもありためらわれるものの、西洋と東洋の幻想が合わさり、読んだらうっかり幻想世界にとりつかれそうな吸引力があります。

もうすこし気軽に「面白かった」と言えるのが、仁木英之『僕僕先生』です。登場人物は『高丘親王航海記』とかぶるところもあり、同じ頃に読んだのでオーバーラップや対比も興味深かったです。

下楠昌哉 *Shimokusu Masaya*

出身地：東京都

職業・所属・学位等：同志社大学文学部教授、学生支援機構長、博士（文学）

研究分野・専門分野：19・20世紀のアイルランド・英国小説、幻想文学論

著書：*Vampiric: Tales of Blood and Roses from Japan*（共著、Kurodahan Press）、『妖精のアイルランド――「取り替え子」の文学史』（平凡社新書）、『良心学入門』（共著、岩波書店）など

◆新型コロナ・ウイルスをめぐる一連の事態について、御専門領域からの所感を。

故澁澤龍彦氏が夢想しつつも、「とんでもない「悪書」」企画であるとして実現することのなかった疫病文学選集が、こともなげに何種類も出そうな勢いです。グローバルに満遍なくみなに影響を与えた新型コロナ・ウイルスは、おそらく文学におけるスティグマの表象としての「病」の役割を変えてしまうでしょう。様々な局面で、我々は何事かを目撃しているのだと思います。何が変わってしまうのか、目を凝らしていなくてはならないでしょう。

◆今回、御寄稿いただいたテーマに関心を抱いた一般の読者が、続けて手に取るべき推奨本を挙げてください（邦訳のあるものに限定、複数も可）。

ホレス・ウォルポール＆エドマンド・バーク『オトラント城／崇高と美の起源』英国十八世紀文学叢書4、

研究社。前者がウォルポール作、千葉康樹訳、後者がバーク作、大河内昌訳。『オトラント城』は平井呈一の名調子の訳などもありますが、バークの美学論考と並べて読み、その学術的意義をかみしめるのもよいと思います。それに続いて大河内昌『美学イデオロギー――商業社会における想像力』（名古屋大学出版会）に進むと、崇高の美学を十八世紀英国の美学思潮史の中にとらえる視点を得られるでしょう。

◆最近お読みになった怪奇幻想文学ジャンルの本で、特に面白かったものを御紹介ください（英米文学以外も可、原書も可）。

Victor Lavalle, *Changeling*は、ダークな現代のおとぎ話でした。主人公が妻にぶっとばされる様が、ぶっとんでいます。同じくラヴァルによるラヴクラフト作品の下敷きにした、レイシズムを呑み込んだうえで反転させる『ブラック・トムのバラード』（藤井光訳、東宣出版）は、日本語で読めます。

小川公代 *Ogawa Kimiyo*

出身地：和歌山県

職業・所属・学位等：上智大学外国語学部教授、Ph.D.

研究分野・専門分野：ロマン主義文学、ゴシック小説

著書：*Johnson in Japan*（共編著、Bucknell University Press）、『文学とアダプテーション——ヨーロッパの文化的変容』（共編著、春風社）。訳書に『肥満男子の身体表象——アウグスティヌスからベーブ・ルースまで』（共訳、法政大学出版局）など。

◆新型コロナ・ウイルスをめぐる一連の事態について、御専門領域からの所感を。

コロナ禍で生活している状況の中でロマン主義文学を読むと、多くは「ケアの倫理」を提示しているのだと気づかされます。ウィリアム・ワーズワスは偉大な政治家や画家ではなく、名もなき少女や、精神を病んだ女性、貧しい行商人などを主題に詩を綴りました。メアリー・シェリーの『最後のひとり』はダニエル・デフォーの『ペストの記憶』に影響を受けて書かれた疫病の物語です。結核を患った家族を看護し、病院でも療従事者であった詩人ジョン・キーツの「ネガティブ・ケイパビリティ」概念には、現代のコロナ禍時代にもっとも必要な、他者と共感しケアする視点があります。「短気に事実や理由を手に入れようとはせず、不確かさや、神秘的なこと、疑惑ある状態の中に人が留まることができるときに表れる」この能力は、二極化される価値を宙づりにするということでもあります。

「ケア」を提供する人間も、「ケア」を受ける病人も、弱肉強食の資本主義の価値観ではない、（つまり、強者と弱者、優劣だけで決めつけられない）「共感」の倫理によって繋がっていると思います。

◆今回、御寄稿いただいたテーマに関心を抱いた一般の読者が、続けて手に取るべき推奨本を挙げてください（邦訳のあるものに限定、複数も可）。

C・R・マチューリン『放浪者メルモス』（最近だと、邦訳は国書刊行会から二〇一二年に新装版で刊行されています。富山太佳夫訳）。メアリー・シェリー『フランケンシュタイン』（複数の訳書があります）。

◆最近お読みになった怪奇幻想文学ジャンルの本で、特に面白かったものを御紹介ください（英米文学以外も可、原書も可）。

心霊小説ともいえるアーサー・コナン・ドイルの『霧の国（*The Land of Mist*）』はとても面白かったです。

市川純 *Ichikawa Jun*

出身地：東京都

職業・所属・学位等：日本体育大学体育学部准教授、博士（学術）

研究分野・専門分野：18・19世紀英文学

著書：『知の冒険――イギリス・ロマン派文学を読み解く』（共編著、音羽書房鶴見書店）、訳書にクリスティナ・ロセッティ『不思議なおしゃべり仲間たち』（レベル）、メアリー・シェリー『マチルダ』（彩流社）など

◆新型コロナ・ウイルスをめぐる一連の事態について、御専門領域からの所感を。

メアリー・シェリーは『フランケンシュタイン』で現代に通じる生命科学の倫理的問題を提示していますが、そのシェリーには『最後のひとり』という未来世界におけるパンデミックを描いた小説があります。改めてシェリーが先見の明に溢れた作家だと感じます。

◆今回、御寄稿いただいたテーマに関心を抱いた一般の読者が、続けて手に取るべき推奨本を挙げてください（邦訳のあるものに限定、複数も可）。

まずは『マンク』ですが、論考で触れたアンチ・カトリシズムに関してはラドクリフの『イタリア人』（国書刊行会の邦訳は『イタリアの惨劇』）も参考になります。

◆最近お読みになった怪奇幻想文学ジャンルの本で、特に面白かったものを御紹介ください（英米文学以外も可、原書も可）。

巻一から読み始めている『鏡花全集』です。

◆（『幻想と怪奇の英文学Ⅱ』以降参戦の方は、以下の質問にもお答えください。）怪奇幻想文学との出逢いは？　英文学に限らず、最も影響（感銘）を受けた幻想文学作品は何ですか？

怪奇幻想文学といえそうなものと直接関係する出逢いは、大学一年生の時に読んだ『フランケンシュタイン』ですが、幼少期にアニメで見ていた『ゲゲゲの鬼太郎』に既にその下地はあったかもしれません。西洋のゴシックだけでなく、日本の土俗的なホラーにも興味があります。

日臺晴子 *Hidai Haruko*

出身地：大阪府

職業・所属・学位等：東京海洋大学海洋生命科学部教授

研究分野・専門分野：18・19世紀のイギリス文学（特に博物学、科学技術、またはエコロジーと文学との関係について）

著書：*From Dandies to Automatons: A Study of the Self in Oscar Wilde's Four Comedies*（東京教学社）、『イギリス文化入門』（共著、三修社）、『エコクリティシズムの波を超えて――人新世の地球を生きる』（共著、音羽書房鶴見書店）など

◆新型コロナ・ウイルスをめぐる一連の事態について、御専門領域からの所感を。

チフスのメアリーとして知られる女性の人生が、隔離と監禁という物理的手段によってひたすら医学的知識の向上のために搾取されたように、新型コロナ・ウイルスの感染者の行動や症状を追うデータも治療のために蓄積されつつある。感染をスティグマ化することなく、一人一人の人生をどのように大切にすることができるか、これは文学や文学研究にも課せられたテーマではないだろうか。

◆今回、御寄稿いただいたテーマに関心を抱いた一般の読者が、続けて手に取るべき推奨本を挙げてください（邦訳のあるものに限定、複数も可）。

メアリー・シェリーの『フランケンシュタイン、あるいは現代のプロメテウス』

◆最近お読みになった怪奇幻想文学ジャンルの本で、特に面白かったものを御紹介ください（英米文学以外も可、原書も可）。

サーバンの『人形つくり』

◆（『幻想と怪奇の英文学II』以降参戦の方は、以下の質問にもお答えください。）怪奇幻想文学との出逢いは？　英文学に限らず、最も影響（感銘）を受けた幻想文学作品は何ですか？

江戸川乱歩の『魔法人形』はこども心にトラウマが残るほど怖かった記憶があります。しばらく自分が持っていた人形ですら正視することができなくなりました。

金谷益道 *Kanaya Masumichi*

出身地：三重県

職業・所属・学位等：同志社大学文学部教授

研究分野・専門分野：19・20世紀英国小説

著書：『英国小説研究　第二七冊』（共著、英宝社）、『幻想と怪奇の英文学II　増殖進化編』（共著、春風社）、訳書に『クリス・ボルディック選　ゴシック短編小説集』（共編訳、春風社）など

◆新型コロナ・ウイルスをめぐる一連の事態について、御専門領域からの所感を。

今回の事態に対して、ほとんどの国はお粗末な対応しかできませんでした。SARSやMERSの洗礼を受けた国々が迅速に対応したのに比べ、他の先進各国の政治家たちは、現代医学や自国の進んだ公衆衛生をもってすれば、百年前のスペイン風邪のような状況にはならないと高を括っていたかのようにすら見えます。一方、感染症や公衆衛生の専門家たちは、危機感を持って情報を発信していました。オンラインの書籍販売サイトで検索すれば、研究者たちが、一般市民に対して警告を、時にはフィクションの形にして、以前から繰り返し発していたことがわかります。また、SF作家たちは、その想像力と創造力を駆使し、今回のような事態が発生しうるのだと作品を通して伝えてきました。（個人的には、小松左京の『復活の日』（一九六四）が印象に残っています。）今回の騒動の最中、オンデマンド配信サービスで、スティーブン・ソダーバーグ監督の『コンテイジョン』（二〇

二〇の視聴数が莫大に伸びたように、フィクションは、ありうる未来の姿を描き出す警告の書として今後注目を浴びていくのでしょうか、それとも「不要不急」の代物とみなされ廃れていくのでしょうか。フィクションを研究する者としては、もちろん前者になることを願っています。

◆今回、御寄稿いただいたテーマに関心を抱いた一般の読者が、続けて手に取るべき推奨本を挙げてください（邦訳のあるものに限定、複数も可）。

トマス・ハーディ『ダーバヴィル家のテス』。今回取り上げた『嵐が丘』と同じく、はっきりとゴシック小説に類別されることはないものの、部分的にその影響が見られる有名な英国小説ということで選びました。ゴシック小説のモチーフである、「肖像による同定」が見られます。

◆最近お読みになった怪奇幻想文学ジャンルの本で、特に面白かったものを御紹介ください（英米文学以外も可、原書も可）。

Edward Bulwer-Lytton, *The Haunted and the Haunters: Or the House and the Brain.*（一八五九）（リットン「貸家」『世界怪談名作集　上』岡本綺堂訳、河出文庫）

岡和田晃　*Okawada Akira*

出身地：北海道

職業・所属・学位等：文芸評論家、現代詩作家、ゲームデザイナー、東海大学文化社会学部非常勤講師、『ナイトランド・クォータリー』誌編集長

研究分野・専門分野：文芸批評、幻想文学研究

著書：『掠れた曙光』（2019年度茨城文学賞詩部門受賞、書苑新社）、『反ヘイト・反新自由主義の批評精神　いま読まれるべき〈文学〉とは何か』（第50回北海道新聞文学賞創作・評論部門佳作の改題、寿郎社）、『「世界内戦」とわずかな希望　伊藤計劃・SF・現代文学』（第5回日本SF評論賞優秀賞を含む、アトリエサード）など

◆新型コロナ・ウイルスをめぐる一連の事態について、御専門領域からの所感を。

『図書新聞』連載の「〈世界内戦〉下の文芸時評」で、その都度、状況については発言してきましたが、私は徹頭徹尾「政治の失敗」として、今回のウイルス禍を捉えています。「政治の失敗」を的確に記述し、あるいは告発してきたのは、ほかならぬ近現代の文学です。ゆえに――今回の拙論にも書いたとおり――十九世紀以前と現代を断絶ではなく連続したものと捉え直す批評的作業が必要不可欠なのですが、その際には他者性と不確定性を前提に、近代的な人間中心主義が突き当たった陥穽を迂回していかねばなりません。

◆今回、御寄稿いただいたテーマに関心を抱いた一般の読者が、続けて手に取るべき推奨本を挙げてください（**邦訳のあるものに限定、複数も可**）。

拙論で取り上げたE・F・ベンスンのように、いまだ文学研究の領域ではカノン化されているとは言い難い、にもかかわらず作品としての質が高い文学作品は数多くあります。それらの再発見には、『ナイトランド・クォータリー』（NLQ）誌が役に立つでしょう。十九世紀の幽霊物語（ゴースト・ストーリー）、二十世紀のH・P・ラヴクラフトとその周辺の作家たち、スティーヴン・キング以降のモダン・ホラーの流れを中核に据えつつも……そこに留まらない「スペキュレイティヴ・フィクション＝思弁小説（英語圏では怪奇幻想文学やSFをまとめてこう呼ぶことが多い）」をテーマ・アンソロジーの体裁でバランスよく翻訳・紹介しているからです。例えばNLQのVol.17「ケルト幻想〜昏い森への誘い〜」には、『幻想と怪奇の英文学』シリーズの共編者である下楠昌哉氏の翻訳でジェレマイア・カーティン「聖マーティン祭前夜（ジョン・シーハイによって語られた話）」が掲載されています。

◆最近お読みになった怪奇幻想文学ジャンルの本で、特に面白かったものを御紹介ください（**英米文学以外も可、原書も可**）。

現役作家ではM・ジョン・ハリスンの〈ヴィリコニウム〉シリーズでしょうか。ラヴクラフトやC・A・スミスらの小説に見受けられたダイナミズムを現代に復活させせんとする〈ニュー・ウィアード〉の提唱者によるケルティック・ダークファンタジーで、「Rhys WilliamsとMark Bouldの編纂による研究書

M. John Harrison: Critical Essays も出ているほど高く評価されており、寓喩を駆使した含蓄のある文体は、現代文学の最先端を示しています。NLQにはVol.18から21までシリーズ短編（大和田始訳）を掲載しました。

古典では、フランク・オーウェン（NLQのVol.19および20に掲載、渡辺健一郎訳）やE・ホフマン・プライス（NLQのVol.18に掲載、拙訳）といった、『ウィアード・テールズ』に書いていたオリエンタル幻想の紡ぎ手の再評価を試みています。

◆（『幻想と怪奇の英文学Ⅱ』以降参戦の方は、以下の質問にもお答えください。）怪奇幻想文学との出逢いは？　英文学に限らず、最も影響（感銘）を受けた幻想文学作品は何ですか？

〝怪奇〟幻想文学といえば、中学生の時に『クトゥルフの呼び声』（『クトゥルフ神話TRPG』）を経由してラヴクラフトに出逢ったショックは外せません。熱が高じて、高校からは図書館にあった『真ク・リトル・リトル神話大系』を読破し、『幻想文学』誌の購読を始めたほどです。

最も感銘を受けた幻想文学といえば、高校生の時に通読したセルバンテスの『ドン・キホーテ』を挙げておきます。この作品が体現した現実と幻想の断絶から、そのまま近代文学が生まれたわけですが……セルバンテスが『ペルシーレスとシヒスムンダの苦難』を絶筆とし、いわば幻想に回帰したことから多くを学びました。

石井有希子 *Ishii Yukiko*

出身地：福岡県

職業・所属・学位等：大学非常勤講師（九州大学・西南学院大学）

研究分野・専門分野：19世紀イギリス文学

著書：『トマス・ハーディ全貌』（共著、音羽書房鶴見書店）、『幻想と怪奇の英文学Ⅱ　増殖進化編』（共著、春風社）。共訳書にオスカー・ワイルド『幸福な王子』（青土社）など

◆新型コロナ・ウイルスをめぐる一連の事態について、御専門領域からの所感を。

高齢者施設に暮らす母との面会禁止が続き「会う・触れる・移動する自由」が「命をまもるため」という名分で奪われるなか「生きる」とはどういうことか、根源的な問いを突きつけられているように思います。四階の母に道端から手を振り、かろうじて繋がっていたところ、施設でＬＩＮＥビデオでの面会が開始。しかし、母は画面の私を認識できず、第一声は「誰ね？ 化け物みたい」。テレワークに短期間で慣れるよう強いられた私たちは、脳内補正で違和感を知らずに消していたのだと気づきました。母の驚きは、初めて映画やテレビを見た人たちの反応に通じるかもしれません。オンラインも線を拡大すれば隙間に溢れており、でもそれは対面会話も同様です。これまでの暮らしでも「触れる」ことは惑星間の交信のように奇跡であったかと振り返り――出逢いはすれ違い、幽霊的なものだからこそ、求められるのかもしれないと逆照射された体験でした。

◆今回、御寄稿いただいたテーマに関心を抱いた一般の読者が、続けて手に取るべき推奨本を挙げてください（邦訳のあるものに限定、複数も可）。

奥琵琶湖の水の記憶、ある老女の物語、津田直『漕 kogi』（主水書房）。牛と人間とその周り、綴綴あや監督『ある精肉店の話』と、本橋成一の作品。松山巖『手の孤独、手の力』（中央公論社）。しるしを考えるには坂部恵『仮面の解釈学』（東京大学出版会）、森田團による坂部恵「しるし」論（熊野純彦編『日本哲学小史 近代１００年の20篇』（中公新書）所収）、ジョルジョ・アガンベン『事物のしるし』（ちくま学芸文庫）、ハーディの『テス』『帰郷』など。

◆最近お読みになった怪奇幻想文学ジャンルの本で、特に面白かったものを御紹介ください（英米文学以外も可、原書も可）。

最近とは言えないですが「腕」に関連して川端康成の「片腕」、グリム童話『手なし娘』、村田喜代子「手なし娘協会」（『暗黒グリム童話集』（講談社）所収）、セバスチャン・ローデンバックのアニメーション『大人のためのグリム童話　手をなくした少女』はぜひ。Familyの語源は奴隷／召使か…と、考えていた時に観たケラリーノ・サンドロヴィッチ作・演出、ナイロン100℃『ちょっと、まってください』（『ケラリーノ・サンドロヴィッチ自選戯曲集1 ナイロン100℃篇』（早川書房）所収）もおすすめです。

◆（『幻想と怪奇の英文学Ⅱ』以降参戦の方は、以下の質問にもお答えください。）怪奇幻想文学との出逢いは？　英文学に限らず、最も影響（感銘）を受けた幻想文学作品は何ですか？

小学生の頃、父親がくれた『吸血鬼』。表紙も怖く、寝床のそばの本棚で異様な存在感を放っていました。同じ頃にクラスメートに借りたコミック、わたなべまさこの『花のようなリリベット』を読み、夜、その友人が吸血鬼だったという夢を見て恐怖。「こんな夢を見たよ〜」と、教室で笑って話そうにも夢が生々しくて「もし、彼女がほんとうに吸血鬼だったら…」と思うと怖くなり、別の友人に話そうにも「その友人も噛まれて吸血鬼になっていたら…」と、ますます話せず「いっそ噛まれて自分も吸血鬼になる方が楽なのか⁉」と思ったり。夜は目の端に『吸血鬼』が入り眠れず、しばらく悶々とした挙句、学級文庫に本をこっそり差しました。幻想・怪奇文学を読むのは、幼い自分が感じた「恐怖心」――今もどこかに胚胎している――の襞をすくい、触れながら観る作業にどこか通じているかもしれません。

小林広直 *Kobayashi Hironao*

出身地：埼玉県

職業・所属・学位等：東洋学園大学グローバル・コミュニケーション学部専任講師、博士（英文学）

研究分野・専門分野：ジェイムズ・ジョイスを中心としたアイルランド文学

著書：『ジョイスへの扉――『若き日の芸術家の肖像』を開く十二の鍵』（共著、英宝社）、『ジョイスの迷宮――『若き日の芸術家の肖像』に嵌る方法』（共著、言叢社）、『ジョイスの罠――『ダブリナーズ』に嵌る方法』（共著、言叢社）など

◆新型コロナ・ウイルスをめぐる一連の事態について、御専門領域からの所感を。

文学研究とは究極的には、〈他者との共生〉を学ぶことだと思っています。インターネットやAIといった人以外の〈他者〉に、今回新型コロナ・ウイルスが加わり、新しい共生の作法が模索されているような気がいたします。

◆今回、御寄稿いただいたテーマに関心を抱いた一般の読者が、続けて手に取るべき推奨本を挙げてください（邦訳のあるものに限定、複数も可）。

ケヴィン・バーミンガム『ユリシーズを燃やせ』（小林玲子訳、柏書房）です。ジョイスの『ユリシーズ』について、修士課程で同ゼミ（栩木伸明先生）だった友人が訳し、私もそのあとがき（ブックガイド）を書かせていただき、さらには本論集編者の下楠先生が書評をお書きになった、手前味

噌が何重にも塗られたような一冊ですが、抜群に面白い「本の」伝記なので、是非お手に取っていただけたら、と思います。

◆最近お読みになった怪奇幻想文学ジャンルの本で、特に面白かったものを御紹介ください（英米文学以外も可、原書も可）。

David Ireland, *Cyprus Avenue*（二〇一六）。政治的イデオロギーがいかに私たちの「幻想」——それはしばしば、過剰な誤った被害者意識を増殖させるわけですが——を作り出しているか。（北）アイルランドの政治的特異性を通じて、それが逆説的にも、普遍的であることを明らかにした傑作だと思います。

◆（『幻想と怪奇の英文学Ⅱ』以降参戦の方は、以下の質問にもお答えください。）怪奇幻想文学との出逢いは？　英文学に限らず、最も影響（感銘）を受けた幻想文学作品は何ですか？

高橋敏夫先生の「ホラー論」（早稲田大学第一文学部）を三年連続（！）で聴講したことは、私が文学研究者を志すきっかけでしたが、今思えば怪奇幻想文学との出遭いでもあったと思います。先生の講義でも毎年語られたメアリー・シェリーの『フランケンシュタイン』は、やはり強く印象に残っています。怪物の孤独と狂気に共感できるかどうかは、本項で最初に述べた〈他者との共生〉に向けた第一歩なのではないでしょうか。

岩田美喜 *Iwata Miki*

出身地：北海道生まれ、宮城県育ち

職業・所属・学位等：立教大学文学部教授、博士（文学）

研究分野・専門分野：イギリス・アイルランド演劇

著書：『ライオンとハムレット――W・B・イェイツ演劇作品の研究』（松柏社）、『兄弟喧嘩のイギリス・アイルランド演劇』（松柏社）、『イギリス文学と映画』（共編著、三修社）など

◆新型コロナ・ウイルスをめぐる一連の事態について、御専門領域からの所感を。

私は演劇を専門に研究しています。シェイクスピア時代のイングランドでも、疫病が流行するたびに劇場は閉鎖され、感染者が出た家も封鎖されました。四〇〇年を経てなお、未知の疫病に対してわれわれができることはあまり変わっていないということを思い知らされます。しかしその一方で、いくたび閉鎖の憂き目にあっても演劇興行は死に絶えなかったということも、忘れてはいけないと思います。これは人災の場合も同じことで、一六四二年にイングランドで内戦が勃発した際に、ロンドンの劇場は全て閉鎖されましたが、一六六〇年に王政復古が成ると、王位に就いたチャールズ二世はすぐさま劇場再開の勅命を出しました。社会における文化活動の有無こそが、人間が人間らしく生きているかどうかの指標となるのだと思います。

◆今回、御寄稿いただいたテーマに関心を抱いた一般の読者が、続

けて手に取るべき推奨本を挙げてください（邦訳のあるものに限定、複数も可）。

W・B・イェイツと同世代で、夢とも現実ともつかない不思議な世界を描いたイタリアの劇作家、ルイージ・ピランデッロの『ピランデッロ戯曲集』（白澤定雄訳、新水社、全二巻）などいかがでしょうか。第二巻に収録されている、自分のことをカノッサの屈辱を受けたハインリヒ四世だと思い込み、ハインリヒ四世として暮らす男の心の襞に分け入っていく『エンリーコ四世』という芝居が、特にお薦めです。

◆最近お読みになった怪奇幻想文学ジャンルの本で、特に面白かったものを御紹介ください（英米文学以外も可、原書も可）。

恥ずかしながら本ではなく上演なのですが、サイモン・スティーヴンズがゲーテの『ファウスト』を現代のロンドンを舞台に換骨奪胎した『フォーチュン』（二〇二〇年一月初演）は、ロマン派的な悪魔性や意志力が全く欠如した受動的な男を主人公にして、二十一世紀の生活のなかに潜む悪魔的なもの（そしてそれがいかに陳腐で滑稽で悲惨か）を描いており、なかなか興味深いと感じました。また、主人公はシャード（ロンドンの有名な高層ビル）の展望フロアにあるオイスター・バーで悪魔と待ち合わせをするなど、作品世界は現代ロンドンにぴたりと寄り添う一方、敢えて世界プレミア上演（東京芸術劇場）を日本語翻訳版にしたことも、真正の原作という概念を揺さぶって観客に欠落感を与え、落ち着かなくさせることに成功していました（ただし、作者はブレグジットに反感を感じて、自分の作品は敢えてイギリス国内で完結させないことにしたそうなので、初演が翻訳であることから来る不安感は偶然の賜物である可能性が高いですが……）。

田多良俊樹 *Tatara Toshiki*

出身地：熊本県

職業・所属・学位等：安田女子大学文学部准教授、博士（文学）

研究分野・専門分野：ジェイムズ・ジョイス、アイルランド大飢饉小説

著書：『ジョイスへの扉――『若き日の芸術家の肖像』を開く十二の鍵』（共編著、英宝社）、『幻想と怪奇の英文学II　増殖進化編』（共著、春風社）、『ジョイスの罠――『ダブリナーズ』に嵌る方法』（共著、言叢社）など

◆新型コロナ・ウイルスをめぐる一連の事態について、御専門領域からの所感を。

コロナ禍を鎮めたい社会心理を反映して、アマビエがプチブームになりましたが、本来アマビエは熊本県の海に出現した妖怪というよりもむしろ神に近い存在です。だけん、ぴしゃっと拝まんばいかんばい。

◆今回、御寄稿いただいたテーマに関心を抱いた一般の読者が、続けて手に取るべき推奨本を挙げてください（邦訳のあるものに限定、複数も可）。

そうなると、「戦後日本」「自殺」「子殺し」というテーマで、やはりカズオ・イシグロ『遠い山なみの光』ということになると思います。

◆最近お読みになった怪奇幻想文学ジャンルの本で、特に面白かったものを御紹介ください（英米文学以外も可、原書も可）。

怪奇幻想文学ジャンルと言ってよいか迷いますが、イアン・バンクス『蜂工場』は痺れました。

深谷公宣 *Fukaya Kiminori*

出身地：宮城県生まれ、東京都育ち

職業・所属・学位等：法政大学国際文化学部准教授

研究分野・専門分野：イギリス文学、フィルム・スタディーズ

著書：『イギリス文化入門』（共著、三修社）、共訳書にロバート・スタム他『映画記号論入門』（松柏社）など

◆新型コロナ・ウイルスをめぐる一連の事態について、御専門領域からの所感を。

先日、授業で「死の舞踏」とペストのことを扱った際、複数の受講学生から、新型コロナ・ウイルスをめぐる状況と重なる、という感想をもらいました。そんなものかなと思いつつ、メメント・モリという言葉の意味と、昨夏再読した『存在と時間』のことを考えています。

◆今回、御寄稿いただいたテーマに関心を抱いた一般の読者が、続けて手に取るべき推奨本を挙げてください（邦訳のあるものに限定、複数も可）。

シェイクスピア『ハムレット』。幽霊、父と子、狂気、といったモチーフが今回取り上げたテーマと共通しますが、国も時代も違えば話の内容も異なるので、比較しながら読まれてはどうでしょうか。旅の物語という観点ではハーマン・メルヴィル『白鯨』をおすすめします。

◆最近お読みになった怪奇幻想文学ジャンルの本で、特に面白かったものを御紹介ください（英米文学以外も可、原書も可）。

ダンテ『神曲』（寿岳文章訳）。提示される世界の混沌ぶり、またその混沌を統一してみせる知力と腕力に、改めて感心しました。

◆（『幻想と怪奇の英文学Ⅱ』以降参戦の方は、以下の質問にもお答えください。）怪奇幻想文学との出逢いは？　英文学に限らず、最も影響（感銘）を受けた幻想文学作品は何ですか？

学生時代が終わるまで怪奇幻想文学というジャンルをあまり意識せずに過ごしていたので、出逢いの機会を逸してしまった感じを持っているのですが、泉鏡花、石川淳、島尾敏雄は好んで読んでいました。「売色鴨南蛮」、「焼跡のイエス」は、特に印象に残っています。大学時分、授業で教わっていた須賀敦子先生の研究室にお邪魔して文学談義に付き合っていただいた際、好きな作家に谷崎潤一郎、泉鏡花、石川淳の名を挙げると、わたしも好きですと言ってくださり、嬉しかったのを憶えています。母から空襲の話をよく聞かされて育ったわたしが最も感銘を受けたのは、島尾の「出孤島記」です。戦時下での「日常」の夢と現のあわいのような感覚がじりじりと伝わってくる作品で、大きな出来事が何も起こらない状況の生々しい描写に感じた魅力は、後に大学院へ進みサミュエル・ベケットを専攻する伏線になっていたのかなと思ったりします。

小宮真樹子 *Komiya Makiko*

出身地：茨城県

職業・所属・学位等：近畿大学文芸学部准教授、博士（英文学）

研究分野・専門分野：アーサー王伝説

著書：『いかにしてアーサー王は日本で受容されサブカルチャー界に君臨したか――変容する中世騎士道物語』（共編著、みずき書林）、"'Here Sir Gawayne Slew Sir Vwayne His Cousyn Germayne': Field's Alteration on Malory's *Morte Darthur*," *POETICA*, vol.83、『アーサー王物語研究――源流から現代まで』（共著、中央大学人文科学研究所）など

◆新型コロナ・ウイルスをめぐる一連の事態について、御専門領域からの所感を。

アーサー王物語では、騎士たちが聖杯を探すときに敢えて別行動を取るんですよ。たとえ同じ目的を持っていても、仲間と力を合わせず、めいめいが試練に耐えなければいけない時がある。そんな逸話を思い出しながら在宅勤務してました。

◆今回、御寄稿いただいたテーマに関心を抱いた一般の読者が、続けて手に取るべき推奨本を挙げてください（邦訳のあるものに限定、複数も可）。

では、夢野久作の『ドグラ・マグラ』で。狂気について考えさせられる作品です。

◆最近お読みになった怪奇幻想文学ジャンルの本で、特に面白かったものを御紹介ください（英米文学以外も可、原書も可）。

英米でも文学でもないうえにギャグ漫画なんですが、『吸血鬼すぐ死ぬ』。死んでもすぐ生き返り、またすぐ死ぬ吸血鬼ドラルクが最高です。

有元志保 *Arimoto Shiho*

出身地：岡山県

職業・所属・学位等：静岡県立大学短期大学部講師、博士（人間・環境学）

研究分野・専門分野：19世紀イギリス小説

著書：『男と女を生きた作家——ウィリアム・シャープとフィオナ・マクラウドの作品と生涯』（国書刊行会）、『幻想と怪奇の英文学Ⅱ　増殖進化編』（共著、春風社）、『スコットランド文学の深層——場所・言語・想像力』（共著、春風社）など

◆新型コロナ・ウイルスをめぐる一連の事態について、御専門領域からの所感を。

新型ウイルスをめぐって、私たちを様々な情報が取り巻いています。それが科学的なものであれ、発信する側と受信する側の主観によって情報は形を変えていきます。物語を語る行為と、語られた物語を読む（聞く）行為のもつ力を再認識しています。

◆今回、御寄稿いただいたテーマに関心を抱いた一般の読者が、続けて手に取るべき推奨本を挙げてください（邦訳のあるものに限定、複数も可）。

赤江瀑の『罪喰い』はいかがでしょうか。罪食いの伝承から生まれた創作の系譜は、日本にも及んでいます。

◆最近お読みになった怪奇幻想文学ジャンルの本で、特に面白かったものを御紹介ください（英米文学以外も可、原書も可）。

Lois Lowry, *The Giver.*（ロイス・ローリー著、島津やよい訳『ギヴァー――記憶を注ぐ者』）

ユートピアとディストピアが表裏一体となった社会において、苦悩や苦痛から解放されることと引き換えに、個性や豊かな感情を失った人々の姿が描かれます。このような社会の到来を私たちは恐れているのか、それとも望んでいるのか、今日の状況下で改めて考えさせられます。

桐山恵子 *Kiriyama Keiko*

出身地：京都府

職業・所属・学位等：同志社大学文学部准教授、博士（文学）

研究分野・専門分野：ヴィクトリア朝文学・文化、英米文学におけるダンス

著書：『境界への欲望あるいは変身――ヴィクトリア朝ファンタジー小説』（世界思想社）、『英国詩でダンス――ページのなかのバレリーナ』（編訳、小学館スクウェア）、『オスカー・ワイルドの世界』（共著、開文社出版）など

◆新型コロナ・ウイルスをめぐる一連の事態について、御専門領域からの所感を。

人は目に見えないものを殊更に恐れたり、逆に軽んじたりしがちです。けれど文学的素養に富む人は、想像力の水晶体でそれをとらえ、網膜にその姿を映しとることができるはずです。怪奇幻想文学は、想像力の目を鍛えるのに最適ではないでしょうか。

◆今回、御寄稿いただいたテーマに関心を抱いた一般の読者が、続けて手に取るべき推奨本を挙げてください（邦訳のあるものに限定、複数も可）。

作者コレリに興味をもってくださった方は、彼女をモデルにしたヒロインが登場するエリザベス・テイラー著、『エンジェル』、小谷野敦訳。同名で映画化もされています。またファビオの妻のファム・ファタルぶりに関心をもった方にとって、乱歩の『黒蜥蜴』は定番すぎると思いますが、三島由紀夫の

戯曲版と比べて頂けると、さらに緑川夫人に魅了されること請け合いです。

◆最近お読みになった怪奇幻想文学ジャンルの本で、特に面白かったものを御紹介ください（英米文学以外も可、原書も可）。

ディヴィッド・ガーネット著『狐になった奥様』。古今東西の文学で、虫やら虎やらに変身した人間は知っていましたが、狐に変わった若妻と出会ったのは初めてでした。妻の子供たち（といっても子狐ですが……）に出会った時の夫の驚愕と、それにもかかわらず野獣となった我が家族を守り抜く、彼の愛情と狂気に圧倒されます。

◆（『幻想と怪奇の英文学Ⅱ』以降参戦の方は、以下の質問にもお答えください。）怪奇幻想文学との出逢いは？　英文学に限らず、最も影響（感銘）を受けた幻想文学作品は何ですか？

ラッセル・ホーバン著『おやすみなさいフランシス』。椅子にかけたガウンが大男に見えたり、天井の割れ目から蜘蛛が出てくるような気がしたり、はたまた揺れるカーテンの背後からふわーっとした何かが自分を捕まえにくると怖がったりして、なかなか眠りにつけないフランシス。この想像力たくましいアナグマの女の子こそ、摩訶不思議な世界へと私を誘ってくれた張本人ならず張本熊です。

高橋路子 *Takahasi Michiko*

出身地：大阪府

職業・所属・学位等：近畿大学経営学部准教授、博士（文学）

研究分野・専門分野：19・20世紀イギリス小説

著書：『「はるか群衆を離れて」についての10章』（共著、音羽書房鶴見書店）、『幻想と怪奇の英文学II　増殖進化編』（共著、春風社）、「“The letter killeth”――『日陰者ジュード』における手紙についての一考察」『近畿大学教養・外国語教育センター紀要［外国語編］』）第9巻第2号など

◆新型コロナ・ウイルスをめぐる一連の事態について、御専門領域からの所感を。

今回のことでまず思うのは、未知なるものへの恐怖です。感染の心配もありますが、それよりも、これまで誰も経験したことのない事態に直面し、不安はさらなる不安を生み、パニックを引き起こしています。すでに「何と」闘っているのかすらも分からなくなっているような状況です。日頃、人間の内面や意識をテーマにした作品に興味を持っていますので、今回の新型ウイルスが人々の心理にどのような影響を与えるのかが気になります。

◆今回、御寄稿いただいたテーマに関心を抱いた一般の読者が、続けて手に取るべき推奨本を挙げてください（邦訳のあるものに限定、複数も可）。

ジェイムズ・ジョイス「死者たち」（『ダブリン市民』より）

◆最近お読みになった怪奇幻想文学ジャンルの本で、特に面白かったものを御紹介ください（英米文学以外も可、原書も可）。

"Laura" by Saki（Hector Hugh Munro）

あとがき

下楠昌哉

新型コロナ・ウイルス感染症の拡大によって、様々な行事・イベントが中止、禁止、延期された。学術雑誌の出版もいたるところで遅れており、私の泉鏡花論はまともにそのあおりを食った。今回の東雅夫氏による執筆者へのメール・インタビューの第一設問は「新型コロナ・ウイルスをめぐる一連の事態について、御専門領域からの所感を。」であり、そこに寄せられた言葉たちは、将来貴重な時代の証言の一つとなるだろう。

にもかかわらず、である。本書に関しては、出版計画はまったく狂いなく、予定通り、何の問題もなく出版されることとなった。もちろん執筆者、出版社、編者、関係各位それぞれの尽力の賜物であるわけだが、疫病をものともしない本書が発揮した出版に向けてのドライヴィング・

フォースは、恐る恐るこの企画を東さんのお力添えで始めた編者としては、誠に感慨深かった。おそらく、軌道に乗ったということなのだろう。今回の執筆陣は『I』からの方、『II』からの方、新規参入の方、バランスよく揃い、みなさんこの論集に求められている論考の性質をよく理解してくださっていた。どうにも面目ないのは、小生よりはるかに「大物」の、一国一城の主に多数参加していただいていることである。こちらの勘違いでなければよいのだが、そうした執筆者の方々に「楽しく」この論集に参加していただけているのならば、それは望外の喜びと言わねばならず、感謝の言葉もない。

日本における幻想文学研究のグローバル化を遠大な目標の一つとして（勝手に）掲げている本シリーズだが、それはこの論集に関わる者だけがしゃかりきになってもどうなるものでもない。そういう意味では、依然コアな人々の手による傾向はあるものの、近年の日本における幻想文学関連の動きは心強いばかりだ。本論集に「手弁当」で参加してくださった*Night Land Quarterly*編集長の岡和田晃氏の活躍は言うに及ばず、幻の雑誌『幻想と怪奇』が新紀元社より復刊され、第3号には平井呈一の『吸血鬼ドラキュラ』翻訳に関する拙論を掲載してもらった。元ネタの一部は『幻想と怪奇の英文学II――増殖進化編』での東さんと小生との対談で、それを本格的な論考とする機会をいただけたことは、大変有難かった。また、長らく英語圏の幻想文学・ファンジー・SF研究を支えてきたThe International Conference on the Fantastic in the Artsの第41回大会は新型コロナ禍でテーマとゲストを維持したまま延期となってしまったが、継続してその大会に参加してきた市川純氏に本論集に参加してもらえたことは、ＩＣＦＡプチ日本支部大会が実現したような（これも勝手な）思いでいる。願わくば、幻想文学に関わる研究や論考に関わるこうした現在の環境が、持続可能な状態で維持されてほしいと思う。

前述の通り恐る恐る始めた『Ⅰ』、アイドルグループよろしく思い切って人数を増やした『Ⅱ』、理論書の翻訳を投入した『Ⅲ』、安定した完成度の論集となった『Ⅳ』。ある種の到達点に達した感が一応はあるのだが、まだこの企画は続けるべきなのだろうか。版元はありがたくも、『Ⅴ』でも『Ⅵ』でもと言ってくれている。アイディアだけなら確かにある。幻想と怪奇の英文学――愛蘭土《アイルランド》編、ポスト・コロナ編、怪獣恐竜編（最後のは、東さん曰く趣味に走り過ぎかもということなのだが……）などなど。こうした論集は、思い立ってすぐ出るものではない。小生が東さんに「例のあのシリーズですが……」と投げかけをしたくなるような何らかのフォースが、近々ビー・ウィズ・ミーしてくれることを祈りたい。

いつもながらこの論集の存在そのものを支えてくださっている東雅夫氏に、最大級の感謝を。『Ⅰ』から編集を担当してくれている春風社の岡田幸一氏は、すでに我らがチームの一員と（またしても勝手に）思っている。今回もお世話になりました。

長らく、文系大学教員という職業は、一人で研究をするものだと思っていた。その私が、やりたいことを自分では不可能なことまで含めて実現可能にしてしまう、書籍を編纂するという勝負の早い作業を通して、人といっしょに働くことの意義と力を学んだ。この論集を刊行するにあたり、現在日々職場をともにする同志社大学学生支援機構のみなさんに、あらためて感謝を表したい。

京都に越してきてほどなくして『I』の企画が立ちあがり、気がつけば子育てが終わりかかっている。このシリーズの出版と期を同じくして、関西で時を過ごしてきた妻と娘二人に、今回も無事に出たよと報告したい。もう一度、できたら何度か、そうした機会があることを願いつつ。

二〇二〇年七月

琵琶湖畔にて

ヤ

ラ

ワ

タ

ハ

マ

幻想と
怪奇の
英文学Ⅳ

索 index 引

【責任編集者略歴】

東雅夫（ひがし・まさお）
神奈川県生まれ。アンソロジスト、文芸評論家。『幻想文学』と『幽』の編集長を歴任。
著作に『遠野物語と怪談の時代』（角川選書、第64回日本推理作家協会賞受賞）、『なぜ怪談は百年ごとに流行るのか』（学研新書）、『クトゥルー神話大事典』（新紀元社）、『文豪たちの怪談ライブ』（ちくま文庫）、『日本幻想文学大全』『世界幻想文学大全』（編著、ともに全三冊、ちくま文庫）など。

下楠昌哉（しもくす・まさや）
東京都生まれ。同志社大学文学部教授・学生支援機構長、博士（文学）。
著作に『妖精のアイルランド――「取り替え子」の文学史』（平凡社新書）、『イギリス文化入門』（責任編集、三修社）、『良心学入門』（共著、岩波書店）、訳書にマクドナルド『旋舞の千年都市』（東京創元社）、ゴードン『吸血鬼の英文法』（彩流社）、『クリス・ボルディック選 ゴシック短編小説集』（共訳、春風社）など。

幻想《げんそう》と怪奇《かいき》の英文学《えいぶんがく》Ⅳ――変幻自在編《へんげんじざいへん》

二〇二〇年八月三一日 初版発行

責任編集 東雅夫・下楠昌哉

発行者 三浦衛
発行所 春風社 Shumpusha Publishing Co., Ltd.
横浜市西区紅葉ヶ丘五三 横浜市教育会館三階
〈電話〉〇四五・二六一・三一六八 〈FAX〉〇四五・二六一・三一六九
〈振替〉〇〇二〇〇・一・三七五二四
http://www.shumpu.com ✉ info@shumpu.com

装丁・本文レイアウト 矢萩多聞
装画 Richard Dadd
印刷・製本 シナノ書籍印刷株式会社

乱丁・落丁本は送料小社負担でお取り替えいたします。

ISBN 978-4-86110-699-6 C0098 ¥3000E